爆弾

呉 勝浩

講談社

池袋
巣鴨
駒込
日暮里
東京ドーム
水道橋
上野
浅草寺
靖國神社
皇居
九段下
秋葉原
警視庁
東京
両国国技館
有楽町
新橋
歌舞伎座
豊洲

N
練馬区
阿佐ケ谷
沼袋
野方警察署
新大久保
東京都庁
新宿
新宿御苑
代々木
明治神宮
千駄ヶ谷
原宿
国立競技場
世田谷公園
渋谷
恵比寿
東京タワー
目黒
港区
田町
五反田
品川
大崎
レインボー
ブリッジ

地図：芦刈 将

爆弾

日曜日の秋葉原はこんなにも混むのかと、細野ゆかりは気が滅入った。ＪＲ総武線のホームからエスカレーターで下りるあいだも、肌が接する距離で誰かがそばにいる状態だった。地上に着いて山手線の利用客と合流し、人口密度は息苦しさを覚えるほどにふくらんだ。追い抜いていく男性と肩がぶつかって立ち止まりそうになり、すると背中にちがう誰かがぶつかってきた。慌てて謝るゆかりに目もくれず、その人は去っていった。改札を抜けるとコスプレをした女の子たちが笑顔を振りまいている。男の子もいた。話には聞いていたが、実物を前にするとむしろ現実味が薄まった。足早に通りすぎ、脇汗がにじんでいることに気づく。

九月にしてはむしむししていた。気温より、街の発する温度のせいだとゆかりは思った。一部の通りが歩行者天国になっていて、多くの人が行き交っていて、それぞれがそれぞれの楽しみを抱えているのがはっきりと感じとれ、妙に居心地が悪かった。仲良しグループのイベントにまぎれ込んだ余所者の気分だ。

あんなフリフリのスカートでなく、嘘くさい眼帯などせず、ふつうのメイクでふつうの服をふつうに着こなすほうが可愛いのに――。ゆかりはそれこそが「ふつう」だと信じていたが、この街では負い目になった。うつむき、スマホの地図アプリを確認しながら進んで行く。

西日が、ごてごてしいビルを赤く染めつつあった。ふと立ち止まり、ふり返ってみると、歩行者天国はビルの谷間にできた縁日のようだった。奥のほうに高架があって、走り去る電車の窓が夕日を反射していた。祭りの終わりを惜しむような雰囲気と、夜を待ち望む期待とがうねり合い、不思議な熱を醸している。

ゆかりは歩道へ身を寄せ、それから軽く唇を噛んだ。

ここへきた目的はサークルの飲み会だ。引っ込み思案なゆかりは学部で友人をつくれておらず、入学時に勧誘されて入ったサークルだけを頼りにしていた。だが飲み会は、気が重い。成人する前から内緒で飲まされているアルコールは体質に合わないのかまったく美味しいと思えない。酔って明るくなるわけでもなく、ただただお金がかかるだけ。とはいえ、たまには顔を出さないと、ほんとうに居場所がなくなってしまう。忘れられてしまう。

たった数時間じゃないか。

そうは思えど、集合場所が近づくにつれ鬱の虫が全身にじっとりと張りついた。体調が悪い気すらしてきて、これを理由に断れないかと弱気がよぎる。一方でみなと会い、おしゃべりのなかに身を置きたいと望んでいる自覚もあった。今日は比較的気心の知れた顔ばかりだ。世話好きのあの子なら三十分に一回は話をふってくれるだろう。さすがに二年も経って、ゆかりに多くを求める者などいない。ありきたりな話でも、オチのないエピソードでも「ふんふん」と聞いてくれる。悪い人たちではないのだ。けれど——。

スマホがメッセージを着信し、ゆかりはドキッとした。嫌な予感を抱きながら、そっと開くと案の定だった。世話好きの子が、風邪でこられなくなったというのだ。

「あ、細野さん！」数メートル先にサークルメンバーが集まっていた。こっち、こっち！　手をふられ、ぎこちなくふり返す。笑みをつくった瞬間、心の隅の、暗い場所から声がする。

いま、この街に隕石が落ちてしまえばいいのに。

第一部

1

なんだかあんた、くつろいでるね――。

等々力功がそう話しかけると、男は照れたように顔をほころばせ、頭をかいた。黒い苔を生やしたようないがぐり頭。その下で、広いおでこがてかっている。太い眉、無精髭が目立つ二重顎。頰はぷっくり張りがある。

初めてじゃないの？　こういうところ。

ええ、まあ、お恥ずかしながら。

男の返事を聞きながら、臨場した制服警官から受け取ったメモを見る。角張った字で男の名が書いてある。スズキタゴサク、四十九歳。

「やめようよ、こういうの」わざと乱暴に、等々力はメモをスチール机へ投げた。

「何がです？」男が目を丸くした。太った身体に、くりっとした瞳が忌々しいほど似合っている。

「名前。ほんとのやつを教えてよ」

「あ、刑事さん、ちがいます。よく疑われるんですけども、わたし、ほんとにスズキっていうんです。正真正銘、スズキタゴサクっていうんです」

「あのさ」等々力はため息まじりにいった。「調べたらすぐわかるよ、そんなもん。嘘でも怒る気はないし、罪が重くなるわけでもない。べつに軽くもならないけど、ただ、仲良くやらないかって話でさ」

男が丸い目を剝き出しにした。仲良く、ですか。感心したようにそうつぶやいた。刑事にも取調室にも動じている様子はまったくない。採取した指紋がデータベースに引っかかる確率は高そうだった。

「まあいいや」

パイプ椅子にもたれ、机のメモを握りつぶす。背後から取り調べの記録をとっている後輩の視線を感じた。真面目にやれと咎められている気もしたが、これといった感情は生まれなかった。

「で、スズキさん。酔っ払って酒屋の自動販売機を蹴りつけて、止めにきた店員を殴ったってのはほんとなの？」

「ええ、そっちもほんとです。天地神明に誓って真実です。面目ない話ですけど」

「殴った店員の歳恰好は憶えてる？」

「はい。歳はわたしと似たり寄ったりで、わたしより痩せていて、ポロシャツを着て、あと髪の毛が、わたしよりもたくさんありました」

髭はなかったですとスズキは付け足す。さきほど刑事部屋で顔を合わせた酒屋店主の、過不足ない紹介だった。

「じゃあスズキさん、今日はなんで酔ってたの？」

「家でチューハイを三本飲んだんです。刑事さん、ペナントレースは観ますか？　野球です。デイゲームです。わたしドラゴンズのファンで、巨人が大嫌いなんですよ」

東京ドームの、ぜったいに負けられない大事な試合で、プレイボールからテレビにかじりついてたわけなんです。それがですね、蓋を開けてみたらジャイアンツに五対一の大負けで。五対一ですよ？　百歩ゆずって負けるのは仕方がないとして、六本もヒットを打って一点しかとれないってのはどうなんですかね。まあ慣れっこではあるんですけど、なんだか今日は無性に頭にきちゃって。ふがいなくって泣けてきて。終わったあとも、だんだんむしゃくしゃしちゃってね。コンビニの缶チューハイじゃおさまらないぞってなっちゃって。それで近くの酒屋で上等な酒を買おう、頭にきたから奮発するぞって決めたんです。ところが酒屋の前まできて、そこでようやく気がついたんです。お金がないってことにです。ポケットに財布がなかったんじゃないですよ？　財布にお金がなかったんです。千円札の一枚も、百円硬貨の一枚も。まいっちゃいますよね。恥ずかしくって、たまらなくなって。それでつい、目の前の自販機に当たり散らしてしまってね——。

「お店にも店員さんにも、恨(うら)みなんてありません。申し訳ないと思ってます。でも、そういうことって、誰しもときにはあるんじゃないかと思うんです」

「あったとしても、じっさいに殴ったりはしないんだ、ふつうは」

ああ、なるほど、おっしゃるとおりですね。スズキは大げさに首肯し、たははと笑う。そのさまに力が抜けた。平和だ、この国は。

「殴られた店の人、自販機のへこみと治療費さえ払ってくれたら騒ぐ気はないといってるんだけどね」

「そうなんですか。それはとても助かりますが、けどだいたい、お幾らくらいかかるんですかね」

「さあ。おれは自販機メーカーでも医者でもない。まあ、十万も包めば恰好がつくんじゃないか」

「十万かあ」

スズキはのんびり天を仰いだ。ぱっとしないセーター、安っぽい上着。見るからに金なしだ。千円札が一枚も入っていない財布には信憑性(しんぴょうせい)があり、むしろ野球中継を観られる自宅の実在が怪しく思える風体(ふうてい)である。正直なところ警察に、この程度の傷害を立件する意欲はない。少なくとも等々力には皆無だ。それが被害者の望みでもある以上、さっさと丸くおさめるのがみなにとっての幸せだろう。

　スズキに、金さえあれば。

「十万は、逆立ちしても不可能です」自嘲気味に、予想どおりのことをいう。

「幾らならいける？」期待せず訊く。「どうかなあ」と、とぼけた調子で訊き返してくる。「刑事さん、貸してくれません？」

　呆れてため息も出なかった。スズキは根っからのくずらしい。後ろで若い巡査の伊勢が、苛立ちのままノートパソコンを乱暴にタイプしている。

「じゃあ、こういうのはどうですか？　わたし、刑事さんの役に立つんで、それでなんとか被害者の方を説得してもらうというのは」

「役に立つって――」皮肉な笑みが込み上げた。「交通整理でもしてくれるのか？」

「とんでもない。そんなこと、よけいに事故を増やして終わりです。我ながら不器用で、取り柄のひとつもない男です」

　ひと呼吸置いて、

「ただわたし、昔から、霊感だけはちょっと自信がありまして。だからこう、何か事件が起こるのを、事前に予知して伝えられるかもしれません」

　まだ酔ってるのか？　等々力はあらためてスズキを見たが、彼の頰に朱は差しておらず、呂律が危ういわけでもなく、むしろほんとうに酔って暴れたのかというくらい素面に見えて、皮肉な笑みが引っ込んだ。

「当てがあるのか？　どこかで窃盗の計画を耳にしたとか、ヤクの取り引きを知ってるとか」

「いえいえ、まさか。そんな恐ろしい世界に関わる度胸なんてありません。生まれてこのかた、しがない小心者でやってきました。でも、そう——ところで、いま何時ですか？」

「——十時だ。あと五分で」

「そうですか。うーん、ちょっと何か、閃きそうな気がします。なんだろう。事件が起こる気配です。ああ、これはどこかなあ、秋葉原の辺りかなあ。たぶん、そこまでひどいものじゃないと思うんですけど」

「おい、何をいってる？」

「十時ぴったり、秋葉原のほうで、きっと何かありますよ」

「いいかげんにしてくれ。冗談になってない」

「でも刑事さん、十万円、貸してくれないんでしょう？」

「簡単にいうな。こっちも安月給なんだ」

「わたしはずっと、給料なんてありゃしません」

スズキが肩をすくめた。

「死人みたいなもんです」

「あんた――」

等々力は、初めてスズキを正面から見た。「ほんとの名前、なんてんだ?」

「タゴサクといってるじゃないですか。なんの役にも立たない、タゴサクです」

地響きを、等々力は感じた。もちろんそれは錯覚だったが、予感のまま、後ろの伊勢をふり向いた。目が合うや、せっかちな後輩は足早に取調室を出ていった。

向き直った先で、スズキがへらへらとしていた。いかにも間抜けな顔つきだった。卑しい面だ。だがやはり、酔ってるようには見えなかった。

「野球は、何時から?」

二時ですとスズキは即答した。チューハイは何本だっけ? 三本です。試合が終わったのは――。五時です。

「三本で、よく足りたな」

「金がないんです。驚くほど、ないんです」

まるで胸を張るように、スズキはいった。

「なのに上等な酒を買いにいったのか」

「酔っ払ってましたから」

「たった三本で、酔いはさめないままなのか」

「近ごろのコンビニは、キツい酒を置いてます」

「――通報は八時過ぎだ。試合が終わってから三時間は経ってる」

スズキはにこにこしている。人畜無害な大黒さまのように。

「あんた、なんのつもりだ？」

ドアが開く。荒々しい風が吹き込み、同時に伊勢が飛んでくる。血相を変え、等々力の耳もとに叫ぶいきおいでささやいた。

秋葉原で爆発です。詳細は不明。

「刑事さん」

スズキがいった。変わらない笑みのまま、

「あなたのことが気に入りました。あなた以外とは何も話したくありません。そしてわたしの霊感じゃあここから三度、次は一時間後に爆発します」

スズキの指紋は前科者データベースに引っかからなかった。持ち物は空っぽの財布だけ。金がないという意味でなく、ほんとうに空っぽの財布である。

「住所も聞き出せないのか？」

「忘れたの一点張りです」

等々力の返答に、自宅から駆けつけたばかりの鶴久課長が歯ぎしりをした。休日の夜を台無しにされた男は電子タバコの器械を握り、ストレスをぶつけるように蓋の開け閉めを繰り返す。

「一点張りですって、そんな泣き言が通じると思ってんのか」

「通じるも通じないも、本人が割らないんだからどうしようもないでしょう」

「それを割らすのがデカだろが」

等々力は腰の後ろに手を組み、色白の上司を見下ろした。デスクを殴って金切り声をあげる姿がこれほど似合う男もめったにいない。

「秋葉原のほうは？」

「担当がこちらへ向かっているそうです」

鶴久が嫌そうに吐く。「マンセーだけじゃなく本庁もだろ？」

うなずきながら、秋葉原を管轄する万世橋署に知り合いがいただろうかと記憶を探ってみたが思い出せない。等々力たちがいる野方警察署の最寄り駅はＪＲ総武線中野駅。秋葉原まで、山手線の囲いを挟んで東西に十キロほど離れている。

事件の性格は、まだなんともいい難いものだった。爆発があったのは繁華街から外れたビルの、往来に面した三階の部屋。テナントが去った空きビルの防犯対策はいいかげんで、わずかな努力で破れる代物だったという。

爆発物の種類はわかっていない。状況からして不慮の事故とは考えにくく、時限式の何かが使われたと推測される。専門家の所感はガスを使った自家製爆弾ではないかとのこと。

正確には九月二十七日二十二時一分。轟音とともに同ビル三階の窓がいっせいに割れ、路面に降りそそいだ。中心から外れた立地とはいえ日曜日の秋葉原だ。不運にもそばを歩いていたふたり組が爆発の衝撃でその場に倒れ、窓ガラスの破片をまともに浴びた。もうひとり、自転車に乗っていた青年が路肩で意識を失った。常識外の轟音は通りかかった若者たちを一瞬で前後不覚にしたのである。幸い、ガラスで傷を負ったふたりもふくめ命に別状はないらしい。

現場周辺に怪しい人物の目撃証言はなし。付近の防犯カメラは精査中。犯人を名乗り出る者や犯行声明もなく、マスコミには差し当たり事故のニュアンスで伝えているが、それも次の爆発が起これば白紙になる。

現在手がかりと呼べるのは、同時刻、ここ野方警察署に傷害の容疑で連行されたスズキタゴサクを名乗る自称酔っ払いが取り調べのさなか、突如その爆発を予言したという一点だけだ。

身長一七〇センチくらい、体重八〇キロ少々。日本語を解する中年男性。

「つまり何もかもが不明。マンセーや本庁の奴らに、そういって頭を下げろってのか？」

「がんばりますよ。お顔に泥を塗らないように」

親の仇を見る目でにらまれた。できるなら、もっと聞き分けのいい部下と替えたい。それが鶴久の本音だろう。おれだって同感だと、等々力はため息をつきたくなった。けれど相手の指名がある以上、降りるも降ろすもリスクがあった。

スズキの予言がまったくの偶然とは思えない。第二、第三の爆弾は「ある」と想定するしかない。そのうえで馬鹿げたテロ行為を未然に防ごうと思ったら、みずから警察署にやってきた予告犯の協力を得るのがいちばんの近道なのだ。反対に機嫌を損ね、だんまりを決め込まれても得はない。その結果、どこかで何かが爆発し、誰かが亡くなりでもしようものなら、警察は袋叩きにされるだろう。

まっ先に殴られるのは、おれか――。

等々力は取調室へ踵を返す。時刻は二十二時十五分過ぎ。スズキが予言した第二の爆発まで残り四十五分をきっている。

2

等々力が戻ったとき、スズキは取調室の曇りガラスの窓をぼうっと眺めていた。見張り役の伊勢がこちらへ顔をしかめ、小さく首を横にふった。席を外しているあいだに探りを入れろと命じてあったが、試みは徒労に終わったらしい。

「スズキさん。起こったよ、爆発」

スズキが正面を向いた。等々力はパイプ椅子に背をあずけ、大げさに弱り顔をつくった。

「当たったね、霊感。でもあんなギリギリのタイミングじゃどうしようもない。爆発しちゃったら助言の意味がないからな」

「そうですか。いや、たしかにそうですね、たしかに」

面目ないと自嘲するスズキを見ながら、等々力は告げた。

「爆発に巻き込まれて大怪我をした通行人が三人。ひとりは、もうすぐ亡くなりそうなんだって」

スズキが、「そうですか」と眉間に皺を寄せた。

しかしそこに、動揺らしきものは見てとれない。

等々力は机に腕をのせ、世間話のように語りかけた。「女の子のふたり組でね。休みを合わせて地方から遊びにきてたらしい。ホテルに帰る途中で被害に遭って、割れた窓ガラスの破片が、片方の子の右目と喉に突き刺さったそうだ」

「お気の毒さまです」

それは、見事な「お気の毒さまです」だった。哀しみを模した声と表情。安っぽい同情の、まるで教科書に載りそうな猫背。

「やっぱり、あんたに十万円は貸せないな」

「え？　なんでです？」

「人間に貸すならともかく、バケモノには一銭だってやりたくない。だってバケモノは、金を返しちゃくれないだろ？」

「わたし、こんな身体で、たしかにメタボですけども、れっきとした人間ですよ」

「そうかな。人を傷つけて平気な顔をする奴を、おれは人間とは呼ばないけどな」

「わたしが？　やめてくださいよ。わたしが爆発を起こしたんじゃありません。霊感がピピンと働いただけです」

「あんたが女の子を死なせてへらへらできる爆弾魔でも、霊感で犯行を予知できる超能力者でも、どっちにしたってふつうの人間とはいえないだろ」

「ふつうの人間、ですか」

「そう。名前も顔も知らなくても、この社会をいっしょに回してる仲間だって思える人間はいるんだ。無愛想な宅配のニイちゃんだろうと、公園で鳩（はと）にエサやってるおっさんだろうと」

「犯罪者もですか？」

　等々力は腕を組んで感情を殺す。

「刑事さんにとって、わたしはそれ以下だと」

「いまのところはな」

「どうしたら、その、ふつうの人間の仲間入りができますかね」

「とりあえず、次の爆発がどこで起こるか教えてくれよ」

「そんなことでいいんです？」

「とりあえず、だよ」

丸い目をくりっと見開き、スズキが顔を突き出してくる。

「でも、爆発したって、べつによくないですか？」

「なんだって？」

「どこかで何かが爆発して、誰かが死んで、誰かが哀しむんでしょうけど、でもべつにその人は、わたしに十万円を貸してくれるわけじゃない。わたしが死んでも哀しまないし、わたしが死ぬことだって止めようとしませんよ、きっと」

スズキの吐息を近くに感じ、思わず等々力は身を固くした。

「――目の前で倒れてたら、救急車くらいは呼ぶだろ」

「目の前じゃなきゃ駄目なんです？　じゃあいま、わたしの目の前には刑事さんしかいませんよ。わたしを助けてくれるのも、わたしが気にかけなきゃいけない人も、刑事さんただひとりってことですね」

腹の底で、ざわめきが生じた。平坦だった心の凪（な）ぎに、波がひと立ち起こった。

等々力は、唇の片端を不自然なほど上げた。喉の奥から乾いた笑いがこぼれ、それをごまかすように腕時計を見た。二十三時まで、あと二十分。

「じつは嘘なんだ。女の子が死にそうってのは嘘。被害者は、みんな軽傷で済んだ」

そうですか、とスズキはいったが、それが安堵なのか安堵の演技なのかは見抜けない。

「だからまだ、あんた殺人犯じゃない」

きょとんとした表情のスズキに、等々力は尋ねた。

「次の場所、わからないの？」

霊感でも第六感でもいいからさ、と付け加え、「二度目も、周りの人が助かるとはかぎらない。けっこうな確率で、人は死ぬ。あんた、殺人犯になる。それも無差別殺人犯に」

じっと見つめ、反応を待ってみた。どんな言葉を返してくるか。あるいは目をそらすか。

スズキは最初、意外そうにぽかんとし、つづけて愛想笑いを浮かべた。落ち着かないそぶりでもじもじしはじめた。見つめられ、照れている。そんなふうにしか表せない振る舞いだった。

一分ほど耐え、等々力は切り出した。

「どうしたら、教えてくれる？」

「え？　いや、刑事さん。教えたいとか教えたくないとか、そういうんじゃないですよ」

「いいから。どうしてほしいのかいってみてよ」

「ええ？　うーん、弱ったなあ」わざとらしく首をかしげ、「何せ霊感ですからね。完全にコントロールできるわけじゃないですし」大げさに肩をすくめる。

「でも、もしかしたら、もっといろんな刺激があったら、閃きがおとずれるかもしれません。たとえばテレビとかラジオとか。ほら、そっちの刑事さんが使ってるノートパソコンでもいいです。iPadでもかまいません」

「自分のスマホは？」

「さあ。どっかになくしちゃったみたいです。いかんせん、酔ってたもんで」

等々力には疑問があった。秋葉原の爆発は派手に窓ガラスを割ったが、一方で被害を最小限にしようとしていた節もある。人通りのさみしい場所、遅めの時刻。二階でなく三階を選んだのも爆風の影響を抑えるためではないか。

目の前の男が、心底イカれた殺人鬼じゃないのなら。

――二個目の爆弾は、ガセか。

「駄目ですかね、テレビ」

「……駄目だよ。ここ、アンテナの端子がないし」

「Wi-Fiはありますでしょ？」

「駄目だよ」

そうですかと落胆し、うつむく頭頂部に十円というには大きすぎるハゲがある。

「何か刺激があるほうが、いいと思うんですけどねえ」

等々力は腕時計を見た。まもなく二十三時だ。あと十秒。九秒、八秒……。

時刻になって、ふり返る。伊勢がうなずき、ネットにつないだノートパソコンを操作する。

一分経っても、後輩は何もいってこない。

「――外れたみたいだな、霊感」

「テレビを観たかったです。プロ野球ニュース。あれだけが楽しみなんです」

ふっと鼻で笑ったとき、ガッと立ち上がる音がした。伊勢が、ノートパソコンを手に駆け寄ってきた。差し出された14インチのディスプレイにニュース番組が映っていた。音はミュートにしてあるが、緊急速報の慌ただしさがペーパーへ目をやるアナウンサーの形相に表れていた。

字幕が出ている。『東京ドームそばで爆発』

思わず顔が、スズキへ向いた。

スズキは唇を尖らせ「だからいったのに」とすねていた。

「特番で、今夜はもう試合のダイジェストが観れないかもしれません」

およそ一時間のうちに起きたふたつの爆発を結びつけるなというのは無理があった。マスコミは万世橋警察署と東京ドームシティを管轄する富坂警察署、そして警視庁へと押しかけ、ことの次第を厳しく問うた。

とはいえ野方警察署に留置されている自称霊能力者の存在を嗅ぎつけてくる優秀な猟犬はさすがにおらず、それが唯一、等々力にとって朗報だった。

そう。唯一の。

「重体だ」

鶴久の言葉を、等々力は静かに受け止めた。

今回の爆弾は、東京ドームと都道を挟んだ向かい側、ショッピングモールとならび建つ行楽施設のそばに仕掛けられていた。爆心地は施設を囲う壁沿いの植え込み。およそ八十メートル上空に走るジェットコースターを仰ぎ見ることができるこの場所で、ウォーキング中の夫婦が爆発に巻き込まれた。

「施設側を歩いていた奥さんは爆風をもろにくらって意識不明。車道側にいた旦那のほうもガードレールに吹っ飛ばされて背骨がぐちゃぐちゃだとよ」

「火傷ではないんですね？」

デスクに座った鶴久が、忌々しげに電子タバコの器械をカチャカチャ鳴らした。やはり火薬ではないらしい。専門家が見立てたとおり、ガスを利用したお手製爆弾か。

「秋葉原の進捗（しんちょく）は？　それにスズキの、酒屋にくるまでの足取りはわかったんですか」

「ずいぶん、がっつくんだな」嘲笑（あざわら）う口ぶりだった。「重傷者が出て、たぎってきたか？」

黙って見下ろす等々力に、色の薄い唇が言い訳のようにゆがんだ。「さもなきゃおまえが、やる気を出すはずがないもんな」

「課長」息をするように返す。「それが命令なら命令とおっしゃってください。正座でも土下座でもしますから」

鶴久の目が敵意で燃えた。だが等々力に、この上司を気遣う忠誠心はなかった。短気で嫌味ったらしく、世渡りとそつのなさだけが取り柄の上司。通称《七十五点の男》。

「新しい情報を教えてください」

「必要ない」

「――どういう意味です？」

「おまえごときに扱える事件じゃないんだ」

背後で人の気配がした。革靴の硬い音が複数近づいてくる。ああ、なるほど、と思いながら等々力はふり返った。

「警視庁捜査一課特殊犯捜査係の清宮（きよみや）です」

ロマンスグレーの中年紳士が立ち止まり、軽く目礼をした。等々力が場所をゆずると、清宮は鶴久だけを見てすっと一歩踏み出した。

後ろにふたり、男が付き従っていた。若いほうが清宮の部下で類家（るいけ）と名乗った。身体に合っていない大きめの背広に真っ白なスポーツシューズ。天然パーマの髪の毛を爆発させ、円い眼鏡を鼻の上にのせている。その浮世離れした雰囲気に、等々力は眉をひそめた。

特殊犯係といえば切れ者ぞろいのイメージがある。誘拐や立てこもりといった現在進行形の事件を専門に扱い、交渉術や駆け引きの訓練を積んだプロフェッショナル。類家の野暮（やぼ）ったい見てくれは、等々力の勝手な期待を裏切っていた。

もうひとり、角刈（かくが）りの男は警備部の所属だという。ごつい肩幅に鋭い目つき。年齢は清宮より上に見えるが枯れた印象はまるでない。

「被疑者の取り調べは？」

「わたしが」

清宮が、初めてこちらへ目をやった。

「君が、等々力くんか」

「はい。いま、スズキにはウチの若いのが付いています」

等々力はこれまでの経緯を手短に伝えた。すでに報告がいっているらしく、一同は承知の顔で軽くうなずくばかりだ。

だった。

「率直に訊くが」

話し終えた等々力に清宮がいった。

「スズキはクロか？」

威圧とも尊大ともちがう、正しい質問には正しい答えが返ってくると信じきった口ぶりだった。

唇を湿らせてから、等々力は答えた。

「爆弾と、無関係はあり得ません」

「根拠は？」

「スズキは二度とも、爆発が起こる直前にその場所をにおわせています」

最初ははっきり秋葉原と口にし、次の東京ドームシティでは野球の話をすることで。

「これが偶然とは思えません」

「単独犯か？」

「確信はないですが、たぶん」

「なぜ？」

「奴が、誰かと相談しながら計画を練っている姿が浮かばないんです」

説明になっていない自覚はあったが、本心だった。

清宮が質問をつづける。「動機は？」

る。

「それは――、まったく」

警備部の角刈りが腹立たしげに鼻を鳴らした。類家は宙へ目をやり小首をかしげてい

当の清宮に失望の様子はなかった。署のいち捜査員の感想などその程度と割りきってい
るのだろう。等々力も同感だった。むしろ部下の無能に渋面をつくっている鶴久こそ間抜
けに見えた。

「ご苦労さま。あとは我々に任せて、君は周辺捜査に当たってくれ」

「スズキは、自分以外の人間と話さないといっていますが」

「うん。ご苦労」

そういって、清宮は等々力から視線を切った。

「等々力」

鶴久が怒鳴った。

「おまえは防犯カメラのチェックだ」

瞬間、刺されたような熱の高まりを感じた。けれどその予兆はすぐにしぼんだ。お役御
免。けっこうな話じゃないか。

「ねえ等々力さん」

呼び止められふり返ると、視界の下にもじゃもじゃの髪の毛があった。等々力は見下ろ

すかたちで類家と対峙した。丸眼鏡の奥から、尖った瞳がまっすぐこちらを捉えていた。

「ひとりで計画を練って爆弾をつくるスズキの姿は、想像できたということですか？」

質問を理解するのに一拍、頭を働かせるのにもう一拍が必要だった。

「――いや、それもちがう」

「といいますと？」

「奴の性格――、正体がつかみきれないんです」

無言でつづきを求められ、等々力はネクタイの結び目に手をふれた。「ありがちなストーリーを当てはめるのは簡単です。文無しで自堕落で、良心が麻痺した中年男。失うものが何もない、いわゆる無敵の人ってやつだ。けど、それだけじゃない気がする。じつは計算高いとかそういう話でもなく、上手くいえないが――」

「いえないが？」

「――無邪気」

口にしたそばから後悔した。我ながらつまらない印象論だ。類家の前のめりな視線がこそばゆく、「思いつきです」と顔をそむけてごまかした。

「おれが何をいっても仕方ない。ご自分でたしかめてください」

「防犯カメラのチェックは署内で？」

「え？　ええ、下のAVルームです」

「いや、悪く思わないでください」急に芝居じみた仕草で手刀を立てる。「心中お察しします。さぞかしご不快なことでしょう。しかし我々とて、あなたを蔑ろにしたいわけじゃない。組織が決めた役割分担を馬鹿正直にまっとうしているだけでして」ますます声をひそめ、「ウチの清宮はそういう建前にとかくうるさいタチなんです。杓子定規なお役人体質とでもいうんでしょうか。そのへん、もう少し飼い馴らしてくれたらもっと実力を発揮できると思うんですがね」

呆気にとられる等々力を無視し、類家は手帳に素早く何かを書き込んでゆく。

「申し訳ないが、等々力さん。事件が片づくまで所在をあきらかにしておいてください。必ず連絡がつく場所にいていただきたい。いつスズキが、あなたを求めるかわかりませんので」

それと、と書き込んだページを破る。「ここにワンコールを。何かあればショートメッセージをください。たぶんこの先、通話は難しくなるでしょうから」

押しつけられたページの切れ端にスマホの番号が書いてある。

「何卒。どうかひとつ、男と男の約束で」

「それは」

上司のもとへ戻りかけるもじゃもじゃ頭を呼び止めた。

「それは、命令という理解でいいんですね？」

「等々力さん」

ふり返った類家を、まるで得体の知れない小鬼（ゴブリン）だと等々力は思った。

彼は人差し指を唇の前で立て、大真面目にささやいた。

「男同士の約束です」

なんだこいつは――。離れていく背中に不信の眼差し（まなざし）を投げ、等々力はページの切れ端を握りつぶした。

薄暗い階段を下りながら、この先の展開を思い描いた。特殊犯係を出動させたことからも本庁がこの件を軽くみていないのはあきらかだ。類家はああいっていたが、天下の警視庁で飯を食っている清宮が無能とは思えない。

現場の主導権は捜査一課にあるとして、意思決定はもっと上の幹部によるものだろう。清宮にくっついてきていた角刈りが所属する警備部は機動隊を統括する部署であり、こうした事件に駆り出される要員として不自然とはいえないが、一方でべつのふくみも想像できた。部として独立している警視庁は例外として、各道府県警の警備部には公安課が属している。

国内で起こる爆弾テロは、比較的治安がいい先進国と比べても飛び抜けて少ない。政治犯、愉快犯、狂信者――。なんにせよ上層部が迅速かつ穏便な解決を望んでいるのは間違いなかった。不特定多数を狙ったこの手の破壊行為には、それが知れわたることにより不安が煽られ、人々に疑心暗鬼や恐慌を生みだす怖さがある。模倣犯でも現れた日には収拾は困難になる。

かといって情報隠しが被害拡大につながれば責任問題は避けられない。

踊り場で立ち止まり、宙に息を吹きかける。ネクタイを引いて結び目を絞る。かすかな窒息感は、鶴久が電子タバコの指運動に求めるものと近いのかもしれない。

ふたたび足を動かすと、脳裏にスズキの顔が浮かんだ。いがぐり頭、とぼけた瞳。

あれが政治犯？　まさか。

ならばいったい、何者だ。

清宮や類家に伝えた感想に偽りはなかった。文無しで自堕落で良心が麻痺した中年男。失うものを失った、無敵の人。他方、それだけと思えないのも本音であった。

清宮はどう判断するだろうか。秋葉原の直後、スズキは「ここから三度」爆発すると予言している。素直に信じれば爆弾は残り二個。それが事実だとして、奴の口を割らせることはできるだろうか。爆弾が仕掛けられた場所を特定できるか。できなかったとき、今度はどの程度の被害になるのか。何人が怪我をし、何人が亡くなるのか。そもそも奴の目的は――。

よせ。よけいなことを考えるな。与えられた役目をこなせばいい。スズキの足取り捜査。文句なく、奴を引っ張ってきた野方署がすべき仕事。ただの仕事だ。

階段から廊下へ出ようとした足が止まり、等々力はポケットに手を突っ込んだ。指が、類家にわたされたメモの切れ端にふれた。聞けばすぐわかる捜査員の連絡先をこうやって知ろうとする裏には杓子定規な役人体質に逆らう意思がちらついている。同時に奴は、この紙切れで問うている。あなたはどっち側です？　規律からはみだす気概はありますか？

ざわめくものがあった。ついさっき自分にいい聞かせた言葉を裏切る、否定しようのない欲望。

もう一度、スズキと向き合ってみたい。

紙切れに書かれた番号に、等々力はスマホからワンコールを入れた。

3

ひと目見たときから虫唾が走った。たるんだ頬、ビール腹、気の抜けた愛想笑い。伊勢勇気の目に、スズキタゴサクを名乗る男は世の堕落を凝縮した姿に映った。スズキが口を開くたび、伊勢は顔をしかめた。奴のおしゃべりにまとわりつく腐臭は、七年におよぶ警官人生のなかで出会ってきた社会不適合者たちのそれと似通っていた。口臭だ体臭だという話ではない。彼らが発する言葉、彼らの振る舞い、にじみ出る幼稚な価値観。そして自虐。おれは社会に合わせることなんかできねえんだよ――。そんな身勝手な開き直り。

死ねばいいのだ。合わせられないのなら。

ノートパソコンに打ち込んだ記録へ目をやる。スズキと等々力のやり取りが細大漏らさず書き留めてある。文学部時代に培ったタイピング能力を買われ、取り調べの補助につく機会は多い。正直、録音録画するほうが確実なのにと思わなくもないが、どうせ調書は要るわけで、ならば文字起こしをさせられるよりはマシだろう。刑事課に引き上げてもらって二年、さまざまな種類の被疑者、関係者、腹に一物抱えた老若男女を目の当たりにできたのは財産だ。もちろん犯人たちの言動も、この目と耳に焼きついている。

先輩たちの「落とし」の技術も学べた。ほれぼれする熟練の技から、なるほどこれが録音を嫌う理由かと納得してしまうグレーなやり方まで。

現状、スズキの容疑は酒屋店主に対する暴行で、可視化が義務付けられている裁判員裁判の案件には当たらない。容疑が変われば機材を用意し、品行方正な取り調べを余儀なくされるが、そんなのは無益な建前だと伊勢は思う。

ぼーっとうつむいているスズキへ強い視線を投げてみた。勘がいいのか、じつはこちらを気にしていたのか、スズキはすぐに気づいてきょとんとし、それから「でへへ」と笑みをつくる。一見、好意的に見えるが話しかけても答えない。手で口に蓋をし、馬鹿みたいに頭を横にふるのだ。その子どもじみた仕草に、伊勢は感情の昂ぶりをこらえねばならなかった。

等々力さんは甘すぎる。こんな野郎は昔みたいに殴って蹴って、身体に訊かなくちゃ駄目なんだ。

「刑事さん」

初めて声をかけられ、「え？」と返事が上ずった。

「トイレ、行けますかね」

困り顔で尋ねてくるスズキに動揺を悟られないよう、伊勢は空咳をした。

「――いますぐか？」

「いえ、そこまで急いじゃいませんけども」

「なら、我慢するんだな」

「やっぱり、上の人に聞かなくちゃ駄目ですか」

「まあな。あんた、重要参考人扱いだから」

「そうですか、たいへんですね」

スズキの口調はどこか気の毒げだった。まるで同情されているようで、伊勢は全身に血がめぐるのを感じた。スズキはどこ吹く風で、くれてやったペットボトルの水をぐびぐびと飲んだ。半分ほど一気に飲んで、満足げにゲップをする。股間のところで手を組み背を丸めると、そのフォルムは出来損ないのゆるキャラのようだった。

なんで等々力さんは、こんな奴の口を割れないんだ。おれだったら――。

「ねえ刑事さん」

「なんだよ」

「刑事さんは、大学を出てますか」

「……ああ、まあな」

「やっぱり。賢そうなお顔してますもんね。わたし、そういうのすぐわかるんです。ピンとくるんです。昔からです。まだこんなにお腹が出ていなかったころ、十円ハゲもないころです。あまりにもピンとくるもんだから、みんな勘違いしちゃってね。もしかするとこの子は、とっても頭のいい子かもしれないぞって」

へへへと鼻をかくスズキの真意を、伊勢は測りかねた。等々力が部屋を出てから十五分。退屈になっただけか。それとも何かを伝えようとしているのか。

スズキの台詞をタイプしながら、伊勢は会話をつづけた。「あんただって、頭の回転は速そうだけどな」

「とんでもない。わたしは鈍行ですよ、鈍行。頭からお尻まで、首尾一貫してのろま野郎なんです。こんなのと比べたら、刑事さんはポルシェとかフェラーリなんでしょう」

「鈍行列車、おれはわりと嫌いじゃないよ」

むにっとスズキが両頬を上げた。これまでの愛想笑いや照れとはちがう、どこかしら親しみを感じさせる顔だった。

「刑事さん、東京の生まれでしょう？　きれいな発音ですもんね。だからそういう浪漫（ろまん）をもてるのかもしれません。けど、ほんとのところ、鈍行なんてろくなもんじゃないですよ。わたしはもう、嫌な思い出しかありません。ほら、田舎（いなか）は駅と駅の距離が離れてますでしょ？　おまけに本数も少ない。一本乗り遅れたら遅刻って、めずらしくないですからね。一分一秒が、人生を分けることだってありますし」

「人生って、ずいぶん大げさじゃないか」

「いいえ、ぜんぜん大げさじゃないんです。だってたとえば受験とかってあるでしょう？　センター試験って、わたしのときは共通一次と呼んでましたが、田舎は、そもそも会場が遠かったりするんです。だから電車の遅れは命取りになるんです」

「だいたい車じゃないのか、そういう土地は」

「そう思うでしょ？　ところで刑事さん、わたしは昔から頭をひねってるんですけども、なんで受験って冬の時期にやるんでしょうね。風邪をひく確率が高くて、雪が降るかもしれない時期にわざわざ。秋にやればいいのにね。そう思いませんか、刑事さん」

「秋は秋で、なんかあるんだろ、台風とか」

「かもしれません。みんな、わたしより賢いですからね。賢い人がつくった制度ですから、思いもよらない理由があったりするんでしょうね。で、雪ですよ、雪。車で行こうと思っても大雪に降られて立ち往生なんてざらなんです。だから田舎は困るんです。まあ、そんな大雪がどかどか降っちゃう土地だから、めぐりめぐって田舎の地位に落ち着いたんでしょうけど」

「――生まれは東北？」

スズキが、おちょぼ口になって目を丸めた。

「北海道とか、それとも信越のほうかな」

「なんで、そう思うんです？」

「だって嫌な思い出があるんだろ？　雪に」

スズキが、両手でぱっと口をふさいだ。あまりにも芝居がかっている。だが案外、この男なら自然に見える。

「出身地くらいいいだろ。それであんたの素性がバレるわけでもないんだし」

「……べつに隠してはいません。名前だって本名ですし」

「なのに住所は忘れましたって、それは通じねえだろ」

「お酒とは恐ろしいものなのです」

コノヤロウ――。憎らしさが、なぜか苦笑になった。

「じゃあひとつくらい話してみろよ。あんたのひどい思い出を」

「なら先に、刑事さんのお名前を教えてください」

「――なんでだよ」

「だってわたし、これからプライベートな話をするんです。それはプライベートな知り合いにしかすべきものじゃないでしょう？」

「つまり名乗ったら、めでたくあんたの知り合いにカウントされるってわけか？」

「まあ、そうです。だから、ここから先は、わたしと刑事さんの秘密の会話ということです」

そういって期待と不安がまじった上目遣いを寄越してくる。腹の底がうずいた。スズキの媚びた目つきは、伊勢が幼いころから身近でずっと接してきたものとそっくりだった。

「伊勢だよ。伊勢勇気」

「そうですか。わたしはスズキタゴサクです。どうぞ仲良くしてください」

にかっとうれしそうにして、「照れますね、なんか。十代のころに戻ったみたいだ」

伊勢はムカつきを押し殺し笑みを返した。鴨がネギを背負って近づいてきたのだ。みずから遠ざける必要はない。いや、鴨というより、トドか。

「雪で困った話ですがね」

ずいっとスズキが顔を押し出してくる。

「好きな子がいたんです。中学生のころ、同級生で、色が白くて、肩がこんなに細くてね。みんなのアイドルだったんです。もちろん、わたしなんぞは相手にならない。歯牙にもかけてもらえません。けど、一方的に想い煩うのはタダでしょう？　わたしは純朴な小僧っ子でしたから、あまり深く考えず、その、帰り道とかね。ちょっとこう、後ろ姿を眺めたりしてね」

「立派なストーカーじゃねえか」

「いや、面目ない。でも昭和の話ですから、昭和の」

昭和も令和もあるもんか。自分の恋人がスズキにあとを尾けられている場面を想像し、背筋におぞましさが駆け抜けた。

「――それで？」

「はい。ミノリちゃんというんです。まあその子、殺されたんですけどね」

「は？」

「殺されたんです。大雪の日に。田舎ですから人目につかない場所は腐るほどあります。人目につかない場所しかないといってもいいくらいです。犯人はウチの学校の教師でした。地元じゃあ王様みたいにしてる金持ちの三男坊でね。下校中のミノリちゃんをさらって、好きなだけ凌辱して、雪の中に顔を押しつけて窒息死させたんです」

「――ひどいな」

「ええ、最低です。ほんとうに最低です」

スズキは目をそらさずにこちらを見ていた。

「でも、あんたがひどい目に遭ったわけじゃないだろ」

「いいえ、遭ったんです、ひどい目に。わかりませんか？　わたし、馬鹿のひとつ憶えというか一途（いちず）というか、ほら、決まった行動を飽きもせずに繰り返してしまう種類の人間がおりますでしょう？」

「――尾けてたのか、その日も」

「大当たりです」

でも、とスズキは悲しそうにかぶりをふった。「ミノリちゃんが神社のそばで連れ去られる瞬間をすぐ目の前で見てたのに、なのにわたしは、何もしてやれなかった。だってミノリちゃん、嫌がってなかったですから。迎えにきたお父さんやお兄さんに出くわしたみたく、むしろよろこんでましたから。考えてみれば当然ですね。大雪の日に学校の先生が現れて、いっしょに帰ろうと誘ってくれたら安心でしょう？　その三男坊、外面だけはよかったですし、もしかするとミノリちゃんも少し気があったのかもしれない。反対にわたしのほうは、たんなる挙動不審な同級生です。見つかったらまずいと思って、すごすご引き返したわけなんです」

それで――と神妙につづける。

「疑われました、わたし」

ミノリのあとを付いていく姿を目撃されたという。一方で彼女を連れ去った犯人に、スズキ以外の目撃者はいなかった。そして肝心のスズキも、それが誰かわからなかった。

「大雪のせいです。大雪が悪いんです」

ミノリの通学路に住んでいた農家の住人は、毎日のように彼女のあとを尾けまわす男子生徒を目にしていた。だから雪に関係なくそれがスズキだと証言できた。

「身から出た錆(さび)といわれたらぐうの音も出やしません。けども冤罪(えんざい)ってのは、ほんとにつらいものですね。わかりますか、刑事さん。身に憶えのない犯罪を押しつけられて疑われて、白い目で見られてね。そうしているうちにむくむくと、くろーい感情がわだかまってくるんです。おれは何もしてないのに、なんでこんな目に遭わなくちゃならないんだ。これならいっそ、おれが犯(や)っておけばよかったなって」

「なんだって？」

「おれが犯っておけばよかった。だってそうでしょう？　あの可愛いミノリちゃんに、けっきょくわたしは指一本ふれちゃいないんですからね」

伊勢は、強烈な嫌悪感と、同時に妙な落ち着かなさを感じた。それは言葉にするのがためらわれる、痒(かゆ)いところに爪が引っかかりそうな感覚だった。

「ねえ伊勢さん」

「え？」

「伊勢さん」

ふと、自分の目測よりもスズキをそばに感じた。

「伊勢さんにもありますでしょ？　そういうことが」

ある――と答えるべきか。この男の歓心を得るために。

それとも――。

「話します？」

「え？」

「ミノリちゃんのこと、ほかの刑事さんたちに」

丸い瞳が、じっとこちらをのぞき込んでいる。

「わたし、伊勢さんだけに、話したんですけどね」

おれだけに――。

ガチャっとドアが開いた。我にかえって顔を向けると、スマートな背広に身を包んだ白髪まじりの男が入ってきた。

「どうも。警視庁の清宮です」

その後ろから「類家です」と、もじゃもじゃ頭の小男がスズキに目礼をした。

等々力さんが外された。まあ、当然か――。そんなことを思いながら、伊勢は目の前のノートパソコンへ目を戻した。スズキと交わした雑談の記録は『いや、面目ない。でも昭和の話ですから、昭和の』というスズキの台詞で止まっている。指が動きかけ、躊躇した。

　すっと横に、類家の顔が寄ってきた。丸眼鏡の奥でぎらつく瞳が、伊勢の報告書に食いついていた。類家がパイプ椅子を開いてとなりに腰かけたとき、伊勢はタイプを再開した。『どうも。警視庁の清宮です』

4

　髪は切りそろえられ、コロンはつけず、洗顔もしていない。スズキタゴサクと向き合って、清宮輝次が初めに認めたのはそれだった。

「ここから先は、わたしが担当をつとめさせていただきます」

　清宮の言葉に、スズキは口をすぼめ目を丸くした。まるでびっくりを伝える下手くそなジェスチャーのように。

　毛玉の目立つセーター、くたびれたコーデュロイのジャケット。どちらも買ったままクリーニングひとつせず、何年も着つづけているのがわかった。腕時計やアクセサリは見当たらない。

　パチッとパズルのピースがはまる感覚があった。いつもどおり、まずは角のピースから。

「さっきの刑事さんはどうなさったんです？」

清宮は、その口もとへ注意を払った。一見、歯並びはふつう。黄ばみも気になるほどでなく、ヤニ臭さはなし。アルコール臭もしない。

「彼は自分の仕事に戻りました。こうしてお話をうかがうことをわたしは専門にしてますし、必要であればあなたの要望に応える権限も与えられています」

「でもわたし、あの人が気に入って、あの人としか話さないって約束をしているんです」

「等々力くんも了承してます。この交代は、我々があなたを、とても重要な情報提供者と考えているゆえとご理解ください」

「そうそう、等々力さんでした」

ぱっと晴れやかな表情になった。「最初に聞いたのに、つい忘れてしまうんです。いけませんよね、人の名前を忘れるなんて」

わたし、いつもこうなんです——照れたように頭をかく。妙に目立つ丸い脱毛斑がひとつ。

報告どおりの反応だった。純朴そうで追従的、自虐的。一方で、芯を食わせない奇妙な話術。計算なのか天然なのか、等々力が見極めきれなかったその点は、清宮にとっても重要だった。

この男の、悪意の量を測るうえで。

「やっぱり」と、スズキが尋ねてくる。「お相手を等々力さんに戻してもらうわけにはいかないですか」

「申し訳ないがあきらめてください。それほど我々は、あなたをとても重要な情報提供者であると考えているのです」

あえておなじいい回しを強めの口調で繰り返し、今度は少しやわらげた。

「それとも、等々力くんにならすべてを話すのですか？」

「すべて、とは？」

「残りの爆弾についてです」

ああ、とスズキが、拳をぽんと手のひらに打った。「刑事さん、それは難しい相談です。わたしだってそうしたいのはやまやまですけど、たしかに予感はありますけども、でも次がいつ、どこでとなるとそのへんはさっぱりなんです」

太い眉が、情けない皺をつくった。

「プロ野球ニュースを観れば閃くかもしれないと、等々力くんにおっしゃったそうですが」

「ええ、あのときはそうでした。でもいまは、また状況がちがいます。等々力さんはいませんし、時間も経ちましたでしょう？　わたしの中の、むずむずする欲求といいますか、ざわざわする不安とでも呼ぶべきか、ともかく霊感には、そういった燃料が必要なんです」

「なるほど」清宮は机の上で手を組んだ。「参考までに、ふだんその霊感がどんなときに発揮され、どんなことをあなたに告げるか、教えてもらえると助かるのですが」

「あ、刑事さん、もしかして疑ってます？　わたしの話」

「疑ってるなら、こんな質問はしません」

じっと見返し、「時間もかぎられてますからね」スズキの反応を観察する。

「初めの爆発が十時、二個目が十一時。どちらも切りよく爆発しています。次も一時間間隔ならば、零時まで、もう三十分も残っていません」

スズキはぽかんとしていた。ぽかんとしているという演技をしていた。ふたたびパチッと音がする。スズキタゴサクというパズルの、外枠のピースが埋まってゆく。

「あなたしかいないと思っています。この非道な犯罪を止められるのは」

「わたしだけ、ですか」

清宮はうなずき、正直なところ、とつづけた。「いまこの瞬間、次の爆発があったとして、我々には打つ手がない。悔しいし歯がゆいが、どうしようもありません」

背中に咎めるような視線を感じた。野方署の若い刑事、名は伊勢だったか。

「警察官にあるまじき発言だと思われますか？　しかし無理なものは無理です。残念ながら現実的に、たとえ職員を総動員したところで、この広い東京のどこかにあるらしい爆弾をなんのヒントもなく探し当てるのは不可能です。それこそ霊感でもないかぎり、指をくわえて待つしかない。現状、我々にとって犯人は、神出鬼没の傍迷惑な通り魔にすぎません」

清宮は、スズキから目を離さなかった。

ふたつ、見極めねばならない。まずはスズキに、予告なく爆発を待つつもりがあるのかどうか。

そしてこの男の目的が、たんなるテロか、テロを人質にべつの要求をすることなのか。

「ヒントさえあれば、我々は全力で応じます」

意味は、伝わっているはずだ。貴様がちゃんと賢いのなら。

みずから捕まりにきたのだろう？　清宮は、無言でそう問いかけた。わざと酒屋で暴れ、首尾よくこの取調室に陣取った。おのれの犯行を明かしてみせた。ただ人を傷つけたいだけの人間がすることではない。

通り魔呼ばわりにプライドは傷ついたか？　ならばこちらを慌てさせる努力をしてみろ。

「どうです？　何か閃くことはないですか」

貴様が望んでいるのはゲームだろ？　知恵比べをし、警察を負かしたい。ならば従え。

自分のルールに。

さっさと寄越せ。次の爆弾のヒントを。

「スズキさん。こう見えてわたし、とても負けず嫌いなんです。きっとあなたの、お役に立てると思います」

スズキの口もとが、一瞬笑みをこぼすのを、清宮は見逃さなかった。

「すみません」しかしすぐ、その笑みは醜い困り顔に隠される。「たいへん申し訳ないですが、やっぱり駄目です。さっきから霊感が、ちっとも働いてくれなくて」

清宮は、ちらりと腕時計を見た。午後十一時五十分。

清宮たちが乗り込んだ時点で捜査情報を共有する特別なアプリの使用が認められた。事件に進展があれば情報が更新され、現場の指揮官と本庁の上層部に伝わる仕組みだ。すでに全国の道府県警へは緊急協力要請が通達され、国内で発生したすべての不審事案が集約される手はずであった。伊勢が使うノートパソコンや類家のタブレットPCにも閲覧権限が付与されている。

だが部下たちに、動く気配は少しもない。

零時の爆発は、あるのかないのか。

目の前で、スズキがもじもじしていた。こちらの機嫌をうかがう気まずそうな愛想笑い。見え透いている。仮面の下で舌を出す顔がはっきり浮かぶ。これ以上は話しませんよ

——。

苛立ちが生まれかけ、清宮は短く目をつむった。

感情は要らない。自分はただ、すべきことをするまでだ。

まもなく捜査本部が警視庁に立てられる。そこにはスズキがいる野方署をマスコミから遠ざけるカモフラージュの意味もある。鶴久が指揮をとる人定捜査で自宅が割れれば、爆弾の数や設置場所が判明する可能性は高い。物証が見つかりしだい正式に逮捕し、じっくり締め上げることになる。しかしそれは、特殊犯係の仕事ではない。

清宮たちの出番は、事件が生きているあいだにかぎられる。だからこそ最悪を想定し、最善を尽くすのが使命なのだ。自分に許された範囲で、誠心誠意、全力で。

「霊感が不調なら、きちんと作動するよう考えませんか。こちらも協力は惜しみません。何を用意したら治るのか、どうすれば戻るのか、力を合わせて最善の方法を探しましょう」

やわらかな口調とは裏腹に、裂くような痛みが胸に走った。清宮は追及の手をゆるめ、対話を選んだ。事実上、午前零時の爆発は見捨てるという決断だった。

「いっそ、場所を変えてみるのはいかがです？　環境の変化が刺激になるかもしれない」

「あ、それは駄目です」

スズキの返答は早かった。

「ここがいいです。ここでないと駄目です」

まっすぐにこちらを見つめ、迷いのない口調でいう。

「そんな気がするんです。かまわないでしょう？　こっちは等々力さんを替えられて、それでも協力してるんです。少々のわがままは許されると思うんです」

清宮はわずかに目をすがめ、「たしかにそうですね」と笑みをつくり直しながらスズキの真意を探った。警察署には必ずひとつマジックミラーを備えた取調室がある。もともと微罪で捕まったスズキにあてがわれたのはそうした設備のない部屋だ。いつ爆弾が破裂するかわからない状況でむやみな時間のロスは命取りになりかねないと二の足を踏む気持ちもあったが、可能ならしかるべき部屋へ移りたかった。

とはいえ無理強いをするほどではない。スズキにへそを曲げられるほうがはるかにまずい。

それよりも、反応の強さが引っかかる。決めていたような即答だった。ゆずらないという意志を感じた。主導権を握るための駆け引きなのか、移動したくない事情があるのか。

スズキの両頬がぐいっと上がった。

「そういえば」厚い舌が唇をなめた。「いまふと思い出したのですが、いつか本で読んだんです。人の心についての、おもしろいお話を」

背を丸め、顔を突き出してくる。「なんて本かはすっかり忘れちゃいましたけど、たぶん哲学とか心理学とかの難しい内容を、わかりやすく解説した本だったと思います。これでわたしも、そういうありがたい本をたまに読んだりするんです。買うお金はないですから、本屋さんで、申し訳ないですけど立ち読みさせてもらってね。図書館へも行きますよ。半年に一度か二度くらいですけど」

あとは古本屋です。スーパーみたいに大きな古本屋さんがあるでしょう？　あそこなら気兼ねなく読めるんです。

「で、その本に書かれてたんですが、ねえ、刑事さん。人の心って、どんな形をしていると思われますか」

「――さあ、見当もつきません」

「たぶん、ちょっと考えたらわかります。刑事さん、とても物知りでらっしゃるでしょう？　頭の出来も、わたしの数十倍はよさそうです。だからきっと、すぐ答えにたどり着けると思います」

「買い被り（かぶ）です。情けないが、人の心は大の苦手分野です」

小さく肩をすくめてみせる。

「ぜひ、答えを教えてほしいですね」

「まあまあ、そういわず、ちょっと考えてみてください。クイズだと思って、ね？」

清宮は苦笑いをつくった。その裏で神経を尖らせていた。クイズ――。

後ろからタタン、と床を叩く音がした。類家の運動靴が発する午前零時の合図だ。

「――形というからには、愛情や憎しみとはちがうのでしょうね。格言のたぐいはどうです？　心は人生を豊かにするとか、心を通じてしか真の美しさは得られないというような」

「いいえ、もっとはっきりしたものです」

「けっきょく、脳の電気信号であるとか？」

「それじゃあ素っ気なさすぎます。感情とか電気信号とかよりも、もっと具体的な、形です」

「正方形や、二等辺三角形のような？」

「そうです、そうです。ただ、もっと、ちゃんと意味のある形ですけど」

いったん背もたれに身体をあずけ、清宮は考えるそぶりで腕を組んだ。目は、ずっとスズキを捉えていた。スズキも、清宮から視線を外さなかった。爛々と輝いている。楽しんでいる。いっそ挑発的なほど。

最悪の報せがあったとき、取調官である自分が被疑者と「心の形」なんてものについて語り合っていたとなれば、上司からも世間からも、乱暴なタイピングをつづける署の若い刑事からも容赦なく責められるのはあきらかだった。左遷や降格もあり得るヤマだ。何より人命が懸かっている。しかしその責任の重さを、清宮はあえて意識から外すようつとめた。

「何か、ヒントをもらえませんか」

「そうですね」スズキが宙を見やった。「では逆に、こういうのはどうでしょう。《九つの尻尾》というゲームをご存じですか？」

「……いえ、初耳です」

「あ、そうですか。なにぶん田舎のローカルな遊びなもんで」謝るように両手をふって、「とても簡単な遊びです。いまから質問を九つします。刑事さんはそれに答えてくれたらいいです。そしたら最後に、わたしが刑事さんの心の形を当ててみせます」

「わたしの心を？」

「そうです。刑事さんの心の形を」

目を剝いたままにっこりとするスズキの顔を、清宮は見つめた。

「ほんとは、等々力さんとしたかったんですけど」

試すような口ぶりだった。断れば黙るぞ――。

「嫌ですか、こんなゲームは。刑事さん相手に失礼でしょうか」

「まさか」

清宮は笑みを保った。

「おもしろそうだ。ぜひ、そのゲームをはじめましょう」

のんきに遊んでる場合ですか？——背後から感じる殺気立った気配。少し間をあけ、盛大なタイピングの音。それを若さと流せるくらい、自分も経験を積んできたのだと清宮は思う。

この勝負、端からスズキの勝ちなのだ。罪を犯すこと、そして捕まることに躊躇のない者。社会の常識が通じないアウトサイダーを、完璧に取り締まるすべはない。スズキの口を割らせることに手段を尽くしていいなら、生爪を剝ぎもするし、自白剤も飲ませよう。だがそれを、現代の法治国家は許さない。

できる範囲ですべきことをする。リスクと期待値を天秤にかけ最善を選ぶ。迷わず実行する。シンプル極まりない方針は、刻々と状況が変化する誘拐や立てこもり事件を扱う特殊犯係の方法論を超え、清宮輝次の信念として出来上がりつつある。おかげで周りから「学者先生」や「マシーン」などと揶揄されることも増えたが、これが生き方と割りきってからは雑音も気にならなくなった。

ここでコミュニケーションの幅を狭めるのは得策ではない。対話を深め、情報を引き出す。そう決断した以上、粛々と付き合うまでだ。

「案外このゲームが、あなたの霊感の燃料になるかもしれませんしね」

「そうです、そうです、そのとおりです」

スズキがいきおい込んで唾を飛ばした。「ああ、わくわくするなあ。うれしいですね、楽しいですね。そうそう、質問には正直にお願いしますね。あまり深く考えず、直感を信じて」

全身が浮き立っている。一〇〇〇ピース、スモール――。清宮は相手をそう見立てた。五〇〇ピースほど簡単ではないが三〇〇〇ほど難解でもない。幼児向けラージよりはわかりにくく、かといって極小スモールのめまいはない。カラフルで饒舌（じょうぜつ）、比較的組みやすい絵柄。

「あ、それともし、答えたくない質問があったら遠慮せずにおっしゃってください。それはノーカンです。ノーカウント。なかったことになるんです」

「けっこうです。はじめましょう」

スズキが丸い身体をゆらし、座り直した。

「では一問目です。刑事さんは明るくゆるやかな坂道を歩いています。いまよりもずっと若返っています。小学校低学年か、せいぜい高学年です。てくてくと坂道をのぼっていきます。学校を目指しているのか、反対に家へ帰る途中かもしれません。ところで刑事さんは子どものころ、犬に噛まれたことがありますか？」

「――それが、一問目ですか？」

「え？　ええ、はい。大丈夫です、どうぞ」

「ならば、イエスです。噛まれたことはあります。近所の空き地に棲（す）む野良犬でした」

「わたしもです。失礼ながら、わたしと刑事さん、似たような世代だと思うんです。わたしは四十九歳で、もうすぐ五十になるんです。だからそう、子どものころは昭和も昭和、バブルとかいって景気がぶくぶく膨らみだしたくらいです。わたしの町でも、建物がどんどん新しくなってね。それでもまだ、松林だったり草っぱらが残っていてね。野良犬もよく見かけました。木の棒でそれを打ち倒すような勇ましい子が、みんなの羨望を集めてね。もちろんわたしは、ヒーローを遠巻きに眺めるその他おおぜいでしたけど」

「二問目は？」

「ああ、すみません。つい、よけいなことを。いや、さすがは刑事さんです。こう、目の前にしていると、なんでも話したくなっちゃいます。風格ってやつでしょうか。人間の厚みとでもいうんでしょうか。やっぱり都会育ちだと、品がちがうってことなのかもしれません」

「ご冗談を。空き地に野良犬がいたんですよ？」

スズキの唇がにんまりとした。「親近感がわきます。ご迷惑でしょうけど、わたし、なんとなく親近感をもちました」

ただの時間つぶしにしか思えなかった。腕時計を確認すると思いのほか経っている。新しい情報はない。零時の爆発は杞憂だったかと密かに胸をなでおろす。

「では二問目です。ゆるい坂はまだまだ先へつづいています。気がつくと刑事さんはもう少し大きくなっています。中学生くらいでしょうか。そろそろ受験を考える歳で、単語帳なんかを手にしているかもしれません。と、ここで分かれ道に出くわして、刑事さんはふらふらそちらへ吸い寄せられます。なぜって、道の先に大きな建物があるからです。美しい壁に立派な造りで、ついつい中をのぞきたくなったのです。怖いところは少しもなくて、きっと楽しいものでいっぱいです。建物は体育館かもしれないしレストランかもしれない。コンサートホールかもしれません。図書館や映画館の可能性もあります。温泉、ホテル、ゲームセンター。さて刑事さん。刑事さんはそこで何をしますか？　ぱっと思いついたものを答えてください」

「――射撃」

「射撃」スズキが、興味深げに鸚鵡返(おうむがえ)しした。

「ええ。ほんとうに、ぱっと浮かんだだけですが」

「見たことありますよ、わたしも。テレビで、たしか、ずっと先にある機械からフリスビーのような円盤が飛び出して、それをパーンて撃ち抜くんでしたっけ」

「いや、クレー射撃でなく、実弾が入った猟銃です。それをわたしは持っていて」

「持っていて」

「……野鳥か、それよりも大きな獲物を狙っている。たとえば熊のような」

「すると、美しい建物の中は、森ということになりますね。建物の中に森。おもしろい。

おもしろいし、素敵です」

文字どおり思いつきで口にした答えが妙にお気に召したらしい。うっとりとしたその表情を、清宮は情報として処理する。

「では、三問目に進んでもよろしいでしょうか」

「もちろんです。ただもう少し、手短にしてもらえると助かりますが」

「いや、申し訳ないです。何せこれがやり方でして。いちおう、ぜんぶひっくるめたうえで《九つの尻尾》なもので」

恐縮するスズキに、清宮はやわらかな微苦笑で応じた。

スズキのパズルの、外枠はすでに完成していた。あとは着実に内へ内へ、描かれている絵をあきらかにしていけばいい。

あらゆる情報から一枚のパズルを組み立てる。それが清宮のやり方だった。犯罪と、犯人がおさまったパズル。捜査畑を歩きはじめてから数百枚、あるいは千枚、さまざまな種類の絵を完成させてきた。大きなものから小さなものまで、複雑な細密画から茫洋とした抽象画まで、それらは余さず整然と、記憶のミュージアムに飾ってある。

清宮のつくり笑いにスズキが興奮を隠さずまくし立てる。「じゃあつづけます、いいですね？」

およそ三〇〇ピース、清宮の感覚においてスズキのパズルは埋まっている。残り七〇〇ピース。今回も、犯罪者どもに捧げる教訓が破られることはないだろう。驕った者ほど、へまをする。

「刑事さんは美しい壁の建物を出て、またゆるやかな坂道をのぼります。刑事さんは中学生じゃなく高校生でもなく、立派な大学に通う学生で、ほとんどもう大人です。お洒落な恰好をしています。すると前から、笑顔の人が歩いてきます。彼女はいったい何者でしょうか」

「女性なのですか」

「え？　ええ、はい。せっかくなので」

「何者というのも、ずいぶん漠然としている」

「なんでもかまいません。思いつきでいいんです。ぱっと聞いてさっと答える。それがこのゲームの肝なんです」

「では、母親にしておきます」

スズキがじっと待っている。

「それが答えです。これ以上は不要でしょう？　どんな女性か、くわしい説明を求められてはいませんからね。どうしても聞きたいというなら、よっつめの質問としてお願いします」

「あはっ。気づきましたか」

さすがです、と手を叩く。

「じつはこのゲームの肝といったのはそれなんです。ぱっと訊かれてさっと答えたものについて、人は意外にそれを説明したくなるものらしいんです。なんでこの質問に自分がこの答えを選んだか。きちんとした性格の人ほど、相手を納得させなくちゃと思うんでしょうね」

「心理学を学んだことがおありになる？」

「へ？　いえいえ、まさか。もちろんぜんぶ、立ち読みです。おっと、やめてくださいよ。質問するのはわたし。答えるのは刑事さん」

「失礼。では五問目をどうぞ」

「四問目ですよ、刑事さん」

また、一〇〇ピースほど埋まった。スズキのＩＱは平均か、平均をやや上回るくらい。ただし集中力が持続する分野はかぎられている印象。能力はあるが移り気。生活下手。忍耐と持久力に乏しく、酒がやめられなかったり仕事が長つづきしなかったりするのは「意志欠如者」と呼ばれる者の性質で、窃盗を繰り返す累犯者などによくみられる。加えて、スズキには他者の命に対する敬意が欠けている。爆発に巻き込まれた被害者や家族への憐憫（れんびん）もうかがえない。「情性欠如者」。そして、どこかしら自分の振る舞いに陶酔している。「発揚者」、または「自己顕示者」の性質だ。

人は意外にそれを説明したくなるものらしいんです――。スズキ流心理学は、そのまま自分自身をいい当てているのだと清宮は確信をもった。

こいつは自分の犯罪を溺愛し、見せびらかしたがっている。

ゆえに不意打ちの爆発はない。ゲームで勝てると思っているから。

「四問目。刑事さんはもう大人で、警察官になっています。けれどゆるやかな坂はまだまだずっとつづきます。いい天気です。人生が上手くいってる証拠でしょう。刑事さんは誰かの手を握っています。その人といっしょに坂を歩いています。その人は――」

ぐっと顔を突き出してくる。清宮は、意識して口もとをほころばせた。

「答えませんよ。ちゃんと質問してくれるまで」

「あはっ」

スズキが跳ねんばかりにのけ反った。「すごいです。こんな人は初めてだ！　みんなこのトリックに、たいてい一度は引っかかるのに」

「質問をどうぞ」

「はい。その人はハセベユウコウさんですか？」

「――え？」

5

いまだかつて倖田沙良(こうださら)は虫から報せを受け取ったためしがなかった。死んだお祖母(ばあ)ちゃんは枕もとに立たないし、手鏡に映るのはいつだって自分ひとり。霊感、神通力(じんつうりき)、シックスセンスにハンドパワー。軒並みゼロだ。きっと前世は、そこらへんの石ころだったんだろうと思う。

「どんくさいというか、のんきというか……。幸せな性格してるよ、おまえ」

三十センチ上空から降ってくる声が癪(しゃく)にさわった。矢吹泰斗(やぶきたいと)は制帽を直しながら、呆れ半分のにやけ面でこちらを見下ろしていた。

「こんな事件の被疑者にまっ先に出くわすなんてめったにないラッキーなのに、それをすっかりいつもどおりに処理するなんて、ある意味大したもんだぜ、ほんと」

沙良と矢吹は地下駐車場をパトカーへ向かった。二十三時を過ぎている。通常、この時刻に警視庁を訪れることはめったにない。まして相方といっしょに至急で呼び出されるなんて、懲罰ぐらいしか理由が思い浮かばなかった。何かやらかしたっけ？　首をひねった直後、スズキタゴサクの名が耳に飛び込んできた。臨場したのは君らだな？　捜査に役立つ情報を、くわしく話しにくるがいい――。

「べったりした坊主頭で、小太りで、でへへというふうに笑ってました……って、馬鹿なの？　語彙力小学三年生か？　ふつう、もっとあんだろ。ここに引っかかったとか、あそこにピンときたとか」

「だって、嘘はまずいし」

「嘘をつくんじゃなく、あとからふり返って気づくこともあるって話。優秀な警察官ならみんなもってるぞ、そういう直感」

「そんなの……、矢吹くんはどうなのさ。いっしょにいたじゃん」

「被疑者の相手は自分がするんで、どうぞ被害者の聞き取りを！　って仕切ったのはどこのどなたさまだよ」

もちろん野方署沼袋交番勤務、倖田沙良本人である。

正直、相手が酔っ払いオヤジと知って、ここぞとばかりに張りきった自覚はあった。なめられてたまるかと、肩肘が張った。前のめりだった。

「そしたら意外に腰が低かったもんだから、ついうっかり、ころりとさ」

「何がころりだよ、馬鹿」

馬鹿馬鹿馬鹿と繰り返す矢吹の語彙力こそ馬鹿のひとつ憶えじゃん。文句の代わりに唇を尖らせ、沙良はパトカーの助手席に乗り込んだ。交番から現場の酒屋へ臨場し、酒屋からスズキを連れ野方署へ。交番に戻るやいなや警視庁へ呼び出されたのだから、この短時間でけっこうハードにあっちへこっちへ行かされている。

シートベルトを締めながら不貞腐れた声が出た。「――矢吹くんなら、直感で何か気づけた？」

「何かって？」

「スズキの怪しさとか、禍々しいオーラとか」

「オーラだぁ？　まさかおまえ、マジで気にしてんのか」

「だって悔しいし、刑事の勘とか、やっぱ憧れるし」

はあ、やれやれ――と矢吹がエンジンをかける。

「刑事の勘てのは、ただの山勘とはちがうだろ。現場で積み重ねた経験がアンテナになって、言葉にできない細かな情報を拾って、なんとなく像を結ぶみたいなさ」

「でも、才能だって関係あるでしょ？」

「それは何事も、そうかもしれないけどな」矢吹がパトカーを動かした。警視庁の敷地から桜田通りへ。すぐに皇居沿いの内堀通りに。「だけどおれらは、べつにスポーツ選手じゃないからな。突出した才能がなくたってつとまるし、むしろつとまらなきゃまずい。選ばれた天才じゃないと成り立たない治安組織とか、だいぶやばいだろ、それは」

いちおう、慰めてくれているのか。

「っていうか、さっきからまるでベテラン刑事みたいな説教口調がかなりうざいんですけど」

「やかましいわ。本庁の奴らに見下されるより百倍マシと思えよ」

「たしかに、『こいつらしょせんお巡りさん』……って感じがビンビンだったもんね」

「おまえのあの、中身のない報告じゃ無理もないがな」

しつけーな。

「それでも、おれはああいう露骨な態度は気にくわない。あいつら、酔っ払いオヤジとおなじくらい、おまえのことなめてたろ？」

「不自然に肩叩いてきた奴とかね。マジ死ねって思った」

「死ねって顔すりゃいいんだ。相手が先輩だろうが本庁の刑事だろうが、あんなふうにへらへらする必要なんてない」

「あっれー」

沙良は、ことさら素っとん狂な声をあげた。「あれあれ？　もしかして矢吹くん、妬いてるんですか？　叩く？　この可憐な肩、叩いてみる？」

「馬鹿なの？　無能なうえに馬鹿女なの？」

矢吹とは気兼ねなく笑い合える。しかし警察組織がまだまだ男性優位社会なのは事実だ。セクハラをコミュニケーションとナチュラルに勘違いしている上司はいるし、現場でも、良かれ悪しかれ女性は女性とみなされるところがある。二十代女子は全員お嬢ちゃん扱いですかと、何度も口にしかけてのみ込んできた。

だがそのぜんぶがムカつくかというとそうでもなくて、とくに沙良は身内同士の下世話な冗談を楽しんでしまうタチだから線の引きどころが難しい。純粋な能力として腕力の差や体調管理の難しさを考慮するのは、人命をあずかる仕事である以上当然な気もするし、かといって女は三歩下がってろといわれるのは腹が立つ。

言葉尻をとらえて差別といい募る風潮に窮屈さを覚える一方、他愛ないセクハラを許したせいでエスカレートし、性犯罪になった例も腐るほど知っている。

「おい、急に黙るなよ」

「うん。まあ、たしかに、いろいろ面倒くさくて、とりあえずへらへらしちゃうよなーって」

「――おれだって、いつでもどこでも怒れとは思わないけどな」

半蔵門（はんぞうもん）の交差点を左折して西へ西へと進む。対向車のヘッドライトがまぶしい。

「それより」矢吹が急にテンションを上げた。「おまえ、いいかげん先輩をくん呼びはやめろよな。さっきも本庁の奴らの前でぽろっともらしかけてたろ？　危うく恥かくとこだったぜ」

「先輩ったって、たかが三個の差じゃない」

「ざけんな。中坊と高校生の差だぞ」

「小っちゃい。小っちゃいなー、矢吹くん。たまごボーロより小っちゃいよ」

「おれはね、たかがで埋められちまうほどぬるい時間をすごしてねーの」

脳筋ポリスメンにしては上手いことというじゃないかと、沙良は密かに感心した。歳は三個差でも警官としてのキャリアはプラスもう三年離れている。大卒の沙良に対し、矢吹が警察学校に入ったのは二十歳ほやほやのころ。高校からすぐじゃないのは試験に落ちたせいでなく、一年間、プロバスケットボール選手を目指して猛特訓に励んだゆえだ。

なんとなく、あんな漫画やこんな映画の影響を感じないでもないが、さすがに武士の情けでニヤニヤするにとどめてあげる。

「おまえ、いま心の中でよからぬことを考えてるだろ」

「ほほい？　いえいえ。心外ですわ、矢吹巡査長殿」

「ですわもヘチマもねえんだよ。わかりやすくニヤニヤしくさりやがって」

「お見事な洞察でございまする」

「苦しゅうないわ、バカタレが」

くん呼びは嫌がれど、タメ口を怒らないのがこの先輩と気が合うところだ。あまりにフランクな関係をまるで兄妹だとからかってくる同僚は多いし、何人かは恋人だと勘違いしている節がある。沙良自身はできるかぎり、この居心地のいいふたりがつづけばと思っていた。いずれ、どちらかが異動になっても。

冗談を飛ばし合いながらも、視線は窓の外へ向いている。怪しい車両や通行人、たむろしている若者たち——町の異変探しは業務であると同時にれっきとした職業病だ。今夜はそれに加え、いつもとちがう、肌が突っ張るような緊張感がちりちりしていた。いつどこで、何が爆発してもおかしくない。初めて経験する非常事態は、予想以上に重くて鋭い。

安全運転につとめつつ、矢吹はパトカーを急がせていた。ふたりはスズキタゴサクが起こしたと思われる連続爆破事件の、聞き込みや雑務を担う便利要員として招集されたのである。行き先は野方署だった。交番は応援に任せ、新宿御苑（しんじゅくぎょえん）を越え、山手線の高架をくぐる。

「正直、刑事を目指す身として、こういうチャンスはありがたい」

被疑者との遭遇を、矢吹がラッキーと呼んだ理由だ。お巡りさんから刑事になるには試験と研修をこなせばいいだけじゃなく、何より先輩の推薦が要る。今回、沙良たちに声がかかったのは間違いなくスズキ本人に会っているからだ。しかも相手は無差別爆弾魔で、ヤサもまだ割れていないとくれば、ここで活躍しようと意気込むのは当然だった。

「ウチが主導って状況も、絶好だしな」

スズキの人定捜査は野方署の鶴久課長が指揮を任されている。ふつう合同捜査といえば殺気立った見知らぬ捜査員が徒党を組んで乗り込んできて、偉そうに縄張りを踏み荒らし、署は署で意地を張り手柄の横取りが横行し、泥沼のいがみ合い——みたいなイメージが沙良にはある。経験の浅い交番巡査の妄想とはいえ、大きく外れてはいないだろう。

「外れてるよ、馬鹿」

矢吹が容赦なく切り捨てる。「いつの時代だ、それは。いまどきテレビドラマでももっとマシな演出するぞ」

「じゃあ、みんな仲良くやってるわけ？」

「プライドをもって職務に励んでる――んじゃないか。知らんけど」

知らねえのかよ！　無言で突っ込みつつ、無理もないと納得した。残念というか幸いにというべきか、近年、野方署で大きな事件は起きていない。数年前、ベテラン刑事の「お恥ずかしい不祥事」が話題になったくらいで、沙良が着任してからはもちろん、それ以前もけっして犯罪多発地域でなく、つまり矢吹の経験もそれなりというわけだった。

「ま、手柄の横取りなら、おれは身内にやられたけどな」

軽い口調だが笑みはない。

「そういえば、さっきいたね、伊勢さん」

スズキの身柄を届けたときだ。取調官をつとめる等々力の背後に、ノートパソコンを抱える姿があった。

「スズキの調べ、手伝ってんだね。たぶん記録で」

「ふん。あいつにはお似合いだ、書記が」

その棘(とげ)っトゲな口ぶりに、ひえーっと内心身震いした。矢吹と伊勢は同期で、大卒のぶん歳は伊勢が少し上。矢吹より先に交番を卒業し、いまじゃ立派な刑事さんだ。しかしそこには裏があって、ある事件のおり、犯人逮捕につながる手がかりを伊勢は矢吹から奪ったという。激昂(げきこう)し異議を申し立てたが、上司にはやっかみまじりの反抗と映ったのだろう。まともに取り合ってもらえず、以来、冷遇されるようになった――らしいのだが真相は藪(やぶ)の中。矢吹の証言しか聞いていない沙良に白黒を判断するつもりはない。そもそも伊勢とは接点がなく、人となりをほとんど知らない。

「あいつが専属ライターをしているうちに、スズキの正体はおれが暴くさ」

「とっくに解決してたりして。刑事さん、申し訳ねえです、洗いざらい話しますって」

「等々力さんが取調官じゃ、あり得ない」

沙良は、とくにいい返さなかった。等々力とも、まともに話した憶えがない。噂(うわさ)なら聞いている。ある先輩女性警官は彼を「気持ち悪い」と評していた。経緯はあるんだろうけど、おなじ警官、おなじ署なんだし「いろんな仲間がいる」でいいんじゃないかと、沙良は思わないでもない。

どちらにせよ、等々力は二個目の爆弾を爆発させてしまっている。一個目はともかく、二個目は防ぎようがあったのではないかと、上も世間も考えるだろう。

「なあ、サラダ」

前を見たまま、倖田沙良のあだ名を呼ぶ。

「今夜ばかりは本気でいくぜ。やっと回ってきたチャンスだ、ぜったいに逃したくない。——不謹慎だけどな」

矢吹は、きっといい刑事になる。出世はしなさそうだけど。

「仕方ない。わたしの手柄はゆずってあげよう。優秀な妹分として」

「要らん。どうせガセネタだろうからな」

道の先に中野駅の高架が見えた。野方署はもうすぐだ。

小会議室に着いたとき、すでに会議は山場をむかえ、鶴久課長がホワイトボードに貼られた地図を指さしながらキーキー声を張っていた。三十人ほどのメンバーには見かけない顔もあった。近隣署からの応援だろう。

最後方に立って、沙良と矢吹は神経を集中した。地図の一部が赤ペンで囲われ、九分割されていた。その中心が例の酒屋だと気づき、沙良は落胆した。

まもなく日付が変わる時刻だ。最初の爆発から二時間弱。防犯カメラの精査は進んでいるはずなのに、どうやらまだ頼りは酒屋だけらしい。

地図のそばに、スズキの顔写真が貼ってあった。いかにもスケベそうな面だ。そのゆるんだ表情をにらんでいると、まるで嗤われている気分になって悔しさが込み上げた。

各エリアの注意点と担当メンバーの発表が終わり、鶴久があらためて念を押した。

「時刻も時刻だ。相手が無関係とわかったら揉めることなく速やかに退散してくれ。あと、くれぐれもマスコミには気をつけろ。この手の事件は住民にパニックを起こさせかねん。情報漏らしは死刑だぞ」

不穏な発言を受けて、「課長！」と署内のベテラン刑事が挙手した。

「スズキが自宅に爆弾を仕掛けている可能性はないんですか？　住民に避難を呼びかける必要があるのでは？」

「まずは自宅を見つけろ。次を考えるのはそれからだ」

「しかし可能性がある以上、酒屋を中心とした一帯に注意を呼びかけるべきじゃ――」

「バカヤロウ！」拳がホワイトボードを打つのと同時に唾が飛んだ。「それが見当違いだったらどうするんだ。おれもわたしもと不安が広がったらどう収拾をつける？　それでもし、逃げた先で誰かが被害に遭ったら、おまえは責任がとれるのか」

ベテラン刑事が黙った。鶴久の理屈に非はなかった。そもそも酒屋の近くに自宅があるのか、それすらまだ決まっていない。

一方でスズキの自宅が、現状想定し得るなかでほぼ唯一、爆心地に選ばれそうな場所であることも事実だった。

苦虫を嚙みつぶした顔で、鶴久がうなった。

「考えるのはこっちでやる。おまえらは黙って足を動かせばいい」

ああ、これが《七十五点の男》か。鶴久の指揮下に入るのは初めてだったが、印象欄には最悪のハンコが押された。なんでこんな言い方になるのか、沙良の理解はおよばない。良くいえば独特なマウントの取り方、悪くいえばただのパワハラ。しかし同僚のなかにはこうした振る舞いをリーダーシップと呼ぶ人間もいる。考えるなといわれ、むしろ士気を上げる者も。

まあ自分も、頭脳派だなんて逆立ちしたって思っちゃいないが。

班ごとに集まって挨拶を交わした。四名ずつの七班体制。班長からあらためて注意を受けた。沙良の班の班長は、さっき鶴久に挙手をした野方署のベテラン刑事だった。住民対策、マスコミ対策。聞き込みの名目は行方不明になった徘徊者の捜索で、持病があるから急いで探している設定だ。各人に配られたスズキの顔写真を、沙良は制服の胸ポケットに入れた。

「倖田は、スズキに会ってるんだったな」

班長に訊かれ、「はい」といきおい込んで返事をする。

「そりゃあ、けっこうなアドバンテージかもしれんな。どうだった？　奴の印象は」

「あ、はい——。えっと、わざとらしいほど腰が低くて、ちょっと作為を感じました。怪しいオーラがぷんぷんというか」

「かなり臭ったのか」

「えーっと……、あからさまな感じではなくですね、つまり、ふだんは上手く本性を隠して、おそらく近所の人なんかとは、付かず離れずの関係なんじゃないかなと」

なるほどなあ、と班長が感心するのを、沙良はじゃっかんの後ろめたさとともに受け止めた。

「ほかに気づいたことは？　職業とか、家族構成とか」

「いえ……。歳と名前以外はすべてはぐらかされました。持ち物も、空っぽの財布ひとつで」

スマホも？　三十過ぎくらいの男性捜査員が口を挟んできて、沙良はうなずいた。見知らぬ顔だから、たぶん近隣署の刑事だろう。

班長が気を取り直してみなにいう。「繰り返すが、少しでも変わったことがあったら連絡をしてくれよ。独断専行はぜったい禁止だからな」

じゃあ行くかと、示し合わせたかのごとく周りもいっせいに動きだす。誰が手柄をあげるか、ここからは競争だ。すぐ前に、集団のなかで頭ひとつ飛び出た矢吹の姿があった。背中から、入れ込んだ熱がむんむんしている。「張りきりすぎて迷惑かけないでよ」「は？　誰が誰にだ」

そんな発破をかけ合ったとき、

「待て」

みなが、え？　とふり返った。水をかけられた捜査員たちを、鶴久が不機嫌そうに見返していた。

「──あと五分待て。捜査開始は、五分後だ」

首をかしげつつ、壁にかかった時計を見て、背筋がぞわりとした。二十四時──午前零時になるまで待てと鶴久はいっているのだ。つまり、次の爆発がありそうな時刻を過ぎてから出かけろと。

汚ねえ、と誰かが吐き捨てた。おなじような空気はそこここにあった。警察だけが知っている。まだあと二個は爆弾が残っていること。事実上の被疑者が、そう口にしていることを。

もしいま、どこかで爆発が起こり、誰かが亡くなったら、零時までここにとどまりつづけた自分たちはそれをどう消化するのだろう。被害者は運が悪かったのだといって済ませられるのだろうか。

「考えすぎるなよ」

頭上から矢吹の声が降ってきて、沙良は我にかえった。そうだ。鶴久だって、何も私利私欲で命じているわけじゃない。捜査員の安全。それを確保するのは上官の使命だ。

だが――。

わだかまりを、沙良は奥歯ですりつぶす。

「よし」

鶴久が時刻を確認し、

「行ってこい」

号令をかけた。


野方署から一キロほど北上した先に沼袋交番はある。両者は平和公園通りでほぼ一直線につながっていて、交番は公園をちょっと越えた先、車道と妙正寺川が交差する橋のそばに建っている。橋といってもほんの数メートル、風光明媚とはほど遠い、ようはコンクリートの道だった。

問題の酒屋は交番から見て北東方向、住所は沼袋一丁目。沙良はパトカーを降り、地元の強みで班のメンバーを先導した。

すぐに西武新宿線沼袋駅とつながる線路にぶち当たる。まもなく終電という時刻だ。盛り場とちがい人通りはほとんどない。線路を渡るとにぎわいはすっかり消える。閑静な住宅地の、おまけに日曜の深夜とくればそもそも出歩く理由がない。平和な勤務地としては満点だ。それを物足りないと感じる矢吹のような警官も多い。

いっそ恥ずかしくなるほど、沙良には野心がなかった。座り仕事は苦手だから内勤はごめんだし、なんならこのまま交番で一生を終えてもいいとすら思っている。手柄をゆずるといったのも、半ば以上本音であった。

とはいえチャンスがあるのは矢吹のほうか。彼の班は酒屋をふくむ中央のエリアを任されている。自宅がすぐそばにあるとはいかないだろうが、捕まる場所を場当たり的に選んだとも思えない。おそらくスズキは下見をしている。上手くいけば目撃証言を得られるかもしれない。

沙良たちの担当はその北側だった。一丁目を抜け、住所は沼袋二丁目に変わる。右手に朝日通りが走っていて、もっと北上すると新青梅街道（しんおうめかいどう）にぶつかる。

「じゃあ、二人一組でいこうか」

班長の仕切りで担当エリアを分割し、一軒一軒チャイムを押す。沙良はよそから応援できた三十過ぎの刑事と組まされた。名は猿橋（さるはし）というそうで、ワイシャツをパンパンにふくらませた身体つきはまるでラグビー選手だ。その彼に「頼んだぞ」と、否も応もないままチャイム係を押しつけられた。いや、わかってる。ごつい肩、ごつい顔。めくれた唇。こんな奴が夜中に訪ねてきたら即通報待ったなしだ。

制服を着ている沙良が矢面に立つのは道理だが、それでも少し、もやもやを覚えないでもない。ピンポンと押して、「何時だと思ってるんだ！」と怒鳴られるのが楽しい人間なんていないのだし。

　十軒ほどまわり、思ったより親切な対応をしてもらえたけれど、成果はなかった。

「おたくら、ちゃんとカメラを調べてんのか？」

　次の場所へ向かう坂の途中、猿橋がしびれを切らした。

「このまま虱潰しじゃいくら時間があっても足りねえよ」

　たしかに東西南北、やってきた方角だけでもわかればもっと絞り込めるのに。そう思う反面、同僚への批難が癪にさわった。いくらカメラが広まった昨今でも、この辺りは電信柱にくっついている自治体の設置ぶんがせいぜいだ。残念ながら酒屋にもカメラはなかった。

「だからって、まったく映ってないはずもねえ」

「攪乱するように歩いてて参考にならないんじゃないですか？　それか、カメラの隙間を縫ってるとか」

「面倒くせえな」猿橋はなおも不満げにめくれた唇を尖らせる。

「どっちにしろ急いでくれって話だぜ。取り調べのほうも進展なしだろ？　特殊犯係も頼りねえ」

　沙良は初耳だったが、どうやら東京ドームシティの爆発以降、取調官は等々力から本庁の刑事に交代しているらしい。当たり前といえば当たり前の措置。事件解決のためには歓迎すべきこと。けれど沙良は、どこかしらおもしろくない気分になった。

なったついでに猿橋を、密かに「ラガーさん」と呼ぶことにした。

「班長の言葉じゃねえけど、なんにも知らねえ一般人が不意打ちみたいに巻き込まれて、被害に遭うなんてことになったら悪夢だぜ」

この寝静まった町で、いきなり轟音が響く。たしかにそれは、物理的な被害以上に、何かとても禍々しい出来事のような気がする。

「まして死人が出た日にゃあ――」

ラガーさんがなおも何かいいかけたとき、坂を上りきった。すぐ左手に白壁二階建てのアパートが建っている。暗がりにもさびれ具合が伝わってくる。エントランスはなく、手前にコンクリートの階段がある。奥へつづく通路に五部屋。天井の電灯は、一個飛ばしで点いている。

ラガーさんの目配せが飛んできた。怪しいな、という表情だ。沙良は小さくうなずき返した。単身者向けアパートで、とくに問題ありの実績はないが、入れ替わりは激しい。交番勤務の身といえど、すべての住人を把握できているわけではなく、ここにスズキが住んでいても不思議はなかった。

一階の近い部屋からチャイムを押す。ドアホンはなし。キンコーンと鐘のような音がする。

ドアの向こうで、もそもそと人が動く気配があった。

「すみません、こんばんは、野方署の者でーす」

ぎりぎり聞こえる音量で呼びかけた。ほんとうは会ってから名乗りたいが、この時刻だとそもそも開けてもらえない恐れがある。

「……何か？」

開いたドアの隙間から、若い男の顔がのぞいた。眼鏡に不健康そうな肌。いかにも部屋着というトレーナーの上下。

「夜分遅くに失礼します。沼袋交番の倖田といいます。ちょっとお訊きしたいことがありまして」

嘘の事情を、眼鏡の彼は猜疑心いっぱいの様子で聞いていた。

「で、この方なんですが、見憶えはありませんか？」

「あったら何かもらえるんですか？」

「え？」

「懸賞金とかあるんでしょ。落とし物だって、持ち主から謝礼がもらえますよね？」

一瞬面食らってしまうが、沙良はこほんと空咳をついて気を取り直した。

「申し訳ないですが、そういったお返しはできないと思います」

「感謝状も?」

「ええ、すみませんけど」

「なんだ。つまんないな」

未成年という歳でもなさそうなのに、この幼稚さはいかがなものか。

相手にするのをやめ、スズキの顔写真を再度掲げる。

「どうです?　見かけたことないですか?　今日でも昨日でも、ここ数日のうちでもいいんですが」

「ふーん」

写真を眺めていた男が、急にドアを引いた。腰に隠れていた右手が沙良の目前に迫った。「よせ!」とラガーさんが叫ぶと同時に、パシャっと小さな音がした。

スマホのシャッター音だった。

「警官って、職務中に写真を撮ってもいいんでしたよね、たしか」

男は悪びれもせず、今度はラガーさんへカメラを向けた。

「おい君、いいかげんにしろよ」

「あ、そういう口を利くんだ。善良な市民に向かって、こんな遅くにやってきたくせに」

ぐっとラガーさんが言葉をのみ込んだ。十中八九、罵詈雑言(ばりぞうごん)を。

「えーっと」沙良はひと呼吸おいてから尋ねた。「いま撮ったやつですが、この顔写真も写っちゃいましたよね？　それはさすがにまずいです。申し訳ないですが、ちゃんと消してもらえるよう、しっかり手続きを踏ませてもらわないといけません」

「──脅しですか？」

「とんでもない。でも警察の手続きだから、けっこう面倒くさくてお時間を取らせてしまうのは事実です」

沙良の極上の困り顔に、ちっと男は舌打ちをし、消せばいいんでしょと目の前でスマホを操作してみせた。

「もう一枚、わたしたちだけで撮りますか？」

「なぜ必要が？　まさか可愛いおつもりで？」

張っ倒すぞ──とはおくびにも出さず訊く。「それで、どうでしょう、この人に見憶えは」

「あったらもう話してます。ここまでのやり取りでぼくが何も知らないとわかりませんでした？　たぶんこのアパートの人でもない。だからガチャガチャしないで、さっさとほかを当たってください」

バタンと扉は閉ざされた。

はあ、とため息がもれる。よくあるパターンとは思いつつ、いちおうね、あなたたちの平和のために働いているんですよ、わたし──と愚痴のひとつもこぼしたくなる。

「この部屋の、便所が爆発すりゃいいのにな」

となりへ移動しながらラガーさんがつぶやいて、意外とウマが合いそうだと沙良は思った。

二軒目のチャイムを鳴らす。薄い期待を胸に。

6

淀んだ空気がＡＶルームに漂っていた。防犯カメラ精査班の面々は憔悴し、ある者は瞼を揉み、ある者は受話器に苛立ちをぶつけている。だからその先は神奈川に話してもらわないと――。

そんななか等々力は腕を組み、じっと手首を見ていた。時計の針が、まもなく零時を指そうとしている。

「だからそうなんですって。スズキがタクシーに乗ったのは川崎の駅前です。タクシー会社に照会したんだから間違いありません」

刑事課の後輩で防カメ班を仕切っている井筒が、うんざりした調子で受話器に繰り返した。相手は鶴久か、側近の係長か。

井筒の言葉に嘘はなかった。

役所の担当者をたたき起こして手に入れた映像に、四名の捜査員が目を凝らしはじめたのが二十三時ごろ。いちばん重要な酒屋の映像は井筒が受けもち、途中参加の等々力は余ったやつを適当に選んだが、これが大当たりだった。沼袋交番と新青梅街道を結ぶ一車線道路の道沿い、実相院(じっそういん)という寺のそばでタクシーを降りるスズキの姿を見つけたのである。

タクシー会社に連絡を取り、当の運転手に話を聞くと、スズキを乗せたのは十九時ごろ、川崎駅の乗り場だと明言した。駅から沼袋までおよそ二十五キロ。有料区間の山手トンネルを使ってなお約一時間の道行きだ。スズキは支払いを現金で済ませている。釣りは不要といって万札を渡したそうで、金がなかったという証言の嘘八百は暴かれたが、それ以外は五里霧中に戻ったといっていい。

スズキは川崎に住んでいるのか、べつの場所から川崎にきたのか。それを特定するには川崎駅のカメラを確かめねばならず、神奈川県警をとおさずに済む話ではない。上司にお伺いを立てるほか、等々力たちにできることはなかった。

零時になった。腹の底が軋(きし)んだ。直接耳にしたわけでもないのに、轟音が、等々力の頭から離れない。

「わかりました、そうします」

受話器を叩きつけ、井筒が熱い吐息を鼻から吹いた。

「なんだって？」

井筒に尋ねた白髪の男は生活安全課の男だった。ほかの二名も、それぞれ内勤者と交通課からの応援である。

「つづけろとのことです」

「つづけろ？」

「ええ、このまま沼袋のカメラの精査を」

眉をひそめる白髪の男に、井筒が笑みひとつなくつづけた。

「上は、スズキがどこからきたにせよ、沼袋の酒屋を目的地にしていたことを重くみてます。必ず、そこに意味があるはずだと」

うなずけない話ではなかった。可能性だけいえば沼袋に自宅があり、川崎へ出てから引き返してきたという順路もあり得る。攪乱が目的ならば合理性は無視していい。

等々力自身、川崎という場所に作為を感じていた。多摩川を挟んで東京都と接し、複数の路線が集まる大型駅はいかにも煙幕を張るのに都合がよい。少し雑学があれば、都道府県をまたぐ捜査がいかに面倒か知っているだろうし、警視庁と神奈川県警が犬猿の仲だという噂話はそのへんのブログに蔓延している。

「じゃあ、捜索隊もそのまま？」

「何も伝えないそうです。現場じゃ、おれたちは無能扱いでしょうね」

ふーっと呆れたような息を吐き、白髪の男はなおも尋ねた。「でも、スズキの沼袋にきてからの動きはだいたい判明してるじゃない」

「ぜんぶだそうです」

「ぜんぶ？」

「あるものぜんぶ。午後も午前も、昨日も一昨日も」

映像はだいたい一週間で上書きになるから、一台につき百七十時間ほどだ。

「どこかにスズキが映っていないともかぎらない。それが自宅特定につながらないとはいいきれない」

井筒の口調が、屁理屈だけ達者な管理職のそれになっていた。

「まさかと思うけど、応援は？」

首が横にふられ、部屋の空気は重さを増した。ようするに鶴久の指示は、打つ手なしの告白だった。

「本庁は？　支援センターはどうしてるのよ」

「秋葉原とドームのカメラ解析で手いっぱいだそうです。川崎のほうも、そっちに頼むことになるでしょうから」

捜査分析支援センター——防犯カメラやスマホ、パソコンといったデジタル情報の精査において抜群の力を発揮する部署だ。沼袋のぶんは範囲が狭く、時間帯も限定されていたから急造の五人でなんとかなった。だがこれ以上となれば、頭数もスキルもとうてい足りない。

やれやれと白髪の男が髪をなでた。内勤の男はむっつりと唇を結び、交通課の若い奴がわざとらしく天を仰ぐ。

等々力も正直、この期に及んで増員を決めない優柔不断さに呆れつつ、反面、事前に沼袋を訪れていたはずだとする鶴久の考えを的外れとは思わなかった。けっして有名な土地ではない。交通の便もふつう。世間の注目を集めそうなポイントも見当たらないこのありふれた町を、スズキが行き当たりばったりに選んだとするのは無理がある。

答えはひとつだ。奴には、沼袋を選ぶ明確な理由があった。そしてわざと捕まった。

「何か、考えがありますか」

声をかけられ、等々力ははっとした。顔を上げると、井筒の視線とぶつかった。敬意はない。むしろはっきりとした嫌悪があった。同時に、恐れ。人命がかかった捜査で間違いは犯したくない。そんな刑事としての責任を、井筒は強く抱くタイプだ。

頭には浮かんでいる。スズキの行動、思惑について、いくつかの可能性。だが――。

「いや、何もない」

それを話したところでこのAVルームでできることは変わらない。

「おまえの指示どおりでいいと思う」

そして刑事という生き物のプライドは、ときに捜査への恐れを忘れさせる魔力がある。

「ともかく、やれることをやるしかないだろうな」

うっかり付け足した一言に、井筒の眉間が険しくなった。後輩といっても四十になったばかりの等々力とふたつしか離れていない。いちおう先輩の顔を立ててやったら最後の最後で偉そうに仕切りやがった——。そんな侮蔑が聞こえてくる。いや、勝手に想像してしまう。

「まあ、まあ。ここは井筒くんの仕切りでいこうよ。ほら、だって等々力くんは、死人ぐらい出ないとさ」

白髪の男が揶揄する口調で取りなし、交通課の若者が嘲笑を口もとに浮かべ「変態が」と吐き捨てる。

「よせ」

咎めたのは井筒だった。

「二度とくだらないことをいうな」

若者が同意を示すかのように両手を軽く上げ、白髪の男も半笑いで肩をすくめた。井筒がこちらを見下ろしてきた。これでいいですね？　——か。

等々力に、いいも悪いもなかった。この茶番が終わるならなんでも。

じゃあ、とチェックを再開する。空気は淀んだままだった。時をさかのぼったところで目当ての男が映っている保証はなく、かといって見逃す恐れから手は抜けない。雲をつかむ作業に背筋がのびる者はいない。とくに刑事課に属している井筒は、もっと手柄に近い場所で働かせてくれと恨んでいるはずだ。

雑念をふり払い、等々力はモニターに集中した。受け持ちエリアはスズキがタクシーを降りた寺のある周辺だった。一車線の道はちょっとした商店通りになっていて、駅前ほどではないにせよ人通りは多い。

ここを起点にカメラの映像をつなぎ合わせ、おおよそスズキは迷うことなく酒屋まで歩いたことが判明している。手荷物はなく、途中、スマホや現金、身分証のたぐいを捨てたりもしていない。ある意味、奴の行動は徹底している。身許（みもと）の隠匿という目的に対して。

等々力は商店通りのもっともにぎやかしい場所に当たりをつけ、その映像をスズキが現れた当日の午前零時から再生した。行き交う人がほとんどいない画面を黙々と見つめる。単純作業に文句はなかった。それが命令なら従うまでだ。

いつの間に、こんなふうになったのだろう。

かつての自分は、もっとふつうの刑事だった。井筒ほどではないにせよ手柄を望み、そのために汗をかくことを厭（いと）わなかった。みずから考え、ときに上司に背いても成果をあげた。ありふれた情熱と、使命感をもっていた。

ここ数年で、すべてが変わった。自分の性根も、同僚たちの視線も。

きっかけはわかっている。あの男。そしてあの騒ぎだ。

お恥ずかしい不祥事――。四年前、マスコミはそのようにはやし立てた。野方署の職員も警察関係者も、上司に後輩、誰ひとり彼を庇う者はいなかった。

等々力とて、似たようなものだった。コンビを組んでいたのは事実だし、学ぶべき大先輩への敬意もあったが、おおっぴらに擁護するつもりはなかった。

ただ少し、納得がいかない想いがあって、一言コメントを発してしまった。よりによって週刊誌の記者に、「気持ちはわからなくもない」と。

まさかそれが、ここまで尾を引くとは。全人格を否定され、署内で孤立する羽目になるとは、当時は想像もしていなかった。

自分の台詞を思い出す。名前も顔も知らなくても、この社会をいっしょに回してる仲間だって思える人間はいる――。それを聞くスズキの顔。犯罪者もですか？　と問う声。

もういい、と等々力は追想を断ち切った。仕事をするんだ。目の前の仕事を。それすらできなくなったら、ほんとうに居場所がなくなってしまう。

静まりかえる商店通りの映像へ目を向け直しても途切れた集中力は戻らなかった。ふと、腕時計の針が脳裏をよぎった。とっくに零時を過ぎ、日付は変わった。追加の連絡はない。次の爆弾は不発に終わったのか……。

ブブッ、とズボンのポケットでスマホが震えた。取り出すとショートメッセージが届いていた。登録なしの番号だったが相手はわかった。特殊犯係の小鬼、類家だ。

「え？」

その文面を見て、思わず声がもれた。井筒たちの視線を気にするのも忘れ、等々力は左手を口もとに当て自問した。これが霊感というやつか？　いやちがう。蓋然性の高い偶然、そして推理の帰結だ。奴が沼袋を選んだのは、野方署を選ぶためだった――。

簡潔な文面にはこうあった。

『スズキ、ハセベユウコウの名をあげる』

長谷部有孔。ついさっき等々力が思い出した大先輩、そして「お恥ずかしい不祥事」の当人。

7

鶴久忠尚（ただなお）にとって長谷部有孔の名は胃の底で消化しない小骨のようなものだった。自分の警官人生を映画にしたなら、間違いなく二番目か三番目にクレジットされる主要人物。現在、鶴久が刑事課長という椅子につけているのも彼の後押しがあったおかげだ。それは自他ともに認めるところで、いまさら曲げようのない事実であった。

だからこそ、あの「お恥ずかしい不祥事」が起こったとき、鶴久は誰よりも激しく、そして冷淡に、長谷部を糾弾した。おのれの立場を守るため、明確な決別を表明せねばならなかった。

長谷部は、いわゆるひと昔前の名物刑事といわれるタイプの男だった。厳しさと優しさを併せもち、科学的合理性と直感の両刀使いで、最後は気合いと根性と使命感が事件を解決するのだといってはばからない。その信念を証明するかのように、どれほど困難な捜査にもけっして挫(くじ)けず歩きつづけ、考えつづけ、調べつづけて、じっさい毎年、驚くべき検挙率をたたきだした。署長すら気を遣う刑事課の裏のドン。そのくせ出世には興味をもたず、むしろ後輩を押し上げることを生き甲斐(がい)にしている節さえあった。

慕う者は彼をハセコーと呼んだ。本人が認めている者だけに許された呼び方だった。認めていない者が使ったら、たとえ上司でも無視された。鶴久は刑事課に配属になった四年目、ちょっとした手柄をあげたタイミングで意を決し「ハセコー先輩」と呼びかけてみた。「なんだ」という返事に、熱い興奮を覚えた。

警視庁から引き抜きの話もあったと聞く。新宿や池袋(いけぶくろ)といった事件多発地域の警察署もみな彼をほしがったがすべて固辞した。野方署に骨をうずめたい――。そんな常識外れのわがままがまかり通ったのも、ハセコーの実績ゆえだ。野方署の番人として、長谷部はあと数年で退職という年齢になっていた。

四年前の夏、鶴久はすでに刑事課長で、長谷部とは年齢の逆転した上司部下だったが、暇を見つけてふたりで飲みに行くくらい関係は良好だった。だから署の人間から電話をもらい、コンビニへ走って週刊誌を開いたとき、鶴久は真っ白になった頭の片隅でその記事が流行のフェイクニュースじゃないのかと半ば本気で思った。思おうとした。

『不謹慎にもほどがある？　刑事さんの仰天ご趣味！』

見出しの背景はモノクロ写真。カメラに気づくことなく天を見上げる顔は、黒い目線こそ入っていたが、間違いなく長谷部有孔本人だった。

記事によると、場所はつい先ごろ非行少年グループが仲間をリンチし重傷を負わせた緑地公園の駐車場、時刻は深夜。担当刑事の長谷部は被害者家族に会った帰り、そこへひとり訪れ、おもむろにズボンのチャックを下ろしたのだという。

自慰行為。

モザイク処理をされているにもかかわらず、彼の局部は、たんなる立小便でないとわかるシルエットになっていた。

記事は長谷部の経歴を余すことなく調べたうえで書かれていた。たまたま偶然撮られた写真とは思えなかった。野方署の番人は狙い撃ちされたのだ。いい換えるなら、彼には週刊誌に目をつけられる理由があった。つまり、以前から繰り返していたのだ。無惨な犯罪が行われた現場で、ひそかに自慰行為に耽（ふけ）るという真似（まね）を。

監察官に呼ばれた長谷部は顔面蒼白（そうはく）だったという。直属の上司である鶴久には、その結末が知らされた。彼は認めている、辞めたいそうだ——。

会うことはしなかった。直後にデカ部屋で顔を見たが、鶴久は目をそらした。長谷部も話しかけてこなかった。荷物をまとめ、出ていった。

連絡もやめた。あっても取らないと決めた。裏切られた気持ちだった。信頼を、尊敬を、これまでの時間を、台無しにしやがって。

「抗議の電話も手紙も、腐るほどありましたよ」

隠す意味はなかった。事の顚末もふたりの師弟関係も、すべて本庁の監察官に話してある。ただ、背広に真っ白なスポーツシューズを合わせるような若造に、恥を語ることが癪だった。

特殊犯係の類家は、細く黒光りする目で、まじまじと鶴久を見つめてきた。会議室には数人の電話番のほか誰も残っておらず、ろくな報告もないから静かなもので、鶴久は声を抑えて言葉をつづけた。

「なかには脅迫めいたものもありましたが」

「ありましたが？」

「——類家さん、本気でそこにスズキの手がかりがあると？」

ロッカーへ探しに行かせた職員が、ほどなく段ボール箱を抱えてくるだろう。有名週刊誌が報じた類をみない醜聞とあって反響はすさまじかった。区民はもちろん、他県からの苦言や嫌がらせも多発した。暴力的なものも少なくなかった。ありがちに剃刀だとか右翼からの脅迫状だとか便せん三十枚にわたって筆書きされた謎のお経だとか。署長と長谷部が互いに見せ合っている合成写真にいたっては、失笑と、その暗い労力に寒気を覚えたりもした。

署としても用心のため、送りつけられた物のすべてを保管し、電話の録音も残しておいた。人の噂も七十五日。しかし現代の情報化社会というやつはそこまで我慢強くはないらしく、暴風雨は一週間で収まりかけた。等々力の失言が、第二波をもたらすまでは。

「たしかに最近、ウチで目立った失点といえばこの件くらいです。だが、それだって四年も前の話で、こういっちゃなんだが、べつに人が死んだわけでも冤罪を生んだわけでもない」

横領や不正会計を税金泥棒と罵るのはわかる。ふだん取り締まっている警官がスピード違反や万引きをしたら頭にもくるだろう。だが屋外での自慰行為は、その道義的な意味合いを除けば、直接の被害をもたらしたとはいい難い。迷惑防止条例違反、あるいは公然わいせつ罪だが、誰かに見せつけたわけでもない。取るに足らない粗相。ゆえに「お恥ずかしい不祥事」なのだ。

「この程度で恨まれたんじゃ、電車でくしゃみもできませんよ」

「それは我々が議論しても仕方ない話でしょう。スズキがどう考え、どう行動に移したのかがすべてです。もちろん義憤に駆られた犯行だなんて、わたしも信じちゃいません。意味のない思いつき、面白半分のチョイス。下衆が下ネタに飛びつくのは、そこに山があるから挑む登山家とおなじマインドなんですかね」

なぜとは説明しにくいが、この男の言動の、いちいちが鼻につく。

「ともあれ可能性がある以上、当たらないわけにはいきません」

「やることをやるのはお互いさまでは？　清宮さんとあなたがスズキとこもって小一時間、手応えはどうなんです？」

類家が小さく肩をすくめた。「差し当たり、静かな夜を保つことには成功してます」

舌打ちは我慢した。鶴久の階級は警部で類家は警部補。歳も父と息子ほど離れているが、それでも本庁の刑事に悪態をつくのは気が引ける。

取り調べの様子は把握していた。伊勢がノートパソコンに打ち込んでいる記録は共有アプリを通じリアルタイムで閲覧できる。

「ゲームだか心理テストだか知りませんが、いつまで遊んでるつもりです？　あまりやきもきさせないでほしいですな」

「ええ、お互いに。一秒でも早くスズキのヤサが割れるのを、首を長くして待ってます」

親指が勝手に動いた。電子タバコの器械はなく、空を弾くしかできない。せめてボールペンを握っておくんだった。

「場所が絞り込めない現状で期待されても困る」

「川崎からタクシー、でしたね」

「あなたたちが口を割らせられないというなら、わたしが代わってあげてもいい」

類家がずいっと顔を突き出してきた。さすがに怒らせたか。しかしその目は爛々としている。

「なら、等々力さんを準備しておいてください」

「等々力を？　あいつがお役に立てるとは思えませんよ。お恥ずかしながら、奴は捜査員として三流だ」

「あ、はい、それはどっちでもいいです」

さすがに面食らってしまう。

「スズキが求めてるんですか？」

「いえ、奴は引き下がりました。拍子抜けするほど潔く」

思わせぶりなふくみを感じ、物言いが尖った。「なら、要らんでしょう」

「何がどう転ぶか、まだわかりませんから。これはわたしの勘ですがいずれ――」

類家は言葉を切った。似合わない逡巡（しゅんじゅん）が浮かんだ。

「――まあ、いちおう、念のためです」

鶴久の苛立ちを無視して、類家は小首をかしげた。

「そういえば等々力さんも、例の不祥事にからんでましたね」

「スズキはそれも狙っていたと？」

「いえ、さすがに無関係でしょう。野方署に捕まることは選べても、当直の担当刑事を選ぶのは難しいですから」

野方署の職員は三百名を超える。刑事課にかぎればだいぶ絞れるが、素人が勤務シフトを把握できたとは思えない。

「ともかく優先事項は身許の特定。それが残りの爆弾を突きとめる鍵になる。ところで鶴久さん。被害者はどうなんです？」

「被害者？」

「週刊誌にすっぱ抜かれた写真の場所は少年らのリンチ事件の現場だったでしょう？　記事には被害者家族と会った帰りだと書かれていましたよね。痛めつけられた少年の親御さんだと思いますが、そういった方々はあの件についてどういう反応をされたんですか」

そりゃあ、と鶴久は皮肉な苦笑を禁じ得なかった。

そりゃあ、ひどいものだった。少年の家族は当然のように激怒したし、これまでに長谷部が担当した事件の被害者やその家族の幾人かも、自分たちが被害に遭った現場でおなじような行為におよんでいたのではないかと疑い、嫌悪し、怒りをぶつけてきた。

ヒステリックな反応の一因は、記事が長谷部を常習犯だと決めつけていたせいだった。

匿名の自称心理カウンセラーは、長谷部有孔は犯罪の現場で発情する特殊性癖の持ち主であり、「こういった行為が今回かぎりとは考えられない」と断言していた。

ある弁護士グループが被害者たちの同意を取りつけ、警察に正式な調査と報告、そして謝罪を求める要望書をだした。しかし長谷部は早々に退職し、しかもその不始末自体が犯罪と呼べるか呼べないかのラインだったから、口をつぐむ本人にオイコラと吐かせる真似もできなかった。

そうこうしているうちに、長谷部は死んだ。報道から三ヵ月目の秋、自宅の最寄り駅だった阿佐ケ谷駅のホームから飛び降りた。野方署がある中野駅からたった二駅離れた場所で、最後の最後、とどめのように多くの人間に迷惑をかけ、野方署の番人は逝った。

「おかげで調査はうやむやです。まあ、被害者たちも、どこまで本気だったかは怪しいもんです。焚きつけられたから拳をふり上げただけで、多くは『気色悪い』程度だったんじゃないですかね」

「長谷部さんのご家族は？」

「別れたと聞いてます。奥さんと子どもがふたり。長男、長女で、まだどっちも二十歳前後の歳でした」

鶴久も面識がある。自宅に招かれたとき、いっしょに食卓を囲んだくらいの仲だが、世話好きの奥さんはほほ笑ましく、兄妹は気さくだった。

「いま、どうしているかは知りません」

「念のため、そっちも当たったほうがよさそうですね」

報道以降やり取りはない。連絡先は残っているが、もう使われてはいないだろう。

「そういえば、長谷部もドラゴンズファンでした」

「へえ」類家が興味を示した。「有名だったんですか」

いいえ、と鶴久は首を横にふった。署内では表に出していなかった。長谷部が熱心な竜党だと知っているのは、自宅に招かれ、グッズのたぐいを目にした自分だけかもしれない。

そう教えてやると類家は虚空へ顎を上げ、「なるほど」とつぶやいた。

「長谷部を切り捨てた警察に対する恨み、あるいは長谷部を飼い馴らせなかった責任の追及……」

類家がつぶやく傍らで、鶴久は自分の言葉を反芻していた。気色悪い程度。どうだろう。もし自分がレイプされた現場で刑事が自慰をしていたら。自分の友人が殺された現場で、自分が痛めつけられた現場で、もし、自分の家族が被害に遭った場所で……。

「ま、どっちでもいいか」

我にかえり、鶴久は声のほうを見た。まばたきもせず、類家は虚空に話しかけている。

「考えてもキリがない、意味もない。長谷部の名を出したのも、たんなる攪乱の一手かもしれない」

視線が、急に鶴久へ迫った。「申し訳ないですが鶴久課長、手紙と電話のチェックの件、どうかよろしくお願いします。いえ、重々承知しています。無駄とわかっている作業ほど虚しいものはないですからね。それでもやらなきゃいけないことが我々にはあるわけでして。これも刑事の性でしょうか、宿命でしょうか。それとも世の理というやつか。まったくもって、宮仕えとは世知辛い」

勝手にしゃべり散らかし、何かあれば連絡をください、何卒、何卒――出口へ向かうその背中を、毒気を抜かれた鶴久は呆然と見送った。天然パーマの小男が去り、入れ替わりに職員がやってきた。抱えた段ボール箱を長机に置いた彼に人を集めますかと訊かれ、手の空いている者を五人ほど見繕うよう命じた。

職員が離れていくと会議室に取り残された気分になった。段ボール箱におさまった紙の束、録音テープを入れたプラスチックケース。それらにふれると長谷部の顔が浮かびかけ、胸に苦みが広がった。せっつくようにいつもいわれた。おまえは早く出世しろ。昔は素直によろこんでいた。いまならわかる。長谷部は、おれを見限っていたのだ。捜査員として、刑事として。けっして、ハセコーにはなれないと。

胃の底で、溶けずに残っている長谷部有孔という小骨。しかし、ほんとうに小骨なのか。もしこれが、ニトログリセリンなのだとしたら――。

目に入った職員に、鶴久は頼んだ。

「下のAVルームから、等々力を連れてきてくれ」

8

「イエスかノーで、答えればいいのかな」

スチール机の上で手を組み、清宮は意識して口もとをほころばせた。

そのさまを、スズキがにこにこと眺めている。

《九つの尻尾》──九個の質問の答えから心の形を当てるゲームの四問目、学生から警官に成長した空想上の清宮はゆるやかな坂を歩いている。誰かの手を握っている。

その人は長谷部有孔さんですか?

「ぜんぜん大丈夫です」スズキが身体ごとうなずいた。「イエスかノーでかまいません」

「ではノーです」

好奇心に満ちた顔がこちらを見つめ、清宮はそれを静かに見返した。

「これで、四問目が終わりましたね」

乱れた感情はすでに整っていた。完璧にコントロールできている。その手応えを確認しながらテーブルの下で革靴のかかとを床にぶつける。背後から、類家の空咳が応じた。十数秒後、タイミングを見計らい部下は取調室を出る。長谷部の情報を得るために鶴久のもとへ。

密かなやり取りに気づく様子もなく、スズキは喜色をあらわにしていた。不意打ちのつもりだったのだろう。じっさいその目論見は、清宮に一瞬の動揺を与えた。スズキは手にした。いっときの勝利を、大きな手がかりと引き換えに。

「長谷部さんとご面識が？」

「刑事さんはお知り合いですよね」清宮の問いを、スズキははぐらかした。

「だってお仲間ですもんね」

「じつはよく知らないんです。部署がちがいますからね」

長谷部の名は知っている。四年前の夏に醜聞を報じられ、秋に自殺した警部補。ひと回り上の先輩と直接の付き合いはなかったが、有能な刑事だと噂は耳にしていた。

出先が野方署と聞き、あるいはという予感はあった。だから驚きは、むしろスズキがそれをあっさり明かしたことだった。

「スズキさんこそどうなんです？　どんな方でしたか、長谷部さんは」

「刑事さん」スズキが、いがぐり頭を横にふった。「残念というか幸いにというべきか、わたしもくわしくは存じあげないんです。会ったことも話したことも、お世話になったことだってありません。ただ、有名になった記事はリアルタイムで読んでます。あの週刊誌、わたしも愛読してるんです。コンビニで、立ち読みで、いつも袋綴じが気になってしまうんですけど」てへへと頭をかいて、「調べてもらえばわかります。わたしたちが、アカの他人にすぎないことは」

とぼけた顔に、不敵な笑みがちらりとのぞく。

「それにしても刑事さん。刑事さんみたいなエリートも、ああいうゴシップをちゃーんとチェックされるんですね」

失礼しますと声がして、類家が席を立った。離れる前に寄ってきて、手書きのメモ紙をスチール机に置いた。『19じ川崎タクシー↓沼20、払ゲンキン』。

背後にドアの開閉音を聞きながら、清宮はメモをポケットにしまった。十九時ごろ川崎からタクシーに乗り、沼袋に着いたのは二十時ごろ、支払いは現金――。

「なんです？」スズキが尋ねてきた。

「何とは？」

「いやいや。だって刑事さん、そのメモをご覧になったとたん、とてもうれしそうな顔になりましたもん。心から、しめしめっていうふうに」

「それも霊感ですか？　だとしたら、まだ調子が悪いんでしょう。この場所に、うれしいメモなんて届きません。犯罪の、取調室には」

スズキはきょとんと、頭を斜めにかたむけた。

「犯人逮捕ならうれしいでしょう？　被害者が助かったとかも、いちおうほっとするんだろうし」

「いちおう、ですか」

「あっ、すみません。変な意味じゃないんです。どうも思ったことを、すぐ口にしてしまうタチなんです。昔から、これでよく叱られました。親にも先生にもクラスメイトにも」

「チェックしますよ」

「はい？」

「ゴシップ記事。さあ、これで五問が終わりましたね」

スズキが瞳を見開いた。それから「まいった」とおでこを叩いた。「どうやら一本、してやられちゃったみたいです」

「やられっぱなしはこちらです。あなたの偽装工作に、わたしたちは右往左往させられている」

「ぎそう？」

子どもじみた口ぶりに、清宮は頭の隅でパチッとピースがはまる音を聞く。

「お酒は何を飲もうとしていたんです？」

「刑事さん、質問は――」

「いいじゃないですか。そちらだけ尋ねるのもアンフェアだ。あなたの質問ひとつにつき、こちらも質問をひとつ。これでこそ五分の勝負です」

スズキはいっそう目を見張り、考えもしていなかったという顔をつくった。小芝居の範疇だ。だがこいつは、勝負という言葉に反論をしてこない。

「まとめて五問、訊かせてください。ノーコメントもありにします。答えたくない質問、答えられない質問は、あなたの判断で口をつぐんでくれていい」

おもしろいでしょう?

断られない自信があった。必ずスズキはのってくる。そして裏をかきにくる。ざまあみろと嗤うために。

「たしかに」スズキが、首をぶんと縦にふった。「おもしろそうです」

「買おうとしていた高級なお酒はなんです?」

「わかりません。いえ、ノーコメントじゃなく、ただ、わたしは高い酒にまったく縁のない人生なんです。だから何が高いとか、安いとか、相場とか、ぜんぜん心得てないんです。心得ていないから、とにかく目に入ったやつで、きれいな瓶を、それと値段を、あまり安いんじゃあ、それじゃあ意味がないですからね。憂さ晴らしにならないですから。だからとにかく見てまわって、それで決めようって思ってました。ふだんはビールとチューハイです。ぜんぶ缶です。コップにつぐようなお酒を最後に味わったのがいつか、よく憶えてないくらいです」

ふたたびパチッと音がする。スズキタゴサクというパズルが埋まる。この男は、しゃべりたがっている。聞かせたいのだ。なぜ自分がこんな真似をしているのかを。

「さあどうぞ、二問目を」

楽しげな催促に、清宮は組んだ指をしならせた。

「高いお酒に縁がなくとも、あなたは缶ビールを買い、野球中継を観られる部屋に住んでいます。どちらもタダということはない。お金はどこから？」

「それは難しい質問です。わたしみたいな人間は家計簿なんてつけません。領収書やレシートを集める気力もわかないぐらい、その日暮らしでその場しのぎの生活なんです。口座も金庫も、へそくりを隠す箪笥も要らないような」

だから、といって歯を見せる。「どこからといわれたら、お財布です」

「なるほど。消防署のほうからきました――ですね」

「冗談です。冗談ですよ、刑事さん。怒っちゃ嫌です。ただ、ええ、そうです。すみません。ぜんぜん憶えてないんです。記憶喪失のせいです。お財布に幾ら入っていたのか、どこでそれを稼いだのか、いつそれが、なんでなくなったのか、住所といっしょで、少しも思い出せないんです」

つまり「答える気はない」か。

「でもたぶん、まともな仕事はしてなかったと思います。刑事さんとは真逆です。そんな生き方だったから、ぶらぶらとしてたから、思い入れがちっともなくて、だから忘れちゃうんでしょうね。価値のない人生なんです。非生産的な人間です。かつてお財布にあったお札も出処は怪しいものです。昨日拾ったお金なのか、三年前にくすねたものか」

「盗みを、したことがあると」

「憶えてません」

芝居の隙間から、ぎらりとした体温がのぞく。パチリ、とピースが埋まる。

「財産と呼べるのは、スマートフォンくらいです。あれはたいへん便利です。契約が切れてもカメラとして使えますし、Ｗｉ‐Ｆｉでインターネットもできますからね」

「ネットやパソコンにおくわしいようだ」

「今時はネットカフェも安いでしょ？　時間は腐るほどありますし、暇つぶしに勉強したりもするんです。日雇い仕事もネットで探す時代ですから」

「なのに大事なスマートフォンを、どこでなくしたかもわからないんですね、酔っていたせいで」

「ええ、残念です、とっても」

「できれば思い出していただきたいが」

「がんばります。こうしておしゃべりをしていたら、そのうちよみがえる気もします」

だから付き合え、この茶番に――。

三問目。「あなたに、家族はいらっしゃいますか？」

「いません」即答だった。「いないんです。ほんとです。こんな嘘はつきません」

清宮は黙って待った。

「ほかの嘘ならついてるのか？　――って訊いてくれたら、さっきの一本をやり返せたんですけどね」

「訊きません。ノーコメントに決まってますから」

「あ、それはちがいます。わたしはこう答えるつもりだったんです。『わたしは、ほんとのことしかいいません』」

「――嘘つきのパラドクスですか」

清宮の反応に、にんまりと満足げな笑みを広げる。嘘つきがいう「わたしは常に嘘をつく」という言明は嘘でも真でも矛盾する。スズキの台詞は意図的にそれを真似ていた。

「昔から疑問だったんです。なんでこれは『嘘つきのパラドクス』なんだろうって。だってべつに『正直者のパラドクス』でもいいじゃないですか。正直者が『わたしは嘘をつく』といったって、意味は変わらないですもん」

「たしかに、そのとおりですね」

「でも駄目なんです。世の中はそういうふうにできてない。駄目なんです。正直者が嘘をつく。そんなの、当たり前すぎて」

「あなたの言葉もすべて嘘。そうとも解釈できる発言だ」

「いえいえ、あくまで一般論ってやつです。わたしにかぎってはちがいます。わたしほど正直な人間に、わたしは会ったことがありません。愚鈍といい換えてもいいです。何せそれで、損ばかりしてきましたからね」

慣れた自嘲に陰りはない。

「家族はいません。探しても無駄です。家系図をずぅーっとずぅーっとたどっていけば、親戚の親戚の親戚くらいはいるんでしょうけど、でもこの間抜けな顔をテレビに流したって、きっと名乗り出ちゃくれません。さみしい話ですけども」

「クラスメイトがいると、先ほどおっしゃってましたが」

「先生もです。だけど無理です。わたし、ぜんぜん目立つ子じゃなかったもんで」

「よく叱られていたのにですか」

「刑事さん。人は叱られるとき、顔を上げる人間と下げる人間に分かれるんです。わたしは完全に百パーセント、下げる側の種類です。わたしを叱った人たちも、憶えているのはこの丸い頭蓋骨だけなんです」

頭頂部を指差し、当時は目立つ十円ハゲもなかったですしと笑う。

「わたしのことを憶えている人はいないです。もしいても、刑事さんには教えません。いいえ、教えたくても教えることができません。だってそれは、存在しない人たちだからです。わたし、わかってるんです。わたしは刑事さんから疑われるような人間で、ふつうより劣ってる人間で、そんな間抜けを、人は人とみなしません。ひとたび話題にのぼれば、周りがはやし立てるまま、どういう子どもだったとか、どういう性格だったとか、おもしろおかしく語るんです。まるで見世物小屋のヘンテコな動物に対するように、陰口をたたいて、好きに石を投げるんです。みんな、たったひと欠片（かけら）だって、わたしのほんとうを知らないくせに」

　むしろ晴れやかに、スズキはつづけた。

「それでわたし、あるときから嫌気がさして、わたしのことをわたしのいない場所で語る人間を信じないと決めたんです。信じないだけじゃなく、そういう奴らはもう、存在しないことにしちゃおうって決めたんです。かまわないでしょう？　だってお互いさまですもんね」

　だから教えたくても教えてあげられないんです――。

　スズキの瞳と、まっすぐに向き合った。いささかのゆらぎも見つからなかった。目は真実を語る――そう信じられるほど、人は簡単な生き物でないことは知っている。刑事としての経験上、生粋（きっすい）の嘘つきでなくとも動揺は覚悟と胆力で抑え込める。むしろ目だけは嘘をつきとおせるタイプもいる。

　だがじっさい、そこに何がしか感情の片鱗（へんりん）が表れるのを否定できない思いもあった。

　静まった取調室で、ふと、違和感を覚えた。伊勢の、タイピングの音が消えている。どうしたのかと確認したいが、スズキから目をそらすべきではなかった。まさか居眠りということはあるまいが――。

ペチペチと、音が再開した。反対に、自分の中で響くピースの音がなくなっていることに気づき、清宮は目をすがめた。

「家族はいません。四問目をどうぞ」スズキがほほ笑んでいる。

「恋人はいますか」

「へえ？」素っとん狂な声。「いいんですか、そんなので。家族はいないと、もう教えたのに」

「恋人は家族に分類されませんから。もちろん個人情報は伏せてくれてかまいません。いるかいないか、イエスかノーだけでけっこうです」

「いませんよ。いるわけない」

気色ばんだ反応のわざとらしさに、ふたたび頭の中でピースがはまる。

「この顔ですよ？　この腹ですよ？　モテるわけがないですよ！　刑事さん、意地悪です。それはとっても意地悪な質問です」

「誰かに好意を抱くのはふつうのことです。相手に受けいれられるかどうかとは関係なく」

「そんなふうにいえるのは、刑事さんがしゅっとした男前だからです。わたしみたいな出来損ないには、ふつうの権利さえもないんです」

「スズキさんこそ誤解なさってます。昔から融通の利かない性格でしてね。ろくに冗談も飛ばせず、何度つまらない男と呆れられてきたことか。人生で、モテた記憶なんてありません」

「そんな立派な、背広を着てらっしゃるのに？」

苦笑がもれた。その浅はかな疑問の背後に、スズキが歩んできた人生が透けていた。

「退屈な中身を取り繕っているんです。劣等感の裏返しでしょう。気づけば身だしなみに、異常にこだわる性格になっていました。ほんのわずかな乱れでも気が散ってしまう。タイピンは首もとから十五センチでないと落ち着かないし、ベルトの穴も決まっています。それを変えたくないから食事制限をする始末です。ここまでくれば、立派な神経症かもしれない」

軽く肩をすくめて見せると、スズキは「へえ」と興味深げにこちらをのぞき込んできた。相手に合わせて自分を卑下するのは共感を生む常套手段だ。交渉人への仲間意識が高じ、素直に自首を選ぶ犯人もいる。じっさい衝動的な立てこもり犯などは、早く捕まって楽になりたいと望んでいる者が少なくない。退くに退けない高揚と虚勢の隙間で、どん詰まりの暴挙を終わらせるきっかけを無意識に探すその心理を操り、ふさわしい言い訳を与えてやるのが交渉人の腕なのだ。

スズキの動機の核心は、自尊心だろうと清宮は見定めていた。世間からないがしろにされてきた境遇に対するルサンチマンの発露。こうべを垂れつづけてきた男が、ついに上げた顔。真実のおれは、みすぼらしくなんかない。馬鹿にされる存在じゃない――。

土下座でもすれば、すべて白状するかもしれない。泣いて頼むエリートの無様に優越感を覚え、仕方ないなと悦に入り、人助けでもしてやるかと勘違いをして。

残念ながら警察組織としては選べない方法だ。爪を剝ぐ拷問とおなじくらい。

「それでは五問目をうかがいます」

けれど一〇〇〇ピースのパズルは、もう残り半分をきっている。

「散髪をしたばかりでしょう？」

スズキの表情が固まった。芝居じみたものとはちがう、ふっと我にかえったような空白だった。

「身だしなみへのこだわりは、相手に対してもおなじです。つい、観察をしてしまう。悪い癖だが、この歳ではもう直せないとあきらめています。さっき出てった部下がいたでしょう？　優秀な男だが、あの運動靴だけは許し難い。何度注意しても、最近の若者は暖簾に腕押しですが」

追従の笑みもなく、スズキはこちらに見入っている。

「スズキさんの頭、毛先がきれいにそろってます。お会いしてすぐに気づきました」

「――こんな坊主頭に、毛先もへったくれもないですよ」

「とんでもない。ぜんぜんちがいます。長年、観察をつづけてきた目には一目瞭然といっていい」

清宮はわずかに前傾姿勢をとった。

「つい最近、それもプロに、きちんとしてもらったんじゃないですか？」

「だったら、なんです？」

清宮は観察の熱を一気に上げた。スズキの全身、表情のゆらぎや指のささやかな動き、その内面まで深く突き刺さるよう集中力を研ぎ澄ます。

スズキが不貞腐れ、黙り込めばこちらの負けだ。相手の心の機微を読み、誘導する。対等の勝負を演じながら主導権を握る。

「たしかに、切りに行きました。当たりです。大当たりです」スズキは苦々しく認め、前のめりになった。「でも、だからなんだっていうんです？　わたしだって髪くらい切ります。それが何かおかしいですか？　犯罪ですか？」

「まったくおかしくはありません。わたしなんか二週間に一度は鋏を当ててます。そうしないと落ち着かない。ただふつう、男性はそこまで頻繁じゃないでしょう。たまたまでないのなら、スズキさんが美容院へ行ったのは、あなたにとって今日という日が、何か特別な一日だったからかもしれないと、そう思っただけです」

「……美容院なんていう、上等な場所は好きません」

「わたしも本音ではそうです。いかにもカッコをつけたインテリア、ポスター。何よりあの薄っぺらい、営業トークが耐え難い」

スズキが目を丸くし、それから少しはにかんだ。「刑事さんでもですか」「ええ。いつも心の中で怒鳴ってます。しゃべりながら刃物を扱うんじゃないと」「何度も行くのに？」

「何度も行くからこそですよ」

そりゃそうかと、スズキは納得したようにもらし、わたしも駄目ですとほほ笑んだ。

「お洒落な人たちの会話は外国語以上です。いつも惨めな気持ちになって、汗がだらだら流れます。怒りすらわきます。清宮さんはちがいます？　あんな場所へ、何度も頭をかあーっとさせに行くのが馬鹿らしくなるくらいに、合ってませんよ」

「でも行ったんですね、最近」

ゆるめた手綱を引くと、スズキは小さく鼻で笑った。この男にはめずらしい種類の反応だった。

「わたしの五問は終わりです。ここからは交互に質問をしていきましょう。まずはスズキさん、どうぞ六問目を」

ここだと、清宮は踏んでいた。ここでスズキがどんな質問を、なんの目的で投げてくるか。それによって、自分が仕掛けた針の食い込み具合が測れる。

可能なら一気に終わらせる。自白までもっていく。

スズキは、じっとこちらを眺めていた。見つめるのではなく、どこかぼんやりと、けれどまじまじと、眺めているふうだった。まじまじと眺める。自分の印象のちぐはぐさに、清宮はかすかな気色悪さを覚え、ゆえにけっして視線を外そうとは思わなかった。

「刑事さん」

彼はにんまりと笑った。

「まず先に、トイレへ行っていいですか？」


伊勢に連れられ部屋を出たスズキと入れ替わるように類家が戻ってきた。鶴久の話を要領よく報告し、ノートパソコンをのぞき込む。不在中のやり取りを確認しながら目も合わさず、「どうです？」と訊いてくる。不作法だが、効率的だから文句はない。少なくとも白い運動靴よりは。

清宮は清宮で、背筋をのばしたまま誰もいなくなったスズキの席を見つめていた。いったん犯人と交わった以上、解決まで一瞬も気を抜きたくない。いささか非効率的な、おのれに課したルールだった。

「知能は高め。本人もそれを自覚している。実力を発揮する環境と性格に恵まれず、人生に嫌気が差したゆえの犯行と考えられるが、行き当たりばったりとはちがい計画は入念。行動に迷いなし。犯行がもたらす結果は、被害も自分の処遇も、完全に理解している」

清宮は、わずかに力を込めてまばたきをした。

「問題ない。多少変わり種だが、愉快犯のよくあるパターンだ」

目の前にスズキはいない。だが対峙している緊張のままにらみつける。

「長谷部の件は、あくまで話題のひとつだと？」

「断定はできない。ありきたりな義憤や復讐に燃えるタイプとは思えないが」

長谷部との関係をスズキはきっぱり否定しているが、ドラゴンズファンという共通点は無視できない。

「ともかくこれで、奴が野方署を選んだ理由と、部屋を移りたがらなかった理由に目星がついた」

本庁へ移送されると勘違いしたのだ。それでは長谷部の名をあげるインパクトが薄れる。

「どちらにせよ、長谷部の家族は探しておくべきだろう。狙われている可能性が捨てきれないからな」

依頼済みですという類家の返事に、清宮は重ねた。「本部のほうは？」

「川崎の防犯カメラを回収に向かっています。爆弾は、秋葉原と東京ドーム、どちらも似たようなものだろうとのことです。くわしい解析には時間がかかるそうですが、多少の知識とそれなりの器具さえあれば素人でもつくれるようで」

「スズキ以外の被疑者は？」

「過激派の残党、危険思想家、隣国の工作員……総当たり中ですが、公安筋は組織的犯行を否定してます。犯行声明も出ていない」

爆弾の印象も、犯行現場の選定も、政治主張や破壊工作にそぐわない。

「もちろん共犯者、協力者の存在は充分考えられますが――」類家が、探るような口調になった。「等々力さんは単独犯の印象をおもちだった。どう思います？」

「ひとつの見方だ。それ以上でも以下でもない」

たしかに、と同意が返ってくる。現段階で、清宮にそれを決めつけるつもりはなかった。

「あと、管理官からありがたい言伝(ことづて)です。『さっさと片づけろ、こっちは爆発物処理班をいつでもどこでも出動できるよう手配済みなんだぞ』」

「医療班もか」

「じっさい問題」答えがあきらかな質問を類家は無視した。「スズキは次の爆弾をどうするつもりなんでしょう。おしゃべりの最中に、とつぜんボカンはあり得ませんか」

「あり得ない」

予告のない爆発は、上層部をふくめた関係者全員のもっとも大きな懸念だろうが――。

「奴の目的は破壊行為そのものではない。目的は、世間に対する自己主張、能力の証明だ」

破壊を求めるだけなら取調室は要らない。テレビの前で緊急速報を楽しめばいい。それで飽き足りないから、奴は川崎でタクシーに乗り、わざわざここまでやってきた。

いま、スズキにとって世間とは、ニアリーイコールで清宮になっている。そのように清宮は仕向け、奴は嬉々（きき）として食いついてきた。

「対等な勝負の放棄は自分の敗北を意味すると、奴は考えているはずだ」

当然、この「対等」はスズキにとってのものでしかない。一般市民を人質に、ルールも曖昧（あいまい）なゲームを押しつける行為を対等と呼ぶのは馬鹿げている。

フェアネスは、スズキの中だけで成立している。たんなる自己中心的思考か、あるいは奴が、そもそもアンフェアな人生を歩んできたと考えるべきか。

考えなくていい。一秒かからず、清宮はそう断じた。

「手綱を誤らないかぎり、奴は必ず爆弾のヒントを出す。心理テストの真似事も、それを見越した余興だろう」

「残り四問のうちにですか」

「もしくは次のゲームをはじめるつもりかもしれないが」

「ちなみに、射撃とはなんだったんです？」

質問を捉え損ね、つい、類家のほうをふり返る。同時に二問目の答えだと思いいたった。坂の途中で出くわした大きな建物。その中で何をするか。

「――意味なんてない。ただの思いつきだ」

「思いつき、ですか」

「まだ序盤だったから、とりあえず付き合ったまでだ」

「ふうん」

なるほどと独りごち、類家は宙を見やった。このマイペースな部下にはいささか思わせぶりなところがある。だがやはり、清宮は咎めない。自分だって身なりで相手の印象を決める。各々やり方はあっていい。

「いちおうですが、いくら検索しても《九つの尻尾》なんて遊びは引っかかりませんでした」

「心の形は？」

類家が肩をすくめた。「ポップソングの歌詞まで手をのばす時間をいただけるなら」

もちろんそんな余裕はないし必要もない。しょせんは遊びだ。

と、類家がノートパソコンの画面へぐいっと顔を寄せた。「――言葉遊びが、趣味なんですかね」

「いえ、そっちはたんなるとんちです。じゃなくてこの最後のほう、『あんな場所へ、何度も頭をかあーっとさせに行くのが馬鹿らしくなるくらいに、合ってませんよ』。ここだけ、文章のとおりがよくない。自分のことなら『合ってません』で終わっていい。たぶん、区切りとイントネーションをわざと変えたんだと思います。ほんとうの意味はこう。『何度も頭をカットさせに行くのが馬鹿らしくなるくらい、似合ってませんよ』」

思わず、自分の髪へ手がいきかけた。直前に奴はわざわざ強調している。清宮さんはちがいます？と。

清宮は気づかなかった。伊勢も自然に受け取ったままタイプした。その裏で、スズキは嗤っていたのか。

「わたしは、わりとお似合いだと思いますけど」

余計な一言を、悪気なく口にするのが類家という男だった。ささいな文章の違和感から解答をひねりだす能力と、対人関係の不器用さが同居している。注意したところで変わらない、この男の性分だ。

スズキにも、あると考えるべきなのだろう。無差別に時限爆弾を仕掛け、名乗り出るように捕まり、取調官とゲームに興じる奴なりの流儀が。

とんちも言葉遊びも悪ふざけでしかない。類家の推理が正しいともかぎらない。だが間違いなく、奴は身の破滅を懸けている。そこを甘く見積もれば足をすくわれる。

清宮は目をつむり、スズキタゴサクのパズルをもう一度組み直した。霊感に記憶喪失というあからさまな嘘。社会に馴染めない性分、馴染んでこなかった人生。だが知能は、予想より高い恐れがある。計画は、もっと綿密なのかもしれない。ならば《九つの尻尾》は、ほんとうにただの時間稼ぎか？　捕まりにきた一方で、身許の隠蔽に労を割くのはなぜだ。簡単に突きとめられては困る、特別な事情があるのか？

秋葉原と東京ドームシティを選んだ意味は？　長谷部の名を口にしたのは？

はたして爆発を、あと二度と信じていいのか。

次はいつ、どこで爆発する？　そしてその次は――。

あらためて実感する。時限爆弾とは、なんとやっかいな代物だろう。いったん「ある」と思わせられたが最後、「ない」と証明できるまで恐怖につきまとわれる。どこかでひっそりとその瞬間を待ち、時を刻んでいるのかもしれないという想像がぬぐえない。ゆえに清宮たちは、スズキの相手をせざるを得ない。奴の言葉を求めてしまう。

迷うな。分析、構築。決断と行動。できることを、全力でするしかない。

清宮がきつく指をしならせたとき、

「あっ」

類家がパソコンの画面に食いついた。どうしたと問う前に部下はこちらを向き、新しい情報ですと事務的に告げた。

「ドーム前で被害に遭った夫婦の、奥さんのほうが亡くなりました」

9

「なんで、あんな嘘ついたんだ？」

小便器で用を足す背中へ伊勢は尋ねた。尋問のつもりだった。

スズキはこちらをふり返ろうとして、小便をこぼしかけ、「あわわ」と慌てふためいている。そんな姿を、伊勢は腕を組んでにらんだ。

スズキの容疑は酒屋店主に対する暴行のままだ。爆破事件についての逮捕状もすでに準備済みとアプリには流れていたが、自白か証拠がなくてはと上は判断しているらしい。公判対策もけっこうだが、あとから批判を浴びようと、早く拘束を強めるべきと伊勢は考えていた。

生ぬるい――。

こちらへ半分だけ顔を向け、「ちょっとお待ちを、へへへ」と笑う中年男に、弁護士を呼ぶだとか人権を叫ぶだとかいう反抗的態度は見てとれない。重要参考人扱いにすぎない以上、こうして排泄を監視すること自体、本来は微妙なラインだ。監視でなく、お気に入りの便器を順番待ちしていただけですと屁理屈は用意してあるが。

「あのう」ちょろちょろ小便を垂らしながら恐る恐る訊いてくる。「嘘って、いったいなんのことでしょう?」

「とぼけんな。あんた、学生時代にストーカーしてた女の子が教師に殺されたって話してたろ。おまけに疑われたんだって」

何が目立たない子どもだ。こんなエピソードがごろごろ転がっているものか。

「べつに嘘じゃないですよ」

スズキが、ズボンのチャックを上げながらいう。「目立たない子どもってのはほんとです。誰もわたしに注意を払いやしませんでした。空気みたいな存在です。山とか湖畔の、さわやかな空気じゃないです。ゴミ置き場の空気です。なんとなく臭う程度の、嫌だけど、目くじらを立てるほどじゃないくらいの。だからストーカーみたいな真似も、こっそりつづけられたんだと思います」

「自慢げにいうな、犯罪を」

「あ、そうですね。たしかにそうです」

へらへらと洗面台へやってくる。「でももしかすると、ゴミそのものだったのかもしれません。ちゃんと半透明の、ビニール袋にしばってあるゴミです。しばってあるんで害はなくて、だけどゴミはゴミだから、みんな素通りします。下手に拾われて、ほんとに捨てられるよりはマシですが、けど誰も、袋の中をのぞこうとはしません」

手を洗う。「だってゴミですからね」

急激に、苛立ちが込み上げた。組んだ腕に爪が刺さった。スズキの卑下には、伊勢の内面を波立たせる力があった。

体型も、髪型も、媚びるような笑みも、年齢以外のすべてが似ている。高校二年の夏から実家に引きこもり、外へ出なくなった弟に。

口癖もそっくりだった。おれは駄目な人間だからさ――。

そう思うなら努力しろと伊勢はいいたかった。死ぬ気でやれと。せめて自分の現実を受け入れて、できる範囲でがんばれと。「それができたら苦労しない」「どうせおれなんか……」その先にあるのは、「だけど優しくしてほしい」そんな甘えでしかない。

伊勢は弟を、両親に寄生するダニだと見限っている。憎んでいる。迷惑をかける前に死ねとすら思うことがある。

その肉親と通じるものを、目の前で手を洗う中年男に感じてしまう。

「世の中に対する、復讐ってことでいいのか」

スズキが手を洗う姿勢のまま、伊勢のほうをきょとんと見た。

「あんたの動機。爆弾を仕掛けた動機だ」

スズキはじっとこちらを見ていた。じゃーと水が流れている。

「どう思われます？」

その返答に、心が跳ねた。犯行を認める気なのか？

「仮の話ですよ、仮の。仮に、わたしが爆弾を仕掛けたのだとしたら、やっぱりそんなふうに思われますか？」

逃げ道は用意されたが、伊勢は前進の手応えを感じた。

「それしか考えられないだろ。無差別に市民を巻き添えにして誰がどんな得をする？　それとも、何か政治的な主張でもあるのか」

「いやいや、わたしにかぎって、政治とか経済とか、そんな難しいことはわかりません。偉い人たちが賢い世の中をがんばってつくってくれているんだろうなってくらいしか」

「汚職だってごまかしだって、いっぱいある」

「でも議員さんは、みんなで選んだ代表でしょう？　みんながそれで納得しているんなら、わたしなんぞに文句をいう資格はないです。みなさんにお任せします」

「無責任だな」

「ええ、ほんとうに嫌になります。昔からこうです。興味がないんです。汚職もごまかしも正義も、道路標識のひとつまで、世の中をよくするやり方にぜんぜんイメージがわきません。もし、好きにやっていいぞ、おまえのいうとおりにするぞっていわれても、困ります。断ります。そんな責任はごめんです。負いたくないです。偉くなるより、その日暮らしのほうがいい。そういう種類の人間なんです。これまでやってきたように、おとなしく従うほうがいいんです」

スズキは蛇口を閉めた。「どうですか？　悪いんですか、いまの世の中」

伊勢は口をつぐんだ。警官の身で、体制批判ととられかねない発言をするわけにはいかない。もっとも伊勢は、ダイバーシティなんぞくそくらえと白い目を向ける性分だったが。

「世の中への不満じゃないなら、なんだ」

「なんだと思います？」

「あんたに訊いてるんだ。あんたの話なんだから」

「勘弁してください。わたしは自動販売機と酒屋の店員さんを殴っただけです」

川崎からタクシーできたくせにか？——喉元まで出かかったが、さすがに勇み足だとのみ込んだ。清宮という特殊犯係の刑事も、このカードはあえて伏せているにちがいなかった。いちばん効果的な切り時を見計らっているのだ。

しかし、警視庁の刑事もだらしない。高そうなスーツを着て、艶のある白髪を撫でつけ、しかつめらしい面をして、そのくせやってきてから二時間ちょっと、スズキのペースでおしゃべりに付き合わされているだけじゃないか。

むしろ自分のほうが、具体的な話を聞き出している。

「なんで隠したんだ、殺人事件の話」

ペーパータオルで手をふくスズキに再度尋ねた。

「隠しとおせると思ってるのか？　警察には記録が残る。何年前だろうと残ってる。殺人事件ってのは、そういうもんだ」

じっさいは微妙なところだ。スズキが中学生だった時代となれば三十年以上も昔。解決した事件なら記録が破棄されている恐れはあった。

被害者の名前はミノリ。珍しくないが、ありふれているほどでもない。データベースに当たれば、意外とあっさり引っかかる可能性もあるが……。

「それとも、話してまずいことでもあるのか」

「ないです。ないですが、やっぱり個人情報ですから。わたしの話ならします。けどミノリちゃんにとって刑事さんはアカの他人ですからね。アカの他人に誰かの話を断りもなくしゃべるのは、人としてよくないと思うんです。そういうの、他人に気安く話すのは、話されるのも、わたしどうしても嫌なんです」

「じゃあ、なんでおれには教えた」

「伊勢さんは特別です。だってわたしたち、プライベートな知り合いですもん」

スズキが、ペーパータオルをくしゃくしゃにしたままこちらを向いた。正面から見つめてきた。

瞬間、伊勢は眩暈(めまい)に似た困惑を覚えた。焦点がぶれたような感覚だった。向き合ったスズキがというより、何か、自分の内側に生じたぶれのように感じられた。

「伊勢さん」

スズキがずいっと顔を寄せてきた。

「伊勢さん、内緒にしてくれたでしょ？　ミノリちゃんの話、あの刑事さんに隠してくれた。わたしとの約束を守って」

ちがう。そんな約束はしていない。報告し損なったのは、ちょっとタイミングを逸しただけ。それにどうせ、すぐ突きとめられると思ったから……。

「わたし、うれしかったんです。わたしのプライベートな知り合いじゃない人に、わたしの話をしなかったこの人は、信用できるって思いました」

大きく破顔し、スズキはいった。

「打ち明けますよ、わたし。伊勢さんになら」

思わず、唾を飲んだ。

「ちゃんと約束を守ってくれたら、次にまたふたりきりになったとき、きっと。だから伊勢さん、裏切らないでくださいね」

伊勢は興奮を隠したまま、ああ、わかったよ、と返した。

10

背中越しに動揺が伝わってきた。ノートパソコンの前に座った伊勢が、被害者の死亡を知ったのだ。人の死に対する動揺は反射だと、清宮は考えている。性格も頭の出来も、心の冷たさといったものさえ無視して生じる生理現象。慣れや状況によって度合いはちがえど、無ではない。

問題はむしろ、動揺の種類が何かだろう。

警察官としては、これによって本件が殺人事件に切り替わった事実と向き合わねばならない。殺人と器物損壊では重みがまるでちがう。

清宮はスズキへ、何か食べますか、と訊いた。え？　いいんですか。ええ、カツ丼というわけにはいきませんが。いかないですか。冗談です、ご希望なら取り計らいます。ほんとですか、うれしいなあ――。

「でもわたし、ダイエット中なんでやめときます」

人を食った男だと、あらためて清宮は思った。いざとなればほんとうに、食事に自白剤を混ぜるような非常手段もあり得るかと不穏な考えが脳裏をよぎる。もっとも、経口投与ですべてを白状させられる魔法の薬は存在しないが。

「でもサンドイッチなら食べたいです。コンビニの、卵と照り焼きチキンのが大好きなんです」

「わかりました。少し時間はかかるかもしれないが訊いてみましょう」

類家に命じ、野方署の職員に連絡させた。体裁をつくっておくべきという判断だった。逮捕、起訴、公判と進んだのち、取り調べに瑕疵（かし）があったと揉めたくない。捜査側のつまらないミスが量刑に影響することもある。この男は、まっすぐ裁きの場まで連れてゆく。その入り口を自分が担っているのだと、清宮は自覚していた。

「《九つの尻尾》をつづけますか？」

あえて問いかけにした。同意があれば、取り調べの強制性は薄らぐ。

スズキはこちらを見上げ、瞳を広げた。

「ええ、もちろんです」

そのうれしそうな表情は、あなたの意図は承知してますといわんばかりにも見えた。どちらでもかまわない。言質（げんち）さえ取れれば。

「わたしの六問目からでしたね」

いってスズキはペットボトルの水をふくんだ。時刻は午前一時をまわっていた。次の爆弾は静かに眠ったまま、夜は更けている。

「――っと」

　スズキが、発しかけた言葉をのんだ。

「あれ？」

　首をかしげ、目を丸める。まるで清宮を、めずらしい咲き方をした花のように見る。

「あれれれ？」

「なんです？　質問はパスですか」

「いえいえ、しますします」

　スズキが舌なめずりをした。「もしかして――」厚い唇が、限界まで横に広がった。

「被害に遭った方、亡くなったんじゃないですか？」

「――それが六問目ですか？」

　はいそうですと目を輝かせる。期待と高揚。それを読み取って、清宮はテーブルで組んだ指に力がこもるのを止められなかった。

「いいでしょう。おっしゃるとおりです。ドームのそばで爆発に巻き込まれたご夫婦のおひとりが、先ほど息を引き取られました」

「やっぱり」

　スズキが、シンバルを打つように手と手を合わせた。「やっぱり！　そうじゃないかと思いました。だって刑事さん、ぐーんと濃くなってますもん。隠してるつもりかもしれませんが、わたし、そういうのはすぐにピンとくるんです。昔から、ピンとくるんです」

「何が、濃くなっているんです?」

「憎しみです」

スズキはあっさりと答えた。

「わたしに対する憎しみが、ぐーんとね。でしょう? あ、答えていただかなくてもいいです。わたし、ほんとにわかるんです。生まれたときから、人の顔色ばかりうかがって生きてきたからだと思います。きっとそういうことなんです。びくびくしながら生きてきたから、だから刑事さんのことだって、ちゃーんとわかってしまうんです」

「スズキさん」

清宮は意識して肩の力を抜いた。

「いいたいことはそれだけですか?」

コントロールできている。「次はわたしが質問する番です」

「ええ、ええ。どうぞ、どうぞ」

ちりちりと、神経が焦げる気配があった。あきらかに、スズキは態度を変えた。表面的な振る舞いの奥で、温度が上がった。とぼけたヴェールに隠されていた塊。こいつの本心。あるいは本性。それがもれ出ている。悪くない兆候だと、清宮は自分にいい聞かせた。スズキは危うい綱渡りをはじめ、自分は集中力を増している。

スズキのパズルが、中心へ向かってまた五〇ピース埋まった。残り四〇〇。

「では六問目です。その前に、スズキさんはけっしてわたしに嘘をつかないんでしたね」

「え？　もちろんです。当たり前じゃないですか。《九つの尻尾》は、嘘をついちゃあ駄目なんです。ゲームが成立しませんからね。だからわたし、刑事さんの残りの質問、答えられることは必ず、ぜったい答えます。誓います。神様にも仏様にも」

「では訊きます。最初に使った駅はどこですか？」

「へ？」

「今日――日付が変わったので昨日ですね。川崎駅へ行くまでにです」

ここがカードの切りどきだった。期せずしてスズキは被害者が亡くなったと知った。自分が殺人犯になったことをだ。それをプレッシャーに感じるか、変わらず記憶喪失でごまかすか。

「新大久保です」

取調室が静寂に染まった。ごくりと唾を飲み込む音の代わりに、せわしないタイピングが聞こえた。

「新大久保から山手線で品川へ出て、東海道本線に乗り換えです。だってそうでしょう？川崎まで、それがいちばん便利ですから」

「――記憶が、あるんですね」

「いえいえ、訊かれてぱっと浮かんだだけです」

「だが川崎に用事があったのは間違いない」

「観光じゃないですか？　行ったこと、なかった気がしますし」

「そのわりにルートをよくご存じだ」

「浮かんだんですよ、訊かれてぱっと」

行こうとして調べたのかもしれませんけど憶えてません、と余裕の笑み。

「野球を観終わってから？」

「そうなりますね。急にふらりと出かけたくなったんでしょう」

「なのに着いてすぐ、タクシーで引き返したんですか」

「急に不安になることってありません？　知らない土地で、目的も行き先も決まってなくて、そわそわしちゃって、もう帰ろうって、そういうことってあるでしょう？」

「タクシーを使う必要はなかったはずです。電車のほうが、時間も早いしお金も安い」

「おそらく、たんなるやけくそです。ドラゴンズがボロ負けで、こんちくしょーってなってたもんで」

「酒を買う小銭くらい、残しておけばよかったのに」

「つい、気が大きくなったんだと思います。だって県をまたいでタクシーに乗るなんて、まずあり得ないですからね。舞い上がって、偉い社長さんのつもりになって。そういうのに憧れてたんです。惜しみなくお金を、捨てるみたいに使うのに。だってそんなの、わたしにとってはちがう銀河くらいかけ離れた夢物語ですからね」

「川崎にも、爆弾が？」

「質問が多すぎます。一問一答のはずなのに、刑事さん、欲張りです」

スズキは困り顔をつくり、すぐに表情をやわらげた。

「でもサービスです。ここまでちゃんと付き合ってくれたお礼です。あくまでわたしの霊感ですけど、川崎は大丈夫だと思います。丸の中に入ってません」

「丸？」

「くわしい説明は無理ですよ。曖昧な、霊感ですから」

おどけるスズキに調子を合わせる余裕はなかった。観光など検討にも値しない。しかしいまはスズキを信じるよりない。川崎は大丈夫。川崎駅へ行ったのはやはり攪乱だ。

それよりも。

初めは新大久保――。山手線の西側に位置する立地を二十三区のスケールで考えれば沼袋に近いといえるが、気軽に歩ける距離ではない。沼袋には中野駅がある。あるいは西武新宿線の沼袋駅。考えるべき仮説はふたつ。こいつが沼袋の酒屋で暴れたのはやはり野方署に捕まるためで、住まいは新大久保付近。もうひとつ。住まいと関係なく、新大久保に用事があった場合。

となり合う新宿とは比べものにならないが、それでもこの駅の利用客は一日十万人規模である。

「新大久保には――」

「それは七問目にしてください。ちゃんと答えますから」

はっきり、「答える」とスズキはいった。それが予感をかき立てた。腕時計へ目がいく。二時まで三十分をきっている。ここが爆発のタイムリミットだとしたら、猶予はない。

「では、先に七問目を使わせてください」

「それは勝手すぎます。順番こにするっていうのは刑事さんの提案です。一度口にしたことは、簡単に曲げるべきじゃありません。そうでしょう？　それが立派な大人ってやつでしょう？」

組んだ指に力が入る。胸のざわつきを、清宮はねじ伏せた。

「わかりました。質問をどうぞ」

「はい、じゃあ訊きます。七問目です。さっきのご夫婦、被害に遭ったご夫婦の、もう片方は生きていますか？」

意図が読めなかった。だが、ここで駆け引きをするメリットは見当たらない。清宮は正直に、夫のほうは重体だと教えた。

「亡くなっていないんですね？」

「いまのところは」

そうですか、とスズキは宙を見やった。深呼吸のように息を吸い、吐き出した。

「すると、わたしが疑われたまま、もしも逮捕されて、有罪にでもなったとしたら、生き残った旦那さんはわたしを殺したくなるんでしょうね。わたしを殴って蹴って、目をえぐり出して、苦しむだけ苦しませたうえで、殺してやりたくなるんでしょうね」

「――お気持ちはそうかもしれません。ですが、あり得ない想像です。復讐は許されないし、多くの人は、たとえ理由があっても簡単に人を殺すなんて真似はしない」

「いえ、いいえ。そんなはずありません。やりますよ。チャンスさえあれば、やります。やらなくちゃ駄目です。じゃないとその人、奥さんを愛してなかったことになっちゃいます」

「ならない」

指の爪が皮膚に食い込んだ。

「そんな馬鹿げた理屈はない。復讐と愛情はイコールじゃない」

「えーっ！」と、のけ反り背筋をのばす。「ほんとうですか？　ほんとうにそうですか？　たとえばの話ですけどね、復讐法があったとするじゃないですか。被害者やそのご遺族が、自分がされたことを犯人にそのままお返しできる法律ができたとするじゃないですか。だとしてね、刑事さんの奥様やお子さんが無惨に殺されたとしてですね、犯されて、ぐちゃぐちゃに殴られて、ズタズタに切り刻まれたとしてですよ。刑事さんが、もし報復をしなかったなら、犯人を生かしたら、刑事さんのご家族や友だちや、世の中のたくさんの人たちは、刑事さんの奥様やお子さんの死に同情して涙して怒りを覚えた人たちは、ぜったい刑事さんを赦しませんよ。なんで復讐しないんだって、きっとそう叫びます」

「もういい」

「だってみんな思ってますよ。交通事故とか虐待死とか強姦だとか、無罪になったりしてますもんね。執行猶予とかってありますもんね。殺意は認められなかったとかいって。被害者が強く抵抗したと認められる事実はないだとか、被告人以外の人間が犯人でないといい切れるほどの根拠はないだとかって。シンシンソーシツだとかって。法律が、なんか変だぞって、みんなみんな気づいてますもん。おかしいなって思ってますもん」

「いいから答えろ。新大久保に爆弾はあるのか」

「それが七問目でいいんです？」

「早く答えないかっ」

「新大久保にはありません」

おどけて付け足す。「たぶんですけども」

新大久保には。

「ならどこに――」

「あ、駄目です。駄目です駄目です、落ち着いてください。クールダウンしてください。そんなぷりぷりされちゃうと、わたし、おびえてしまいます。おびえますとね、脳の働きがにぶるんです。霊感が、ちょっと利きにくくなるんです」

清宮が口を開くより、スズキのほうが早かった。

「いま、何時です？」

「――もうすぐ二時だ」

「丑三つ時ってやつですね。知ってます？　正確には二時から二時半のことをそう呼ぶんだって」

そんなことはどうでもいい――。罵声が喉まで出かかったとき、

「ご安心を。まだですから」

拳を握りそうになるのをこらえた。それをおもしろがるようにスズキがいった。たぶんですけども。

パチッと禍々しい音がする。パズルのピースがはまる。

スズキはだらしなくにやついている。真っ黒ないがぐり頭に太い眉、瞳はつぶらだ。大きな鼻と唇、丸い脱毛斑。肉づきのいい身体を猫背気味にして、その見た目はいかにも人畜無害に見える。

だがこいつは、腐っている。正真正銘のイカれ野郎だ。

「さあ、わたしの番ですね。ついに八問目ですね。いよいよ最終コーナーですね」

前のめりになるスズキから興奮は去っていない。体内からどす黒い臭気があふれているかのようで、清宮の額に一筋の汗が垂れた。

「いいですか刑事さん。よく聞いてくださいね。刑事さんは坂を上りきりました。ずっとずっと歩いてきた坂の果て、丘のような場所に立っています。そこはとても心地いい場所です。安全な場所です。周りには、刑事さんの味方しかいません。小鳥やきれいな草花などです。自然のものがお嫌いだったらパソコンでもスマホでも、ベッドでもソファでもスポーツカーでもかまいません。女の人でもけっこうです。家族でも親しい人でも。とにかく満ち足りた場所なのです」

どこかうっとりと、スズキはいった。

「ときおり刑事さんは、丘の向こうを見下ろします。遠くに街が広がっています。人があくせく働いています。ご飯のしたくをしていたり、嘘泣きをしてたりです。野球を観てる人だっているでしょう。はじまるのはタイガースの試合です」

スズキが、右手の人差し指を立てた。

「それにしてもプロ野球チームには、強い生き物と弱い生き物が混じっていると思いませんか？　タイガーは強いでしょうし、鷹には雄々しいところがありますけど、ツバメや鯉は、なんでそれを選んじゃったのかよくわかりません。巨人だってずいぶんと偉そうですね。それをいうならドラゴンってのはかなり恐ろしい怪物ですけど、現実の成績はそうでもないから嫌になります。それはともかく、鯉よりはペガサスとかミノタウロスとかフェニックスなんかを選ぶほうがよかったと思うんです。まだまだ世の中には架空の生き物がたくさんいますね。ミノタウロスなんかも強そうです。こいつは牛頭人身なんですってね。頭は牛で身体は人だっていうんです。ケンタウロスは逆ですね。上半身が人間で、下半身は牛じゃなく、馬でしたっけ。いや、昔よくからかわれたんです。わたしの歳ですと『ゲゲゲの鬼太郎』とかが流行ってて、そこに出てくる妖怪にそっくりだって嗤われたりしたんです。ええ、もちろん、だからって遊び相手が増えることはなかったです。いじめにすらならないくらい、わたしは相手にされてなかった。なぜなんでしょうね。こんなにもいじめられっ子体質の男を、わたし自身、ほかに知らないんですけどね」

「スズキさん――」

「でね、わたし、妖怪ってけっこう好きだったんです。仲間意識というんですかね。他人事じゃない感じがあってね。たまに図書室でそういう図鑑を引っ張り出して、学校が閉まるまで読んだりもしてました。でも借りません。あのころはいまにも増して人見知りだったんで、図書委員の子に話しかけることすら一大事だったんです。清水の舞台から飛び降りるくらいの勇気が必要だったんです」

「スズキさん」

「ところで日本にも半獣半人の化け物はいます。そりゃあたくさんいるんです。だいたい妖怪なんてのは人間を怖がらせるためのものでしょう？　だからどんなに恐ろしくても獣が獣の顔をしてたら、まあ、びっくりはするんでしょうけど、なんか、こう、心の底に響かない気がするんです。しょせんべつの生き物に思えちゃうとね。たとえばドラゴンに出くわしたとして、そりゃあ身の毛がよだつんでしょうけど、でもその恐怖は地震とか隕石の恐ろしさだと思うんです。雷とか竜巻とかの。でも半獣半人は、ちょっとちがいますでしょ？　あれは人間と、つまり自分自身と似通っているから怖いんです。人間のような部分があるからおぞましいんです。まるでおまえと化け物は、そんなに変わらないんだぞ、むしろおまえが化け物の出来損ないなんだぞっていう、そういう恐怖があるんじゃないかと思うんです。人間と化け物なんて、たいしてちがわないっていう恐怖が」

「ちょっと待って――」

「だから人間の顔をしているほうが怖いんですね。やっぱり人は顔ですからね。人間が人間とみなされるのは目鼻口の造形ですから。もっとも、わたしみたいな不細工は誰からも仲間とみなされないですけどね。注目されないし相手にされない。なんなら足蹴にされたりするわけですが、この身体がもし、牛の身体をしていたら、それはやっぱり怖いんじゃないかと思うんです。注目を集めてしまうと思うんです。それにわたしには霊感がありますからね。それは未来を予言する力に、少し似てると思いませんか？」

「いいかげんにしないかっ」

清宮の叱責と同時にスズキが右手の指を二本、ピースのかたちで立てた。小馬鹿にしたそのさまに理性が殴りつけられる。

「それが質問でいいのか？　似ているかどうかを答えれば――」

「清宮さん」

背後から鋭い声がした。思わずふり返った。類家が、手のひらで清宮を制していた。目はスズキのほうへ向いていた。黙って聞け。真剣なまなざしが、そう訴えていた。

「つづけてもいいですか？」

スズキに向き直ると、奇妙な怖気（おぞけ）に襲われた。半獣半人。その単語を、唾といっしょに飲み込んだ。

「わたしはたまに思うんです。古今東西、人間はあらゆる場所のあらゆるものを食べ尽くしたといわれてますけど、じゃあいったい、化け物や妖怪はどんな味がするんだろうって。どこの部位が美味しいんだろうって。ハラミですかね、イチボですかね。内臓系はどうでしょう。でもわたしの好みでいうと、タンが食べてみたいです。タンなんて、お上品すぎてなかなかありつく機会がないですけども、そう、いつだったか何かの拍子に、とても上等な焼き肉屋さんへ連れてってもらう機会がありました。ピカピカの網の上に、まずはタンからって、誘ってくれた人がのっけてくれてね。肉を焼くのに順番なんてあるのかって驚いたんですけども、そのタンが、もうわたしのつたない言葉では一ミリも伝えられないくらいに美味しくて。歯ごたえがあって肉汁があふれて、食べてるって感じがすごくしたんです。ああ、できるなら生きてるうちに、もう一度あのタンを食べたいですねえ」

スズキが三本目の指を立て、清宮ははっと息をのんだ。

「刑事さん。刑事さんが眺める街にも焼き肉屋さんはあります。もくもく煙が上がっています。でもよく見ると、それは焼き肉屋さんじゃありません。べつの場所です。そこで刑事さんは気づきます。おかしいな、そろそろ届くはずなのに。すると刑事さんは閃きます。ああ、そうか。神の言葉は母と子のみか。だから煙が上がっているのはそこだったんだ。さて、どこですか？」

「待ってくれ」

四本目の指を立てるスズキに、清宮はいった。

「もう少し、もう少しくわしく話してくれませんか」

絞り出した懇願に、気の毒げな返事があった。「申し訳ないですが、それは難しいんです。天はいつも気まぐれですから」

両手を開き肩をすくめるスズキを、清宮はにらみつけた。爪が食い込んだ手の甲に皮膚が裂ける痛みが走った。

もうあきらかだった。質問ではない。クイズだ。次の爆弾についてのクイズを、スズキは披露したのだ。

「刑事さんが答えをいってくれるまで、わたしもう、しゃべりません。黙ります。ちょっとひと休みします。サンドイッチを食べながら」

11

スズキの見張りを伊勢と本部から応援にきた捜査一課の刑事に任せ、取調室から会議室へ移動した。

会議室では十名足らずの職員によって長谷部有孔の関係資料が洗われていた。それとはべつにテーブルを引っ張り出し東京都の地図を広げる。野方署に赤ペンで丸をつけ、秋葉原と東京ドームもおなじように囲んだ。そして新大久保、品川。その途中にある新宿、代々木、原宿等の各駅も。

「奴は、指を立てることでヒントを明確にしていました」

鶴久や万世橋署の刑事、富坂署の刑事、本庁からいっしょにやってきた警備部の男——暴力団幹部の風貌をした先輩捜査員などが居並ぶなか、類家がスズキの仕草を再現するように人差し指を立てた。

「まずはタイガースです」つづけて指を立ててゆく。「二本目は半獣半人の化け物。三本目が焼き肉のタン。最後に『神の言葉は母と子のみか』」

「わけがわからんぞ」警備部の男が声を荒らげた。「タイガースがなんだってんだ?」

「ドラゴンズじゃなくタイガースだったのがヒントなんです。奴は初めからドラゴンズファンと公言してるし、架空の生き物へ流れていくその後の話から考えても、ここがドラゴンズであっていけない理由はない。タイガースが必要だったから、奴は選んだ」

「それが場所なら虎ノ門だ」万世橋署の男がいう。

「東京にもタイガースファンが集まる店があると聞きますが」富坂署の男が口を挟む。

「でもちがうんですね?」

類家は目だけでうなずく。「奴はこういっています。『はじまるのはタイガースの試合』。はじまるという言葉が示すのは時刻です。前後の内容からいってもこれは間違いないでしょう」

「なら意味はなんだ」警備部の男の詰問に、臆する様子もなく類家は答えた。

「十二時辰です」

「あっ」鶴久が甲高い相槌を打った。「戌とか亥とかのやつか」

「そう。二十四時間を二時間刻みで区切って、それぞれに十二支を冠した昔の時間法です。奴はわざわざ直前に時刻を確認し、午前二時を丑三つ時だといい直している」

それもヒントだったというわけか。

「子、丑、寅、卯――タイガーにあたる寅の刻は午前三時から五時」スマホで調べながら類家の口は止まらない。「はじまりと終わりの中間が正刻といって、ここで鐘を打つ。寅の刻は午前四時、鐘は七つ。おそらくこれが、爆発時刻の最有力です」

みなが、引き寄せられるように壁の時計へ目をやった。二時三十分過ぎ。

「次に化け物のヒントについて説明します。半獣半人の、奴はとくに人面にこだわっていた。自分が牛の身体になったらとも話していました。霊感で予知能力があることになっている自分と重ね合わせていたんです」

「だから？」警備部の男の苛つきは増していた。

「身体が牛で人面で、未来を予知するといわれている化け物が、日本にもいます」

「くだん――か」みなが沈黙するなか、清宮が答えた。たしか、凶事をもたらす存在という言い伝えもあったはずだ。

ちっと誰ともなく舌打ちが聞こえた。「だから、九段か」

タンの説明は不要だった。タン――舌――下。くだんのタンは九段下。

すでに配備の手配は済ませていた。取調室を出るや類家に早口で注進され、清宮は迷わず従った。この部下の頭脳を買っているから白い運動靴に耐えているのだ。

「正気じゃねえ」刑事のひとりが吐き捨てた。「こんなもん謎々以下だ」

「とんちに言葉遊び。奴が得意な遊戯です」

「あんた、ほんとに自信があるのか？　お遊びじゃねえんだぞ」

類家がずいっと、その刑事に顔を寄せた。「ほかに妥当な解釈と解決がおありなら、ぜひご教示を」

刑事が気圧(けお)されたように顔をそらし、べつの男が手のひらに拳を打った。「だからって付き合わされるほうはたまらんぜ。何が『天は気まぐれ』だ」

捜査員たちが同調し、怒りの熱気が輪になった。

その中心で、淡々と類家はいう。

「問題は四本目のヒント。これだけが、わたしにもわからない」

奴の台詞はプリントアウトし配っていた。『刑事さんが眺める街にも焼き肉屋さんはあります。もくもく煙が上がっています。でもよく見ると、それは焼き肉屋さんじゃありません。べつの場所です。そこで刑事さんは気づきます。おかしいな、そろそろ届くはずなのに。すると刑事さんは閃きます。ああ、そうか。神の言葉は母と子のみか。だから煙が上がっているのはそこだったんだ。さて、どこですか？』

「『もくもく上がる煙』は爆弾のメタファーと捉えることができる。でもそこは焼き肉屋じゃない。『そろそろ届くもの』はなんだ？　『神の言葉は母と子のみか』？」

途中から類家はうつむき、もはや独白になっていた。

清宮も頭をひねったが妙案は出てこなかった。それは周りの捜査員たちも同様だった。

まず九段下という行政上の地名はない。九段坂の下だから九段下。住所でいえば九段北だとか南だとかになる。親しまれてきた愛称は、東京メトロの駅名に使われている。

「とはいえ九段まで絞れたんだ。あとは虱潰しで探せばいい」万世橋署の男が空元気を発し、「あそこらは繁華街ってわけでもないしな」富坂署の男が追従した。

「バカモンが」警備部の男が怒鳴った。「オツムに立地を浮かべてから寝言はいわんか！」

駅のそばには靖国神社（やすくにじんじゃ）がある。そして皇居も近い。どちらも何かあれば各方面から批難が届くのは必至だ。

「もしかして」鶴久は青ざめていた。「神様ってのは、そのことか」

「陛下ってこと？」「いや、神社だろ」「母と子ってのは」「安産祈願とか子宝祈願とか」

「鬼子母神（きしもじん）てのもあるぞ」「子宝なら届くって表現も当てはまるな」

口々に意見が飛んだが清宮にピタリとくる感覚はなかった。ぼんやりしすぎている。スズキは、もっとはっきりヒントを示したはずだ。そのうえで警察を手玉に取るつもりでいるのだ。

「それより負傷者が出そうな場所を当たるほうがよくないか」「二十四時間の飯屋、ホテル、漫喫……」「フィットネスジムもある」「ドームも近いが」「それをいうなら警視庁だって――」

「むやみに解釈を広げるな。シンプルに考えろ。時間はないぞ」

仕切り役は警備部の男に決まった。類家はぶつぶつ独り言を唱えている。「ゴッド、ワード、マザー、キッズ？　キッズとスズキ……いや、ちがう」

思考に入り込む部下の傍らで清宮は腕を組み、頭を切り替えスズキの言動を思い起こした。

それは喫緊の問題とは外れた思考かもしれなかった。だが清宮にかぎっては、この先を考える必要があった。次の爆弾が弾け、誰かが亡くなったあとも、あの化け物と対峙せねばならない。

奴は何をしたいんだ？　何を目的にしている？

出来上がりかけているパズルの欠けた中心部分。そこに何かが隠れている。あるいは空虚か。当たり前の人間とはかけ離れた欲望か。考えるだけ無駄な気がしてくる。長い警察官人生のなかで骨身に染みた教訓は、「救いようのない者はいる」だ。被害者も加害者も、救えない点では変わらない。だがいま、そんなありふれた寒々しさとはまたちがう薄い影が、自分に差し込んでいるのを感じる。諦観で回収できない情動が、ひたひたと近づいてくる。

「『天はいつも気まぐれ』ってのは、無視してもいいんでしょうか」

注目が、長谷部の関係資料を調べている野方署職員のテーブルへ集まった。こちらを向いて覇気なく手を上げているのは、初めにスズキを調べた等々力という刑事だった。

「奴は、自分を『天』になんてたとえません。卑下が、奴の話術です」

外野の口出しに反発の空気が流れた。だが清宮は、彼の意見が腑に落ちた。自然、スズキがその台詞を吐いた直後の映像がよぎった。奴は手を開いていた。五本目の指を立てていた。

「……テンか」

類家が宙を見上げた。

「天じゃなく、点か」

「何をいってる」

尋ねた警備部の男をいきおいよくふり向き、

「イントネーションを変えていたんだ。ほんとうは天じゃなく点だった」

困惑する面々を置き去りに、そうか、そういうことかと天然パーマをかき混ぜうめく。

「おい、ちゃんと説明をしろ！」

「だから濁点なんです。気まぐれなのは濁点。回文ですよ。『カミノコトバハハハトコノミカ』、逆から読んでもいっしょです。ちがいは濁点の位置だけだ」

それがなんだ？　みなの疑問は清宮の疑問でもあった。

「だから、カミノコトバです。神様じゃなく、ペーパーの紙です。紙の言葉、そして回文」

この時刻にそろそろ届く、紙の言葉。

「――しんぶんし」

清宮のつぶやきに、理解が波を打った。

「朝刊」と等々力がいう。「爆弾は、朝刊を配る九段下の新聞社か販売所に」

警備部の男が声を張る。「配達が何時からかわかる者!」

三時ごろのはずです! 誰かが応じ、店舗の有無を調べろと大声が飛ぶ。四時まで残り一時間少々。九段下店と付いた販売所が一軒あります! その返答とともに警備部の男が固定電話に飛びついて警視庁の直通ボタンを押した。同時に類家が職員に命じる。その販売所に避難するようすぐ電話してください――。

12

パトカーで出動していた沙良と矢吹の両班に九段下の新聞販売所へ急ぐよう命令がくだった。そもそも午前三時を前にアポなしの聞き込みはただの迷惑行為になっていた。助手席に巨漢のラガーさん、後部座席に班長ともうひとりを乗せ、沙良は沼袋交番から新青梅街道へパトカーを走らせた。サイレンを鳴らすわけにはいかなかったがこの時刻だと渋滞はなく、およそ三十分の道行きである。

「まず間に合わないだろうけどね」

班長がいった。のんびりした口調だが、だらけた雰囲気はない。

すでに警視庁も動いている。最寄りの麹町署もだ。爆弾を見つけて処理する時間は充分ある。というか到着時点で処理が終わってないなら空振りか予期せぬ事態を想定すべきで、するとお巡りさんにすぎない沙良にはせいぜい交通整理か見張りの立ち番くらいしかやれる仕事がなさそうだった。

それでも動ける人員は投入するのが警察だ。甘い見込みは火事の元。現場では、何が起こるかわからない。

矢吹あたりは、まだ活躍のチャンスがあると気合いを入れ直しているんじゃないか。

「三時になるぞ」

ラガーさんの声で車内が静まった。話によると爆発の予想時刻は三時から五時のあいだ、四時の可能性が高いとのことだが、その根拠を沙良たちに教えるほど上は優しくないし、余裕がある状況でもなかった。

パトカーのデジタル時計が変わる。三時になる。

しばらく無言がつづいた。無線に耳をそばだてた。

「ふう」っと、班長が息を吐いたのは三分後。とりあえず難を逃れたといっていい。

「ほかの場所でも、何もなさそうだね」

「犯人がゲロしたんですかね、九段だって」ラガーさんが苛立ちを隠さずいった。

「さあ、それ以外ないと思うけど、どうだろう。ちなみにまだ被疑者だよ」

「冗談でしょう?」

「うん、もちろん」

重い空気を嫌っているのか、班長はことさら明るく振る舞っていた。そのとなりに座る四人目の班員は野方署の地域課員で、日本一口数の少ないお巡りさんと名高い男だ。歳は沙良の少し上。同世代にもかかわらず、この無口さんとはほとんど話したことがない。死んだような表情で、生まれ変わってもムードメーカーにはなれそうにないキャラである。

「けど、処理完了の報告もないですよ」ラガーさんの機嫌はおさまらない。「着いたとたん麴町署がボカンなんて勘弁だぜ」

「冗談?」

「当たり前っすよ。どうせ爆発するなら警察署のほうがマシだ」

ひどい発言だが共感できなくもなかった。自分たちの捜査ミスで一般人が被害に遭うより、そのほうがいくらか我慢がきく。だってわたしたちは、覚悟をもってる。そういう仕事だと心得ている——はずだ。

「こんなかたちで、人の生き死にに関わるのは初めてです」

弱音は吐きたくなかったが、沙良は正直な思いを口にした。聞き込みの最中、東京ドームシティの被害者が亡くなったという報が届いた。いい知れぬ衝撃があった。何かできたわけではない。だが自分が、犯人と思しき男に最初に接触した警官なのは事実だった。そして何も気づかず、ただふつうに手続きを踏んだ。しくじったと考えるのは驕りだろう。百回おなじ場面に出くわしたとしても、きっと百回ともおなじ処理をする。

　だが、割りきれないものは残った。責任なのか義憤なのか、たんなる私情なのか、沙良には判断がついていない。

「事故死でも変死でも、たいてい被害者はすでに亡くなっているか、ほとんど亡くなりかけているところへ出向いてました。いま元気な人が、まさにこれから被害に遭うかもしれないなんて事件、経験がありません」

「誘拐とか、通り魔の制圧とかはおれもないがな」ラガーさんがぶっきらぼうにいう。「一度、痴話喧嘩のエスカレートしたやつには当たったことがある。酔っ払った旦那が包丁持って、奥さんを刺そうとしててな」

「どうでした、そのとき」

「そりゃあ必死よ。飛びかかろうにも、しくじればブスリとやっちまうかもしれねえし、おれが動いたせいで暴走する恐れもある。八畳くらいのアパートの居間で二時間、汗だくで説得したよ」

「応じてくれたんですね」

「いや、その野郎、とつぜん包丁を奥さんに投げつけやがった。幸い肩に刺さっただけで済んだがな。いま思い返してもぞっとする。あれが首に刺さってたらどうなったかって」

「運だよ、運」班長がしみじみと語った。「警察官はみんなそう。長くやってると、必ず悔いが残る事件に当たる。それでつぶれちゃ駄目だし、開き直るのも駄目。運がなかったって思いつつ、でも運を手繰り寄せるために訓練とかして、がんばらなくちゃって、そう思わないとね」

「工夫も要ります」無口さんがぽつりともらし、「そうそう。根性だけじゃな」と班長が気さくに応じた。

ここにいるのは仲間だと、沙良には思えた。

よし。やってやる。やれることを、精いっぱい。

アクセルを踏み込むとラガーさんが、「おい、調子に乗って事故んなよ」と矢吹みたいな注意をしてきた。

「それにしても」班長が首をひねる。「ほんとに、なんでまだ処理できてないんだろう」

理由はとてもシンプルだった。九段下販売所から爆弾が見つからないのだ。

ならばガセネタと見切りをつけたいところだが、そうもいかない事情があった。スズキの写真を見た販売所の所長が、この人なら昨日の朝ここにきたと証言したからである。

「アルバイトの面接だったそうだよ」

代表で事情を聞いてきた班長がいう。アポなしの飛び込みで、運転免許がなくて不採用になったらしい。

矢吹の班とも合流し、応援部隊として沙良たちは販売所の周辺を警備する役をおおせつかった。パトカーにまじって爆発物処理班のものらしき車両もあった。現場は騒然とし、深夜にもかかわらず近くの住人たちが何事かと顔を出し、およそ五十メートル四方に警官による人垣の規制線が張られ、近づかないでください、なんでだよ、とにかく近寄ったら駄目なんです、じゃあ代わりにおまえがペプシ買ってきてくれんのか――そんな小競り合いが演じられる。

場所は左右を首都高と目白通りに挟まれた駅の北側で、住所でいうと九段北の一画だった。住宅地という立地ではなく、幸い販売所の周辺は営業の終わった商業ビルばかりであった。ただし高速道路の向こうに専修大学のキャンパスがある。若者という生き物には物々しい警察官や車両の群れに吸い寄せられる習性でもあるのか、嬉々としてやってきてスマホカメラを向けてくる。

「離れてください、お願いですから」

死にたいのか！　そう一喝できたらどんなに楽かと思ったが、爆弾のことは伏せておくよういわれている。何があったんですか？　こんな夜中にこんだけ騒いで、こっちには知る権利があるんじゃないの？　こまっしゃくれた屁理屈にひたすら低頭で応じる。応じながら、マスコミ対策は白紙だろうなと似合わない心配をした。

この騒動を知って爆弾事件とつなげない記者はヘボだ。おまけに三個目の爆弾を警察が把握していたとみなすに足る状況とくれば、情報隠蔽、疑ってしかるべし。市民を無用な危険にさらした国家権力の過失云々と叫びたがってる輩にとっては千載一遇のチャンスってわけ。

いかんいかん、思考がねじくれてるな。沙良は反省しつつ、しつこく事情を聞いてくる四人組の男女を相手にどうかどうかと理解を求めるのだった。こういうとき、やっぱり若い女性はなめられる。おまえら矢吹んとこ行けよ！　行って見下ろされてこい。

ようやく四人組が退散し、ふーと息を吐いて時刻を確認した。三時半に迫っている。上の予想が当たっているならあと三十分ほどで爆弾が破裂する。マジかよと、さすがに冷や汗が流れる。

販売所は二階建てのこぢんまりとしたビルで、いくら慎重に探したところでこんなに時間がかかるとは思えない。従業員でもない男が屋根裏だとか排水管の奥だとか、七面倒くさい隠し場所を選べるとも思えない。そういえば学生時代、友人の男の子が新聞配達をしていた。新聞奨学生というやつだ。

ん？　と脳みそに電流が走った。舞い降りた閃きに全身が粟立って、いても立ってもいられなくなった。近くに立つ無口さんに「ちょっとここお願いします」と返事も待たずにいい捨てて、現場のほうへダッシュした。

瞬間、叱られる未来が見えた。歯を食いしばってふり捨てた。叱られたら叱られたでかまわない。でもここで閃きを伝えずに、それで間違いが起こったら、わたしは一生後悔する。

覆面パトカーのそばの、いちばん偉そうなゴマ塩頭の私服刑事に駆け寄ると、怪訝そうににらまれた。

「バイクは？」息を整えるのももどかしく、沙良は訊いた。「配達のバイクとは連絡が取れていますか？」

ゴマ塩刑事が眉をひそめた。三時なら、もう配達に出ている時刻だ。運転免許が不採用の理由になったということはバイクが使われている。車種はたいていスーパーカブ。カブには、ボディの横に収納ボックスがある。配達用バイクがふだん外にあるか、細工ができそうかどうか、嘘の面接がその下見だったとしたら。

沙良が説明するまでもなく、ゴマ塩刑事は無線機を引っつかまえた。所長に確認しろ！　部下に命じた。バイクの台数、配達エリア、配達員にすぐ電話を――。

肩の荷がおりたところでゴマ塩刑事がこちらを向いた。

「おまえ、名前は」

「えっと、倖田です。野方署地域課の倖田巡査です。あ、それと――」思いついて付け足す。「パトカーです」

ゴマ塩刑事がちょっと意外そうな顔をしてから、目尻だけニヤリとさせた。「よし。待機しておけ」

「了解です」

沙良は駐車場へ駆けた。たどり着いてパトカーの運転席に乗り込もうとしたとき、「待て!」と呼ばれた。うしろから、ワイシャツをパンパンにした大男が追ってきた。めくれた唇で「待てよ」と繰り返した。

「ら。猿橋さん」

「ひとりで行ってどうすんだ。お守してやる」

正直、心強い。ふたりは運転席と助手席に乗り込み、指示を待った。

「なあ、倖田」

「はい」

「ら、ってなんだ?」

無線が沙良たちを呼んだ。ゴマ塩刑事の声がした。配達のバイクは六台、二台は連絡がついたが残り四台はつながらない。そのうちの一台の車種と色、ナンバーと配達エリアを教わり、捜せと命じられる。

〈くれぐれも無理はするな。見つけたら停めて、とにかく離れろ。周囲に人間がいたら、そいつらも保護しろ〉

　無理せずにできる気はしなかったが「了解です」しか返事はない。

　沙良はエンジンをかけ、駐車場をあとにした。ふと、矢吹にも声をかければと思ったが、それは百パーセント、私情だった。


　ゴマ塩刑事を筆頭とした首脳陣は連絡のついたバイクを一・二号車、つかないバイクを三号車から六号車とし、主な配達場所をA～Gといったふうに区分けしたうえでそれぞれにパトカーを向かわせた。

　沙良たちが任された、差し当たり四号車と名づけられたバイクの配達エリアは飯田橋にまたがっていた。朝刊の部数は配達員ひとりあたりだいたい百から百五十。都市部で集合住宅がメインだと二時間ちょっとで二百は配れる。これも友人の受け売りだった。

　無線から次々と新しい情報が流れてくる。九1から指揮車どうぞ、五号車、地点Aは配達済み確認。指揮車、了解、九1は5Bへ向かえ。

　市3から指揮車どうぞ、地点3Bにて三号車、発見しました、配達員保護済み、処理班急行願います。

「これに爆弾が積んであったら終わりか？」ラガーさんがひとりで突っ込む。「んなわけねえか。全台確かめなくちゃ眠れねえ」

「どうせ眠れませんけど」

「ああ、いい迷惑だぜ」めくれた唇を尖らせた。

沙良たちが追う四号車はまだ捕捉されていなかった。販売所からいちばん遠いエリアを任されているらしい。電話がつながったという情報もない。もしいま、そこの曲がり角から四号車が現れたとして、市3——市ケ谷見付交番のパトカーとおなじくらい迅速な対応ができるだろうか。景色は住宅が増えてきている。マンションはまだいいが、一軒家だともろに被害を受けかねない。適切な手順を頭に描き、地形が変わるたび更新してゆく。汗がにじむ。熱いのか冷たいのかわからない。

「落ち着けよ。仕切りはおれがやっから」

悔しいがほっとしている自分がいた。いいんだ。能力のある者がやるべきだ。わたしの意地なんてどうでもいい。

九段下交番のパトカーから無線が入る。〈5Cにて五号車発見、配達員はいません、至急処理班を——〉

そのとき、〈指揮車から各車へ、一号車ボックスより黒い小包を発見、現在処理中〉と伝達があった。一号車は初めに電話で連絡がついたバイクだ。自分の山勘が当たった。ハンドルを持つ手が震えそうになり、沙良は無理やり抑え込んだ。

「まだ終わってねえぞ」

「わかってます」

さっきラガーさんがいったとおりだ。スズキが一台だけを選んで爆弾を仕掛けた保証はない。複数台仕掛けたと考えるほうが現実的だ。

４Ａ、配達済み、４Ｂ配達済み——。

四号車の近場が埋まってゆく。遠くから配達する者と近場から配達する者とに分かれるそうだが、四号車は近場からこなすタイプのようだ。それにしてもずいぶんペースが速い。くそっ、いい腕してやがる。

「こりゃあ、おれたちが当たりだぜ」

沙良たちが向かっているのは配達のもっとも離れたマンションだった。ここを逃すとあとは正真正銘の住宅地を一方通行の標識に気を配りながら捜さねばならなくなる。そもそも見つけたとして車両を放置していいのか、周辺住民に避難を呼びかけるべきか。

ちらりとデジタル時計を見やる。三時四十六分。くそっ、せめて電話に出ろよ！　つい身勝手な怒りがわく。

「着きました！」

停車と同時に沙良たちはパトカーを飛び降りた。マンションというより団地だった。でかい建物が林立している。

「右から行け!」ラガーさんが左へ駆けだした。沙良も走った。バイクを探す。カゴ付きの配達車はひと目でわかる。時計を見ながら走る。徐々に時刻が進む。しかし見つからない。中央の棟でラガーさんとかち合った。「ちくしょう、済んでやがる」

なら住宅地だ。

パトカーに飛び乗る。急発進する。ラガーさんが指揮車へ報告をする。引きつづき周辺を当たると告げる。

返答があった。〈沼1、タイムリミットだ。とどまれ〉

「は?」と、ラガーさんが上司に対してあり得ない反応をした。「沼1、承服しかねます。まだ三分ある」

〈停まれ、沼1〉

ラガーさんがこちらを見た。沙良は強くうなずいた。

「沼1、了解。待機します」

沙良はアクセルをゆるめない。ラガーさんも何もいわない。目を皿にしてフロントガラス、サイドウインドウを代わる代わる凝視する。戸建てに挟まれた道。軒下の暗闇にならぶマイカー、植木鉢、三輪車。一方通行は無視した。

「いやがった！」

怒鳴るような声。沙良はパトカーを急停車する。残り時間は一分。

「おい、そこのおまえ、動くな！」

すでにラガーさんは助手席を出て、配達員と思しき男に叫んでいた。バイクに乗りかけていた男はびっくり仰天で固まっている。

「逃げろ、そこをどけ！」

男は動かない。パトカーのヘッドライトが当たっている。浅黒い肌が見える。外国人だ。

「倖田ぁ、秒読みぃ！」

いってラガーさんが走りだした。沙良は腕時計を見た。四時まで三十秒。

突進しながらラガーさんは配達員を怒鳴った。身ぶりで逃げろと伝えた。その乱暴なボディランゲージを理解したのか鬼の形相に恐れをなしただけなのか配達員が逃げだした。

「二十秒！」沙良の叫びに分厚い背中は応えない。「十五秒、十四、十三――」ラガーさんはバイクのハンドルをつかみ、「うおおおお！」と雄叫び（おたけび）をあげながら住宅地の外を目指し押しはじめた。むちゃだ！　爆弾があるとはかぎらない。でももし、あったら――。頭でそう思いつつ、口は「九、八、七――」と無慈悲なカウントダウンをつづけた。

ラガーさんが角を曲がって見えなくなった。「六、五」と読みあげながら、沙良の足は自然とそちらへ向かった。「四、三！」喉が痛い。ラガーさん、いいかげん帰ってこいって！

「二、一！」

角からラガーさんが飛び出してきて、アスファルトの地面に頭を抱えてダイブした。ゼロ。

しん、と夜の住宅地は静まった。三秒して、沙良は背骨から力が抜ける感覚を味わった。思わず笑いたくなった。

「ナイストライです」ラガーさんをからかうと、「うるせえ、馬鹿野郎」と彼も笑い、そして轟音が鳴り響いた。

射撃訓練でも聞いたことのない轟音だった。一瞬、身体が宙に浮いたかと錯覚した。ラガーさんもうつ伏せのまま、呆けたようにそちらをふり返っていた。

すぐ近くからだった。バイクを置いてきた方角だ。

爆弾は、あった。

13

一号車から回収された小包は処理班の手によって無力化された。今回の事件における数少ない物証は科捜研に送られ、すぐさま分析の俎板にのせられた。

現場の封鎖はつづいているが、当面危機は脱したようで、準捜査本部とでも呼ぶべき野方署の会議室に安堵のため息が広がった。一方、四号車の爆発は捜査員に恐怖と怒りをもたらした。幸い負傷者はなかったが、爆弾を仕掛けられたバイクはその原形をほとんどとどめていなかったという。

「ざっとした概要になりますが」

午前五時前、テレビ電話の向こうで科捜研の女性技官が説明をはじめた。等々力は聴衆の末席にまぎれ込んだが文句をいってくる者はいなかった。

「爆薬の構成は過酸化アセトン。信管には黒色火薬――ようは打ち上げ花火とかに入ってるやつですね。起爆装置はプリペイド携帯を利用したごくシンプルなタイマー式のもののようです」

飛ばしケータイというんですかねと、技官は引きつった笑みでつづける。時限式なら契約は不要。電波も要らない。指定時刻のアラームに本体が起動するだけでいい。

「その、過酸化アセトンってのはなんだ？」

「ガス？　まさか。そんなわけありません。過酸化アセトンはれっきとした爆薬です。ＴＡＴＰと呼ばれています。成分はアセトンと過酸化水素水などで――」

「だから、アセトンってのはなんなんだ！」

技官がやれやれと肩をすくめた。

「リムーバーです」

男たちが首をかしげた。

「ネイルリムーバー。男性陣はピンときませんか？　それと過酸化水素水ですが、これはもう、どこにでもある消毒液とか殺菌剤とかです。ほかに硫酸、塩酸、硝酸なんかも必要ですが」

「手に入るのか？」

「いま挙げたなかに、用意できないものがあります？」

癪に障るが、いってる意味は理解できた。ドラッグストアで一気に購入とはいかなくとも、ネット通販や多少の工夫で容易にそろえることができるものばかりだ。

「なんでガスと間違えた？」

「間違えたというのは語弊があります。爆燃がない点はいっしょなんです。あ、火が出ないという意味ですよ。秋葉原もドームもこれが確認できなかった。だから可能性として挙げたまでです。ただ、TATPのほうが素人につくりやすいのはたしかでしょう。気体は意外と管理が難しくて、『爆弾の容器』に詰めることからして技術が要ります。その点、TATPで危険なのは混合した材料に酸を加えるときぐらいです。ここでミスると自爆もあり得る。ただそれも、防護マスクと手袋があれば大怪我はしないかな」

いかにもお手軽に聞こえるが――。

「とはいえそれなりの量をちゃんと容器に密封し、ちゃんと信管を用意してちゃんと起爆させることができたなら威力は馬鹿になりません。じっさい欧米でテロリストがこの爆弾を使っておおぜいを殺傷してます。およそですが、TNT爆弾の七割弱といわれてますね」

「TNTってのは？」

「えーっと、ニトロ基をふくんだ爆薬で――まあ、ようするに紛争とか戦争とかで重宝するホンチャンの爆薬です」

その七〇パーセントの威力となれば、遊びで許せる範囲ではない。

「でもこの犯人、まだ慎み深いほうかなと思いますけど」

「どういう意味だ？」

「容器です。使われているプラスチックはさほど殺傷性が高くない。爆弾というのは、とくにこの国で手に入る材料で自家製でってなるとですね、どうしても爆発そのものの威力では心もとないんです。考え方としては軍隊やテロ組織でもいっしょで、つまり爆発そのものに加えて殺傷力を高めるために、四散する容器の破片が凶器になるようつくられるケースがほとんどなんです。ちなみに火薬と爆薬を混同する人も多いですが、火薬による爆燃速度は一秒あたり数百メートル。爆薬の爆轟(ばくごう)は最大クラスで八千メートルに達します」

ものすごい速度で容器の欠片が飛んでくる。それも広範囲に。

「TATPってのは、爆薬なんだな？」

「最初にそうお伝えしたかと。ちなみに補足しますと、確保した小包の中にTATPは約三〇グラム。たった三〇グラムで配達用バイクはお亡くなりになったわけです」

じっさい黒い小包は大きめのペンケースほどのサイズだった。配達員が見過ごすのも無理はない大きさだ。

東京ドームも爆薬はおなじくらいの量、秋葉原の廃ビルはもう少し多かったと思われるが——。

「それでも一〇〇グラムはいかないでしょう。たとえば塩でも砂糖でもかまいません。ご自宅に何キロ保管できますか？　その気になれば一〇キロじゃあきかないですよね？　三〇キロくらい余裕でしょ？　犯人の手もとにも、それくらいの爆薬があってぜんぜん不思議じゃないってことです」

最後に彼女はこう締めくくった。

「知識が必要なのは間違いない。設備もそう。でもそれは、活字アレルギーで六畳一間じゃ厳しいってだけの話で、ふつうに日本語が読めてネットが使えて、一軒家か2LDKくらいに住んでたら楽に生成できるって意味です。成分も製法も、調べればわかる範囲、買える程度。あとは実験あるのみ。そして努力は報われます。こと科学の神にかぎっては、万人に平等ですから」

新たな手がかりはもうひとつあった。新聞販売所の所長である。スズキとまともに言葉を交わした唯一の証言者は九段の現場を仕切っている刑事が聞き取りを行うこととなった。

同時に、捜査一課の面々が乗り込んでくることが決まった。野方署は、名実ともに準捜査本部となる。マスコミに隠すのも終わりだ。警視庁の本部では記者会見が行われるという。市民への呼びかけ。連続する爆弾事件はまだ収束していない可能性がある。怪しい小包、バッグ、不審物を見つけたらすぐに通報してくれ。けっして近づいてはならない。けれど落ち着いてほしい。パニックになってはいけない。ふだんどおりの生活を。

大方そのような内容だろう。受け取る側の困惑は想像に難くない。どうやって気をつけろと？　手の打ちようがないではないか。月曜日だ。あと数時間もせず通勤ラッシュがはじまる。

スズキの存在を明かすかどうかはぎりぎりまで議論になるだろう。公開捜査に踏みきる手もある。スズキを知る者が見つかれば捜査の進展に期待がもてるが、酒屋店主に対する暴行ではそこまでできない。爆弾犯として逮捕せねばならない。そのためには物証か、自白が要る。

無難に手続きを踏む段階はすぎたのかもしれないと等々力は感じていた。霊感と称する予告も、新聞販売所に面接にきていた事実も、状況証拠にはなるだろう。上層部も動いている。裁判所が許可を出す確率は高い。

しかし懸念もあった。スズキの存在が巷間に知れわたれば、事件は一気に劇場型犯罪の様相を呈する。耳目が集まるのはわかりきっている。捜査対応にも注意が向く。犯人と思しき男はずっと警察署にいて、にもかかわらず爆発を止められなかった。すでにひとり亡くなっている。この事実を、マスコミや一般市民はどう評価するか。

保身を考える時点で捜査機関の本分からは外れている。だが警察とて役所であり、人間の集まりだ。理不尽な犯罪者に人生をめちゃくちゃにされかねないという意味では被害者ともいえる。

もちろん等々力も、当事者のひとりであった。

そんな状況でありながら、胸にわだかまるのは取調室だった。現在、スズキの取り調べは強面の捜一刑事が当たっている。上から指示があったのだろう。いわゆる北風と太陽だ。新しい取調官はスズキを恫喝するように追いつめ、交代した清宮がなだめほぐす。心を開くよう誘導する。昔ながらの手法は、しかしスズキに有効だろうか。

この先おれのような下っ端が、スズキと向き合うことはあるのだろうか――。

「等々力さん」

声の主はもじゃもじゃ頭の小鬼だった。

「長谷部の関係資料はどうでしたか」

大所帯となり慌ただしさを増した会議室にあって、油断すると見失うほど類家は存在感を消していた。クイズを解いたときの大立ち回りが嘘のようだ。

「正直、何も。クレームをいってきた者のうち、連絡先がわかる者にはスズキの写真を見せに行くことになってますが」

「人数が足りない？」

「職員をフル稼働ですからアシはなんとかなります。足りないのは時間です」

「時刻も悪い」

これからようやく電話をかける段階だ。それから住所を聞いてアポを取る。平日の朝に何人が同意してくれるか。都合がつくか。そのうち何人が、四年前、自分がクレームを入れたことを憶えているか。

「お悔みを申し上げたくなる任務ですね」

「嫌味をいいに？」

「お気を悪くなさらず。気張ってばかりじゃもちません。これは長丁場になりますよ」

「――爆弾の数ですか」

類家が、共犯者じみた笑みを浮かべた。

九段に仕掛けられた爆弾は二個。スズキのいう「ここから三度」を等々力は「三個」と思い込んでいたが、いまは間違いだと確信している。九段は、二個で「一度」だったのだ。

あの自己申告からして、すでに奴のゲームははじまっていた。もはや「三度」も疑わしい。

「九段の二個で使いきりって可能性もありますが、さすがに楽観すぎるでしょうね」

真意を測りかねた。長引く予感があるとして、それを自分に打ち明ける理由がわからない。歳は下だが階級は類家が上だ。立場にも開きがある。

「先ほどは助かりました。どうにかぎりぎり間に合ったのは、あなたの冴えたアドバイスのおかげだ」

「たんなる思いつきです」

横からしゃしゃり出てしまったときの、みなのいぶかしげな視線。異物を咎める顔。思い返すと羞恥で目をそらしたくなる。

「まあ、奴がこのレベルなら、次はおれが勝つけど」

さらりといってのける類家に、等々力は言葉をなくした。たしかにこいつは、あの短時間で答えにたどり着いた。自分では三日かけても無理だったろう。

そこに、かすかな危うさを覚えてしまう。

「このレベルで済めば、ですがね」

「なりふりかまわない方針に変えたんでしょう？　意外にあっけなく白状するかもしれない」

「本気で思ってます？」

等々力は無言で応じる。わずか二時間の付き合いだが、単純な恫喝や暴力に屈するスズキの姿は浮かばない。

「あれはたいしたタマですよ。すごんだって殴ったって、へらへらしてるに決まってます。こんな事件を起こす前にちゃっかり散髪してたっていうんですからね。ちょっと常人離れしてる。あながち霊感ってのも、はったりじゃないかもしれない」

「類家さんこそ、本気ですか？」

もちろん、と小鬼が真面目くさった顔をする。

「わたし超能力ってね、一から十まででたらめとは思ってません。動物や昆虫って、人間じゃ考えられない能力をもっていたりするでしょう？　そのいくつかは誕生のときから宿っている生命本来の力だとも考えられます。進化の過程でそれぞれの種が取捨選択した結果、ばらつきは生じたものの、能力自体はＤＮＡにちゃんと刻まれたまま、たんに眠っているだけだって」

呆れ顔を気にもとめず、たとえばですよ、と類家が身を寄せてきた。

「人の心をのぞける能力があるとします。サトリって妖怪がもつような力です。これは一見、とても便利に思われますが、よくよく考えるとだいぶ怖い。相手の心をのぞけるってことは、相手の汚い部分から逃げられないってことですからね。常人の何百倍、毎日のように仲間が抱える汚物のような本音にさらされて、失望しつづける人生を想像してみてください。わたしなら、正気でいられる自信がない」

なんの話かと思いながら、等々力は黙って聞いた。

「他人の本音なんて、知らないほうがいいんです。隠しておくべきだ。見て見ないふりが正しい。そのほうが幸せなことってたくさんあるでしょ？　だって人は、ひとり残らず汚い部分をもっています。身勝手な支配欲、嫉妬、破壊衝動。ぜんぶ、当たり前にもっています。そんなの、いちいち見抜いてたらコミュニケーションなんて無理だ。大昔なら、ちょっとした諍いが命の取り合いにもなったでしょうし、つまりそういう力って、じつは生存に、これっぽっちも向いてない」

「スズキに、そんなふざけた力があると？」

「たんに勘が良いだけかもしれませんがね。聞くところでは、脳みその前頭葉皮質が肥大した人間は相手の心情や思考を読む才に長けているんですってね」

わけがわからない。迷信、妄想のたぐい。だが何か、捨て置けない気持ちになった。身勝手な支配欲、嫉妬、破壊衝動――。

「ともかく一筋縄ではいきそうにない。そこで等々力さん。ひとつお願いを聞いてほしい」

「――なんです？」

「長谷部の家族と連絡を取りますね？」

「ええ、できるなら、ですが」

「連絡がついたら会いに？」

「当然、行くでしょう」

「それ、等々力さんが行ってください」

「は？」

「なんとか、どうにか、必ずです。きっと無駄にはなりません」

いや、無駄になるならそのほうがいいですが――。ひとりで納得している小鬼に、等々力は訊いた。

「長谷部とスズキに、直接のつながりがありそうなんですか」

「それはまだ。ただ、奴が名を挙げた特定の個人を無視はできないでしょう？」

急に常識的なことをいう。しかしそれなら等々力でなくていい。重要であればあるほど捜一の連中が適任だし、そもそも譲ってくれないだろう。

「奴は単独犯。そして無邪気。等々力さんの第一印象、わたしけっこう買ってます」

粘っこい視線を浴びた。

「なんとか、どうにか、必ずです」

呪文のように繰り返し、何卒、何卒、と去ってゆく。その姿がスズキとダブる。常人離れというなら、あんたもいい勝負だ。


会議室を抜け出し鶴久を捜した。

廊下を歩きながら類家の妄言を思い返した。相手の本音を見抜く能力。サトリ。しかし、だからなんだ？　仮にスズキがそんな力をもっているとして、しかしいまさら何も変わらない。セットされた爆弾は、その時を待つのみだ。呪い殺せるとか念力で脱出できるとかならまだしも、心をのぞけたところで何ができる？　少なくとも実害はない。人は死なない。

しかし、動機にはなるかもしれない。人の心をのぞけるつもりになって、世の中の汚い本音を見た気になって、だからスズキはこんな馬鹿げた犯罪を思いついたのか。だとすれば、この先は精神鑑定の出番だろう。あるいはそれも、奴の計算のうちかもしれないが。

ざわつく胸を、ネクタイの結び目をきつくしてなだめた。取り調べのくわしい中身までは等々力には伝わってこない。類家から、もっと具体的な話を聞きだしておくべきだった。

便所をのぞこうとしたとき、やかましい！　と小さく怒鳴る声がした。さっさと学校へ行け、馬鹿がっ。

鶴久だ。階段の踊り場に隠れ、スマホで会話をしている。

「……いいかげんにしろ！　……ああ、わかったよ。……バカ、アホ、間抜け！」

感情を込めるほど声が甲高くなってゆく。語彙まで幼くなっているのを、本人は気づいているのか。

「もういいだろ……ああ、さっさと出かけろ、忙しいんだ」

電話を切って踊り場から出てきた鶴久が、待ちかまえていた等々力にぎょっと驚き立ち止まった。それから気まずげに、表情をゆがませた。

「……娘だ。小学校に入ったばかりでな。わがままに手を焼いてる」

罵声の言い訳に、この男の小物ぶりが表れていた。そのそばから、等々力は心の中で自嘲する。人様を嗤えるほど、おれは立派な人間か。家庭なんぞ、一度だってもったことがないくせに。

鶴久が、そらした目をこちらへ戻した。

「なんだ？」

昨日今日の付き合いではない。用もなく自分を探しにくるものかと、互いにわかっている。

「お願いがあります」

「だから、なんだ」

「長谷部の家族に会いに行くんでしょう？」

「おれがか」

「奥さんと、いちばん親しかったのは課長です」

ふん、と鼻を鳴らす。「で？」

「おれと代わってください」

鶴久は、奇妙な生き物でも見る目になった。等々力の本心を見定めようと眉間に皺を寄せ、それがかなわず皺が濃くなる。

「なぜだ」

「課長は、ここを離れないほうがいい」

「建前は要らん。ほんとうの理由をいえ」

「建前だろうが事実は事実です」

ちっと舌打ちをする。「それを決めるのはおまえか？」

「課長に決めてくれとお願いしているんです」

「おれが何を決められる？　第一師団が乗り込んできて、ウチは伍長も三等兵もいっしょくただ」

猜疑心に満ちた目で問う。「あの丸眼鏡の差し金か？」

等々力は応じなかった。

「長谷部の家族が、おまえに会いたがるかもわからん」

「課長なら歓迎されるんですか」

「誰も、歓迎なんかされやしない」

吐いた言葉が廊下の隅で弾けて消えた。警察は、長谷部を守らなかった。守るどころか切り捨てた。遠ざけ、見殺しにした。これまでの功績を、すべてをなかったことにして。

「――身から出た錆だ。自業自得だよ」

長谷部の処遇に対するものか、いまの警察に対するものか、鶴久の本音はわからなかった。

「だが当事者に、そんな正論は通じない。おれたちは敵だ。どんなに甘く見積もっても、親しみなんて残っちゃいない」

「だから、おれが行きます」

警察関係者で、唯一長谷部を擁護した男だ。鶴久からすれば収まりかけた火を再点火した跳ねっかえり。「気持ちはわからなくもない」。等々力のコメントが週刊誌に載った日、鶴久は上からカミナリを落とされたという。貴様は部下のひとりもコントロールできんのか！

「おれを、捨て駒にすればいい」

鶴久がにらみつけてきた。せわしなく親指が動いている。みずから乗り込んで門前払いでは恥をかく。くだらない見栄も、カイシャで生きていくには必要だ。役職にしがみつきたい男にとってはなおさら。

「あなたも、本音じゃそうしたいんでしょう？」

拳が飛んでくるのを覚悟した。だが《七十五点の男》には、その気概すらなかった。裏返った声で「どけ」と吐くだけだった。

「まだ連絡も取れてないんだ。寝言は成果をあげてからにしろ」

足早に遠ざかる背中に、皮肉のない同情が芽生えた。鶴久の愚痴は捜一への敵愾心や嫉妬だけが理由ではなかった。そのいいざまに、じわりとした安堵を等々力は嗅ぎとった。いまさらながら、無理をしていたのだな、と痛みを覚えた。無差別爆弾テロ。それを抱え込める器も能力も備わっていない。けっして認めないだろうが、鶴久自身の実感なのだ。

署に勤める刑事なら、多かれ少なかれ本庁への異動を望む。世間が注目する大きな事件を相手にしたいと夢を見る。職業人として自然な願いだ。長谷部と等々力の件で、鶴久にはケチがついた。野方署刑事課長。ここが彼の終着点だ。

ならばおれはどうなのだ。この事件に見合うのか？

鶴久以上に、自分の将来はどん詰まっている。刑事のままでいられたこの四年間がむしろ僥倖だった。事を荒立てたくない上の保身に救われたのだ。不適切発言は謹慎処分で終わり、以来、冷や飯を食いつづけているが、案外性に合っていた。決められた手続きを決められた仕様でこなす。与えられた指示に従う。適当に力を抜く。

自分はふつうの刑事だった。その前に、ふつうの人間だと思ってきた。ふつうに悪を嫌い、ふつうに平和を好む。人を傷つける者がいれば頭にき、哀しみに打ちひしがれる姿を見れば胸が痛む。警察官にやりがいを感じていたのも事実だ。平和を愛しながら大きな事件を望む、その矛盾した欲望のよこしまさを知りつつも、自分なりに努力し刑事になった。長谷部と出会い、コンビを組んで、多くを学んだ。長谷部は、見事なまでに刑事だった。身も心も捜査に捧げていた。実力と根気と執念。おれには無理だと痛感した。こんな刑事にはなれない。ここまでは懸けられない。

長谷部の特殊な性癖を知ったとき、肚の底に塊が生まれた。黒い靄がかかった塊だった。それがほんとうにそのとき生まれたものなのか、ずっとそこにあって、気づかなかっただけなのか、自信はない。

ただ、不思議と軽蔑はしなかった。

気持ちはわからなくもない――。凄惨な犯行現場で自慰行為を繰り返していた先輩に対する、正確な思いとは少しちがう。長谷部の気持ちはわからない。あんたも現場でシコるのか？　死体に欲情するんだろ？　陰に陽にぶつけられてきた同僚たちの嫌味とは裏腹に、犯罪と性欲は、等々力の中でまったくつながっていない。

日々のすべてを血肉とし、積み重ねていく長谷部の貪欲さは職務の域を超えていた。才能や性格のせいだけとも思えなかった。可能にしたのは、彼自身の正義ゆえではなかったか。法律とならび立つ、おのれの正義。

　いまでも等々力は疑っていない。彼は、まっとうな正義をもっていた。だから靴底をすり減らし、不快な汗を垂れ流し、腐臭がする現場に乗り込んだ。煙たがられながら聞き込みをし、危険を顧みず犯人と組み合った。

たとえ性欲に紐づこうと、彼が刑事として為してきた正義自体を否定できるのか。それが嘘だと、どうしても思えない。

　では、彼の特殊な性癖に眉をひそめ、彼を社会からパージしたものはなんだったのか。それも「ふつうの正義」だったのか。疑問は宙ぶらりんのまま、等々力の中にある「ふつうの正義」をかすませていった。腑抜けと陰口をたたかれる中年刑事が出来上がるまで、時間はそうかからなかった。等々力さん、張りきらないでください。等々力さんが張りきってると、なんだか気持ち悪いんです――。

　スズキはいった。どこかで何かが爆発して、誰かが死んで、誰かが哀しむんでしょうけど、でもべつにその人は、わたしに十万円を貸してくれるわけじゃない。わたしが死んでも哀しまないし、わたしが死ぬことだって止めようとしませんよ、きっと。

なぜ、類家の希望に応えようとしているのか、等々力は自問した。命令だから？　ほんとうにそれだけか？

刑事の使命感ではない。功名心などとっくに忘れた。いつもどおりの自分なら、思いつきを横から口にするなんて真似はけっしてしなかっただろう。ただの仕事と割りきっただろう。

なのにいま、等々力はスズキの言葉を聞きたがっている。スズキタゴサクと名乗る無邪気な爆弾魔の、本音を知りたがっている。

会議室へ戻る靴音が、奴の声と重なった。爆発したって、べつによくないですか？

14

聞いてんのか豚野郎！　ドアの隙間から怒号が響いて、拳がスチール机を打った。北風役に定評のある捜査一課の刑事が清宮に気づき、少しだけバツが悪そうに肩をすくめた。彼の前で、スズキはうとうとしていた。サンドイッチの包装がきれいに畳まれている。

強面の彼が席を立ち、清宮のもとへやってきた。取調室を出るなり、駄目です、あれは、と苦々しく吐いた。

「ウンともスンともいいやしない。こっちもかなり、きわどいとこまでやったんですがね」

暴力団や半グレを幾人も追いつめてきた手練れが困惑を隠せないでいるのはめずらしかった。

共有アプリで確認した詰問と脅しの数々は、記録をつけている伊勢の手によって穏便ない回しに書き換えられているはずで、語調も不明だったが大方は想像がついた。攻めていると感じた。おそらく伊勢が記録に残せなかった暴言もあったにちがいない。

スズキの応答は、いっさい記されていなかった。それが恐怖に震えての沈黙なのか動じていないだけなのか。字面で読み解けなかった真相は、さっきの居眠りが答えだった。

北風役の刑事が唾を吐くいきおいでまくし立てた。情報がなさすぎる。攻めどころが足りないんです。いや、それだけじゃない。あの野郎、ほんとに日本語がわかってんですか？　目が見えてんのか、耳が聞こえてんのか、それすら怪しく思えてきます。シャブ食ってる奴らのほうが、まだわかり合える気がしますよ。

清宮は取調室へ入った。後ろで類家がドアを閉めた。スズキの取り調べは異例な扱いになっている。爆弾の威力があきらかになり、なりふりかまうなとの命令がくだったのだ。多少の粗相はこちらで処理する、おまえらは死力を尽くせ――。非公式なものではあるが、事実上、警察に検察、裁判所までふくんだ治安権力が総出でこの男をつぶす決意を固めたに等しい。

別れるまぎわ、北風役の刑事は思いつめた表情で拳を手のひらに打ちつけた。それはやがておとずれるかもしれない前近代的な取り調べの予兆に見えた。北風などという生やさしさを超えた雷雨のごとき手段。未だ録音録画を命じてこない上層部の意図は明白だった。

敗北だ。清宮はスズキの正面に腰を下ろし、両手の指を強く組んだ。それは警察の敗北だ。法治国家がみずからそのルールをかなぐり捨て、犯罪者のレベルに身を堕とす。それをみすみす許すのか、踏みとどまるか。

すべては自分の腕にかかっている。

「ああ、待ちくたびれちゃいましたよ、刑事さん」

スズキの、眠たげだった眼がぱっと晴れた。

「すみません。いろいろと、やらねばならないことが多かったもので」

「いえいえ、ほんとは気にしてないです。おかげで少し休めましたから。刑事さんはいかがです？　寝てますか、食べてますか？　駄目ですよ、お仕事に精を出すのは素晴らしいことですけども、健康はもっと大事ですからね。とくにわたしたちぐらいの歳だと、ちょっとの油断が大病の元ってことになりかねません」

「肝に銘じておきましょう。代わりの者はどうでした？　失礼をしてなければいいが」

「ああ、さっきまでの人ですか。いやあ、元気な方でした。エネルギッシュっていうんでしょうか。まるで高校野球の応援団みたいでね。だんだん家にいる気分になっちゃいました。ほら、高校野球を観るときって、素面じゃやってられないでしょう？　わたしよりぜんぜん若い子たちがキラッキラに輝いて、彼らの未来も輝いていて、ほんと、たまらなくなるでしょう？　だから酔っ払わないと観てられません。酔っ払うと眠くなってしまうでしょう？　それを思い出して、ついついいびきとかかいちゃって。面目ないです」

「わたしが八問目に答えるまで、おしゃべりはやめるとおっしゃっていましたものね」

「そうです、そうです。わたし、約束って、とっても大切だと思ってるんです。だってこの地球上で、約束を交わすのはきっと人間だけじゃないですか？　べつに生物学者でもないですし、アマゾンの奥地の不思議な生き物のことまで知り尽くしてるわけじゃないですけども、でもそんな気がするんです。約束をして、ちゃんと守るって、すごく人間らしいことだって、そう思うんです。ところで刑事さん、いま何時です？」

「まもなく朝の七時です。外は陽が昇ってますよ」

「そうですか。もうそんなに経ったんですね。わたしがここにきたときは、まだ真っ黒けっけでしたのに」

「爆発はしませんでした」

　スズキが、ぴたりと口を閉じた。

「被害はゼロです。ご協力に感謝します」

　挑発に、スズキの唇の端がぐいっと上がった。ダメージを与えたとは思わなかった。だが、おどけた芝居と一線を画したこの顔を引き出せただけで価値がある。五〇ピースほどは。

「それは、よかったです」スズキは楽しそうだった。「たいへんよかったです。お役に立てたならこの上ない幸せです。こんなわたしにも、生きてる価値があると思えますから」

「新聞配達の面接はなんのために？」

　やはり動揺はうかがえなかった。ただ丸い目を、わずかに細めた。

「ご記憶にないですか？　ではお教えします。あなたは昨日のいまごろ、午前七時に販売所を訪ねています。アルバイトの募集がないかと訊き、その場で面接を受けたが免許がなくて不採用になっている。お相手をした所長さんによると、あなたは途中で配達用のバイクを指差し、こう尋ねたそうです。『盗まれたりはしないんですか？』」

　ふだんからバイクは店の前に置きっぱなしだったという。スズキの質問に所長は答えた。そんな悪戯（いたずら）をされるほど立派なもんじゃないよ、と。

「バイクに爆弾があったんですか？　まさかわたしが仕掛けたと？」

「ちがうんですか？」

「憶えてません。だけど、おかしくないですか？　朝の七時に下見して、それからいつ仕掛けるんです？　いくら外に置きっぱなしでも、明るいうちは誰に見られるか知れません。刑事さんの話だと、わたしは川崎にいたんですよね？　それから酒屋さんで暴れてしまって、捕まって、ここにずっといるんです」

「仕掛けたのはもっと前。昨日訪ねた目的は、それが見つかっていないかを探るため」

バイクの防犯を話題にしたのもそのためだ。

「どうです？　合理的な説明になっていると思いますが」

「たしかに、おっしゃるとおりだ。わたしに、その記憶がない点を除けばですけど」

「あなたの訪問は動かし難い事実ですよ」

「ならたぶん、働こうとしたんです」しれっとした調子でいう。「だってそうでしょ？　それ以外で面接なんて行きませんもの。あ、信じてませんね？　でも刑事さん、わたしにも労働意欲はあるんです。労働意欲というよりも、申し訳ないって気持ちです。食って寝て、お酒を飲んでばっかりじゃあ世間さまに顔向けができないぞって負い目です。働かざる者食うべからずって、そういうの、けっこう気にするタチなんです。いたたまれなくなるんです。わたしごときは息をするのももっと苦しまなくちゃって、人一倍苦労しなくちゃって。そうじゃなきゃおかしいぞって、そんなふうに思うんです。まともに働けないんなら、底の底にいるべきです。街の片隅、道の端っこ。席が空いてたって座っちゃ駄目です。頭を下げてお願いしなくちゃ駄目なんです。どうかみなさん、わたしが生きていることを、お許しください――ってね」

「大げさすぎます」

「でもこんなわたしが、働きもせずにぐーたらしてる人間が、偉そうにするのはやっぱり間違ってますでしょう？　無能な人間は、どんくさい人間は、これまでひとつも努力せず、何も積み重ねてこなかった怠け者なんてのは、ふつうの人間よりつらい目に遭うべきなんです。ひどい目に遭うべきなんです。血反吐を垂らしながら、残飯を漁るのがお似合いなんです」

　とっさに返答ができなかった。スズキがでたらめを口にしているのは明白だった。本気で働くつもりだったとは、この期におよんで冗談にもなっていない。

　適当にでっち上げた戯言。それがなぜ、こうも神経にからみついてくるのか。

「刑事さん。刑事さんもそう思いませんか？　世の中はもっと公平であるべきだって。出来損ないは、それ相応の人生を歩むべきだって。でも現実は、おかしいことだらけです。わたしはわたしのつまらない人生を、誰かのせいにしようとはこれっぽっちも思いません。けどですよ？　けどやっぱり、おかしいなあって思うことはあるんです。だって不公平じゃないですか。わたしみたいな人間はともかくとして、わたしよりはるかにまともで、優しくて正直で、がんばる気持ちをもってるような人間が、汗水たらして下水に手を突っ込んで、泥の中を歩いてね。それで一日七千円とか八千円とか、腰をかがめていただいてるわけでしょう？　片や頭のいい人たちは冷房のきいたオフィスや自宅の快適なリビングでキーボードをちょいといじって、マウスをカチコチ押したりして、それで汗水のウン十倍ウン百倍、お金を稼いだりしてるんでしょう？　そりゃあ世の中のそういう仕組みにはややこしい理由があって、そのややこしさの恩恵をわたしだって受け取ってるんだろうとは思います。だからって『ああ、そうですか』とはならないです。なりませんよ。だってじっさい、ほんとにおかしいぞって、思ってしまうんですからね」

気がつくと清宮は耐えていた。小さな小さな甲虫が、無数の黒い虫たちが神経に入り込んでくる感覚だった。

「だから考え直しました。働くの、やめました。だって、いいんじゃないかって思うんです。どうせ現実がおかしなことだらけなら、わたしのようなゴミ人間がのうのうと暮らしている理不尽も、摂理なんじゃないかって。いまさらこの程度の不公平をばらまいたって、焼け石に水、タゴサクに労働じゃないかって」

「もうけっこうだ。八問目に答えればいいんだろ」

「ええ、ええ、そうです。そのとおりですよ、刑事さん。答えは。煙が上がっていたのはどこです？」

「答えは――」

「ちがう。答えちゃいけない」

　類家だった。

　部下をふり返り、その鋭い視線と見合って、清宮は自分の思考が溶けかけていたことを悟った。

　そうだ。答えれば八問目が終わる。残りは一問だけになる。

「スズキさん――、ノーコメントです」

　ノーコメントはノーカウント。質問はなかったことになる。《九つの尻尾》が終わればスズキは黙るかもしれない。四度目の爆発を止めるまで、ゲームは長引かせるべきだ。

「さあ、どうぞ、あらためて八問目を」

「うはっ」

　とスズキが吹き出した。ひゃっひゃと下品に笑いながら身体をゆらし、手を叩きはじめた。清宮は、それを静かに見据えた。平気だ。誤作動は回避した。コントロールできている。黒い虫は、もう消えた。

「ねえ刑事さん」スズキが笑いを止めた。「不安じゃありませんでした？　四時の爆発から三時間、そのあいだに次が爆発するかもって」

「四時に爆発したと、なぜ知っているんです？」

「代わりの刑事さんが教えてくれたんです。あの、応援団みたいな人が親切に」

「スズキさん。じつは四時の爆発自体、彼には伝えてないんです」

スズキに、動じるそぶりは見られない。ただにんまりと、清宮を品定めしている。

「ほんとうは霊感です。驚くほど冴えるときがあるんです。稀ですけども」

「九時よりあとだ」

相手の瞳孔が、わずかに広がる。

「次の爆発は、九時よりもあと。そうでしょう？」

「――刑事さんにも霊感が？」

「残念ながらわたしにそうした才能はありません。推理です。これだけの仕掛けをしながら、あなたが楽しまないはずがない。七時では慌ただしすぎる。じっさい東京ドームシティでの爆発から次まで五時間もあいています。おしゃべりをし、クイズを出すのに余裕をみて最低五時間。それを確保しないはずがない。あなたにかぎって、そんなもったいない真似はしない」

「ちょっとおっしゃってる意味、よくわからないですけども、でもそれ、ぜったいだと確信が？」

「ちがうなら、クイズにしたらいかがです？」

白い運動靴の部下を信じ、清宮は七時をむかえようとしている。事件に関わっている捜査員のなかで、間違いなく類家がいちばん、スズキの思考に迫っている。

そして上司たる者の職責は、部下の能力を最大限利用することにほかならない。

七時に爆発があったなら、自分が責任をとるまでだ。

「もし、もしもですよ」スズキが試すようにいった。「もしわたしがその狂った爆弾魔だったとしたら、そんなふうに考える刑事さんの予想を嘲笑いたくなって、急にボカンとさせそうな気もしますけど」

「初めに申し上げたはずです。相手がたんなる通り魔にすぎないなら、そもそも勝負は成立しない。被害を食い止められなかった現実を甘んじて受けいれるのみです」

時間が過ぎる。七時が近づく。

「敗北ではない？」

「警察としては敗北です。すでにこの時点で」

「では刑事さんが考える、勝利とはなんです？」

運動靴の合図を待つ。

「犯人を、ルールの側に連れ戻すこと」

ほとんど反射で口をついた答えに、背中を押される気持ちがあった。

「法律でも常識でもいい。行動の結果と責任を、定められた手続きに則(のっと)って科す。罪をふり返り、悔い改めさせる」

「悔い、改めますかね、非道な無差別爆弾魔でも」

「少なくともわたしは、そうあってほしいと願っています」

靴音がする。黙ってスズキと見合う。わかっている。こいつは改心なんかしない。人の顔をした獣。それが先天的なものなのか、年月に育まれたものなのか、不遇な人生に押しつけられたものなのか。清宮の理解はおよばない。およぶ必要もない。獣は檻に入れねばならない。しかるべき処置をする。場合によっては命を摘む。そののち、ささやかな安堵と、ほんのわずか、虚しさを覚えるだろう。職務を超えた、人間らしい感傷として。

「じゃあ、悔い改めない無差別爆弾犯は、問答無用で悪ですか？」

「もちろんです」

「でも、いろんな事情がありますよ？　人それぞれに、抱えた苦しみや恨みや、さまざまな価値観や、どうしようもない衝動が。そんなのをぜんぶひっくるめて、それでも悪と断じるんです？」

「断じますよ、スズキさん。どんな事情があろうと、悪だと」

清宮はいい切った。自然と背筋がのびた。身体に、一本芯が通った。当たり前のことなのだ。当たり前を守るのが、自分の仕事だ。

そんな清宮を、スズキはじっと眺めていた。悪としか呼びようのない男が。

スチール机の上で組んだ手の指をたしかめてから、清宮は沈黙を終わらせた。

「どうぞ、八問目を。あなたの霊感が卑怯ないかさまをしないなら、わたしたちは何度でも、何度でもそれを解いて爆発を止めましょう」

曇りガラスの窓から陽が差し込んでくる。清宮とスズキの横顔を照らしている。

やがてスズキが、「いやあ」とうめいた。右手で円形脱毛斑がある頭頂部をぽんと叩いた。小刻みに首をふった。口もとはにやついたままだった。

「わたし、ちょっと侮ってました。あきらめてたんです。きっとこの刑事さんは駄目だぞって。わたしの望みを、叶(かな)えてはくれないぞって」

だからね、と顔を上げる。「いま、うれしいです。そしてわたし、反省してます。人は見かけによらないって。さんざん自分がやられてきた偏見を、わたしももってたんですね。これは素晴らしい発見です。よかったです。ここへきてよかった。刑事さんでよかった」

いいえ、とスズキはいい直す。「清宮さんで、よかったです」

ポロっとこぼれる音がした。奇妙としか形容できない戸惑いの芽が頭をもたげた。こぼれ落ちたのはピースだった。埋めつづけてきた頭の中のスズキのパズル。残り三〇〇ピースをきったパズルの、そのどこかから、ひとつ、はまっていたピースが外れた。

「あなたの、求めるものとはなんです？」

「言葉にはできません。言葉にしちゃうと、手に入らなくなるかもしれません。でも、強いていうなら、サービスで教えるならば、それはきっと、欲望です」

欲望？と、清宮は無言で尋ねた。

「そう、欲望。欲っかきの欲望です。あ、駄目ですよ。ここまでにしておきます。これ以上は清宮さん、ご自分の八問目を使ってください。わたしがちゃんと、わたしの八問目を終えることができたあとに」

ステージが変わったのを、清宮は感じた。清宮がスズキに迫ったのか、スズキが歩み寄ってきたのか。どちらにせよ、望ましい状況なのは間違いなかった。そのはずなのに、腹の底の蠢きが気障りだった。消えたはずの黒い虫が、その死骸から脱皮してくる予感があった。指が固まり、清宮は唾を飲んだ。長いまばたきをして、スズキを見据えた。パズルだ。こいつは、ただのパズルだ。パースが狂った、歪なパズルだ。

「たぶん、十一時です」

何気なく、スズキはいった。

「次の爆発。わたしの霊感がたしかなら」

「……信じますよ」

猶予は四時間。

「できれば場所も、閃いていただけるとありがたいですが」

「そう慌てないでください。なかなか都合よくはいきません。世の中といっしょです。あれもこれもと、いっぺんに手に入れようなんて贅沢です。たったひとつのおにぎりだって、簡単じゃないんですからね」

スズキがじっと、こちらを眺めてくる。

「もっとお話をしましょう。そうすれば、きっとわたし、閃きます」

腹の底のざわつきをなだめ、清宮は訊いた。「なんの話を?」

「清宮さんの話です。だってそもそもわたし、清宮さんの心の形を当てるといって《九つの尻尾》をはじめたんですから。さっき申し上げたでしょう? 約束は、守らなくちゃ駄目です。それが人間の証ですもん」

「無駄な質問には答えませんよ」

「わかってます、わかってます。それは霊感のためにとっておくことにします。だからしばらくはおしゃべりです。ただの、無駄なおしゃべりです。ちょっとイレギュラーですけども、かまいませんよね? だって清宮さん、もうわたしと知り合いみたいなものですからね。それくらいの特別扱い、罰は当たらないと思うんです。無駄なおしゃべりだってしますでしょう? 仲の良い、知り合いだったら」

あらためて、「欲望」という単語が浮かんだ。スズキが求めている、それはなんだ?

「清宮さん、ご家族は?」

「――いますよ」

「そうですか。当然ですよね。さぞかしきれいな奥さんでしょう。お子さんも、きっと可愛くて、賢いに決まってます」

どう、応じるべきか。

「あ、嘘はやめてくださいね。それはルール違反です。わたし、見抜きます。見抜いちゃいます。つまらないことで、がっかりするのは嫌なんです」

はったりだ。適当によろこびそうな答えをでっち上げればいい。しかし妙な圧力が、清宮をためらわせた。万一コミュニケーションを閉ざされたとき、怒鳴り声を浴びながら平気で居眠りをする男の口を割らせることはできるのか。

「可愛いですか、お子さんは」

「子どもは、いません」

「なぜ？」

なぜ――。そのおかしな問いに悪寒を覚える。見抜かれている？　そんな妄想に囚われかける。

「事故です。事故で亡くなりました。小学生のころに」

それはそれは、とスズキが通りいっぺんの同情を見せた。清宮の心は揺らがなかった。まったくの嘘とはいえない。かつて交番巡査だった時代、スクールバスがダンプと激突した。多くの子どもが命を落としたその現場に駆り出され、我が子を亡くした両親らの絶望を目の当たりにした。ある者は泣き叫び、ある者は途方に暮れていた。以来、子どもがほしいと思えなくなった。のちに結婚した同僚の妻も理解してくれた。本音かどうかはわからないが。

「わたしの話なんて退屈ですよ。典型的な仕事人間です。スーツを新調するくらいしか楽しみがないんですから」

「とんでもない。たいへんおもしろいです。おもしろいなんて、失礼かもしれませんけど」

媚びるような上目遣いで頭をかく。

「わたし、心底よろこんでいるんです。清宮さんのような立派な人と、こうしておしゃべりができること。いろんな意見を交わして、秘密を教え合ったりしてね。そんなの、これまでの人生じゃ想像もできない出来事なんです。清宮さんにとっては迷惑な話かもしれません。わたしのような男と仲良くなって、得ることは何ひとつないですもんね。生きてる価値があるかどうかも怪しい存在ですもんね。あ、いいんです、いいんです。責めてるわけでも、ひがんでるわけでもないんです。事実をいってるだけなんです。わたしだってわかってます。わたしみたいな無能な奴は、人様の視界に入るだけでも有害なんです。お金も生みませんし、愛されることもない。笑わせることすらできない。たったひとつ誇れる特技の霊感だって、けっきょく気持ち悪がられて終わりです」

ねえ、清宮さん。

「命は平等って、ほんとうですか?」

「――そうじゃないと思うんですか?」

「もちろんです。だってふつうにそうでしょう? わたしとビル・ゲイツを比べておなじだなんて、誰も思うわけがない。ブラッド・ピットも、総理大臣もイチローも。わたしだっておなじとは思いません」

「社会的地位と、命はべつです」

「そうですかね。たとえば清宮さんとそこいらへんのオジサンが、首に輪っかをつけられて、それこそ爆弾を仕掛けられていたりしてね。どちらかひとり救ってもいいといわれたら、わたし、迷わず清宮さんを救います。だって知り合いですもんね。じゃあ清宮さんと、仮に、万が一、わたしを好いてくれてる女性を比べることになったとしたら、それは申し訳ないですけども、きっと彼女のほうを救います。じゃあこういう場合はどうでしょう。無人島に漂着しちゃったとしてね。船が沈没したとかそんな状況で、海に投げ出された人のなかからボートにひとりだけ乗せることができたとしてです。ひとりは外国人で、もうひとりは日本人で、どっちも見ず知らずの似たような汗臭いオッサンで、だったらわたし、日本人を助けます。だって言葉が通じなかったら、不便ですから。いっしょに生きながらえるなら、それに適した人間を選びます」

得意げに、スズキがほほ笑む。「清宮さんだってそうでしょう? わたしと奥さんなら、奥さんを助けるでしょう？　そうじゃなきゃ変ですもん。それはきっと、嘘ですもん。人間は、そんなふうにできてませんもん」

「乱暴すぎます。極限の状況を、一般化はできません」

「でも似たようなこと、どこでも起こっているでしょう？　学校でも職場でも、芸能界でも役所でも。きっとあらゆる場所で、あらゆる人が、いつもいつも、他人の命のランク付けにいそしんでいるんです」

「おそらく、そうなんでしょう」清宮は同意し、スズキを見据えた。「だからこそ、社会がある。法律や制度があるんですよ、スズキさん」

好奇心を隠さずに、スズキがつづきをうながしてくる。

「わたしたちが身勝手だからです。平気で他人に優劣をつけるからです。それを野放しにしていたら平穏な生活が守れそうにないから、だからルールをつくったんです。長い時間をかけて、知恵をもちよって、完璧でなくとも、妥当なルールを。人の命の平等を、実現するために」清宮は力を込めた。「それをわたしは、信じている」

「でも法律は、わたしを救っちゃくれませんでした」

スズキの体臭を、わずかに感じた。

「社会も制度もいっしょです。むしろみんな、心のどっかでこう思ってた気がします。わたしを無視して、わたしを相手にせず、わたしのほうを見ないことは、けっして法律違反じゃない。だからべつにかまわない。こいつが孤独死しようが野垂れ死のうが、無差別殺人犯になったって、そんなの自分とは関係ない」

スズキがお手上げのポーズをした。「じっさい関係ないんです。自己責任ってやつなんです。そのとおりすぎて、ぐうの音も出やしません。だから、まあ、こう思うことにしたんです。わたしにとっても、彼らはどうでもいい人間だって。かまわないでしょう？　お互いどうでもいい者同士。これだって、立派な平等だと思うんです」

清宮は黙って受け止めた。スズキのロジックには一片の真実があった。だがしょせん、一片にすぎなかった。まともな大人が、本気で口にする代物ではない。ないはずだ。

「ところがね、清宮さん。わたし、それじゃあ嫌だったんです。やっぱり物足りなかったんです。どうでもいい他人同士の間柄で、このまま終わっちゃうことが」

「だから、こんな真似を？」

スズキは、とぼけ面で小首をかしげた。有名な言葉が思い出された。「人は誰でも生涯で十五分間は有名人になれる」。アメリカの芸術家が残した格言は、劇場型犯罪への皮肉とも解釈できる。つづきはこうだ。「それ以上は難しい」。

不毛だ。得られるものと失うもののバランスが、まったく合理性を欠いている。

「あ、清宮さん。軽蔑しました？　わたしのこと、浅はかな奴だって」

「そんなことはないですよ」

「貧乏人はお嫌いですか？　持たざる者の、ひねくれ根性は受けつけませんか？」

「そんなことは――」

「いえ、いいんです。当たり前のことなんです。ほら、ホームレスっていますでしょ？　路上生活者なんて呼ぶ人もいますけど、ああいうのって、どうしたって嫌われますよ。みすぼらしいとか怖いとか、やっぱり思いますもんね。だって生まれてこのかた、路上でしか生きてない人なんてのはあくまで少数派ですもんね。何かしら、理由があってそうなってるわけですからね。ふつうに暮らしている紳士淑女のみなさんは、何があったんだろうって、何かしでかしたにちがいないって、色眼鏡になっちゃうの、仕方ないことなんです。でも清宮さん。そういう背景とかは後づけにすぎないと、わたしなんかは思うんです。見た目より人間性より、そもそもまず、臭いんです。彼らはみんな、ほとんどもれなく、臭いんです」

熱っぽく、スズキはつづけた。

「そりゃそうです。路上生活者ですからね。夏は汗をかくんです。冬だって、冷凍保存してもらえるわけじゃない。生きてれば、必ず代謝はしますでしょ？　何日も何日も、お風呂はご無沙汰なんてのも、めずらしくはないんです。年がら年中おなじ召し物って人もごまんといます。だからどうしたって臭うんですね。臭いというのは、これはもう、理性の出る幕がないんです。生理的なものなんです。ほら、絵画でも、えらくみすぼらしい貧乏人を描いた名画ってあるでしょう？　死体の絵だってありますでしょう？　不気味で気持ち悪くって、でもその気になれば、何時間だって鑑賞できると思うんです。ところがです。もしその絵画が、臭かったらどうですか？　スラムを映した映画から、ほんとに現地の臭いが漂ってきたらどうですか？　垢の臭い、汚物の臭い。席に座ってられますか？　テレビの前で、じっとしてられますか？　無理なんです。臭いはどうにもなりません。音なら耳をふさげるけども、臭いは駄目です。どれだけ鼻をつまんでも、皮膚という皮膚から、粘膜という粘膜から、ずるりと入り込んでくるんです。よく知ってます。馴染みのある臭いです。ええ、そうです。お恥ずかしながら、清宮さん。かくいうわたしも、そんな人たちのお仲間でした」

　いまもだいたいおんなじですがね、とスズキは照れる。

「段ボールハウスやブルーシートハウスって、意外にちゃんとしてるって、清宮さんご存じです？　家具もけっこう充実してます。絨毯なんかもあったりしてね。質のいい粗大ごみが増えたんだって昔、大先輩のおじいさんに聞きました。わたしがシショーと呼んでた人で、雨水対策とか猛暑のしのぎ方とかも、その人に教わったんです。電化製品も、わりと種類がそろっていてね。ラジカセとかヒーターとかね。電気は申し訳ないですけども、いろんなとこからお借りして。器用な人は、そういう拾い物を上手に使って一国一城の主みたいになっていたりするんです」

思い出したように右手がペットボトルをつかむ。水をふくむ。太い首の喉仏がごくりと動く。

それから両手を太ももに挟み、ぐいっと身体を押し出してきた。

「で、肝心のお風呂です。さっきはおおげさにいいましたけど、じっさいはそこそこどうにかなります。シャワーとまではいかなくてもね、公園の水道が使えますし、服だってね、安い新品もずいぶんありますからね。わたしらだって日雇いとか、アルミ缶集めとか、よくわからない手伝いだとかにありついて、少しはお金を持ってたりするんです。もちろんそのほとんどが、食べ物とお酒に消えてしまうんですがね。博打（ばくち）に消える人も、けっこう多いですけどね。わたしは駄目です。楽しいと思えないんです。一度だけ、パチンコをしたことがありました。日曜日の、出血大サービスって広告に釣られてね。朝からならんで、見様見真似で席に座って、なけなしのお金を使ってね。そしたら突然、大当たりを引いたんです。じゃーんって大きな大きな音がして、電飾がギラギラしてね。当たるなんて、これっぽっちも期待してなかったですから、すっかりびっくりしちゃってね。正真正銘のパニックです。怖くなってしまってね。悪いことをしている気持ちになって、びくびくびくびく、早く終わってくれって祈ってしまって。換金するのも怖くって、けっきょくそのまま店を飛び出したんです。お財布がすっからかんで、次の日に炊き出しがなかったら飢え死にしてたかもしれません。だから博打はしないんです。勝ってもうれしくないですからね。わかります？　幸運が、いたたまれない人間ってのもいるんです。恐れ多くて、尻込みしてしまうタイプの人間が。――えっと、なんの話でしたっけ？　ああ、臭いの話でしたっけ。水浴びができて、着替えがあって、なんなら洗濯だってできますけども、無駄なんです。意味がない。臭いはもう、こびりついてるんですね。洗おうが、落とそうが、どうにも歯が立たないんです。腐臭です。魂の腐臭です。その腐った臭いが、細胞のひとつひとつからにじみ出ているんだと、わたしはそう思うんです」

だから臭いは駄目なんです。

スズキはにかっと歯を見せた。真っ白とはいえないが、黄ばんでいるほどでもない歯を。

「清宮さんだってお嫌でしょ？　臭いのは」

「……好きだとはいいません。だがスズキさん。そうであっても、可能なかぎり人並みの暮らしができるよう、福祉の制度があるんです。あなたが拒否する、社会には」

「ええ、まったくそのとおりです。わたしらが求めれば、あれやこれや、いろいろ物がもらえたりしますもんね。ありがたいことです。ほんとうにありがたいことです。でも、清宮さん。ひとつだけ、わたしのような人間に、与えられないものがあります。福祉じゃあ追っつかないものです。キャデラックやフカヒレや、シャロン・ストーンをくれってんじゃないですよ？　そんな贅沢は、端っから望んでません」

スズキが両拳をスチール机に置いて、清宮は息をのんだ。いつのまにか一本、右手の人差し指が立っている。組んだ手に力が入った。指を立てるのはヒントの合図だ。クイズがはじまっていた？　いつ指を立てた？　どこで？　どれがヒントだった？

「路上にも老若男女、いろんな方がいらっしゃいます。陽気な人、陰りのない人、優しい人にやり直せる人。不思議とそういう人たちからは、腐った臭いがしないんです。体臭がひどくても鼻をつまめば許せる範囲で、皮膚から入り込んでくる感じはない。まだ、洗い流せる程度だってことなんでしょう。腐るところまで、いってないって話でしょう」

スズキの人差し指は立ったままだ。

「とはいえ、見抜くのは難しい。さっさと通り過ぎちゃうサラリーマンやママさんたちには、あれもこれもいっしょでしょう。蜜柑とオレンジほどのちがいもないとお思いでしょう。大丈夫か手遅れか、ほんとは分かれているのにね」

人差し指が、ふいにゆらゆら円を描く。

「わたしなんかは手遅れ側の人間です。細胞レベルで入れ替わり済みなんです。メタモルフォーゼしてるんです。このお腹といっしょでね、こうなったら戻れません。温泉に浸かろうが、香水をこすりつけようが、臭いまま。家に住もうがタクシーに乗れようが、何も変わりはしないんです。変われる可能性なんか、微塵も残っていないんです」

指がぴたりと止まる。

「可能性って、素敵な言葉だと思うんです。同時に、残酷な言葉でもありますでしょう？この歳になったらわかります。わかっちゃいます。それはどんどん減っていくものだって。高校球児のがんばりを、彼らの汗と躍動を、わたしが直視できないのもね、それが理由だと思うんです。いわば可能性格差です。それはほんとに残酷なんです。容赦のよの字もありゃしないんです」

清宮は神経を研ぎ澄ます。耳でスズキの声を、目でスズキの指を。指の奥にあるスズキの瞳を。

「わたしらの世代って、物欲にまみれた連中がうようよしてましたよね。車に腕時計にブランドバッグにマイホームです。モーレッサラリーマンなんてのがまだ生き残ってた時代です。いまどきの若い子はそうでもないみたいでね。時計はスマホで量産品の服を着こなすのがセンスだっていうんでしょ？　コンビニのお弁当で生きていけるし、恋愛も結婚も、コスパが悪いんですってね。コスパってなんなのか、いまいちピンときませんが、ようするに損をするのが悪なんでしょうね。得のためにがんばるより、損をしないように気をつけるのが賢い選択ってことなんですかね。でも可能性は減りますからね。どんどんどんどん減りますからね。わたしはもう、天地がひっくり返ったってティーンアイドルにはなれません。高校球児にもなれません。だって四十九歳ですからね。ティーンじゃないですからね。なんでもできる若い時分に何もしない自由はカッコいいですけど、何もできなくなった中年が、何もしてこなかった四十九年をふり返るのはつらいもんです。そんな現実を目の当たりにするのが嫌で、怖くって、だからお酒を飲むんでしょうね。その一瞬はほっとできますからね。血潮がたぎる感覚が、ほんの少し味わえますから。生きてるぞってなりますもんね」

二本目の指は、まだ立たない。

「デイゲーム以外にも、たまーにですが昼から飲むことがあるんです。やっぱり甲子園のシーズンは特別です。野球は観たい。若さは直視したくない。だから酒でごまかしながら観るわけです。第二試合の途中くらいで、うとうと眠っちゃうんですけどね。そのくらいがちょうどいい。おまえらのがんばりなんか知らねえよって、ちょっといい気分になれますからね。ひねくれてますけども、そういうのって誰しもあると思うんです。起きたら罪悪感と徒労感で、ああ、おれはつくづく駄目人間だなあって、少し哀しくなりますけどね」

スズキはじっと、視線をそらさない。

「でも最近、困ったことがあるんです。家の外から、平日の昼間、元気な歌声が聴こえるようになったんです。幼稚園か保育所か、そういうのができたんですね。ふだんはべつにいいんです。楽しいですよ、子どもの歌声に耳をかたむけるのは。何せ奴ら全力ですから。遠慮なんて知りません。ぶんぶんぶん、蜂が飛ぶ。男の子も女の子も、全力でビームを放つように歌うんです。音程なんておかまいなしに、ただただ口を大きく開けて、青筋立てて、身体の奥から湧き上がるエネルギーを爆発させているんです。彼らの躍動する生命が、びんびんに伝わってくるんです。だから苦情なんていいません。もとよりわたしなんぞ、異議申し立てできる身分じゃない。あっちは可能性の塊です。こっちはしがみついてるだけです。でも、甲子園のときだけはつらくてね。酒を飲んでまどろんで、おまえらのがんばりなんか知らねえよってつぶやくまぎわ、聴こえてくるわけです。ぶんぶんぶん、蜂が飛ぶ。全力のぶんぶんぶんです。可能性の咆哮です。未来ある命の軍歌です。それを聴くとね、たまらなくなるんです。昼間っからのんべんだらりとしちゃってる我が身の情けなさを突きつけられて、おれはどこでおれの可能性を失っちゃったんだろうって、考えてしまうんです。もう二度と、それは手に入らないんだなっておののくんです。そして眠れなくなるんです。眠りたいから、眠ってしまいたいから、だから酒を増やすんです。するとそのうち頭がぐるぐるしてきて、胃の中もぐるぐるしちゃって、トイレに駆け込んでげーってしてね。気分は良くなるんですけどね、代わりに眠気が、すっかり消え去っているんです。テレビからカキーンて澄んだ音がして、外からは陽気なピアノに全力の合唱です。わたしは部屋の中央の、電灯の真下に立って、ああ、今日は何曜日だったかな、スーパーのポイント還元の日だったかな、それは来週だったかな、なんて、現実が腐っていくのを、見て見ぬふりするんです」

だから、とスズキはにんまりとする。

「だからたまに思います。なあ君たち、ちょっと静かにしてくれないか——と」

スズキが二本目の指を立て、血の気が引いた。

「貴様——」

「だけど清宮さんの言葉が正しいのなら、わたしと彼ら、命は平等のはずですよね？」

「スズキっ」

「あ、ご不快でした？　こんな話、お嫌ですかね。ならやめます。黙ります」

組んだ指の爪が、手の甲に食い込んだ。奥歯を嚙んだ。表情には出すまいとした。

「どうします？　つづけますか、やめますか」

「……もちろん、つづけてください」

声の震えは隠せなかった。子ども。それが次のターゲットか。

腕時計を見る。針は午前八時を指している。

では、とスズキが唇を湿らせた。

「平等といえば、対になるのは差別と相場が決まってますよね。男女差別とか人種差別とかありますけども、週刊誌の毒々しい記事を立ち読みしていますとね、ときたま、わたしほどの平等主義者はいないんじゃないかって思うんです。何せほとんどの人と比べて、自分のほうが下等だと、自覚してるわけですからね。性別不問でわたしが下です。異性愛者だろうが同性愛者だろうが関係なしです。ひたすらわたしが下なんです。生き物として、最下層に位置してるんです。最下層の人間こそが、真の平等主義者なのかもしれません。とはいえ、わたしも男です。やっぱり男ってのは、男である特徴があるもんですよね。少なくとも肉体的には、動物として雄ですからね。まあ、生えるもんも生えてますしね。ええ、ささやかですが、生えてますしね。あ、下品な話は駄目ですか？　お嫌なら、すぐ黙りますけども」

反論がないのを確認し、スズキはおしゃべりを再開した。

「下等な人間であってもね、いっちょ前に性欲はあるんです。女の人の裸を見たり、匂いを嗅いだりしちゃうとね、そりゃあ反応しちゃうんです。見るだけじゃなく嗅ぐだけじゃなく、もっとあれこれどうにかしたいと、まったく思わないなんて不可能です。じっさいわたしも、そういう経験がまったくないわけじゃありません。そのへんは、それなりです。勃(た)つものは勃ちますからね。ただ、そんなときでも、わたしは幸せ恐怖症ですからね。女の子の裸を目の前にしたとたん、金縛りみたいになるんです。お相手の子が呆れて笑っちゃうくらい緊張してしまうんです。だからわたし、わたしよりぜんぜん歳下でぜんぜん華奢(きやしや)で、こっちがお金を払ってる場合でも、常にペコペコしてたんです。敬ってたんです。だからね、清宮さん。世の男どもといっしょくたにされるとね、さすがに納得がいきません。ふざけるな、って思います」

台詞とは裏腹に、スズキはにこりと破顔する。

「これはわたしの直感ですけど、性犯罪の加害者は男性が多い気がします。被害者は、女性がほとんどじゃないですかね。もしかして十倍くらい差があるかもって思うんです。数字は当てずっぽうですけどね。そうそう、これも本で読んだんですが、差別と統計って仲が良いらしくてね。たとえばアメリカで黒人さんの犯罪率が高いって、そういう統計があるらしくてね。だから黒人さんは犯罪者だ、犯罪者予備軍だって、それは統計じゃなく差別なんですってね。わたしはムキムキの黒人さん、やっぱり怖いと思いますけどね。でもよくよく考えてみると、じゃあ黒人さんのＤＮＡに犯罪者遺伝子みたいなのが埋め込まれてるのかってなると、それはさすがにちがうんじゃないかって思うんです。いよいよ差別だろうって思うんです。だったらなんで黒人さんの犯罪率が高いんだって考えますと、たんにお金がないからだろうって思うんです。貧乏な確率が高くって、だから犯罪に手を染める確率が高くって、それが代々つづくからそういう環境になっちゃって、だから十三歳のジミーくんもショットガンを抱えてスパニッシュレストランを襲撃に出かけるわけです。まあ、適当ですがね。感覚的にはわかったような気になりません？　犯罪と人種は、直接結びついているわけじゃなく、犯罪率が高いって統計にはべつの理由がひそんでる。だから統計をもとに何かを判断するのは注意が必要――って、とりあえず本の中身は、たぶんそんな感じでした」

でもね、とひと息ついて、

「そこでわたし、はたと気がついたんです。さっきいった性犯罪の比率です。男性の圧倒的加害率の問題です。これは統計的に正しい気がするんです。じゃあ、べつの理由はあるんだろうか。男性が、男性であるという以外の事情で、性犯罪をたくさん犯す理由って、あるんだろうか」

ずいっと顔が迫ってくる。

「ひとつは間違いなくパワーでしょうね。女性より、男のほうがパワーがある場合が、やっぱり多いですもんね。無理やりできちゃいますからね。もうひとつは、男は勃つからじゃないかって思うんです。反対に、女性は勃たせる必要がないでしょう？　だから突っ込んでしまえばいいって、なるんです。身も蓋もない話ですけど、たぶんちょっとは合ってます。でも、パワーがあって、肉体の特徴があって、だけどそれだけじゃあ足りない気もするんです。まだあるんじゃないか。男性の、細胞レベルで背負った業（ごう）のようなもの。たとえばそう、こんなふうにも思うんです。動物として、女性は最高の遺伝子を求め、男は自分の遺伝子を広めたがっている。ぶちまけたがってる。だから見境がない。強烈な、拡散の欲求ゆえに」

奇妙な妄想が生まれ、清宮は息を止めた。スズキの顔をした無数の微粒子が、この取調室に充満し、襲いかかってくる――。

「もしかすると、男女すら関係ないのかもしれません。誰しももってるのかもしれない。自分を広めること、ばら撒くこと、他人に感染させること。その欲求、その悦び。能力とチャンスさえあれば、けっして逆らえない、宿痾のような本能です」

急に陽が去ってゆく。室内が陰る。

「わたしにも備わっています。下等生物ゆえの性、魂の勃起と射精に支配された欲望が」とはいえ——と、急にスズキはおどけた。「年齢も年齢ですし、ここ最近、性欲のほうはめっきり減退傾向です。それでもときおり、紳士な夜と猛る夜、ふたつの夜がやってきます。夜が繰り返して橙色になるんです。それは決まって、木曜日です」

三本目の指が立ち、清宮は混乱した。思わず「待て」と叫びそうになった。待て。意味がわからない。おれは聞いていた。一言一句、漏らさぬよう、貴様の言葉を。なのに少しも見当がつかない。繰り返すふたつの夜？　橙色？　木曜日？

思考が鈍る。黒い虫が邪魔をする。腹の底から、血管を伝い、じょじょに全身へ行きわたりだしている。

「理性と野性って、さも対極にあるようですが、合わせて一本ってところがありますでしょう？　朝と夜、太陽とお月さま。頭とお尻くらい距離があっても、無関係とはかぎらないんです。どちらとも、無視できないってこともある。だけど、いっしょには選べません。どっちも選ぶのは難しい。二兎を追う者は一兎をも得ずっていいますでしょう？　大山鳴動して鼠一匹なんてことわざもありますね。しかし鼠ってのは、どうしてああも群れるんですかね。群れてませんか？　キャーキャー、チューチュー、騒ぎませんか？　馬は静かなもんですね。じっと餌場にならんでね。檻のゲートに、しっかりちゃっかりならんでね。ならびますよね？　どうでしたっけ。まいったなあ、どんどん頭が衰えています。いや、重要なのはね、清宮さん。清宮さんが、ちゃんと選べるかってことなんです」

指が立った。四本目だった。清宮は意識せず、首を横にふった。黒い虫は脳まで届き、不快な熱を発しはじめている。

スズキが、こちらを見ていた。指を四本立てたまま、口もとをゆるませ、身を乗り出して。その瞳を見返すうちに想像があふれた。爆発の轟音、破壊の衝撃、血まみれの肉片。小さな手、小さな足、小さな身体。ついさっきまで無邪気しか知らなかった子どもたちの、小さな頭。内臓。

泣き叫ぶ遺族。

「――五本目は？」

四本の指を立てたままでいるスズキに、清宮は声を絞り出した。

「まだ終わってないのだろう？　五本目があるんだろ？　なら早く、つづきをいえ」

「ああ、清宮さん。わかってます。そうしたいのはやまやまなんです。でもすみません。すっかりポロリと抜け落ちました。何せ頼りない、霊感ですから」

筋肉が強張った。虫が燃えている。全身の隅々を焼こうとしている。

「とはいえ、刺激があれば、先を思い出すかもしれません」

たとえば――と、スズキはほほ笑む。

「清宮さん。この指の、お好きなものをひとつだけ、折ってみません？」

太い指が迫ってくる。親指だけ折りたたまれた手のひらだ。肉付きのいい、小癪な指だ。瞬間、脳裏に未来が浮かんだ。それをまとめて引っつかみ、力任せにねじり折る未来。

しかしそれは、清宮の敗北だった。

「――その手には乗らない」

「その手？　この手ですか？」

「つづきをいう気はないんだな？」スズキを視線で刺した。「貴様はそれで満足か？　卑怯な勝利で充分なんだな。しょせん、その程度なんだな」

「選択肢はあるんです。あとは決断だけなんです。それをするのはわたしじゃありません。あなたですよ、清宮さん」

ふたたび陽が差し込んでくる。太い指の産毛が輝いている。スチール机の上で組んだ手が思わずほどけかけ、「清宮さん」類家の呼びかけでかろうじて止まった。

「まもなく九時です」

十一時という予告が真実ならば、猶予は二時間。

「子どもだ」スズキを見たまま、清宮はいった。「八問目なのだろう？　ならば答え合わせをしろ。ターゲットは子ども。仕掛けられているのは幼稚園か保育園」

「お答えしてもよろしいんです？　わたしの八問目、終わっちゃいますけど」

「答えろ。正解か、不正解か」

スズキは四本の指をしまうことなく、左右に小首をかしげた。それを数回繰り返し、ぴたりと止めた。

「間違ってないですよ、たぶん」

清宮は立ち上がった。怒りを踏みつけながら取調室を出た。慌てて追ってくる類家をふり返ることもせず会議室へ急いだ。

「清宮さん！　駄目です、まだ足りない」

「何がだ。クイズは出てる。解けばいい」

「無理です。このままじゃ負ける」

「おまえならやれる」

会議室の前で清宮は立ち止まり、類家を見下ろした。

「おまえにならできる」

何かいいたそうに顔をゆがめる部下に命じた。

「解け」

会議室に飛び込んだ。伊勢が打つ報告で状況は伝わっていた。みなが殺気立っている。

「場所はわかるのか？」警備部の男が吠えた。「都内に幼稚園がいくつあると思ってる？」

類家をふり返る。目で、答えを求める。

うなだれていた天然パーマが、あきらめたように前を向いた。

「代々木です」

この男。清宮はあらためて感心した。尊敬といっても過言でなかった。ふたつの夜、繰り返すだいだい色の夜――ヨとヨ――「代」と「々」。そして木曜日、「代々木」。

号令が響く。至急関係各所に連絡！　避難指示！　間に合う。二時間あれば間に合う。

渋谷区代々木の住所は一丁目から五丁目までが代々木公園と明治神宮の北部を囲うように位置している。加えて元代々木町、代々木上原地区までふくめるとけっこうな広さになる。それでも、少なくとも子どもを避難させることは可能だ。最小限の被害にできる。

「念のため小学校、中学校、託児所やフリースクールも押さえておけよ！」

声を張る警備部の男を後ろから見守りつつ、清宮は腕を組んだ。力が入った。気の昂ぶりを奥歯で嚙んだ。取り調べの交代をつとめる北風役の刑事がやってきた。場所が解けたことを切り札にしていいかと半ば強要の口調で訊かれ、清宮は断った。交渉はすべて自分がする。スズキにいつどの情報をどのように与えるかもコントロールしたい。あなたはきつく脅してくれればそれでいい。相手はムキになって抗弁し、清宮は受けいれず、険悪な押し問答がつづいたが、最後に刑事は不承不承納得し、近くの長机にひと蹴り入れてから会議室をあとにした。

となりに控えた類家はそんな揉め事には我関せずで、口に手を当て思案に耽っているようだった。苦悶のにじむ煮えきらない態度に、クイズを看破した頼もしさはない。

「何を考えている？」

「――ほんとうに、幼稚園か保育園に爆弾があると？」

「ないというのか？」

いえ、と類家が口ごもる。騒がしさを縫って警備部の男が寄ってきた。清宮たちにスマホを掲げながらいう。

「スズキの顔写真を公開することが決まった」

妥当な措置だ。スズキの情報は要る。最低でも自宅を突きとめ、所持品のすべてを調べ尽くすまで事件の解決にはならない。

何より被害を食い止める効果がある。スズキの顔に憶えがある者は身のまわりに注意を払うだろう。通報の期待も高まる。

「感触はどうなんだ？　奴はまだ爆弾を用意してるか？」

「そこは正直五分五分です。ただ、不意打ちだけはしてこないと確信してます。わたしが対面しているかぎり、スズキはゲームをやめないでしょう」

「ふん」不機嫌に鼻を鳴らし、「腐れ野郎の勝負根性に頼るほかないとは、桜の代紋(だいもん)が泣いてるぜ」

肩をきつく叩かれた。乱暴だったがねぎらいも感じた。

警備部の男が離れていくのを見送り類家に訊いた。「怖いのか？」

「え？　いや、いいえ……」

「無理もない。こんな事件は、ここにいる全員が初めてだ。だが慣れろ。適応しろ。空振れば笑い物だ。間違えば奪われる。一般市民の命がな。だが、のみ込むしかない。最悪の場合、責任はわたしが負う。おまえが気に病むことはない」

「清宮さん」

類家が、はっきりと首を横にふった。「そんなことは、どうでもいい」

強がりに聞こえず、ざわつく胸を、清宮は組んだ腕で抑えつけた。

「なら、何が不満だ？」

「クイズは解けてない。中途半端だ」

「子どもと代々木。それ以外に何がある？」

ふり返ってみれば清宮に子どもの有無を訊いてきたのも伏線だろう。

電話番が叫ぶ。××幼稚園、避難完了！　○○保育園、完了！

「三本目のヒントの答えが『代々木』なのはわたしも確信してるんです。だけど四本目は？」

「奴が口にした『大山鳴動して鼠一匹』のことわざだ。干支の鼠は『子』。立派な子どもの暗喩じゃないか」

「なら馬は？　不自然に出てきたあれはなんのメタファーです？」

　類家の肌が上気している。「いや、そもそも子どもについてはその前から匂わせていた。二本目のヒントがそれだ」

「落ち着け」

　幼稚園、保育園、完了！　完了！　完了！

「すべての言葉に意味があると決めつけるな。虚言を撒き散らし、煙に巻くのが奴のやり方なんだ。それを選り分けるのがおまえの仕事だ」

「ですが――」

「スズキに取り込まれるな。買いかぶるな。たしかに奴は、異様な人間なのかもしれない。だがそれは、イカれた犯罪者の、ごくふつうの異様さだ」

　気がつくと、ふたりは正面で向かい合っていた。周囲で響く完了を報せる声が遠のいていく錯覚が、清宮にまとわりついた。

「最初の指がいつ立ったか、憶えてますか？」

類家の問いに、唾を飲んだ。スズキと対峙するなかで、自分もそれを見落とし、冷たい汗を流したのだ。

「わたしも気づきませんでした。いつのまにか、スズキの八問目ははじまっていた。どこが最初のヒントだったか、どうしてもそれがわからない」

思いつめた口ぶりに、清宮は記憶をたどった。途中、奴は水を飲んだ。まだ右手の指は立っていなかった。それから両手を、太ももに隠した。そしてホームレスの話をつづけた。臭いの話だ。いや、パチンコで勝った話もか。魂の腐臭、求めるもの、福祉では与えられないもの――。

わからない。考えはじめると、すべてが怪しく思えてしまう。

「奴自身、子どもが正解だと認めている。幼稚園か保育園だと」

「『間違ってない』、です。スズキが認めたのは、それだけです」

「だから見捨てろというのか！」

感情が荒ぶった。「時間も人員もかぎられている。決断するしかない。ちがうか？」

「いえ」類家が唇を噛んだ。「――ターゲットは子ども。それは確信しています」

「なら――」

「足りない。まだ足りないんです、きっと」

表情が険しくなるのをこらえきれなかった。類家はそんな清宮に目もくれず、独り言をつぶやきはじめる。「ほかに子どもが集まる場所が？　見落としている？　いや、試されている……」

上気していた肌がいまは青ざめていた。落ち着きをなくした目が、せわしなくあちこちへ泳いでいる。

この男の、こうした姿は初めてだった。不安がよぎった。スズキに影響を受けているなら職務から外す決断が要る。卓越した頭脳に疑いはない。若くして警視庁の特殊犯係に引き立てられたのはそれが理由だ。他方、類家の情緒を懸念する声も少なくなかった。社会人として、職業人として、地に足がついていない。常識をわきまえていない――。

「北と南、方角のつく幼稚園と保育園を重点的に調べてください」

「なんだと？」

「十二支の子は北を、午は南を指しています」

「――兎の東も、注意すべきだろうな」

「代々木公園もです。ほかにも子どもが集まりそうな場所はぜんぶ」

それらの指示を与えて戻ると、「清宮さん」壊れたロボットが、人の顔に戻っていた。

「覚悟をしておいたほうがいい」

「見つかる。幼稚園か保育園に、爆弾はある」

類家は黙った。清宮も、もう部下を見なかった。

次々と情報が更新されてゆく。安全が確保されてゆく。順繰りに、爆発物処理班が園内に踏み入って爆弾の捜索をはじめる。職員に聞き込みも行われる。この男を最近見かけてませんか？　同時に朝のニュースがスズキの顔写真を報じている。連続爆弾事件の容疑者とキャプションがついている。アナウンサーが沈痛な面持ちで被害者に悔やみを捧げ、視聴者に注意を呼びかけている。何かお気づきの方は、どんなささいなことでも通報してください。連絡先は――。

時間が過ぎる。清宮は腕を組んで立ちつづけた。爆弾は必ず見つかる。その一報を引っ提げて、スズキと相まみえることになる。類家の動揺は、むしろ自分を冷静にした。黒い虫は消えた。出来かけのパズルが頭の中に浮いている。スズキの顔、スズキの表情、スズキの声、スズキの言葉。それらがピースとなってはまってゆく。もう残りは一〇〇ピースをきっている。次で完成させる。とどめを刺す。

「十一時」

類家が、ぽつりとつぶやいた。その時刻まで、まだ四十分以上残っているタイミングだった。

「なんで十一時なんだろう？」

問いは清宮を向いてなかった。「パチンコ店？　いや、開店はだいたい十時だったはず――」

垂れ流される独り言を、しかし清宮の耳は受けつけなかった。なんで十一時なんだろう？　そのつぶやきを拾った瞬間、頭の中をぞぞと黒い虫たちが蠢く予感に襲われていたからだ。

大昔――。上野（うえの）署で駆け出しの交番巡査だったころ。来る日も来る日も自転車であちこちを警邏（けいら）した。愛想笑いが苦手で、市民受けが悪く、早く刑事になりたいと望んでいた。日々のこまごまとした揉め事に興味がもてない自分に気づいた。願いを叶え、やがて警視庁勤務になり、特殊犯係になって……。

上野時代、ボランティア活動をやめさせろというクレームに当たったことがある。駅前の、募金の呼びかけが耳障りで仕方ない。あさましく映るのだ。街のイメージがダウンする。本気でそんな主張を聞かされ、閉口したのを憶えている。

なぜ、こんなことを思い出す？

見落とし。

まさか。

だとしても、自分は最善を選んでいる。できることを、しているはずだ。

そのとき、若い電話番の職員が受話器を押さえたまま全員に向かって叫んだ。

「幼稚園の、裏庭に小包を発見！」

15

伊勢の心はゆれていた。清宮と類家がそろって取調室をあとにし、いま、ここには伊勢とスズキのふたりしかいなかった。ほどなく交代の取調官がくるだろう。清宮が帰ってくるかもしれない。ふたりきりでいられる時間は、そう長くない。

スズキはおれに懐いている。親しみを抱いている。清宮や、まして等々力にはあげられなかった成果だ。この男の身許、正体を突きとめられるのは、おそらく自分しかいない。おれならできる。すべきだ。たとえ組織のルールを、多少逸脱しても。

もちろん利用される危険は忘れていない。充分に注意して、利用し返せばいい。数時間前、便所でスズキと話したときの手応えは、あの高揚は、けっして勘違いなんかじゃない。

だが、状況は変わった。東京ドームシティの被害者が亡くなった。もともと重体だったが、重体と死亡では、やはり決定的な差があった。

人殺しを相手に、スタンドプレイは許されるのか。

スズキがこちらを見た。目が合った。ご機嫌をうかがうように、にかっと頰をゆるませた。苛立ちがわく。同時に、息苦しさを覚える。行くべきか退くべきか。だらしなくへらへらしている爆弾魔、決めきれない状況、過ぎていく時間。すべてが不快だ。

「怖がらないでくださいよ、伊勢さん」

「は？」

スズキの、ちがいます？　とでもいいたげなとぼけ面に腸が煮えくり返った。

「怖がる？　おれがおまえを？　ふざけんなよ。てめえは、そんな大層なもんじゃねえ。ただの変態で、ただの人殺しだ」

清宮の交代で詰めている取調官の影響が言葉づかいに出てしまう。容赦ない罵声と恫喝のオンパレードは、被疑者同様、補助員の耳にもこびりつく。そして精神を疲弊させる。怒鳴るのだけは我慢した。誰が廊下にいるかわからない。これまで記録につけていないふたりの会話を怪しまれるのはまずい。

「調子に乗るなよ、スズキ」

「はあ、申し訳ないのです。たいへん失礼しましたのです。伊勢さん、どうか怒らないでください。わたし、このとおり、ちゃんと反省してますから、どうぞ仲良くしてやってください」

しきりと頭を下げられ、興奮が落ち着いた。すると今度は、試してみたい欲求が、むくりと頭をもたげた。

「それで詫びてるつもりかよ」

「もちろんです。足りてませんでしょうか」

「足りないな。おれと仲良くしたいんだろ？」

「そのとおりです。伊勢さんは数少ない、わたしの知り合いですもんで」

「とかいって、清宮さんのことも名前で呼びはじめたじゃないか。あれはおれ、なんて尻軽な野郎だって頭にきたんだ。仲良くするとかなんとかいって、けっきょく誰でもいいんじゃねえか」

「そんな、そんなことはないのです。伊勢さんが一番です。清宮さんは二番です」

「じゃあ、あのもじゃもじゃ野郎は？」

「彼は、ちょっとキモいです」

笑ってしまうのをどうにかこらえた。

「だったら話せ。ホームレスだったあんたが、どうして野球中継を観られる身分になれたのか」

「優しい人のおかげです。さっきシショーの話をしたでしょう？　わたしにいろいろ教えてくれた大先輩です。シショーは顔が広くて、いろんな人と知り合いで、レストランのシェフさんだったりコンビニの店員さんだったり、焼き芋を売っている人とも仲良しで、よく余りをもらっていました。ありがたいことに、わたしも分けてもらってね。ほくほくしてて、蜜がたっぷり真っ黄色でね。冬なんか、まるで宝石のように光って見えて」

「おい、肝心なことだけにしろ」

「あ、すみません。思い出があふれてしまって。この歳になればわかります。思い出は、いくらでも話せます。昨日のことは忘れても、昔の話はべつなんです。それに伊勢さんだからです。伊勢さんだから、つい話したくなっちゃうんです」

内心で舌を打ち、いいからつづけろと催促した。

「シショーはわたしの憧れでした。気さくで明るく、物知りでした。住む家がなくなったって豊かに生きる知恵と人徳があったんです。シショーのように、誰とでも仲良くなれる人間はすごいです」

外が気になる。いつドアが開くか。

「でもあるとき、事件が起こったんです。わたしらがお世話になってた公園で、近所の子どもらに、シショーが襲われちゃったんです」

「おい。まさかまた死んだのか」

「いえいえ、命は無事だったみたいです。くわしくは知りません。だってぼろぼろの血だらけで青あざだらけになったシショーは救急車に連れられて、それ以来、二度と会ってませんから」

「ホームレス狩りってやつか」

「そうです、そうです。世の中にはひどいことをする連中がいるもんです。ただ、あとから耳にした風の噂ですけど、シショーって、男の子が好きだったみたいでね」

「え？」

「これも又聞きですけど、ときたま好みの男の子を見つけていろいろ遊んでいたそうなんです。で、子どもたちのあいだでもシショーの趣味は噂になってて、だからシショーをやっつける会みたいのができたというんです。すごいでしょ？　シショーに触られて、シショーに咥（くわ）えさせられた男の子の友だちや兄弟たちが、木の棒や石つぶてを手に、真夜中、シショーのねぐらへやってきて、シショーをこてんぱんにしたんです。わたしは気づきませんでしたけどね。ぐっすり寝るタチですからね」

　ぐっとスズキが前のめりになった。

「それでわたし、疑われました。ホームレス仲間から、おまえがシショーを少年たちに売ったんじゃないかって」

　眉をひそめる伊勢を見ながら、内緒話のようにつづける。

「またしても冤罪です。おまえなんか出てけって、そういう空気になっちゃったんです。なんの根拠もないのにですよ？　きっと真実なんて、どっちでもよかったんでしょう。いままでもはっきり憶えてます。昨日までいっしょに笑ったり歌ったりしていた人たちが、助け合っていた人たちが、わたしに向ける他人行儀な視線、蔑（さげす）んだ物言い。そこに宿る、わくわく感。そう、彼らは楽しんでいたんです」

自分こそ楽しんでいるようなスズキの笑みに、伊勢はぞっとして息をのんだ。

「まあ慣れっこなんでね。べつにどうとも思いません。ああ、またかってなもんです。でもほかに行くとこもなかったですし、目立たないようにひっそりと暮らしてました。そんなときです。こいつがでーんと出来たのは」

大きな十円ハゲを指で差す。「それでまたからかわれるんです。おれたちが冷たくしたから弱ってやがると陰で嗤われるわけです。仲間外れも十円ハゲも平気でしたが、勝手に人の心を読み取ったつもりでいられるのは嫌でした。ほんとうに嫌でした。耐え難いほどに」

「いいかげんにしろ。どうやって住処にありついたかを訊いてるんだ」

「ですから、その流れです。わたしのほかにも独りぼっちの人がいましてね。リュックひとつでふらりと住みついた新人さんで、生きる気力をなくしちゃったらしくてね。死ぬ勇気ももてないようで。いっつも蠟人形みたいな無表情で、話しかけてもまったく反応してくれなくて、みんなかまうのをやめちゃいましてね。気にかけてたのはシショーぐらいだったんです。その縁で顔見知りだったのと、はぐれ者同士のよしみもあって、わたしが面倒をみるようになりました。仲良くやってたと思います。といっても、ほとんど廃人ですから、食って寝る以外はお互いぼーっとしてただけですけどね。でもそれが、案外心地よかったんです。いっしょにいるだけってのが。打算も利用もない関係が」

でもその人ね、と肩をすぼめる。「一年もせず公園を出ていったんです。帰る場所が見つかったらしくてね。それでまた、少し時間が経ってから、久しぶりに連絡がきましてね。ほら、わたしスマホを持ってますから。シショーのもらいものですけども、ちゃんと使えましたから。それでその人に、ウチにこないかと誘われたんです。少しだけ手伝いをしてくれたら余った部屋で寝てもいいって。テレビも観ていいって。あ、駄目ですよ。その人のことは話せません。伊勢さんの知り合いじゃないですし、おかしな言い方になりますが、最近のことで記憶が曖昧ですから」

「最近っていつだよ」

「さあ。十年前か二年前か三ヵ月前か。記憶喪失になっていますし、そもそもわたしみたいな男には、いつとかどことか、あまり重要じゃないんです」

伊勢は怒鳴りたい衝動をこらえて訊いた。「住所は？」

スズキは口をつぐんだ。じっとこちらを見つめてきた。品定めするような視線がわずらわしかった。おまえなんぞに測られてたまるか。

「答えろよ。おれとほんとうの友だちになりたいなら」

「答えたら、伊勢さんはうれしいですか？」

「ああ、うれしいよ」

「成績になるからですか？」

今度は伊勢が黙った。

「かまいません。ぜんぜんぜん、かまいません。伊勢さんの成績が上がるなら、わたしだってうれしいですから。でも、世の中って不条理にできてますでしょ？　伊勢さんの手柄を、誰かが横からかっさらっていくかもしれない。シショーから聞きました。会社とか組織には、そういう恥知らずな卑怯者がはびこっているって」

胸の奥に、きりりとした痛みが走った。

「おい、話すのか話さないのか、どっちだ」

「話します、話します。でも話すんなら、ぜったい、伊勢さんの手柄にならなきゃ嫌です」

媚びる面が、引きこもりの弟と重なった。何かのおり、叱ったときだ。おまえほど駄目な奴は見たことがないと罵った伊勢に、弟は卑屈な笑みでこう返した。だったら使っていいよ、兄ちゃんの小説に。それで兄ちゃんの役に立つなら――。

文学部にいた伊勢が創作をやめ、警察官になるきっかけだった。弟を書いてしまいそうで、それを読んだあいつが勝手に満足してしまいそうで……。

「おれの手柄だと？」記憶とともに吐き捨てた。「そんなもん、どうやって証明すりゃいいんだ」

清宮の前で「伊勢さんが好きだから話しました」といわせる？　馬鹿な。

「事件が終わるまで、おれは外へも行けない」

「なら、ここで電話してください」

「……なんだと？」

「ここから電話してください。誰か、信頼できる人。伊勢さんを、けっして裏切らない人に伝えてください」

罠（わな）か？　伊勢は、逸（はや）る気持ちを警戒で押しとどめた。

「代わりに、ひとつお願いがあります。スマホを処分してほしいんです」

「スマホ？」

「ええ、そうです。なくしたとばかり思ってましたが、じっさいなくしたんですけども、ついさっき、ようやく思い出したんです。どこに置き忘れたか。きっとあそこだって閃いたんです。あれには恥ずかしいサイトの履歴や破廉恥な写真がいっぱい残っているんです。このままわたしが冤罪で捕まってしまうとして、それは仕方がないとして、でもあれだけは、誰の目にもふれさせたくないんです。お願いです、伊勢さん。スマホだけ、それだけでいいんです。どうか処分してください。お願いです、後生ですから。ね、伊勢さん。わたしたち、友だちでしょう？」

拝んでくる姿を眺めていると、罠だろうがなんだろうが、自宅を突きとめることは最優先事項だと迷いが整理されていった。スマホだって重要な証拠品だ。もちろん処分などしない。しっかり調べさせてもらう。そのうえで自宅を聞き出せばいい。こいつの申告が嘘でないことを確かめてから報告するつもりだったという言い訳は、ぎりぎり成り立つんじゃないか。スタンドプレイは不問となり、成果はそのまま第一級の手柄とされるのではないか。清宮やガサツで無能な警視庁の取調官、等々力や鶴久、おれを便利なタイピストとしか思っていない連中を見返し、上層部に、実力をアピールできるんじゃないか。

だが。しかし。いや、しかし、だが……。

「じつは住所に関しては、まだ思い出せてないんです。でも、スマホにメモがあるはずです。きっと伊勢さんの、期待に応えられると思います」

「――こっそり電話なんて、バレたら大目玉だ」

「かまいやしません。だってここには、わたしと伊勢さんしかいないんだから」

スズキの瞳がやわらかく細まった。妙な温かさがあった。胸に残るわだかまりが、ふっと意識の俎上にのった。頭ひとつ背の高い、同期の男。

「電話、かけましょうよ」

あれは不可抗力だった。あいつの手柄を奪ったのは、ちょっと魔が差したから――。

「さあ、早く」

伊勢は、私用のスマホを取り出した。ディスプレイが午前九時三十分を映していた。アドレス帳を繰りながら、頭の隅の無意識が、いま、ドアが開けばいいのに、と思った。

16

　麴町署が慌ただしくなる直前、沙良はようやく報告書を書き終えたところだった。となりで大きくのびをするラガーさんの腋からかぐわしい臭いが漂い意識を失いかけた。自分とて、責める資格があるかは怪しい。昨日の勤務開始から二十四時間以上が経っている。朝から通常業務に精を出し、スズキを連行してからあっちこっちへ行かされて、挙句、爆弾事件に巻き込まれた。命令無視の叱責を食らい、こうして細かい字に悪戦苦闘している。いま閻魔大王より恐ろしい強敵は睡魔だ。もちろん、シャワーも浴びていない。

「男みてえな字だな」ラガーさんが手もとをのぞき込んできた。書類を埋める角ばった文字は見る者におなじ感想を抱かせるようで、返答もすっかり定番と化している。

「ペン習字をやってたんです。父親の命令で、小さいころからずっと」

　さして大きくない会社の事務員をしていた父はのほほんとした性格で、母にも子どもたちにもよくいえば優しかったし、悪くいえば甘かった。叱られた記憶はほとんどない。趣味は囲碁。たまに釣り。思い出したように誘われることもあったが、ふたりの兄も弟も沙良も、ほとんど相手にしなかった。みなに断られても嫌な顔ひとつせず「そうか、そうか」とにこにこし、「じゃあ行ってくる」と軽やかに出かけるタイプの人間だった。娘の進路にうるさく口を出すこともなかった。警察官になってみたいと打ち明けたとき、大反対した母をなだめてくれたくらいだ。

そんな父の、唯一の強要がペン習字というのは、なんともあの人らしいと思う。ちゃんとした字を書きなさい。上手い必要はない。でも、ちゃんとした字を書きなさい。君の字は、誰かに届けるためにあるんだからね。

「しかし、こんな疲労困憊（ひろうこんぱい）の若者に書類を書かせるなんて、上は懲罰のつもりなんですかね」

「たしかに効果はある」

半分も埋まっていない自分の書類を、ラガーさんは不貞腐れたようにひらひらさせた。

ただの嫌がらせでないのは承知していた。午前四時の爆発でたしかに沙良たちは命令無視をしたけれど、被害を未然に防いだ功績に比べれば屁みたいなものである。警察は気持ちよいほど結果主義だ。じっさい現場責任者であるゴマ塩の刑事から雷を落とされ、偉い人に口頭の経緯説明を繰り返し、そのたび注意を受けたけど、ぜんぶ形ばかりのものだった。ゴマ塩刑事にいたっては最終的に、ナイスガッツだとふたりの肩を叩いてくれた。

だから書類作成の命令も、この事件が耳目を集めているゆえだった。マスコミだけじゃない。関係省庁、あるいは政治家に対し説明の必要があると上層部は見越しているのだ。あらゆる情報を正確に把握しておかねばならん。そんな強迫観念は、役所である以上は避けられない。

　事件が小康状態にあることも大きかった。あるいは危険をくぐり抜けた兵隊に、少しだけゆっくり休めという親心か。裏を返せば、休んだあとはしっかり働かせるというメッセージにも思えたが、ここで外されるのは癪だから望むところではあった。

　しかしシャワーくらいは……と心中懇願したとき、小部屋に麴町署の職員が駆け込んできた。

「招集だ。次のターゲットが判明」

　沙良とラガーさんは同時に立ち上がった。時刻は午前九時過ぎ。


　幼稚園、保育園へは代々木署が出動することになり、応援部隊は小学校、中学校、その他類する施設へ向かわされた。なぜ学校より幼稚園や保育園が優先されるのか。毎度のことながら説明はなく、でもまあ新聞販売所は合ってたわけだし、ごちゃごちゃいうより従うほうが早かった。

　沙良たち野方署組には小学校が割り当てられ、ここでラガーさんとはお別れとなった。代々木署の職員二名とともに現場へおもむき、避難誘導を済ませる。月曜だからふつうに子どもがいっぱいだ。体育館も安全の保証はなく、やむなく校庭で体育座りと相成った。

代々木署の若い職員が退屈する子どもらに即席の防犯講座をはじめる傍らで先生方は困惑しきっていた。はたして授業をどうするべきか、親御さんに連絡を取るべきか、児童を帰宅させるべきか。

沙良たち手すきの者で爆発物を捜索する。どうせ爆発物処理班が最終チェックをすることになるのだが、みすみす時間を無駄にはできない。十一時というリミットはほんとうに正しいのか？　誤爆の可能性は？　泣き言をいってもはじまらない。班長や無口さん、沙良自身も非常時のおかしなテンションになって恐怖心が薄らいでいる。エリア分けした建物内を見終わるのに小一時間。周辺の植え込みまで手をのばしたが何も見つからなかった。

どうやらここは外れらしい。塀に沿って立つ木々の合間を調べつつ胸をなでおろし、同時に腸が煮えくり返った。よりによって子どもを標的にするなんて。心底、問答無用の、ド畜生じゃないか。

「あの達磨オヤジめ、憶えてろ。次に会ったらぎったんぎったんのばっきんばっきんに——」

「サラダ」

跳び上がりそうになり、すぐにほっと息をつく。不穏な独り言を聞かれても平気な相手。倖田沙良をサラダと呼ぶのは世界広しといえど矢吹泰斗以外にいない。

矢吹は周囲を気にするように近づいてきた。そしてささやくようにこういった。

「少し、離れていいか」

は？　と顔に出てしまった。妙にかしこまった態度に嫌な予感はしていたが、想像外のお願いだった。

「ほかのみんなに、上手くごまかしておいてほしい」

「うんち？」

わざと飛ばした冗談を、矢吹は真面目くさった顔で否定した。

「気になることがあるんだ。たぶん、そんなに時間はかからないと思うけど」

「待った。それはまずいよ。ここは外れっぽいけど、さすがに抜けるのはまずい」

「わかってる。だからおまえに頼んでるんだ」

むちゃな。百歩譲ってごまかすのはいいとして、バレたときの責任はもてない。もちたくたってもてやしない。

「頼む。おれの妹分だろ？」

「――何かあった？」

見上げる沙良から、矢吹は顔をそらした。嘘が下手なのは、刑事を目指す矢吹の欠点だろう。

「……有力なタレコミがあったんだ。スズキの情報を得られるかもしれない」

「え？　そんなの、上に報せないと」

「不確かな情報なんだ。だから先に確認したい」

手柄にしたい――。沙良にはそう聞こえたが、咎めようとは思わなかった。合流してから、矢吹のぎこちなさには気づいていた。爆弾の捜索も、心ここにあらずに見えた。妹分がスタンドプレイで活躍をした。よその署の、自分と同世代の刑事といっしょに。自分がぼけっと立ち番をしていた時刻に。

けっして矢吹は認めないだろうけど、どうしてもいらぬ想像をしてしまう。彼のわだかまりを勝手に読み取り、後ろめたさを感じてしまう。

この小学校は外れだ。仮に当たりでも児童の避難は済んでいる。沙良たちにできることは待機だけ。せいぜい犯人逮捕のデモンストレーションで子どもたちを笑わせるぐらい。

「くわしい説明は？」

「――できない。おまえは知らないほうがいい」

あっそ、と沙良は息を吐き、

「いいよ」まっすぐに答えた。「ただし、わたしも連れてってもらう」

矢吹が顔をしかめた。沙良ならと、半ば覚悟していたのだろう。しかし沙良にしか、こんなお願いはできない。

「行くなら早く。さっさと済ませて、ちゃっちゃと戻ろう」

返事を聞かず沙良は歩きだし、無線で班長に呼びかけた。すみません、新聞販売所の爆発の件でちょっとアレがあるんで矢吹巡査長とパトカーを使います。え？　と班長が返してきたが、すみません、急ぎですと切り上げた。

「おまえ――」

「ぜんぶいちおう、嘘ではないでしょ」

いや、まあ、どうだろうかと思ったが、沙良は腹をくくった。矢吹の得た情報が本物ならば当然彼の手柄になる。しかし空振りで、おまけに勝手な行動がバレた場合、自分がいっしょだったら新聞販売所の功績とバーターでお咎めをかわせるかもしれない。もしそうなったら矢吹には、高い焼き肉を奢（おご）らせる。

「運転は任すよ」

「――恩に着る」

似合わない台詞を受け、沙良は祈った。タレコミが、マジモンの有力情報でありますようにと。

　矢吹とともにたどり着いたのはタウン誌に載っていそうな小洒落た喫茶店だった。小学校から車で数分、代々木公園の南西へ三キロほどの地点。住所は世田谷（せたがや）区池尻（いけじり）である。

やってきた制服姿の警官ふたりに髭面のマスターはぎょっとして、「な、何か？」と上ずった声を出した。

客がいないのを確認してから制帽を脱ぎ、矢吹が丁寧に話しかけた。「昨日、携帯を置き忘れた方に頼まれて、お預かりに上がりました」

ああ、とマスターは了解したようだった。カウンターの奥へ引っ込み、すぐにスマートフォンを手に戻ってきた。ぱっと見、ずいぶん古い機種のようだ。

手袋をしてから矢吹がそれを受け取った。指が力んでいる。操作しかけたのを、沙良は慌てて止めた。

「待って。起爆装置だったりは？」

「――そうか。そうだな」

大丈夫かよと、心配になった。前のめりになりすぎだ。

いったん天を仰ぎ、矢吹はスマホを機内モードにした。パスワードはかかっておらず、電波を遮断してから中身を確認する。今度は肩が強張った。つま先立ちで横からのぞくと画面はとてもスカスカしていた。初期設定のアプリ以外目立ったものはなし。ファイルや画像はおろか、アドレスの登録もまったくなしだ。

ゆっくり呼吸を整え、矢吹がマスターに訊く。「持ち主の人、どんな方か憶えていますか」

「丸っこい人でしょ？　ドラゴンズの帽子をかぶったままオムライスを食べてたな」

「一見さんで？」

「そのはずですよ。あんなボロボロの古い帽子、ウチの常連さんにはいないから」

ちなみに防犯カメラは？　え？　なんでです？　いや、念のためです。

とくに気にするそぶりもなく、「ありません」とマスターは答えた。こだわりの店なのだろう。レトロな雰囲気の店内には小さくジャズがかかっているだけで雑誌もテレビも置いていない。写真を見せるが「似てるけど……」と歯切れが悪い。公開されたスズキの顔も知らないという。

「お見えになったのは昼前、十時ごろだったかな。お帰りになってすぐ、スマホを忘れたって電話があったんです。明日、人に取りに行かせるからそのままにしといてくれって。いじらないでくれって」

まさかお巡りさんがくるとは思ってなかったですが、とマスターは肩をすくめた。

「ほかに、そいつが忘れていった物はないですか。たとえば小包のたぐいです」

マスターは首をかしげてから、ないと断じた。念のため、店の中を探してみてください。トイレや店の外も。もしあったら、ぜったい触れず、すぐに離れて警察にご連絡を。

はあ、と合点のいかない様子の彼に背を向け、ふたりは喫茶店を出た。

「成果っちゃあ成果だね」

励ましたつもりだが、矢吹はなおも熱心にスマホをいじっていた。何度も確認し、ほんのわずかでもヒントがないか探している。

さすがにそう上手くはいかないか。でもまあ、奴の所持品というだけでやっぱり成果にはちがいないし、空っぽというのはいかにも怪しい。データを復元できたらけっこうなお宝に化けるんじゃないか。

あきらめきれない兄貴分に代わって帰りの運転はしてやろうと運転席のドアに手をかけたとき、「あっ」と矢吹が立ち止まった。指がスマホカバーを外していた。そのカバーの裏に、シールが貼ってある。文字がならんでいる。

矢吹がつぶやく。「——住所だ」

17

運転手でいいからねじ込んでもらえればと等々力は思っていたが、次の爆破ターゲットが判明し期せずして長谷部有孔の遺族に対する優先順位は下がった。おまえが行ってこい。鶴久から投げやりに命じられ、相方に井筒を指名した。沼袋の防犯カメラこそ優先順位は急降下していたし、何より井筒は短いながら長谷部と机をならべた刑事だ。

野方署を出て環七通りを南下する。井筒が運転を買って出てくれたのは先輩を立てたというより、不毛なAVルームから連れ出してやった恩返しのつもりだろう。

「よく、連絡がつきましたね」

「そうだな」

弾まない会話を、井筒はつづけようとしなかった。

等々力もくわしくは知らなかった。鶴久から、ツテをいくつか当たったら意外にあっさりつながったと聞いたぐらいだ。考えてみればべつに隠れて暮らす必要もない。勝手に腫れもの扱いしてたのは、むしろこちらの負い目ゆえか。

カーナビに従って十時過ぎ、目的地に着いた。

のっぺりとした九階建てのマンションだ。細長い棒のような建物で、郵便受けを見るとフロアごとに三部屋ずつ入っているらしかった。目の前の幹線道路は車がせわしなく行き交っている。古くはないが、単身者用の構えに見える。長谷部の家族は離婚後、奥さんの旧姓に変え、奥さんは娘とふたり暮らしだと聞いている。

急に気が重くなった。刑事の勘といえば笑われるかもしれないが、いったん落ちた穴から脱け出せない人生もある。

井筒の目配せを受け、インターホンを押した。すぐに反応があり、名乗ると女性の声が緊張気味に「どうぞ」と応じた。オートロックの扉の向こうも外観とおなじくらい愛想がなかった。

「狭いところですが」

長谷部有孔の元伴侶、石川明日香(いしかわあすか)は四階に住んでいた。予想どおり、部屋は単身者用の間取りに毛が生えた程度だった。壁も床も、調度品も、どことなくくすんで見えるのは先入観のせいだろう。スリッパだけ、妙に新しい。

「娘さんは？」尋ねると、明日香はリビングの奥へ目をやった。襖(ふすま)の向こうが寝室らしい。

「お話を聞くわけには？」

「美海(みう)は、昼から仕事で忙しいんです。それにあの子に、長谷部の話は勘弁してやってください」

丁寧な言葉とは裏腹に、神経質な響きがあった。等々力たちの訪問を知らぬはずもないのに挨拶にすら出てこない美海の意思もあきらかだろう。

茶を淹(い)れようとするのを、等々力は丁重に断った。

「できるだけ手短に済ませますので」

ふたり用のダイニングテーブルを等々力に譲り、井筒は後ろに立った。正面に座る明日香は肩をすぼめ、等々力が話しだすのを待っていた。髪は質素に整っているが、白いものが隠せていない。男の等々力が気になるぐらい肌も傷んで見える。

事件の概要はアポイントの時点で伝えてあった。スズキの写真を見せるが、すでに彼女はそれをテレビで目にしていた。

「まったく憶えはありません」彼女は等々力をまっすぐに見て答えた。「美海にも訊きましたけど、ぜんぜん知らない人だそうです」

「無言電話や、誰かに後をつけられたり、見張られている気配などは？」

まったく、と明日香は首を小さく横にふった。

「不審物は、探していただけましたか」

「はい。ウチの中も、共用部分も、マンションの周りも。ざっとですが」

さすがは野方署の番人と長年連れ添った女性だ。生活の疲れと戸惑いは色濃いが、信頼に足る受け答えである。

「近所の方にも探してもらうつもりなら、お話はそちらでお願いします。わたしたちのことは、伏せておいていただきたいんです」

「ご心配なく。不審物はもしものためにお訊きしたまでです」

「じゃあ、あとは？」

返答に窮した。この訪問にどれだけの意味があるか、等々力自身半信半疑なところがあった。爆弾がないと確認できた以上、居座る理由は持ち合わせていない。

「やっぱり、お茶を淹れます」

制する間もなく立ち上がり、明日香はキッチンへ向かった。ここで辞去するのはさすがに無礼すぎる。湯を沸かしはじめた背を眺めていると、頭上から舌打ちが聞こえた。井筒と視線がぶつかった。さっさと切り上げてください——か。その咎めるような目つきに、等々力は疲れを覚えた。

道草をくっている暇などない。無礼だろうがなんだろうが、石を投げられたって行動する。刑事なら当たり前だ。

だが、それにはパワーが要る。自分の無神経さに耐えるエネルギーが。

「ほんとうに、申し訳ないと思ってるんです」

唐突に、明日香がいった。薬缶へ視線を落とし、背を向けたままで。

「長谷部があんなことになって……ずっとあんなことをしていたのが暴露されてしまって、野方署のみなさんにも、警察の関係者にも、ほんとうに申し訳なく思っているんです」

湯気が立ち昇っていた。明日香は茶筒をつかみ、蓋を開けようとした。

「ほんとうに、みなさんに迷惑をおかけしたことが、心苦しくて」

「お茶は、やっぱり遠慮しますよ」

井筒がぶっきらぼうにいった。

「おれたちにはもったいない。一杯だってタダじゃないんですから」

「でも——」

「大変なんでしょう？　生活」

　等々力がにらみつけるより先に、返事があった。

「当たり前じゃないですか」

　こちらを向いた明日香が、気色ばんだ様子でつづけた。

「どれだけ苦労したか……。長谷部が死んですぐ、鉄道会社から連絡がありました。損害賠償の申し立てです。目の前が真っ暗になる額で、とてもじゃないけど払えなかった。けっきょく長谷部の遺産ごと放棄したんです。家も貯金も退職金も、何もかも」

　握った拳が震えていた。

「週刊誌の報道があって、びっくりして、ほんとうにびっくりして。長谷部から説明はほとんどなかった。ただ『悪かった』とだけでした。別れたほうがいいと勝手に決めて、書類を差し出されて、わたしは何がなんだかわからなくて……きっと何かの間違いだと思ったんです。何か、納得できる説明があるんだって。だから耐えていたんです。あのときは悪戯電話もあったし後をつけられることもあった。記者さんにも見張られていました。娘は大学で、息子は職場で肩身の狭い思いをしていたはずです。それでもわたしは信じてしまった。長谷部が警察を辞めても、それでもこれはやっぱり何かの間違いで、家族そろって暮らしていける道があるはずだって。長谷部も落ち着いたらほんとうのことを話してくれるって。だけど味方はひとりもいなかった。最後のつもりで訊いたんです。週刊誌の報道は嘘でしょうと。誤解でしょうと。何か事情があったんでしょう？　でも彼はこういいました。『おれは昔から変態なんだ。恥ずかしい人間なんだ』って」

明日香が、拳で自分の額を殴った。「それであきらめがついたんです。駄目なんだとわかったんです。だけどショックで、寝込んでしまって、その数日後に長谷部が電車に飛び込んで……」

ぐっと、歯を食いしばった。

「あんな死に方をするから！　電車に飛び込むなんて馬鹿な真似を！　黙って静かに、首でもくくればよかったのにっ」

うるさい！　と寝室から女性の怒鳴り声がした。ごめん、美海ちゃんと明日香が応じた。等々力たちに出る幕はなかった。

明日香がよろめくように席へ戻った。

「たった数日だったんです。離婚届の提出を、わたしが躊躇さえしなければ。ちゃんと手続きをして、財産を分けていれば、少なくとも無一文になんてならずに済んだ」

もくもくと湯気が昇りつづけていた。換気扇が耳障りにうなっている。

「――息子さんも、いらしたんでしたね」

等々力が訊いた。母娘（おやこ）とおなじく、会ったことも話したこともない。コンビを組んでいたとはいえ、長谷部とはしょせんその程度の関係だった。

「お名前は、辰馬さんでしたね」

ええ……と明日香は口ごもった。

「お住まいはどこに？」

後ろめたさを隠すように、彼女は目をそらした。「……じつはわたしたち、長谷部が死んだあと、一度離散しているんです」

長谷部が命を絶ったあと、長男は人が変わったように塞ぎ込んでしまった。口数が減り、生気が失せた。勤めも辞め、部屋にこもった。いつまでも立ち直ろうとしない兄を妹は責め、喧嘩が絶えなくなった。ときに手も出たという。

当時のアパートを、まずは美海が出た。つづいて辰馬が去った。長谷部の自殺からおよそ半年後、春前だったという。

「わたしも、がんばる気になれなくて、それからは転々と……」

明日香が、顔を上げ訴えた。「辰馬は、長谷部を尊敬していたんです。立派な父親だと信じていたんです。もしかするとわたし以上に」

無念が肩を震わせていた。それから寝室を気遣うように声を潜めた。

「美海ちゃんだけが、ちゃんと立ち直ってくれたんです。わたしがここに暮らせているのも、あの子のおかげ、あの子が許してくれてるからです」

娘の借りているこの部屋に、いっしょに住みはじめて半年ほどになるという。

「失礼ですが、娘さんのお仕事は」

「スタイリストです。有名な方の下について、時間が不規則な仕事なんです」あらぬ想像をするなとばかりの剣幕だった。「昔からそういう世界を目指してました。わたしも若いころ似たような仕事をしていて、影響があったのかもしれません」

語尾が消え入ってゆく。

「……あの子には、感謝でいっぱいなんです。あの子にだけは、迷惑をかけたくない」

唇を噛んでうつむく姿に、等々力はそっと目を伏せた。

「もういいですか？　今日はこれから、車で美海ちゃんを職場へ送らなきゃいけないので」

「都内ですか？」井筒が口を挟んだ。最寄りの新宿駅は車を使う距離ではない。

「よければわたしらがお送りしますよ。ついでに話を――」

「刑事さん」明日香が、はっとする形相で井筒を見た。その瞳が訴えていた。もう関わってくれるな、と。

「他県です。お気遣いは感謝します」

さすがの井筒も粘らなかった。

「念のため、辰馬さんの連絡先をわかる範囲でお願いできますか」

等々力の頼みに明日香は戸惑いを隠せない様子でメモ紙を用意した。携帯電話の番号と住所を書き込みながら、興奮気味にまくし立てた。

「スズキという男が、何をしたいのか、わたしには見当もつかないし、興味もないです。ただ、長谷部の件をむし返されるのは迷惑でしかありません。お願いだから、そっとしておいてほしい。ようやく、落ち着いてきたんです。のみ込めるようになったんです。わたしが悪かったって。人を見る目がなかったんだって。けっきょく、それだけなんだって」


「なぜ、あんなことを訊いた」

エレベーターに乗り込んだ井筒が、あんなこと？　という顔をした。生活についてだ。わざわざ傷口をつつく必要がどこにあった。

「お優しいですね」

エレベーターが動きだし、等々力は口をつぐんだ。お優しい、か。刑事としての甘さを嗤われた気もしたし、長谷部にシンパシーを抱く男に対する侮蔑とも受けとれた。どちらにせよ抗弁する気はなかった。疲れた。類家の口車に乗ったことを後悔している。成果らしい成果もなく、見なくてもいい現実を見せつけられた。

「なぜって――」一階に着く直前、井筒が答えた。「しゃべりたがっていたからですよ」

ふいをつかれた。井筒はじっと階数ランプを見つめている。

「あんな愚痴、そうそう他人に吐けやしないでしょうから」

「……おまえの勘違いかもしれない」

「だからなんです？　知りませんよ。おれは、おれがそう思ったからそうしたまでです」

開いたドアから、井筒が先に踏み出した。遅れて等々力は追った。長谷部の長男、辰馬に電話はつながらなかった。足を運ばねばならない。

車へ向かいながら井筒がもらした。「しかし考えてみれば変な話だ。いくら名物デカといっても、たかがヒラ刑事に週刊誌が目をつけますか？　現場でナニしてたのを、たまたま見かけたってことなんでしょうが」

「……病院だ。長谷部さんはクリニックに通ってた」

ネタ元はそこだ。守秘意識が低く、小銭より口の軽い医者に当たってしまったのだ。

井筒が皮肉を飛ばした。「さすがに、おくわしい」

「カウンセリングを勧めた、張本人だからな」

「え？」

「捜査のとき見ちまったんだ。あの人が、ナニしてるとこを」

よけいな告白だ。追及を避け、等々力は助手席のドアに手をかけた。その瞬間、胸騒ぎがした。爆轟。秋葉原のときに感じた予感。遠くで、何かが弾けた気配。等々力はとっさに辺りを見回した。井筒が怪訝そうにしている。道路を次々車が通り過ぎてゆく。荷物を抱えた配達員がマンションへ入る。ありふれた風景だった。時刻は十一時である。

18

「代々木の爆弾は、無事に回収できました」

向き合ったスズキに清宮は告げた。相手は目をしばたたき「あ、そうですか。それはよかったです」とのんきに応じた。交代の刑事が嘆いていた。怒鳴っても怒鳴っても居眠りから起きやしないと。

「でも清宮さん。十一時には、まだちょっと早いんじゃないです？」

「ええ、あと二十分ほどあります」

「じゃあ、ボカンと、どこかで爆発するかもしれませんね」

「しませんよ」

清宮は指を三本立てた。

「三ヵ所とも、ちゃんと見つけましたから」

最初の幼稚園を皮切りに、あと二軒、やはり幼稚園の庭から小包が見つかった。どれも凝った隠し場所ではなかった。園の外からたんに放り入れたのだろう。

「もちろん現在も全力で捜索をつづけています。小学校や中学校まですべてです。もう一個か二個あったところで時間の問題でしょう。仮に漏れがあったとしても、避難の解除はまだ先です。死傷者は出ません」

「さすがです。さすが清宮さんです」

スズキは満面の笑みで、小さく拍手をしてきた。焦りも苛立ちも読み取れなかった。清宮は、それを静かに受け止めている自分に安堵を覚えた。こいつは、こういう生き物なのだ。悔しいという感情さえなく、本気でクイズ番組を楽しむように、解答者の健闘を褒めたたえているのだ。

我々とちがう種類の人間。半獣半人。ただし身体でなく、心が。

「これで、最初にあなたが予想した爆発は終了です」

秋葉原のあと、スズキは等々力に「ここから三度」といった。自然に解釈すれば東京ドームシティが一度目、クイズがはじまった九段が二度目。そして代々木が三度目だ。

昼時が迫り、陽の明るさが増していた。差し込む光の筋に埃の粒がたゆたっている。掃除が足りない。本庁に戻る前に一言注意しておこう。

スズキが、小首をかしげた。いままでより深く、右に倒した。

「ほんとうに、終わってるんでしょうかね」

「まだ、次のクイズがあるとでも？」

ここで見極めたかった。爆弾はすでに七個が確認されている。比較的容易に生成できる話は早いが。

とはいえ、現実的にTATPを大量に用意しているとは考えにくい。これで打ち止めなら
「スズキさん。ゲームをつづけるか、潔く負けを認めるか、どちらにしますか」

「負けも何も、《九つの尻尾》はまだ途中じゃないですか」

「そちらのゲームは、あなたの勝ちでかまいません」

「やめてください。つれないことをおっしゃられちゃ嫌です。せっかくここまで、いっしょにやってきたじゃないですか。清宮さんの心の形、わたしきっと、当ててみせますから」

付き合うしかなさそうだった。神経の図太さではかなわない。どのみち自宅を突きとめ、計画の全貌をあきらかにするまで捜査はつづく。

スズキの八問目は代々木の爆発だった。まだ爆弾があるのなら、九問目でヒントを出してくるかもしれない。

「では、最後の質問をどうぞ」

「わたしからでいいんです？　清宮さんじゃなく」

「ええ、どうぞ」

輝かせた瞳が、ずいっとこちらへ迫ってきた。両手をスチール机について、「でも」とスズキはいった。

「まだ、わたしの八問目が終わってないのに？」

「――どういう意味です？」

「答え合わせが済んでません。だってまだ、十一時じゃないですもん」

スズキの吐息が近かった。

「わたしが嘘をついていると？」

「嘘？」

「爆弾を処理したということです」

「ああ、それはたぶん、ほんとだと思います。清宮さん、そういう嘘はおつきにならないタイプでしょ？　わかります。これでわたしも、いろんな人に会ってきましたからね。ほとんどの場合、わたしなんか眼中にないというふうでしたけど。せいぜいロボットみたいに、こき使うぐらいでしたけど」

「どんなお仕事を？」

「清宮さんの八問目ですか？」

「雑談です」

スズキはまばたきを忘れたようにこちらを凝視していた。

「たいした仕事はしてません。当たり前です。だってわたし、たいした人間じゃないですからね。世の中って、その点はほんとに上手くできています。たいした人間にはたいした仕事が、そうでない人間にはそれなりの仕事がまわってくるんです。誰でしたっけね。たぶん外国のミュージシャンだったと思うんですが、こんな歌をうたってるんです。『すべての人間は自らふさわしいものを得る』」

スズキが言葉を切って、唇の片端を上げた。

「だから清宮さんが警官になったのと、わたしが何者にもなれなかったのは、おなじ法則の結果なんだと思うんです」

「何者でもない人間なんていませんよ」

「いえ、います。わたしがそうです。わたしだけじゃありません。わたしのような人間は、きっとけっこう、たくさんいます。何もできず、何も生まず、誰からも見向きもされない存在です。道端の石ころのような存在です。立派な靴で歩ける人は、石を蹴ってもなんとも思わないでしょう？　痛くも痒くもないでしょう？　だって石ころですもんね。顔のない人間ですもん。のっぺらぼうです。そんなのは、人間じゃない。相手にしたって得はなく、損ばかりです。だから通り過ぎるんです。清宮さんもそうでしょう？　道端の存在を、素通りしてきたでしょう？　興味をもったことなんか、一度だってないでしょう？」

「わたしは刑事です。あなた以上に、さまざまな人間を見てきた」

「犯人としてですか？　被疑者として？　それとも怪しい不審人物として？」

「被害者のこともある」

「でしょうね。でもきっと、みなさんこう思ったはずです。そんな奴らがどうなろうと、まあ、いいかって」

この話術だ。清宮は腹に力を込めた。この徹底した自己卑下が、苛立ちを喚起する。黒い虫を、清宮の身体に呼び寄せる。

「九問目をどうぞ」

「慌てないでください。わたしの八問目が終わってないと、さっきからいってるじゃないですか」

「終わってる。爆弾は処理済みだ」

「やっぱり清宮さんも、そっち側の人間ですね」

「そっちだと？　どっちのことだ」

「だから、通り過ぎる側ですよ。わたしたちに、一瞥(いちべつ)もくれずに済ませられる人間です」

「いいかげんにしないか。恨み言を連ねてなんの意味がある？　あなたのいうとおりだ。どんな人間でもふさわしいものが得られるよう、この社会は長い年月をかけて制度をつくってきたんだ。頼るべきところを頼ればいい。それとも巨人軍の四番でないと満足しないか？」

「まさか。こんなお腹じゃボールボーイだってつとまりません」

「ならばやりようはあった。社会があなたを見なかったんじゃない。あなたが、あなた自身を社会から隠したんだ。ちがうか？」

スズキがじっと固まった。清宮は組んだ指へ視線を落とした。コントロールしろ。乱されるな。

「さあ、質問を。あなたの八問目が終わってないというなら、その話をしてください」

「ずっと、してます」

急に、背筋が凍った。見落とし。幼稚園で爆弾が見つかる直前、自分の中に芽生えた疑いが頭をもたげた。

「十一時です」

類家が告げた。声が青ざめていた。

「清宮さん」

スズキがいった。

「社会のことなんてどうでもいい。わたしはあなたと話をしてる。あなたの話をしてるんです」

幼稚園から爆弾が見つかったのは事実だ。三個もスズキは仕込んでいた。まだあるのか？　幼稚園、保育園、小学校に中学校、託児所もフリースクールも子どもが集まる公園も総ざらいしたのに。すべて引っかけだったのか？　ルールも何もない、クイズもくそもない、ただたんなるテロが、どこかで行われるというのか？　ならば無理だ。それは止められない。

「疑わなくて大丈夫です。わたしの霊感は、律義ですから」

　こいつは、ほんとうに心を読むのか？　いや、いま、おれの表情は平仮名より読みやすいにちがいない。だからこれは驚くに値しない。ちがう。考えねばならないのは、クイズの答えだ。八問目の答えだ。間違ってないですよ、たぶん。ターゲットは子どもかと訊いたとき、こいつはそう返した。曖昧なのは、霊感という建前ゆえと思っていた。ちがうのか？　あの長ったらしい演説は憶えている。一言一句、聞き逃さぬよう神経を研ぎ澄ましていたからだ。だが、いつから問題がはじまったのかは、けっきょくはっきりしなかった。汚らしい性欲の話。性犯罪の話。ふたつの夜と木曜日。パチンコで大当たりした話。酒を飲みながら観る甲子園。園児の歌声。ぶんぶんぶん蜂が飛ぶ。欲のない若者。命の平等。段ボールハウス、腐った臭い。

　――理性と野性って、さも対極にあるようですが、合わせて一本ってところがありますでしょう？　朝と夜、太陽とお月さま。頭とお尻くらい距離があっても、無関係とはかぎらないんです。どちらとも、無視できないってこともある。だけど、いっしょには選べません。どっちも選ぶのは難しい。二兎を追う者は一兎をも得ずっていいますでしょう？　大山鳴動して鼠一匹なんてことわざもありますね。しかし鼠ってのは、どうしてああも群れるんですかね。群れてませんか？　キャーキャー、チューチュー、騒ぎませんか？　馬は静かなもんですね。じっと餌場にならんでね。しっかりちゃっかりならんでね。ならびますよね？　どうでしたっけ。まいったなあ、どんどん頭が衰えています。いや、重要なのはね、清宮さん。清宮さんが、ちゃんと選べるかってことなんです。

「清宮さん」

スズキが指を差してきた。

「曲がってますよ、タイピン」

背後から、うめき声があがった。野方署の伊勢だった。うろたえたように「これを！」と悲鳴をあげた。類家が確認するのを、清宮は背中で感じた。タイピンを直そうとした手で、思わず強く胸を叩いた。目の前の男を見つめた。パズルはほとんど出来上がっていた。残り五〇ピースもないはずだった。なのに中央の、そこだけが埋まっていない。気がつくと黒い虫たちが齧（かじ）っていた。はまったはずのピースに群がっていた。

「そうか……」類家がもらした。

「どこだっ」と清宮は問うた。

一拍置いて、返事があった。「代々木公園、南門です。そこで――」

パチリと頭の中で音がした。ああ、と心が叫んだ。耳にしたことがある。大昔、交番の巡査だったころ。勤務地とは離れていたが、たしかに聞いたことがある。月曜日の午前十一時、そこで炊き出しが行われているのだと。

「よかったですね、子どもじゃなくて」

スズキの顔が目の前にあった。

「被害者が、タダ飯を食らうような連中で、よかったですね」

右手の人差し指が、ふたりのあいだでピンと立った。

「九問目です。いま、ほっとしていますか?」

パズルのピースがぼろぼろとこぼれていった。代わりに黒い虫がぞろぞろと這い出してすべてを覆い尽くしていった。清宮はスズキの指を握っていた。力を込めてねじっていた。骨の軋む手応えがあった。清宮さん！　類家にかまわず指を、ありったけの力を込めて——。

「よしてください！」

後ろから羽交い締めにされ、引きはがされた。スズキは曲がった人差し指を抱え、涙を流していた。涙を流しながら笑っていた。ひゃっひゃっひゃと笑っていた。無邪気に、気持ちよさそうに。

「落ち着いてください」

肩の辺りに、真っ赤な類家の顔があった。視界の端に、補助席で呆然としている伊勢が映った。スズキはひゃっひゃと笑いつづけていた。光が差し込んでいた。埃がゆらりと舞っていた。

初めから選択肢は示されていたんです――類家がいった。「奴は匂わせていたんです。炊き出しを必要とする人たちのこと、公園で暮らしていたこと。最初のヒントはこうだった」

お財布がすっからかんで、次の日に炊き出しがなかったら飢え死にしてたかもしれません――。

「二本目のヒントが『子どもたち』、三本目が『代々木』。そして最後が、『命の選択』重要なのはね、清宮さん。清宮さんが、ちゃんと選べるかってことなんです――。

「子と午が示す方角、そしてゲート。公園より北にある幼稚園と、南門。二兎を追う者は一兎をも得ず――。気づけたはずだ。知っていれば気づけたはずだ。なのにわたしは、知らなかった。代々木公園の南門で、炊き出しをやっていること自体を」

苦渋がにじんだ。「……六十名以上が巻き込まれたようです。おそらく、かなりの死者が」

それを聞いても、清宮に罪悪感は薄かった。それがたまらなく醜悪だった。おれは、ほっとしているのだ。子どもが被害に遭わなくてよかったと思っているのだ。それだけは阻止したくて、だから子どもが被害に遭うと思った瞬間、ほかの選択肢が見えなくなった。無意識に、選んでしまった。

「無差別爆弾犯は悪、でしたっけ？」

涙目のスズキが嗤う。

「なら、あなたはなんです？」

選んだ男は。命は平等といいながら、子どもたちを選んだおれは。

「ほら、清宮さん」

スズキが、あらぬ方向へひしゃげた人差し指を掲げた。おれの暴力の証を。

「これがあなたの、心の形です」

がくんと腰が砕けた。類家が必死に支えていた。スズキは泣きながら笑っていた。思考が真っ黒になり、真っ白になった。脳みその、線が切れた感覚だった。組みあげたパズル。それが崩れる寸前、空白の中央にピースがはまった。完成した。しかしそこに描かれていたのは、おれ自身だった。

「ありがとう、清宮さん。楽しかったです」

ずるりと清宮は尻もちをついた。もう、何も考えられない。

スズキがいった。「次のお相手は誰ですか？」

「次？」と類家が返した。

「そうです。だって助けたいんでしょう？　善良な市民のみなさんを」

「……あと三度ってのは、嘘だったわけか？」

「まさか。嘘なんてつきません。わたし、こういったんです。『わたしの霊感じゃあここから三度、次は一時間後に爆発します』。ここから三度です。秋葉原から、ここまでが一度目なんです。一回戦だったんです。あ、もちろんわたしは、ただ霊感を、刑事さんたちにお伝えしているだけですけどね」

19

無線から幼稚園で爆弾が見つかったという報が流れてきたとき、沙良と矢吹はその建物の前にいた。スマホカバーの裏に貼られた住所は、スズキがスマホを置き忘れた喫茶店とそう離れていなかった。住宅地の奥まったところ、木々に囲まれたその家は、さながら洋館のおもむきだったが、手入れがされている様子はなく、周囲から孤立しているものだから、むしろお化け屋敷の様相だった。二階の出窓はカーテンが閉じられている。

「ピンポン係は矢吹くんでよろしく」

「なんでだよ」

「昨晩さんざんやらされて飽きた」

矢吹はむっと顔を曇らせ、「――猿橋って奴にか」

やっぱり気にしてやがったか。沙良は内心、ちょっと得意げな苦笑を浮かべる。

そんなわけで矢吹が門柱のチャイムを押した。返事はなかった。鉄門は腰ぐらいの高さで、防犯というより装飾だった。目配せをし合い、矢吹から先に敷地へ入った。中庭は雑草がのび放題、玄関扉も見た目は立派だが薄汚れている。壁も庇もくすんでいる。昔はさぞ立派な威容だったのだろう。あばら家になりかけているふうではあるが、玄関のそばに立てかけられているマウンテンバイクに錆はない。

「ごめんください、警察の者です」

矢吹が、ドアチャイムを押してから声をかけた。しばらく待ったがやはり応答はない。どうする？ と目で訊いた。どうするもこうするもないだろ、と矢吹が表情で応じた。毒を食らわば皿までだ。

矢吹が玄関ドアに手をかけた。金色のノブを下におろすと、あっさりとドアは開いた。中から冷たい風がもれてきた。ごめんください、警察の者です、落とし物を届けにあがりました。矢吹の声が洋館に響いた。

「みんな留守か、スズキしか住んでなかったか」

「そんなことある？　シェアハウスで」

道すがら、この家については不動産屋に電話で問い合わせていた。土地も上物もおなじ人物の所有で、名前はスズキと似ても似つかないものだった。話を聞いたかぎりでは、見た目も年齢もぜんぜんちがう。ならばスズキは居候してたのかと思いきや、返ってきた答えがシェアハウスだった。持ち主の趣味で、十年ほど前から前途ある若者のために貸しはじめたらしい。

趣味だから契約はいいかげん。所有者の大家は年に数回様子を見にくる程度で、ほとんど放置。借りる側には楽でも、調べるほうはたまらない。住民票が移してあるかも怪しい。

「近くに東大もあるからな。金持ちの道楽だろ」

すれてやがると思いつつ、沙良も感想はいっしょだった。しかし前途ある若者として、スズキタゴサク四十九歳はふさわしいのか。大家に尋ねるしかないが、無断でもぐり込んでいた可能性もある。

「失礼しますよ！」

声を張り、矢吹が踏み入る。見た目のとおりというべきか、土足の仕様だ。こんな家に住みたいと、沙良は少しも思わない。

玄関ホールの左右に階段があった。室内は外ほど汚れておらず、きれいというわけでもないが人が住める程度であった。明かりが点いていなくても、天窓から差し込む光で視界は良好。家というより別荘やゲストハウスのたぐいに見える。

矢吹が左右に分かれた廊下の左を選び、すみませーんと声をかけながら進んだ。廊下に挟まれた中央にはリビングとダイニング。雑誌やギターやバランスボールが雑多に転がっている。キッチンには食器があふれていた。洗い物好きな住人はいなかったのか。虫がぶんぶん飛んでいて、沙良はげんなりとした。

「すごい匂いだな」

矢吹がいって、沙良もうなずいた。生ゴミのそれではなく、アロマだ。家のそこここから香りがする。あまりに濃すぎて、心地よさより不快であった。それにこの温度。空調が全力で身体を冷やしにきている。

「すみません、どなたかおられませんかー」

途中のドアは大理石の風呂場につながっていた。贅沢か、と突っ込みたくなる。湯船は空だ。

「この調子だと、どっかにポーカーテーブルがあるんじゃない?」

矢吹は軽口に付き合わず、いちばん奥へ向かった。個人の部屋は二階だろう。スズキの情報があるとしたらそちらに見込みがありそうだった。

「なんだ、あれ」

矢吹が足を止めた。奥の部屋にはドアがなく、半透明のビニールカーテンが垂らしてあった。恐る恐る、それをかき分け中をのぞいた。リビングに似た、きっと応接室のような部屋だったのだろう。

過去形なのは、それがすでに過去だからだ。

「くそっ」と矢吹が吐いた。ビニールカーテンの向こうに広がっていたのは、整然とならぶ実験器具の数々。まるで大学の研究室だ。もっとも沙良は、高校の理科室で化学は卒業していたが。

作業台、フラスコ、色付きの小瓶にガスバーナー。積み上がった段ボール箱、空き缶でいっぱいのゴミ袋……。

「触らないほうがいい」

手をのばしかけた矢吹を止めた。SNSのつぶやきで見かけたことがある。触れるだけで人体の細胞を破壊する薬品があると。

「もう充分。本部に報せよう」

ああ、と返しながらも矢吹は決定的な証拠を前に上の空になっていた。あんたの手柄なんだから自分で報告しろっての。そんな口論も惜しく、沙良は渋々無線を手にした。

「待て」

矢吹が右のほうへ身体を向けた。それにならうと、壁にスクリーンが垂れ下がっているのに気づいた。背広の男が映っている。痩せ型で、髪の薄い中年だ。大きな鼻。うつむきかげんに、一点を凝視している。

「誰？」沙良の質問に矢吹が答えた。「長谷部さんだ」

長谷部有孔。沙良は会ったことがない。週刊誌の写真は見たが、あれはモノクロで黒い目線も入っていた。それに印象がぜんぜんちがう。頬はげっそり落ち窪み、全身から生気が失せている。

「なんの映像?」

長谷部はまったく動かない。音もしない。静止画かと思ったが、よく見るとわずかに身体がゆれている。

と、長谷部が頭を小さく横にふった。もう駄目だ——とでもいうように。そしてこちらへ手をのばした。画面が真っ黒になって、すぐに映像が切り替わった。途切れる前とおなじ体勢の長谷部が映る。さっきのばした手を、今度は向こうへ引いて、それでわかった。自撮りだ。自撮りの映像がリピートされているのだ。

長谷部はしばらくうつむき、やがて正面を向いた。週刊誌の写真とわずかに重なる。

『これが最期になるだろうから、おまえに伝えておこうと思う。おれの想いを』

長谷部が力なく話しだし、沙良と矢吹は見入った。

『報道のとおりだ。おれは、ああいうことをしていた。どうしてもやめられなかった。カウンセリングも受けたが、無駄だった。若いカウンセラーが、あまりにくだらないことばかり訊いてくるから、つい、馬鹿にしてしまった。出来損ないの詐欺師だとせせら笑った。悪気はなかった。苦しかったんだ。助けてくれると期待した人間が、おれには無用だとわかってな』

かすかに笑みをもらした。枯れたような自嘲だった。

『しょせん奴らはマニュアルでしか測らない。だからおまえには、おれの本心を伝えておきたい』

こんなことをしている場合じゃない。なのに沙良は映像に釘付けになり、次の台詞を待った。

長谷部はうつむきかげんに唇を結び、言葉を探しているようだった。みずからに問いかけているようでもあった。それから三分ほど、彼は何もしゃべらなかった。ずっと一点を凝視し、言葉を探しつづけた。そして見つけられずにいた。

やがて、長谷部はさっきのとおりに、こちらへ手をのばした。カメラの録画を止めた。そして映像は途切れ、最初に戻り、繰り返された。

沙良は、なぜか立ち尽くした。三分間の沈黙に、胸を殴られた気分だった。その理由を説明するのは難しかった。

ふいに記憶の蓋が開いた。一度だけ会っている。警官になりたてのころ、本人ではなく長谷部の家族に。地域の交流会へ手伝いに行かされたときだ。彼の奥さんといっしょに豚汁を煮た。警官でもないのに家族だから手伝わされるのたいへんですねと気遣うと、いいのよ、わたしこういうの嫌いじゃないからと鷹揚に笑っていた。そういえば鶴久が様子を見にきたんだった。失礼がないようにとわざわざ釘を刺されてムカついた。週刊誌報道の一ヵ月ほど前、夏だった。

なんで、こんなことを思い出すのか。嫌な予感に襲われ、そもそも――と、理性で問うた。なぜこんな映像が、ここに？

「……部屋だ」

矢吹のいうとおりだった。スクリーンの向こうは壁じゃなく、さらに奥へとつづいている。しょせん奴らはマニュアルでしか……長谷部が話すスクリーンをくぐり、矢吹が進んだ。沙良はそのあとを追った。

「うおっ」矢吹がうめき、沙良も口を押さえた。小部屋だった。物のない小部屋だ。その部屋の、大きな窓がある前に、半透明のビニールをかぶった突起があった。椅子に座る、人間だった。

「大丈夫か！」

矢吹が駆け寄った。床に敷かれた絨毯を踏んだ。椅子に座る人物の肩に手をかけ、ビニールを取り去った。若い男だった。椅子に半透明のテープでぐるぐるに縛りつけられ、ぐったりしていた。亡くなっている？　沙良の位置から、大きな鼻が目に入った。さっき見た長谷部とおなじ特徴だった。

この青年は、長谷部の家族？　だからあんな映像が……。

矢吹が、ごくりと唾を飲んだ。思いつめた様子で完全に固まっていた。その背中がいまにも吐くんじゃないかと思われ、沙良はそばへ踏み出した。

その瞬間、椅子に座る青年のみぞおちのあたり、テープの隙間からにじむ赤い染みが目の端をかすめ——。

「来るな！」

矢吹の叫びに、は？　と我が耳を疑った。この状況で強がる気？

かまわず近づき、固まっている背に触れようとして、どん、と両手で突き飛ばされた。

その仕打ちにびっくりし、怒りと文句が込み上げて、けれどぜんぶを、轟音がかき消した。地面から吹きつける爆風に殴られた沙良は尻もちをつき、その上に矢吹が覆いかぶさった。耳鳴りがした。ぐわんと頭の中でハウリングが起こった。意識が空白になり、身体に力が入らなかった。やがて無線が聞こえた。騒がしく指示が飛んでいた。爆発、重傷者、代々木公園、救急隊を……そんな単語に、ようやく正気が目を覚ます。爆弾だ。爆発があったのだ。それに自分は巻き込まれたのだ。

気持ちが追いつき、矢吹の下で必死にもがいた。重たい身体を力いっぱいにひっくり返し、ぞっとした。彼の右足の、膝から下がなくなっていた。おい！　と呼びかけた。矢吹くん！　返事はなかった。呼吸はしている。だが弱々しい。矢吹、しっかりしろ！　頬を叩いた。いや、まずは止血だ。いや、まずは……。パニックに陥った。無線をつかみ叫んだ。世田谷区池尻の民家で爆発！　沼袋交番、矢吹巡査長が負傷！　至急救急隊を！　返答があった。池尻？　なぜだ？　うるさい、いいから早くしろ！　手がまわらない。公園で大量の負傷者が出た。十分待て。ふざけるな。その十分が命取りになったらどうする気だ！

怒鳴りながら、頭の片隅で事態を把握した。長谷部の息子と思しき男。彼が座っていた椅子の前、おそらくは床に、地雷のような仕掛けがあったのだ。矢吹が固まったのは死体にびびったからじゃない。おかしな装置を自分が踏んだと察したからだ。のんきに近寄ってきた沙良を、身を挺して守ったのだ。くそ、くそ、くそっ！

「いいから早く救急車を寄越してください！」

公園の負傷者だと？　そんなのはどうでもいい。ほっておけ。それより矢吹を助けてくれ。お願いだから。

「矢吹！　起きろ！　寝るな！」

矢吹は気絶していた。無線にもう一度住所を怒鳴って投げ捨て、人命救助の手順をなぞる。気道を確保。外傷を確認。それから止血だ。目立った怪我は右足だけのようだった。傷口はぐちゃぐちゃだった。足はどこにも見当たらない。飛び散っている血や肉がそうなのか。長谷部の息子と思しき男のものと混じっているのか。止血をしようとすると呼吸が怪しくなる。呼吸を助けると血が流れる。駄目だ。身長が高すぎる。どっちもは、ひとりで同時にまかなえない。歯を食いしばり、あたふたとあっちへこっちへ行き来しながら、沙良は祈った。頼む。奪わないでくれ。わたしのことをサラダと呼ぶ、この気の合う友人を。

「誰かいるのか！」

救いの声が耳に届いて、沙良は全力で叫び返した。ここです！　ここにいます！　助けてください！

玄関のほうから足音がした。男がふたり入ってきた。野方署の、等々力と井筒だった。

「なんだ、これは」

「いいから手伝って！　足をなくしてます。応急処置を！」

先に井筒が動いた。等々力は棒立ちで、呆けたようにこちらを見つめていた。動けよ！　そう思いながらも沙良は矢吹の呼吸を確保した。等々力が部屋の外へ消えた。どうでもいい。失望する暇も惜しい。

と、すぐに等々力はとなりの実験室から引き返してきた。キャスター付きの作業机を押してきた。それから沙良と井筒に命じた。「処置が済んだら外へ運ぶ」

「は？　危ないでしょ！　勝手に動かすなんて――」

「爆弾が、ないとはかぎらん」

はっとした。ここはスズキの住処なのだ。そしてじっさい、爆弾はあった。人ひとりの身体と右足を吹き飛ばす程度の威力だったが、たしかにあった。ほかに仕込まれていても不思議はない。

三人で矢吹を抱え作業机に寝かせた。振動を与えないよう注意しながら部屋の外へ移動する。実験室では長谷部の顔が、まだスクリーンに映っていた。沈黙する男を横目で見やり、等々力が「説明できるか？」と訊いてきた。わかりません。沙良は正直に答えた。ただ小部屋に飛び散った肉片のほとんどは、長谷部の息子のものだろうと告げた。

「わたしたちが発見したとき、すでにこと切れているようでした」

そうか、とだけ等々力は返した。あなたたちはなぜここにと訊き返している余裕はなかった。井筒と沙良が押す作業机を先導するかたちで等々力がビニールカーテンを押し上げた。そこをくぐって廊下へ出ると、ようやく救急車のサイレンが聞こえた。安堵するそばから、沙良は胸をかきむしりたくなった。失われた右足をにらんだ。たぶん、もう、矢吹が刑事になることはない。

第二部

1

午前九時過ぎ、細野ゆかりは寝ぼけ眼でキッチンに立った。冷蔵庫からパックの紅茶を取り出してカップに注ぎ、電子レンジで二分三十秒温める。ふだんは一分で済ませるが、この睡魔には熱々のやつがいい。すりガラスの窓はとっくに明るく、それが億劫(おっくう)に思えるほど瞼が重い。

レンジのうなりを聞きつつスマホをいじる。寝不足の元凶たるSNSを開き、「#爆発」で検索をする。秋葉原と東京ドームシティで起こった爆発についての続報を読む。

一瞬で眠気が飛んだ。『東京ドームシティで爆発に巻き込まれた女性が死亡』。肺の奥がひやりとした。昨晩、ゆかりは秋葉原にいた。サークルの飲み会だった。十時前、二次会へ流れる組と別れ、JR総武線のホームから千駄ケ谷(せんだがや)へ向かう電車に乗った。それがちょうど爆発時刻とかぶっていたことを、シャワーを浴びてベッドにもぐり込んだとき、サークルのグループメッセージで知った。メンバーとやり取りをしていると、今度は東京ドームシティの爆発が報じられた。東京ドームシティの最寄り駅は水道橋で、おなじ総武線の途中にある。ひとつ間違えば、自分も当事者になっていたかもしれない。そう思うと心が急いて、友だちとのやり取りが終わったあとも深夜まで情報を漁りつづけてしまった。

　レンジがピーっと鳴って静まった。香りを楽しむでもなく機械的にカップをつかみ、ダイニングテーブルに腰を下ろした。早朝に、九段でも爆発があったらしい。東京ドームシティと目と鼻の先だ。被害者の情報を探したが見つからない。ほっとしつつ、検索の手は止まらなかった。

　いいご身分ね。苦笑しながら母親がやってきた。こんな時間にティータイムなんてうらやましいわ。皮肉に背を向け紅茶を口にふくんだとき、メッセージが届いた。昨晩やり取りをしたサークルメンバーからだ。爆弾事件について部室でおしゃべりをしようという誘いだった。ひんやりしていた肺の奥がそわそわしだした。誰かと話したいのはゆかりもいっしょだ。出かけるの？　今夜は早く帰ってくるのね？　聞き慣れた問いに生返事をして二階の部屋へ急いだ。

　大学までバスを使い、サークルの部室に着いたのは十時過ぎ。夕方にひとつ講義があったが必修でもなく、メンバーと顔を合わせると気持ちは完全に離れていった。マジびっくりだわ。ヤバかったよねー。あそこ、有名な廃ビルらしいよ、ネットですぐ出てくるんだって。おれら二次会であの辺うろうろしてて爆発のときはビルの中で音は聞こえなかったんだけど――。

男女四人にまじって、ゆかりはうんうんと相づちを打った。いつの間にか太ももに置いた手を握っていた。ひんやりとそわそわが、肺の奥でせめぎ合った。誰かが「ゆかりは？」と尋ねてくるのを待った。どうだったの？　あんた水道橋のそばも通ったんじゃない？

上手く答えられるだろうか。昨晩の急き立てられる感じ。朝にニュースを確認したときの胸のざわめき。それらを正確に、できればおもしろく、みんなに伝えなくては。

「ゆかりは――」と、声がかかったところで「おう、悪りい、遅れた」部室に蓮見先輩がやってきた。最後の飲み会メンバーはひょろっとした腕を軽く上げ、空いている椅子に腰かけるやいなや、「見ろよ、これ」とスマホを差し出してきた。みなが先輩を囲み、のぞき込んだ。ゆかりもそうした。スマホの液晶は写真を表示していた。アパートの廊下と思しき場所に立つ若い女性が映っていた。目をぱちくりさせてこちらを見ている。警官の制服を着ていた。

「帰ったあとに、いきなり突撃されちゃってさ」

ええ、マジすか。先輩、何したんすか。

「じゃねえよ、馬鹿。聞き込みってやつ。ほら、ここに太い腕があんだろ？　こいつたぶん刑事だな。突然写真撮ったら泡食ったような顔してウケたわ」

消したふりをして一枚残しておいたのだと、蓮見先輩は唇をくいっと上げた。

「徘徊者の捜索とかいってたけど、あんな遅くだし、下手な嘘みえみえ。これ、女が顔写真持ってるのわかる？　たぶん、爆弾犯の写真じゃないかな」

おおっとどよめきが起こった。ゆかりも息をのんだ。顔写真は端っこのほう、短い髪の毛しか写ってないが、それでも充分怪しく見えた。

蓮見先輩が昨晩の出来事をくわしく語り、みながいちいち驚いたりはしゃいだりする。

「まあ、くずだろ」先輩が断じた。「いかにも人生ぐだぐだ、ダメダメって面だったし。迷惑かけるしか、かまってもらう方法がないって感じ。ほら、いるじゃん、他人の不幸しか楽しみがない可哀そうな連中って。ああいうの、いっぺん会ってみたいよ。何がしたいんだって、恥ずかしくないのかって訊いてみたい。それからすぐ、死んでくれって頼みたい」

同意の空気が流れた。秋葉原といえば昔もなんかあったよね、あれもひどい事件だったな。そんな話から学部のあいつもそういうところがあるだとか、べつのサークルの誰々が裏アカウントで悪口や誹謗中傷を毎日つぶやいてるらしいとか、身近な噂に広がった。みなの会話に、ゆかりは居心地悪さを覚えた。

あのとき、飲み会の集合場所に着いたとき、世話好きのメンバーが欠席すると知って、この街に隕石が落ちてしまえばいいのにと願った。よく考えたら、ある意味、それは実現そう思うと、肺の奥がじわりとする。

もちろん自分は関係ない。爆弾なんて知らないし、もし爆破していいといわれても、そんなことはぜったいしない。多少気疲れしても、飲み会ぐらい我慢する。誰かを不幸になんてしようとは思わない。

でも。

「それで、ゆかりはどうだったの？」

え？　と間抜けに返してしまう。え？　じゃなくて、駅のホームで爆発の音とか聞こえなかった？

あ、うん、電車に乗ったあとだったんだと思う。

ふうん、そっか。ま、よかったじゃん。

次の話題へ移ってしまう。連続爆破なんて史上初なんじゃない？　いや、昔はあんだろ、戦時中とか。戦時中って、いつの話よ。戦時中は戦時中だろ。最近も革命だーとかって騒いでた連中がいたらしいし。最近っていつよ。わかんねーけど、昭和じゃね？

「あの、でも」

つい、口を挟んでしまった。視線が集まり、ゆかりは閉じそうになる唇に力を込めた。

「なんか、すごいよね」

すごいって？　と女子メンバーが眉をひそめた。

「いや、あの、こういうの、初めての経験だから。事件とか、身近で起こったことなかったから」

「あのさ、細野」蓮見先輩が腕を組んでこちらを見据えた。「すごいはないだろ。人が死んでんだから」

息が詰まりそうになった。

「あ、そうなんですけど、べつに、変な意味ではなくて。ただ、ちょっと」

「わかるけど、そういうの、人前でいわないほうがいいんじゃない？　人格を疑われる」

はい、すみません……。消え入るようにそう返し、ゆかりは完全に口を結んだ。

でも三ヵ所も爆発して死者ひとりって奇跡っすよね。その意見に蓮見先輩が「いや、情報統制されてんだよ」とあっさり答えた。「ちゃんとネット調べてみろって。最初から警察は動いてたんだ。九段の辺りじゃ爆発の前に道路を封鎖してたらしい」

え、じゃあ知ってて警察は防げなかったってことっすか？

「そういうこと。いい笑いもの。そのうえまだ何か隠してる節がある。次の爆弾も、あいつら知ってんじゃないかな」

あ、いま、幼稚園で避難してるって流れてきました！　マジで？　ヤバくない？　小学校もだって。嘘、ここ大丈夫？　うへえー、ガチ戦争じゃん。授業飛ばないかなー。ゆかりもスマホで検索をした。たしかに保護者や生徒と思しき人たちの発信があった。代々木付近の幼稚園や小中学校のようだった。胸がドキドキしはじめる。

「あ」

メンバーのひとりが蓮見先輩にスマホを向けた。犯人の顔写真、公開されたみたいです。

「そうそう、こいつだよ、こいつ。昨日の女が持ってた写真の、冴えないおっさん」

興奮が部室に充満した。たしかにヤバそうな顔してるわ。痴漢とかしてそう。でもなんで先輩んちに？　沼袋でしたっけ？　ＪＲなら中野です？

「え、じゃあ、ゆかりんちもそばじゃない？」

ゆかりは唾を飲みながらどうにかこくりとうなずいた。千駄ケ谷だから、けっこう離れてるけど……。マジかよ。家族は？　お父さんは仕事で、お母さんは家に……。えーっ、それ気をつけなよ。何があるかわからないよ。ほんとだよ、でもすげえな。すげえな？　ついさっき自分が責められたその言葉に引っかかった。だが、のみ込んだ。すげえな――。ほんとうに、そうだ。

「これは、あれだな」蓮見先輩がしたり顔でいう。「また死ぬな、きっと」

息がしにくい。みなが新しい情報を検索し、わいわい騒ぐのを眺めながら、ゆかりは居ても立ってても居られなくなってきた。ここに居たい、でも帰りたい。みなといたい、でも独りになりたい。ざわざわと酸素がくすぶる。

「おい、やばいよ」

誰かが声をあげた。「代々木公園で爆発したって！　え？　何これ。うわ」

動画が投稿されていた。砂埃が舞うなか、何人も人が倒れているのがわかった。警官や救急隊員が慌ただしく動いている映像もあった。助けを叫ぶ声がした。怒鳴るような指示が飛んでいる。みなが顔をしかめながら動画や発信を探しはじめる横で、ゆかりは震えた。中野どころの騒ぎじゃない。代々木は自宅のすぐそばだ。

ほとんど無意識に、心が唱えた。すごい。

「ほらな」

蓮見先輩のつぶやきを、ゆかりは聞いた。やっぱり死んだ。おれのいったとおりに。くいっと上がった唇に吐き気を覚え、もう帰ろうとゆかりは決めた。同時に思った。わたしも、そんな気がしてたんです、と。

2

「座らないんです？」

スズキが、類家にいった。手のひらが、ついさっきまで清宮が座っていたパイプ椅子へ向いていた。「あなたなら、てっきり勇んで、わたしと遊んでくれると思ってたのに」

尻もちをついた清宮のそばに立ち、類家はスズキを見下ろしていた。

「そうでしょ？　わかるんです。わたし、人の心を感じるのが特技なんです。あなたずっと、自分も話したいって思ってた。おれもこの男としゃべりたい。おれだったら、もっと上手にできる――。清宮さんからは見えなかったでしょうけど、わたしの視界には、ずっとあなたが入ってました。じりじりしてるあなたの姿が、痒いほど映ってました。わたしと話す清宮さんを、うらやましがってるお顔が。清宮さんの失敗を、望んでいる目つきがね」

類家に向かってのぞき込むように目を広げ、「ああ、ちがうのか」と歯を見せる。

「あなた、わかってたんですね？　予感があったんだ。清宮さんじゃ手に負えない、いずれきっとしくじるぞ――って」

応じない類家に、スズキは肩をすくめた。「あれ？　怖気づいちゃいました？　じゃあ代わりは、あの怒りっぽい刑事さんです？　うーん、それはどうでしょう。あんまり賢い選択じゃない気がします。繰り返しになりますけど、わたしの霊感って怒鳴られると働かなくなっちゃうんです。ピリピリした空気になると、自動的に眠たくなってしまうんです。たぶんずっと、そうやって生きてきたからなんだと思います。よく怒られましたからね。悪戯なんてする気はないのに、やらなきゃいけないアレコレをど忘れしたり、頼まれたお使いをこなせなかったり――」

「スズキさん」

類家が、ぴしゃりといった。「少し、黙っていてください」

スズキは丸い瞳を大きく開き、それから「ひゃっひゃ」と痙攣(けいれん)するように笑った。

「いいです、いいです、了解です。おっしゃるとおりにいたします。でも刑事さん、こっちの事情も少しは考えてくださいよ。こんな指にされちゃって、ものすごく痛いんです。気が遠くなりそうなほど痛いんです。口を動かしてないと気を失ってしまうほど。霊感なんて、とてもじゃないけど出番がまわってこないくらいに」

「自業自得では？」

「あ、そんなこというんです？　刑事さんの仕事って、取り調べで人の指を折ることなんです？　ほら、これ、見てくださいよ。ぐっちゃり曲がって、まるでスパイ映画の拷問シーンみたいでしょ？」

「似合ってますよ、充分」

類家がいい捨て、スズキが満面の笑みになった。

「伊勢さん、医務室から救急箱を借りてきてください。痛み止めの薬も」

「え？」

「早く」

呆けていた伊勢が、スイッチが入ったように立ち上がった。取調室を出ていこうとする背中を類家が呼び止めた。

「それと。ここで起こったことは、他言無用で願います」

ふり返った伊勢が、再度「え？」と発した。

「他言無用。トップシークレット、沈黙は金なり。ともかく何卒、そういうことでお願いします」

頼りない視線が清宮を向いた。反応するより先に「早く」と類家が彼を急き立て、部屋の外へ追いやった。

「何を、考えているんだ」

立ち上がろうとしてよろけた清宮に、類家が手を貸してきた。なんとか踏ん張りながら清宮は小声でいった。「……つまらない気遣いはよせ。腐っても、自分の失態を隠すほど落ちぶれるつもりはない。責任はとる」

「ええ、もちろんです。いずれちゃんと腹を切ってください。でもそれは、あとまわしでいい」

無礼より、真意がわからず顔をしかめた。

「この事態を上に報告すれば、清宮さんは外されるでしょう。スズキがいったとおり、代わりはあの荒くれデカだ。彼には何も期待できない。偏差値マイナス65のチンピラとはちがうんです。無能といいたいわけじゃなく、まあいわば、ジャンケンの相性のような問題でして」

困惑したままの清宮を自分の椅子まで誘導し、類家は軽く息を吐いた。

「清宮さんが、つづけるべきです」

絶句した。馬鹿な。見ていただろう？　こんな無様を晒して、まだ恥をかけというのか？

勝負付けは済んだのだ。自分はもう、スズキには敵わない。奴を籠絡できない。そしてスズキは、そんな男と勝負しない。この先、何を訊こうと一片のヒントすら明かさないだろう。

「わたしには無理だと、おまえもわかっているんだろ？」

「はい、わかってます」

ですが、と重ねる。「それでも清宮さんのほうがマシだ」

くっと喉が鳴った。怒り、屈辱、自嘲に憐憫。さまざまな感情がめぐった。スズキは退屈そうにひしゃげた指をつついて痛がりながら待ちぼうけしている。それを目にするだけで、動悸が激しさを増す。憎しみだけではない。畏怖だ。スズキに対して、畏れを抱いてしまった。奴と関わることで幾人もの命を背負わされること。奴によって引きずり出されたおのれの本性。心の形。そのすべてが恐ろしく、受け止めきれない。

「……上に報せろ。そして指示をあおげ」

「規律どおりに？」

「そうだ。じゃないと、おれみたいになる」

「清宮さん」

もういい。話は済んだ。交代し、引き継ぎ、報告書を上げる。処分を待つ。それでいい。それしかできない。

立ち上がろうとする清宮の肩を、類家がつかんで押しとどめた。

「規律に従って、人が死ぬぶんには平気だと？」

「――何がいいたい？」

「道の向こうで暴漢に襲われている人間を、赤信号だからといって傍観しますか？　仕方ないんだと納得しますか？」

童顔が、息がかかる距離まで寄った。

「悔しいが、ここは奴がこしらえたステージです。お飾りの信号機に立ち止まってる場合じゃない。あなたが無理なら、おれがやる。だから協力してください」

それが、真意か。初めからそれを承知させたくて、ぐだぐだと話をしたのか。清宮のほうがマシだなんて、心にもないことまでいって。

マジックミラーもなく、録音録画もしていない。清宮さえのみ込めば、あとは伊勢が調書を打つだけだ。権限のない者が取調官をつとめても、テキスト上ならごまかしがきく。

類家が返事を待っている。まばたきもせず、じっと清宮を見定めている。過度な知的好奇心。快楽主義的傾向。事件の犯人や被害者への、心情的共感の欠如。

「渡ってみせます。たとえ時速二百キロで車が行き交うサーキットの道だとしても」

その顔はかすかに上気し、丸眼鏡の奥の目は興奮にうるんで見えた。疑惑が浮かんだ。

おまえは、本心から被害を食い止めたがっているのか？　それとも——。

伊勢が戻ってきた。類家が身ぶりで折れた指の処置を命じた。ほかにやってくる者がいればたくらみは破綻する。だが伊勢は沈黙を守った。指示のとおり誰にも気づかれずに戻ってきた。それに安堵しているのか恐怖しているのか、清宮の心はゆれた。

スマホがけたたましく鳴った。本庁の管理官からだ。

外へ出て通話にすると、〈前代未聞の大失態だ〉叱責が耳を打った。

〈何をしていた？　どう責任をとるつもりだ？〉

清宮は気づかれないように深呼吸をする。

「——交代ですか」

〈おまえが投げ出したいならな〉

YESとはいえない。管理官は言外にほのめかしている。ここでそれをしたら職業人として失格の烙印を押されるぞ、と。同時に、すべての責任をこちらへ押しつける布石にも思えた。すでに警察の謝罪は確定している。ならばせめて原因は、現場の無能と暴走にしたい。幹部が頭を下げる理由としてぎりぎり許せる落としどころ。録音録画がないのもスズキの要望、奴に丸め込まれた清宮が受けいれたせいというストーリーか。

清宮に、もはや保身も打算もない。降りろというならその決定に、抗う気力は失っていた。

ついさっきまでは。

「お任せください」声に必死さをにじませた。「必ずスズキを落とします。いえ、奴は、わたしたちにしか落とせません」

逡巡の沈黙に向かって力を込める。「けっして、ご迷惑はかけません」

三秒待った。〈いいだろう〉尖った響きが応じた。〈ただし死んでも、結果を出せ〉

取調室へ戻ると類家と目が合った。首を差し出すから挽回のチャンスをくれ――。清宮の台詞は管理官にそう聞こえたはずだ。彼にしてみれば予定どおりの展開だったにちがいない。

まさかこの小男に、取調官を交代するとは想像もせずに。

「類家」清宮は絞り出した。「しくじったら、おまえにも背負ってもらうぞ」

薄い唇が、酷薄な笑みをつくった。思わず清宮は拳を握った。爪が皮膚に食い込んだ。スズキに感じたものと、紙一重の畏怖だった。

伊勢が包帯を巻き終え、スズキに痛み止めの錠剤を飲ませた。類家がタブレットを手にスチール机へ向かった。その運動靴がやけに白い。

「お手洗いは大丈夫ですか？　ここからは長丁場になりますが」

「大丈夫です」スズキがいった。「じつは指を折られたとき、ちょっと漏らしちゃったんです。けど、かまわないでしょう？　わたしが、かまわないんだから」

「ええ、お好きにどうぞ」

類家が、スズキの正面に陣取った。補助席に座った伊勢に、清宮はメモを書いた。『清宮のまま打ちつづけろ』伊勢は怪訝そうな顔をしたが、にらみつけると黙って小さくうなずいた。

「さあ、はじめましょうか、スズキさん。化け物退治を」

「ほんっとうに――」スズキがぐっと息を溜めてから破顔した。「あなた無礼な人ですね」

「類家です。そしてここでいう化け物は、当然犯人を指しています。爆弾魔以外が腹を立てる理由は一ミリもない。それともあなたはこの程度の読解にも説明が要る間抜けだと？」

「あは」

スズキは手を叩き、痛っと顔をゆがめつつ、また「あはは」と笑った。

「すごいです。嫌味ったらしさが咲き乱れてます。毒舌芸ってやつですか？　でもいいのかな。わたしの霊感だけが頼りのくせに」

「挨拶みたいなものです。三つ指そろえて『こんにちは』じゃ、堅苦しくて蕁麻疹が出てしまう」

「不健康そうな身体してますもんね、刑事さん」

「今度鏡をプレゼントします。それとわたしは類家ですよ、スズキさん」

「すみません、ど忘れです。なんせこのオツム、間抜けなタゴサクですもんで」

「知ってます」

小柄な背中が、ずいっと前へ折れた。両手をテーブルに置き、類家はいった。

「二戦目のゲームをしましょう。仕掛けられた爆弾を、見つけて止めたらわたしの勝ちだ。ついでに事件の全容も、ぜんぶ明かしてみせますよ」

「素敵な心意気ですけども、わたしのメリットはなんです？」

「楽しめばいい」

スズキの表情がほころんだ。

「刺激がないと霊感が働かないんでしょ？　《九つの尻尾》でも、べつの遊びをでっち上げてくれたってかまいません。付き合います」

「でっち上げじゃないですけどね。きっとどこかにある遊びです。日本全国の、どこかに」

スズキが、おなじように上体を前へ倒した。

「とはいえ、話が早くて助かります。でも二戦目は――」

がたっと椅子のこすれる音がして、清宮はとなりを見やった。伊勢が立ち上がっていた。ノートパソコンを凝視し、あ、あ、と口をぱくぱくさせていた。

「ああ、もうはじまってるみたいです。それとも終わっちゃいましたか、伊勢さん」

清宮はノートパソコンをのぞき込んだ。情報が更新されていた。代々木公園の被害、確認できている死者が十一名、重軽傷者は四十名以上。奥歯を嚙み、胸を拳で殴った。最悪の結末だ。だが伊勢が取り乱す内容だろうか。目をつむりたくなるのをこらえ最新情報を読む。世田谷区池尻の民家で爆発。床に仕掛けられていたと思しき爆弾により野方署の矢吹泰斗巡査長が意識不明の重体。

おなじ署だ。顔見知りであっても不思議はない。それにしても伊勢の様子は異様だった。驚きや不安を超えた、恐怖が顔面に張り付いている。

類家がタブレットをいじっていた。情報を確認し、「なるほど」とスズキを見据えた。

「おまえ、伊勢さんを食ったな？」

スズキが、にかっと唇を広げた。「食った？」そしておどけたように歯を鳴らす。「わたしもたいがい悪食(あくじき)ですがね、人様にかぶりついた経験はありません。大昔、そういう趣味の女の子に当たってしまって、かぶりつかれたことはありますけどね。もしかするといまも歯形が――」

「スズキっ」

伊勢が、壁を拳で打った。「貴様……」

裏切ったのか？　言葉にせずとも清宮にはそう聞こえた。

「――ぜんぶ話してやる。ミノリという少女のことを調べれば、おまえの素性も」

「ミノリ」スズキが、ぽかんと小首をかしげた。「って、誰です？」

伊勢が愕然としていた。悟ったのだ。手のひらの上で踊らされていたこと。好きなように操られていたこと。

「座れ」命じると、伊勢は泣きそうな顔でこちらを見た。懇願のようでもあったし言い訳のようでもあった。いいから座れと清宮は服を引いて無理やり席に着かせた。それから話をさせた。スズキと交わしたやり取りのすべてを。

想像し得る、もっとも陳腐で愚かな内容だった。当然スマホの置き忘れは仕込みだろう。場所を明かせば自動的に捜査員が自宅へおもむく。相手が誰でも床爆弾のトラップは作動する。そこにスズキは伊勢というキャラクターを見つけ、せずともいい味付けをした。

伊勢がうなだれ、肩を抱いて震えはじめた。ガチガチと歯を鳴らし、目尻をうるませた。その姿に同情も、蔑む気持ちも生じなかった。ただ、彼はもう駄目かと、微熱の頭で理解した。それでもこの規則違反をつづけるかぎり、部屋から出すわけにはいかない。

「清宮さん、おれ……」

「黙ってろ。この件をどうにかしてほしいなら、ここでじっとしてるんだ」

返事を待たず、清宮は指をしならせた。ノートパソコンを引き寄せる。つづきを打てるのは自分しかいない。

「せこい真似するんだなあ、タゴサクさん」

類家の口調が急に砕けた。ラフな物言いに面食らいながら打ち変える。伊勢が操られていたことは伏せ、せこい真似するんですねスズキさん、と。

「せこい？　わたしが？　冗談はよしてください。伊勢さんのいってることはでたらめです。冤罪です。わたしはこれっぽっちも、心当たりがありません」

「スマホ、回収できたみたいだけど？　爆発に巻き込まれて駄目かと覚悟してたけど、最近の電化製品は丈夫だね。あんたの情報も入ってるんじゃない？」

「さあ。わたしがなくしたわたしのやつなら、何かあるはずですけどね」

「ふーん。おっと、どんどん更新されてくな。何々、爆破のあった民家はシェアハウスで、中には実験器具がわんさかあったと」

「類家」

「かまいませんよ。こいつに隠して得になる情報なんてない。オープンにいきましょう、オープンに。なあ、タゴちゃん」

「馴(な)れ馴(な)れしいの、嫌いじゃないです。まるでマブダチみたいです。こういうの、わたしずっと憧れてました」

「いずれ後悔するよ。おれに会っちゃったこと。夜も寝れないくらいにね」

「楽しみです」

類家が鼻を鳴らす。清宮の位置から、その表情は見えない。

「へえ、長谷部有孔の映像だってさ。遺言――だったりするのかな？」

「さあ知りません。そんなものがあるんなら、わたしも見てみたいです」

「爆発で死んだの、長谷部の息子らしいよ。すでに死んでたようだって証言もあるみたいだけど」

「残念です。誰かが亡くなるのは残念です。ご愁傷さまです」

「いっしょに暮らしてたんだよね？　彼と」

スズキが、「はい？」と目を丸くした。

「わたしが？　そうなんですか？」

「とぼけるなって。長谷部の息子がシェアハウスの住人なのは確認済み。そして矢吹くんはあんたの誘導であそこに向かわされた。さすがにシラを切りとおすのは無理なんじゃない？」

「忘れたんですよ、刑事さん。酔っ払って、記憶喪失になったって、ずっといってるじゃないですか」

「ドラゴンズの試合結果は憶えてるのに?」

「健忘症は、たくさん種類があるって聞きます。常識じゃあ追っつかない人体の不思議です」

「深刻な症状かもね。おれの名前も、ぜんぜん憶えてくれないし」

「すみません。憶えにくい名前なもんで」

類家だよ、たった三文字で「るいけ」。R.U.I.K.E。

ふんぞり返って、なあタゴちゃん、と呼びかける。

「これで残りは一戦ってこと?」

「そうですね。わたしの霊感を信じるなら、そうなります」

「案外、短い付き合いになりそうだね、おれたち」

「さみしいです。せっかくマブダチになれたのに」

「三戦目の条件は何?」

「条件?」

「わざわざ『三度』と区切った理由があるんだろ? 一戦目が時限式。二戦目がトラップ。まさか最後で、おなじ仕掛けはしないでしょ。するならするで、べつに嗤ったりはしないけど、あんたそういうのちゃんとしてそうだからさ。思いつくのは、特定の条件を満たしたらボカン。そんな感じじゃないのかなあ」

　スズキの返事がやんだ。

「おっ、当たり？　ほらね、まずは一後悔ゲットだぜ」

「――後悔が、貯まると何かもらえるんでしたっけ？」

「さっきいったろ？　鏡をプレゼントするってさ」

　類家がスチール机に両拳を置いた。肩幅に開いたその置き方は、まるで食事を待つ幼子だった。

「百後悔が貯まるまで、あんた息をしてられるかな」

「勇ましくてカッコいいです。よかったら刑事さんも指を折ります？」

「おれはねタゴちゃん、タダで人がよろこぶことは、ぜったいしない主義なんだ」

「タダじゃなきゃやするんです？　爆弾の場所を教えるといえば、折るんです？」

「折るよ。ヨユーで折るね。お望みなら切り飛ばしてやる。それをソーセージにしてブロッコリーといっしょに皿に盛りつけてやってもいい」

「どうせならマフィンがいいです。ソーセージエッグマフィン」

「ネットでレシピを調べるさ。どうだい、しゃべる気になった？」

「しゃべる気は初めからあるんです。ただ霊感は――」

「正午に何かあるんじゃないの？」

　また、スズキが黙った。

「あんたのタイムスケジュール、けっこうちゃんとしてるよね。二十二時の秋葉原爆発に間に合うように捕まって、二十三時の東京ドームでおれたちを信じさせた。主導権を握って《九つの尻尾》をはじめ、九段下のヒントを披露したのは爆発があった午前四時の二時間前。代々木もそう。なんつーか、きっちりぎりぎり、もがきたくなる絶妙の塩梅だ。ウチらの動きをしっかり計算できてる感じ」

　代々木では幼稚園三ヵ所に加え南門の計四ヵ所が狙われた。猶予が一時間だったなら、幼稚園も被害を防げたかは怪しい。スズキは意図的に、解ける時間を設定している。逆にいえば、解けない言い訳を殺している。時間が足りなかったんだという言い訳を。だからこそ南門でしくじった清宮のダメージは深いのだ。

「それにあんた、等々力さんが交代になるって知ってたろ？　こういう事件はおれたちみたいな専門部署が引き継ぐってわかったうえで彼を希望し、この部屋を動かない駆け引きに利用した。どこぞの本で調べたんじゃないならさ――」と、意味ありげにスズキを見つめる。「もしかして、長谷部の息子からアドバイスがあったとか？」

　内心、清宮は声をあげた。たしかに、刑事の息子が父親の仕事に興味をもつのは自然だ。少なくとも知識を得る機会はある。

思わず、共有アプリでその経歴を読み返す。名は辰馬、二十七歳。父親の自殺を機に化粧品メーカーを退職し、二年半ほど前からシェアハウスに住みはじめた。最終学歴は理学部化学科卒。

「親父さんが死んだあと、腑抜けになった辰馬くんは家族のもとを離れてる。シェアハウスに住みはじめるまで、どこで暮らしていたのかな。案外、公園だったりしてね」

伊勢が聞いた話とつながる。生きる気力をなくした新人ホームレス。いっとき面倒をみた縁で、ウチにこないかと誘ってくれた人物。

辰馬は被害者――そんな先入観がひっくり返る。

「彼の紹介でシェアハウスに住むようになったって、悪くない推理だと思わない？　そこで変に意気投合して、頭のおかしな計画を練りはじめたとか」

「つまり――」スズキが苦笑で応じる。「わたしが爆弾魔だったとして、その辰馬って人と、共犯だったと、そうおっしゃりたいんです？」

「あり得るでしょ？　あんたのスマホを探してシェアハウスにたどり着いたのは事実。そこに辰馬くんがいたのも事実。木っ端みじんに吹っ飛んだのもね。ここまで状況がそろってて、疑わないのは怠慢か無能だ」

共犯者。その可能性を認めながら、じつのところ清宮は真剣に考えていなかった。等々力がそうだったように、誰かと徒党を組むスズキが想像できなかったのだ。しかし相手が辰馬となれば話がちがう。断片がつながる。化学科卒という経歴も、爆弾づくりに活かせたはずだ。

しかし、ならばなぜ、彼は死んだのか。

「あんたが殺ったの?」

スズキは笑みのまま、小首をかしげた。

「死んだ人間が自分で自分を椅子に縛れるわけないもんな。仲間割れ、裏切り。あるいは初めから、始末するつもりだったのか」

「よくわかりませんけど、自殺ってのも、大いにあるんじゃないですか? 死んだあとで誰かが縛りつけたとか」

「ははあ、たしかに。それが犯行に踏みきるきっかけだったり? 親の粗相で不遇をかこったリベンジャーの最後の遺志を引き継いだってストーリー? 泣かせるね。まるで中学二年生が発情しそうなイカれた友情物語だ」

スズキから、じょじょに笑みが消えていった。

「下手な芝居は要らないってば。べつにあんた、動揺なんかしちゃいない。隠すつもりなら、端から長谷部の名を出さないもんな」

「おしゃべり上手ですね、刑事さん」

薄笑みが戻った。「でもぜんぜん、正午に何かあることの説明になってませんよ?」

「ドラゴンズって、長谷部親子からの拝借なんだろ？　あんたが野球に興味津々だとか嘘くさいと思ってたんだ。長谷部は息子に辰の字を当てるぐらいの竜党で、たまたまだろうけど馬も十二支にある。代々木のクイズでヒントになった午。あれって、次のヒントにもなってたんじゃない？　十二時辰で午の刻は十一時から十三時、正刻は十二時、鐘は九つ」

これみよがしに指を九本立てる。「《九つの尻尾》自体、『正午にも何かある』っていう密かな手がかりだったんだよね？　でも芸が細かすぎ。こんなのふつう気づかない。よかったね、タゴちゃん。おれみたいに優秀な解答者にめぐり会えてさ」

スズキは口を開かない。

「どうしたの？　そんなのこじつけが強すぎますよとか、適当にはぐらかさないの？　それをしないって、つまり正解だと認めてるわけだよね？　そりゃそっか。ここでごまかしたって、どうせ正午に何かあったら、かなり恥ずかしいもんな」

「なんだか気分が悪くなってきました。霊感が、少しも働く気がしません。きっと刑事さんのせいです」

「いいよ、べつに」

「いい？　爆弾がボカンとしても？」

「うん、おれそういうの、気にしないから」

スズキが、わずかに目を見張った。芝居を忘れた表情だった。

「いつでもどこでも人は死ぬ。ちがう?」

背筋をのばし、スズキを上から見下ろす。

「ここでやめたいんならそうしなよ。どのみちあんた、刑務所行きだ。毎日毎晩、独房の夜に、勝ち誇ったおれの顔を思い出しつづければいい」

このやり方が正解なのか、清宮には判断がつかなかった。自分がそうしたように、それ以上に、類家はスズキと関係を結ぼうとしている。こいつに負けたくない、負かしたいという歪な関係を。

頭ではそうわかっても、心が不安を捨てきれなかった。おまえ、本心からいってるんじゃないか? 人が死のうがどうでもいいと。

「正午に、爆発するとは思わないんです?」

「しないんじゃない? 爆発なら、あんたはちゃんと勝負をしてくる。だから正午の仕掛けはせいぜい前座のくだらないパフォーマンス。盛り上げるだけ盛り上げて、メインディッシュはCMのあと。いかにも三文ライターが考えそうなシナリオじゃん」

「あなた、みんなから嫌われてません?」

「知らないよ。ふだんは猫かぶってるし」

ふふ、とスズキが肩をゆらした。

「おもしろいです。刑事さん、あなたとても、おもしろい人だ」

でもね、と顔を上げた。「友だちにはなれそうにありません。マブダチ宣言は撤回です」

「こっちはウエルカムなのに？」

「残念です。いつだって想いは一方通行と決まってます。求める場合も、求められる場合も」

「どこが嫌？　長く付き合えば、意外と癖になるキャラだって評判だけど」

「だって刑事さん、きっとわたしにくれません」

「敗北の味ならあげるよ」

「とんでもない。そんなの腐るほど経験してます。ほら、ここにたっぷりと詰まってます。もうお腹いっぱいです」

「何がほしいの？」

皮肉めいた調子が消えた。類家にも見抜けていない。そして知りたがっている。

「答える義務があるんじゃない？　清宮さんの質問、まだ残ってたはずだしな」

人差し指が、スズキに狙いを定めた。

「ノーコメントで逃げるなよ。今度はおれが、あんたの安っぽい、心の形を当ててるから」

差された指に、スズキは「興味深いです」と笑みを返した。

「とても興味深いです。でも、そろそろ正午になるのでは？」

「——あと十分だよ」

「そうですか。ところで刑事さん。刑事さんは、人を殺したいと思ったことがありますか？」

スズキは、ごくふつうの調子で訊いた。

類家が腕を組み、「あるよ」と答えた。

「あるに決まってるだろ？　来る日も来る日も思ってる。満員電車でゲップするおっさん、コロンのきつい女、コンビニで箸を入れ忘れる金髪のニイちゃん。どいつもこいつもアメリカ毒トカゲに咬まれちまえって心から願ってる」

「トカゲに任せるのはなぜです？　ムカつく奴は、ひと思いに殺っちゃったらよくないですか。刑事さんなら、きっと捕まらない方法もご存じでしょうし」

「おれはミッキー・ノックスじゃねえし、こっちの質問スルーで質問返しとか、あんたの面の皮バスケットボールかよ」

「まあまあ、お近づきになるための、ささやかな雑談ということで」

「面倒だからだよ。割に合わない。おれが人を殺さない理由はそんなもん」

なるほど、とスズキはうなずく。

「殺人が、悪いから駄目っていうわけではないと」

「あ、ごめんね。そういう答えじゃないと話がつづけにくかった？　やめとけ。良識をゆさぶるやり方、おれには通用しないから」

「そんなつもりはないです。ただ、良識っていいますと、昔は世界中で、人殺しはべつに悪じゃなかったそうですね。ほら、ギリシアでも中国でも南米大陸でも、いろんな民族とか部族だとかがお互い争っていたでしょう？　だから敵を殺すのはむしろ正義で、悪だったのは、仲間殺しだけだったんですってね」

「二十一世紀だって、戦場の英雄は祭り上げられる」

「ええ、たしかに。でも関係のない他人まで殺すのはよくないってのは、意外と最近できた考え方らしいです。きっとそのほうが楽だからじゃないですかね。だってほら、仲間で区切ってしまったら、じゃあ仲間って誰？　って話になりますでしょ？　家族は仲間っぽいですけども、となり町の郵便配達人は仲間と呼べるんですかね。名前も顔も知らない離島のお医者さんはどうですかね。それこそ満員電車の、たくさんいる乗客の、誰と誰が仲間で、誰がそうじゃないのか、よくわからなくなってきます」

「みんな仲間でいいんじゃないの？　ゲップとコロンを我慢する間柄なんだから」

気のない返事を装いながら、類家は聞く態勢になっていた。とりとめない語りが、いつクイズになってもおかしくない。身構えるとミスタッチが増え、苛立ちが増す。

「正午だ」

清宮は事務的に告げた。

「ゲップとコロンは敵ですか？」意に介さずスズキがいう。

「ゲップが敵ならコロンは仲間で、コロンが敵ならゲップは仲間」類家もかまわず相手をする。「どっちというなら、おれは仲間属性を優先するね」

「とても平和的な回答です。ああ、そういえば、こんな話もあるんです。何かの本で読んだんですが、いえ、ドキュメンタリーだったかな。ともかく平和とはほど遠い、アフリカだとか中東らへんの、紛争とか内戦が激しい地域の話なんですけどね。少年兵のあいだで流行ってる遊びがあるというんです。敵方の、妊婦を見つけて撃ち殺す遊びです。ご婦人は兵士じゃない、ただの民間人ですよ？　なんでそんなことをするのかといいますと、殺して、お腹を掻っ捌いて、胎児が男の子か女の子かを当てる遊びだというんです。煙草を賭けたりするんだそうです。すごい発想だと思いません？　そういう環境でないと、なかなか思いつけない気がします」

　スズキは言葉を切って、類家を見据えた。

「刑事さん。彼らって、悪ですか？」

　類家が、小さく息を吐いた。「良いか悪いかでいうんなら、良くはないだろ」

「そうですか？　でも彼らにとって敵方の人間は、人間だけど人間じゃあないんです。ほら、ハンティングってありますでしょ？　森に踏み入って、鹿とかキジとか熊なんかを撃ち殺すやつ。必要もなく、楽しく撃ち殺すやつ。欧米じゃあ立派なスポーツなんですってね。それとどこがちがいます？　鹿もキジも熊も、仲間じゃない。敵方の妊婦だっておなじです。仲間じゃない命は、摘み取ってもいいんです。悪じゃない」

「爆弾で死んだ人たちも、仲間じゃないっていいたいの？」

「わたしはね、刑事さん。嘘が大嫌いなんです。嘘にずっと、騙（だま）されてきたからです。みんながわたしに嘘をつき、嘘を教えてきたんです。嘘つきが、まるで嘘つきじゃないかのような顔をして胸を張っているんです。その馬鹿馬鹿しさに気づいてしまって、だから路上で暮らしたりしてたんです。正直な人間は、生きづらい世の中です。でもわたしはね、むしろ嘘つきを憐（あわ）れに感じたりもするんです。彼らは嘘をついている。他人を騙すだけじゃなく、自分自身も騙してるんです。ごまかしにごまかしを、塗り重ねているんです」

「だから無差別テロもオッケーなわけ？　楽しんでる正直なおれツエーって感じ？　はっ。あんた、心底くだらない男だな」

「そう。くだらないんです。いったでしょ？　相手にされない袋に入ったゴミだって。道端の石ころだって。誰からも見向きもしてもらえない、憶えてすらもらえない、のっぺらぼうなんだって」

　背を丸め、下からのぞき込むように、スズキは類家を見上げた。スチール机に、顎がつきかけていた。

「でもわたし、こんなふうにも思うんです。くだらない人間と、優秀すぎる人間は、おなじ結論にいきつくんじゃないかって。わたしと刑事さん、じつはすごく、近しいんじゃないかって」

それにしても、とスズキが無邪気にはにかんだ。

「刑事さん、意外ともってるじゃないですか、良識」

アプリの情報が更新された。「類家」声をかけると天然パーマがタブレットへ食い入った。無言で凝視し、やがて、ぼそりと吐いた。「くそが」

3

「くそが」警視庁の刑事が悪態をつき、そばに立つ等々力は黙ってそれを受け止めた。

倖田沙良が救急車に同乗したせいで事態の説明を等々力がせねばならなくなった。池尻のシェアハウスに臨場した刑事は負傷者に付き添ったところでなんの足しになるのかと露骨に渋い顔をした。まして倖田は当事者だ。現場に残るのがふつうだし、それを黙認した等々力に批難が向くのも当然だった。

刑事が倖田本人に電話で聞き、肝心の「有力なタレコミ」について詳細を知るのは意識不明の矢吹泰斗のみだとわかった。等々力も鶴久に連絡したが、彼も寝耳に水だという。

「ふざけやがって」刑事がふたたび悪態をついた。戻ってこいと命じたら倖田に切られたらしい。無線の応答もない。「職務違反のオンパレードじゃねえか」

「被害に遭ったのが、おなじ交番の同僚なんです」

等々力のフォローは、だから？　と一蹴された。刑事はリーゼントの髪を乱暴に撫で、これだから女は、とも吐いた。

聴取の矛先が等々力に向き、事務的に応じた。長谷部有孔の家族に会いに行ったこと、そこで得た情報を頼りにここを訪ねたこと。スズキとの関わりは承知していなかった。まして爆弾が仕掛けられているなんて夢にも思っていなかった。

「いまからすっ飛んでくるそうです」

シェアハウスの大家に連絡を取っていた井筒がリーゼントの刑事に告げた。自宅は目黒。爆発の件を伝えると仰天し、弁護士を連れていくというのであとにしろと諫めたという。

中身のある証言はなかったようだ。辰馬とは入居時の面接で顔を合わせ、父親の事情や精神的な不安定さは聞いていたが住みはじめてからは数回しか会っていない。私生活の話をしたこともない。あまりかまうと疎まれてしまうので――。

「スズキについてはまったくです。いつどういう経緯で転がり込んでいたのか、こっちに訊き返してくる有様です。出入りは激しく、黙っていなくなる奴も多いんだとか」

そんな管理状態だからあの実験室がつくれたのだし、スズキが住みつくこともできたのだろう。

「現在の入居者は？」リーゼントの質問に、「辰馬をふくめて三人。残りふたりは――」

係長！　家の玄関から、鑑識のそばに待機していた刑事がリーゼントに叫んだ。「二階に遺体が、若い男の遺体がふたつあります！」

慌ただしくなる現場にあって等々力は、これで数が合ったと妙に冷めた感想を抱いた。ふたつの遺体は辰馬以外の入居者だろう。陽に雲がかかり、濃い緑の木々に囲まれた二階建ての洋館が陰ってゆく。

「おい！」

駆けだした足を止め、リーゼントが等々力をふり返った。「沼袋の女を連れてこい。あんたが責任をもって」

いい捨て玄関へ走る彼の後ろを井筒が追った。子どもの使いはごめんだと、迷いのない足取りが語っていた。

ポケットに手を突っ込み、等々力は倖田から預かったパトカーのキーを握った。逆らう理由も見つからず、シェアハウスに背を向けた。

病院へパトカーを走らせながら、おれは麻痺しているのかといぶかった。長谷部の息子が死に、加えてふたり、若者の命が絶たれていた。なのに不思議なほど、憤(いきどお)るものがない。

警察官になり、刑事になり、幾つもの死に触れてきた。多かれ少なかれ慣れはある。だが、それでもなお、理不尽な犯罪に対する怒りはあった。げんに東京ドームシティの被害者が亡くなったとき、おれはたしかに動揺したじゃないか。それがこの半日のうちに変わってしまった。正確にはついさっき、シェアハウスの爆破現場を目の当たりにして以降、心がすっかり冷えている。

長谷部の自殺とそれに連なる自分へのバッシングで薄れた「ふつうの正義」は、あくまで職務への情熱であり、被害者への憐れみが消え去ったわけではない。ごく自然に、そう信じてきた。

ちがったのか。職務への情熱があったから、憐れみや憤りを感じていたのか。素のままの等々力功は、誰が死のうと、誰が踏みにじられようと、しょせん他人事と割りきれる人間だったのか。

いや、それはありふれたことだ。事件のたびに会ってきた関係者たち。一様に驚きと悲しみを表明しつつ、怒りつつ、けれど知り合いや同僚にすぎない彼らには、ある種の無関心さがあった。ときに高揚すらにじませていた。まるでテレビドラマの視聴者のように。

意味のない思考だ。そう結論し、ふり払おうとして、しかしスズキの声が邪魔をした。

爆発したって、べつによくないですか？

答えがゆれた。たしかに、そうかもしれない。等々力に家庭はない。長らく恋人もいない。実家も、親友と呼べる人間も、都内にはいない。彼らが被害に遭う確率はほとんどない。せいぜい同僚の安否を気遣うぐらいだ。いまとなってはそれとて——。

スマホが震えた。ショートメッセージが届いていた。類家からだ。文章はなく、URLだけ貼りつけてある。ちょうど病院に着き、駐車場にパトカーを駐め、等々力はタップした。海外の動画投稿サイトへ飛び、すぐに再生がはじまった。

矢吹の手術はつづいていた。廊下のベンチに倖田がいた。膝のあいだで手を合わせ、じっとうつむいていた。

等々力に気がつくと、彼女は訊く前から話しだした。右足の処置は済んだ、でも爆風の衝撃で背骨にひびが入っている、アバラも折れて、内臓も痛めている、鼓膜も破れている。意識が戻っていない。いい終えるとうなだれ、唇をきつく結んだ。

警視庁の刑事が君を呼んでる、説明を求めている、ここにいても祈るぐらいしかできないのだから、さっさと立っていっしょに行こう——。つまらない正論を、つまらない口調で等々力は諭した。

「わたしのせいなんです」

こちらを見るともなく倖田はいった。

「わたしがうかつだったから。よく考えもせず近づいて、来るなと止められたのに馬鹿みたいに近づいて、そんなわたしを守ろうとして……」

固めた拳が、全身からこぼれそうな感情を必死に握りつぶしていた。

こいつは、辞めるかもしれない。そして、そのほうがいいのかもしれない。冷めた思いが胸をよぎった。倖田はきっと、青い制服に袖を通すたび、今日の出来事を思い出すことになる。染みついた後悔と恐怖は、極限の状況に出くわしたとき判断を鈍らせる。次の失敗を生む。

だがいまは、こいつを連れて行かねばならない。そのために元気づけねばならない。それが自分に与えられた命令だから。

「――君はあの状況で、ちゃんと彼を処置した。命を救った」

「でも冷静じゃなかった。等々力さんにいわれるまで、ほかの爆弾の可能性なんて思いつきもしなかった」

ちがう。冷静だったんじゃない。麻痺していたんだ。感情が死んでいるんだ。

それを伝えたところで無意味だろう。ほしいのは慰めではない。結果だ。変えられない過去の結果なのだ。

「スズキを捕まえたくはないのか？」

切り札は、倖田の表情を少しだけ変えた。

「奴が投稿サイトにアップした動画だ」

再生し、スマホを倖田に押しつけた。

暗い部屋の中に、男が大きく映った。青白いライトを頭上から浴び、照れまじりにはにかんでいる。スズキだ。

えー、みなさん、こんにちは。初めまして。スズキタゴサクと申します。

そう口火を切って、手もとの紙へ目を落とす。

この動画は、九月二十八日月曜日の正午に、これと見込んだSNSアカウント、ブログサイト、テレビ局やラジオ局、雑誌や新聞社へ一斉送信されています。また、動画の削除があった場合、数時間おきにちがうアカウントから断続的にアップロードされるようプログラムしてあります。

たどたどしく読み上げ、小さく唇をなめる。一拍置いて、ゆっくりとつづける。

みなさんに警告します。

都内に爆弾を仕掛けました。いくつもいくつも仕掛けています。簡単には発見できない場所に、ひっそりと隠してあります。

ある条件が満たされたとき、それは容赦なく爆発します。無慈悲に命を奪います。運よく助かっても、ふつうの生活には戻ることはできないでしょう。そのくらいの威力です。

爆発は明日かもしれないし今日かもしれない。一秒後かもしれません。十年後の可能性も捨てきれません。雨にも風にも負けないつくりになっています。電力も心配なくて大丈夫です。ちゃんともれなく爆発すると、ここに固く誓います。

これは無差別テロではありません。厳正な審査のもと、ちゃんと選別したうえで、裁きは下されるのです。

浮浪者は殺します。臭いからです。
子どもは殺します。うるさいからです。
妊婦さんは殺します。面積が広いからです。
フェミニストは殺します。生意気だからです。

アニメアイコンは殺します。性根がひん曲がっているからです。

外国人は殺します。あいつらみんなギャングかスパイです。

前科者は殺します。どうせ再犯するからです。

障碍(しょうがい)者は殺します。面倒だからです。

老人は殺します。鬱陶しいからです。

独身貴族は殺します。子孫を増やす気がないからです。

おなじ理由で三人家族も殺します。努力が足りてないからです。

幸せいっぱいの家庭もです。不幸は分かち合うべきだから。

金持ちは殺します。妬ましいからです。

ユーチューバーは殺します。調子に乗っているからです。

人権派弁護士は殺します。お高くとまっているからです。

政治家は殺します。ぜんぶ悪いのはおまえらです。

人に迷惑をかける奴、それを屁とも思わないクズ、被害者面をしたがるブス、水と平和と生活保護はタダと信じる楽天家、上から目線の似非(えせ)評論家、冷笑主義者、いちいちパンケーキを写メする暇人、ギラつく教祖と課金にいそしむ信者ども、環境保護活動家、ベジタリアン、無理めな韻を踏むラッパー、映画や小説で世界を変えられると本気で思ってるナルシスト、親馬鹿、マザコン、人より犬猫を可愛がる連中、みんな平等に殺します。考えが合わないからです。

あと、有名人は殺します。たぶん盛り上がるだろうから。

そうじゃないみなさん、気をつけてください。

どうぞ彼らから、離れてください。


最後になりますがと、卑下する笑みで付け足した。


わたしはこれを読まされています。

わたしは事件の犯人ではありません。

犯人に脅されているんです。犯人は催眠術の達人で、わたしの記憶はこのあとすっかり消されるそうです。

以上スズキタゴサクが、中野区野方警察署よりお伝えしました。ごきげんよう、さようなら。


「報道機関やインフルエンサーを狙って送っているようだ。拡散は止められない。パニックが起こる」

わざわざ野方署の名を出している。マスコミはもちろん、市民が押し寄せる恐れもある。

倖田が低くもらした。「……ふざけやがって」

「ああ、ふざけてる」

そう答えながら等々力は、やはり波立たないおのれの心に直面していた。この動画に感化されるのは底なしの馬鹿だけだ。九九パーセント以上の人間がくだらないと唾棄するはずだ。そして怒りを覚えるだろう。爆弾事件を知ってる者は恐れも抱くにちがいない。

そのどれもが、等々力に当てはまらない。ただ、なるほど、と感じている。なるほどな、と。

何が「なるほど」なのか、自分でもわからなかった。わかるのは、これがまともな思考でないことだけだ。

だがいったい、どう、まともじゃないのか。

倖田が動画を繰り返していた。結んだ唇を、いつの間にか嚙んでいた。血がにじむほど。

ああ、と心がうめいた。そうか、と腑に落ちた。こいつの姿に気づかされたのだ。倒れる矢吹のそばで取り乱し、必死に助けようとするその姿に等々力は悟った。おれにはいない。おれには、彼女にとっての矢吹に当たる人間がいない。命令を超える存在が、ひとりも思い浮かばない。

爆発したって、べつによくないですか？

手術室から医師が現れ、倖田が立ち上がった。医師は難しい顔で、いったん落ち着いたが予断は許さない、今夜いっぱいが峠になるだろうと告げた。

よろしくお願いします――。倖田は深く頭を下げ、それから等々力に「行きましょう」と手を差し出してきた。運転をさせてほしい、したいのだと請われた。

「大丈夫です。自分がすべきことはします」

その強い眼差しに押され、キーを返した。とたん、彼女は廊下を駆けた。叩きつけるような靴音を反響させ、あっという間に手の届かないところへ遠ざかってしまった。我にかえったとき、もう姿は見えなかった。等々力は医師に断りを入れてから追った。エレベーターはきておらず階段を下りた。途中で段を踏み外しそうになり、かろうじて体勢を保った。駐車場へ着くや、倖田が運転するパトカーとすれちがった。息を切らせそれを見送るあいだも、心はぼんやり、「なるほどな」とつぶやいていた。

4

「これもクイズのヒントなの？」

スズキに突きつけていたタブレットPCの再生を止め、類家はスチール机に拳を置いた。

「それともこれ自体がクイズ？　でないとこんなの、素面じゃ公開できないもんな。恥ずかしくって、おれなら土管型ロケットで火星へ逃げたくなる」

「わかります。そのお気持ち、たいへんよくわかります」

スズキは楽しげに応じた。「でも、この動画のとおりなら、わたしも被害者じゃないですか？　犯人に読まされたわけですからね。脅されて、無理やりに。いい迷惑で困ります。それに、ほんとにまったく、憶えてないんです。記憶が消されていますから」

「野方署に捕まったのはあんたの意思だろ」

「刑事さん、後催眠ってご存じないです？　催眠中に暗示と合図を埋め込んで、合図をきっかけに暗示が発動するんだそうです。きっと野球中継がそれなんです。ドラゴンズが負けるのをきっかけに、ゲームセットにともなって、なんとなく、捕まらなくちゃと、そうなったんだと思います。だから川崎へ行ったのも、わたしの意思じゃないんです。操られていたんです」

「新聞配達の面接は？　喫茶店にスマホを置き忘れたのは」

「それも催眠なんですよ。きっと、またべつの暗示と合図があったんです」

「ずいぶん都合がいいんだな。ドラゴンズが勝ったらどうしたんだよ」

「そんな心配は要りません。それは、杞憂というやつです」

ただ、とおおげさに肩をすくめる。「あの間抜け面は残念です。ひどい映りで泣きたくなります。しゃべりも下手くそすぎです。とくに冷笑主義者と環境保護活動家の滑舌は、聞くに堪えられるものじゃない」

「堪え難いのはぜんぶだよ。一言一句、ぺらっぺらのすっからかんだ」

スズキは、動揺もなく類家を見返す。果たして、と清宮は疑問を抱いた。こいつはどこまで本気なのだ？　類家が断じるまでもなく、動画は論ずるに値しない。厳正な審査といいながら適当で、矛盾もみられる。「アニメアイコン」や「幸せいっぱいの家庭」をどうやって狙い撃ちするというのか。けっきょく、とりとめない悪意を撒き散らしただけではないか。しかしこうなった以上、マスコミは野方署へ押し寄せる。浴びるフラッシュのまぶしさを増すために、わざわざこんなものを撮影したのか。だから髪を切った。永遠に残る肖像の、見映えを気にして。

キーボードを叩く指に力がこもった。人の顔をした化け物は、しょせん「十五分間の有名人」だった。そのくだらなさにこそ自分は翻弄されたのか。そう整理してみると、不甲斐ない敗北も受けいれることができそうだった。あとは手に残る、不快な指の骨の感触が消えてくれれば。

「ちゃんと答えてほしいんだけどね。クイズなのかクイズじゃないのか。それとも正午を当てられて、タゴちゃんおへそ曲げちゃったかな？」

「霊感に、おへそもお腹もありません」

「でもその腹に詰まってるんだろ？　失敗つづきの人生の、憎しみとか不満がさ」

憎しみ、不満。スズキは呆けたように復唱した。

「刑事さん、わたしにそんなものないですよ。だってわたしは――」

「そんな感情を抱く資格もない低俗で無価値な人間なんだろ？」

「ええ、そのとおりです。ついでに水虫もひどいです」

相手にせず、類家はタブレットの情報を追いながらスズキに訊いた。「山脇（やまわき）って知ってる？」

「さあ、どなたです？」

「梶（かじ）は？」

「憶えがないです」

タブレットをいじりながら「知らないの？　まったく？」と類家が重ねた。

「ええ、まったく。何せ人間関係の薄い人生ですから。ここ十年、知り合いと呼べるのは路上で暮らしてたときの仲間ぐらいです。それもお互い、本名は教え合わないことも多かったです」

「どっちも、ドラゴンズの選手とおなじ苗字なんだけどね。ふつう名前がならんだら、野球の話だと思わない？　ファンならさ」

「――そうでしたか。いや、どうも、やっぱり記憶が曖昧になってるようです。お酒のせいもあるんでしょうけど、催眠術をかけられた影響が大きいのかもしれません。それにわたし、選手のみなさんにくわしいわけではないですからね。そっちはあまり興味がないです。白い球が投げられたり打たれたり、みんなが走りまわってよろこんだり悔しがってるのを眺めるのが好きだっただけですからね」

「山脇くんはノッポで、梶くんは日系なのかな。ミドルネームがアンドレアスって強そうだね。ふたりとも、池尻のシェアハウスに住んでたんだって。毒を飲んで死んでたそうだよ」

へえ、とスズキは気のない返事をした。

清宮もノートパソコンで確認した。ふたつの遺体はそれぞれ家の二階、自室と思われる部屋のベッドで発見された。山脇は一八〇センチ、一〇〇キロ超え。梶は日本とオランダ人のハーフらしい。どちらも二十代から三十代ぐらいの男性。詳細はまだだが、検視官の見立ては服毒死。次いで情報が更新された。シェアハウスの大家によると辰馬同様、山脇、梶も賃借人で間違いないという。

「あそこに住んでいたなら、面識があるはずだけどね」

「憶えてません。あ、忘れさせられたっていうほうが、正確かもしれませんけど」

あっそ、と類家は受け流した。忘却と霊感に加え催眠まで持ち出されては、もはやそこを争っても仕方がないと清宮にもあきらめがあった。

ならばどうやって、この男を崩せばいいのか。

「おっ」

突然、類家が跳ねるように身体をゆらした。くっつくほどタブレットに頭を近づけ「マジか」と声を弾ませた。

「生きてるってさ、片方」

返事はなかった。とっさに清宮は、類家からスズキへ視線を移した。笑みが消えていた。

「だいぶまずい状態だけど、ぎりぎり命はつながってるって。ははっ！　ツキがまわってきたぞ。たまにいるんだ、死にぞこなう自殺者とかさ」

タブレットに見入ったまま早口にまくし立てる。「服毒死ってけっこう難しいんだよ。知ってる？　毒物の致死量ってかなり人それぞれなんだ。たとえば亜ヒ酸ってヤバい猛毒があるんだけど、一般には一〇〇から三〇〇㎎が致死量っていわれてる。まあ、風邪薬のカプセルくらいの量だ。でも現実にはこの十倍を飲んでも生き残ったり、数倍の量を摂取したくせに数日もしたら元気になったたってケースもある。昏睡（こんすい）したまま三、四日経ってから見つかって、息を吹き返したなんてのもね。ましてネットで売ってる毒物とかはいいかげんだって聞くし、そもそも致死量より薄めて売ってる業者もいるらしくてね。良心的と呼んでいいのか、ちょっと微妙なとこだけど」

　真顔のスズキに、追い打ちをかける。

「やっぱり助かったのはごついほうだね。現代医療は一般人が考えるより優秀だし、きっと死なせないんじゃない？」

　類家が、ようやく顔を上げた。

「いろいろ話が聞けそうだ」

　ふたりの対峙に、清宮は唾を飲んだ。迫っている実感があった。スズキにとってこれは、たぶん、初めておとずれたイレギュラーだ。

　しかし清宮は、類家の一連の発言を調書としてタイプできずにいた。更新された情報には、はっきりこう書かれている。両者とも死後三日程度。

　取り調べで、嘘の情報を伝えることは規則に反する。証拠や証言に関するものでそれをしたとなれば裁判でも不利に働く。清宮は、ぴたりと止まった指を一度強くしならせた。

これが、スズキの用意したステージか。そして類家は平然と、おなじリングに立っている。セコンドに退いた自分にできるのはサポートだけだ。腹に力を入れ直し、創作に近い台詞を打ち込んでゆく。

「よかったね、タゴちゃん。失くした記憶、彼が補完してくれるかもしれないよ」

スズキが返した笑みは、いかにも作り物めいていた。信じているとはかぎらない。これがスズキによる殺人ならば、生死は確認済みという可能性もある。

「まあ元気出しなよ。誰にでもミスはあるって」

「ミス？　わたしがいつ、どんなミスを？」

「いいから、いいから。彼が快復したあかつきにはさ、根掘り葉掘り洗いざらい、ぜんぶしゃべってもらうから。せいぜい楽しみにしときなよ」

「それはもう、お好きにされたらと思いますけど、でも、ええっと、どなたさんでしたっけ？　山脇さんでしたっけ。仮にその人がわたしのことを知ってるとおっしゃっても、わたしの記憶が戻るとは思えません。どうしても思えないんです。彼がどうこうでなく、あくまでわたしの問題ですから」

「生きのびたのが山脇だって、よく知ってるね」

「ちがうんですか？　ごついほうが助かったんでしょ？」

「山脇のほうがごついってのは、どうしてわかるの」

「刑事さんが教えてくれたんですよ。ノッポだって」

「そう。おれはノッポっていっただけ。この言葉、個人的にはヒョロガリのイメージがあるんだよ。日系のアンドレアスのほうが、よっぽど巨大な感じじゃない？　彼が一六〇センチ台の小柄な青年だなんて、誰も想像しないでしょ、本人を知らないならさ」

取り出したスマホをいじりつつ、類家は反論の間を与えない。

「まあいいや。あんたの霊感、なんでもよく当たるし」

ああ、それから、と付け足した。

「ごめんね、タゴちゃん。山脇も梶も、ドラゴンズにはいないみたいだ」

空気が冷えるのを感じた。それはおそらくスズキタゴサクの温度だと清宮は思った。類家の口撃は、確実にスズキの神経に刺さっている。

一方で、空恐ろしくなった。本部から送られてきたわずかな概要を瞬時に武器とし罠を張った類家の機転は、感嘆と同時にある種の危惧を清宮に抱かせる。それはスズキに対する畏怖と、いったいどれほどの差があるのか。

「どのみち、だいぶはっきりしてきたね」

「何がです？」

「共犯説」

スズキから、完全に表情がなくなった。

そうか、と遅れて清宮は理解した。山脇と梶が死んだのはたった三日前。よほどのことがないかぎり、爆弾製造の実験室に気づかないはずがない。

「この事件はチームプレイ。シェアハウスに住んでた四人が計画し、実行した犯罪。そう考えると、いろいろつじつまが合うんだよ」

おれがさ、と上目づかいにスズキを見やる。

「いまいちピンとこなかったのは場所なんだ。秋葉原、東京ドームシティ、九段に代々木。あんまり統一性がない。でもこれが、四人の思惑の結果だっていうなら納得できる。たとえば九段の新聞販売所。あそこには外国人の従業員がいるらしくてね。かつてアンドレアスが働いていたって不思議じゃないだろ？　従業員なら配達用バイクが外にならべてあるのは知ってただろうし、何かしら恨みを抱いてた可能性もある。だからあそこが選ばれた。代々木公園はタゴちゃんの希望だよね？　あんた、あの公園で暮らしてたんだ」

スズキは答えない。類家も答えを求めない。しゃべりながらタブレットで本部へ矢継ぎ早に要望を送っている。至急山脇たちの経歴と職歴を調べること。そして次に狙われそうな場所について――。代々木公園の生存者にスズキの顔写真を見せること。

「この先しっかり捜査をしたら、秋葉原や東京ドームシティとの関わりも出てくるかもね。もしかしたら山脇との因縁が」

「とんでもないストーリーです」スズキの口もとに余裕が戻る。「とんでもないですが、あり得ないといい切れないのがつらいです。げんにわたし、動画に映っちゃってますからね。わたしは彼らといっしょに住んでて、彼らは犯罪者集団で、爆弾の製造に精を出し、計画に知恵を絞って、そのなかのひとりがたぐいまれな催眠術師だったとしても、なんら不思議じゃないですもんね」

「同感だ。おれもそう思うよ。事件のリーダーは三人の誰かで、あんたはたんなる兵隊にすぎないって」

　スズキが、わずかに目を細めた。その変化の小ささが、偽りない不快感であることを物語っているように感じられた。おのれを卑下しつづける男が垣間見せた、プライドの片鱗として。

　一方で、類家の断定がそれを引き出すための挑発なのか、清宮は測りかねた。たしかに共犯なら、主犯と従犯に分かれていてもおかしくない。スズキが誰かのいいなりだったパターンもあり得る。

　激しい違和感が胸に生じる。スズキを過大評価している恐れを頭で自覚しながら、それでも清宮には、この男が計画の中心でなかったという考えを受けいれるのは難しかった。

「リーダーは辰馬くん」類家の声に迷いはない。「――に、おれは一票かな。爆弾をつくれるし、ひとりだけ爆発してるのも意味深だしね」

「いいんです？　そんなあやふやな根拠で決めつけたりして。こんな事件の首謀者にされたらご家族もきっと迷惑するのに」

「へえ、あんた意外と、そういうの気にするんだね」

開きかけた口をいったんゆがめ、スズキはふっと不気味に鼻を鳴らした。

違和感が疑惑へ変わる。信じていいのか？　おまえの推理は、正しい道を進んでいるのか。

類家が、タブレットをスチール机に置いた。両拳を肩幅でのせ、スズキと向き合う。感情の兆しがあった。おなじものが、スズキからも感じられた。恐れでも怒りでも、苛立ちでもない、得体の知れない高揚が、この狭い部屋に充満し湿度を上げる。

「そろそろやらない？　《九つの尻尾》」

「刑事さんとはしませんよ。嘘つき相手じゃ、あれは意味がないですからね」

「おれが嘘つき？　心外だなあ。正直一筋で生きてきたつもりだけどね」

「ええ、そうなんだろうと思います。刑事さんは、だから嘘をつくんです。自分に正直な人間ほど、平気で他人を騙せますから」

「なかなか、含蓄のある台詞だね」

「昔から、周りの人間が馬鹿に見えて仕方なかったんでしょ？」

すっとスズキが、牙を剥いた。

「友だち、親、学校の教師。兄弟はいますか？　いるならその人も、あなたは蔑んでいたはずです。恋人はどうですか？　甘ったるいデートを心から楽しめましたか？　くだらないプレゼント、熱に浮かされた愛のささやき。そんな段取りを踏むたびに、まるで自分も馬鹿になっていく気持ちになったのでは？　それとも性欲を満たすための手続きと割りきっていましたか？　結婚。その制度の不毛さにあなたは気づいていたはずです。なぜふたりの関係を世の中に証明する必要があるのか。認めてもらう必要があるのか。そもそも拘束し合う契約にメリットはあるのか。子ども。あなたはこう考える。子どもを得るよろこびが自分に存在するかは断定できない。だが子どもをつくったあとの物理的コストは不可避だ。お金、育児の手間暇、病気の心配。子どもが犯罪被害に遭うことも、逆に手を染める恐れもある。それらのリスクがよろこびと釣り合う保証がない以上、子づくりは有益な選択とはいい難い。どうです？　そんなふうに考えたことがないですか？」

類家は黙って受け止めている。

「たとえば目の前にボタンがあるとします。このボタンを押せばどこかの国の市街地に爆弾が落ちるとします。たくさんの人が死ぬとします。代わりに大金がもらえるとします。なおかつ、あなたがボタンを押さなくても、必ず爆弾は落ちるとします。あなたはむやみに人を殺したいわけじゃない。でも自分がボタンを押しても押さなくても、どうせ爆弾は落ちるのだから、ならば大金を手にするほうが賢いと考える。そのお金のいくらかを、被害地域の支援金なんかにするほうがいいだろうと判断し、あなたはためらわずボタンを押す。あなたは迷わない。それが議論の余地なく合理的な選択肢に思えるからです。そんなボタンを押すなんてまともじゃないと糾弾する輩がいても、あなたは一顧だにしない。むしろ馬鹿かと呆れるはずです。無意味な道徳をふりかざすくらいなら、たんに金がほしくてボタンを押す奴のほうがマシだと、あなたはそう思ってる。仮にあなたが最初の志を忘れてしまって、支援金なんてもったいないとケチっても、正しさはゆるがない。だってあなたには関係がない。じっさいに爆弾が落とされた人々の、個々の顔を知りはしない。苦痛に歪む顔、悲鳴、絶望の血だまりを、あなたはじっさい目の当たりにしないし、臭いを嗅ぐこともない。エアコンが効いて快適な、整頓されたデスクでアールグレイを飲んだりしながらパソコンを眺め、爆弾が落ちたどこか遠くの惨状に少しばかり心を痛め、仕方ないんだとつぶやいて、シャワーを浴びにいくんです。今日も明日も明後日も、いつもどおりに過ごすんです。恥じることは何ひとつない。ごく当たり前の人間の、当たり前のあり方です」

わたしはね、とスズキがいう。

「心からそう思っているんです。これがほんとに、当たり前だと疑ってないんです。皮肉でもなんでもなく、自分勝手こそ、人間の真実だって。なのになんで隠すんです？　そこにきれいな女の人がいたら押し倒したいと思いませんか？　無理やり姦ってしまえたらって、少しは頭をかすめませんか？　ムカつく奴がいたら殴りたくなるし、弱い者いじめは楽しいに決まってるんです。自分を崇(あが)めない連中は全員後悔させたいし、威張ってる成功者を痛めつけて『ざまあ』って嗤うのが人間なんです。他人の苦しみがわからないのかって？　そんなもん、わかるわけないです。わかるつもりでいるほうがどうかしてます。そうでしょう？　刑事さんもそうでしょう？」

　スズキの唾がスチール机に飛んだ。

「わたしたちの人生は、自分が死ぬまでつづくんです。誰かが死んだってつづくんです。欲望が尽きないかぎり、おもしろおかしくつづけることができるんです。そして自分が死ねば、ぜんぶ終わりです。その先はどうでもいい。わたしの知ったことじゃない」

「だとしても」ため息まじりに類家が返した。「自分の人生が終わらないように、できるだけ長つづきするように、ぶっ壊れた爆弾魔とか通り魔に襲われて終わっちまわないようにさ、少しでもその確率を下げたくて、だからみんな、あんたのいう『良識』ってやつをでっち上げてきたんじゃないの？　嘘くせえって思いながら空気を読んで、適当にやり過ごそうって」

「かもしれません。でもわたしの人生に関しては、適当にやり過ごすには退屈すぎます」

　急にいきおいをつけ、類家に迫る。

「刑事さんもそうでしょう？　退屈で嘘にまみれた世の中に、愛想をつかしているんでしょう？」

「勝手に決めつけんなよ」乱暴に、類家は髪をかきまわした。「おれはあんたほどすれちゃいない。期待に沿えなくて悪いけど、世の中はまんざら捨てたもんじゃないと思ってる。たとえばオーセンティックの地球儀。あれを眺めたり撫でたりするのが暇なときの楽しみだ。たとえば銀河M87のブラックホール。世界初の撮影が何をもたらすのかわくわくしてる。来年に発売されるVANSの新作がほしい。連載漫画のつづきを読みたい。この仕事が片づいたらポークステーキ丼を食う。死ぬほど眠る。これも立派な欲望だ。それで充分やっていける」

疲れたように息をつき、問いかける。

「あんたにはないの？　ひとつぐらい、楽しみにしてること、大事にしている何かがさ」

苦笑を浮かべ「ありません」――そんな清宮の予想を裏切って、スズキはふっと宙へ顔をそらした。

「帽子、ですかね」

「帽子？」

「ええ。この十円ハゲを仲間に嗤われていたころ、親切な人がくれたんです。あげるから使っていいって」

包帯が巻かれた右手を、頭頂部のそばでくるりとまわす。

「相当醜かったんでしょう。目障りだったのかもしれません。ともかくわたし、それをかぶることにしたんです。せっかくだから、かぶりつづけることに」

「ドラゴンズのキャップ？」

スマホを仕込んだ喫茶店でマスターが目にしたものだ。

不敵に、スズキがうなずく。

「それ、どこへやったの？　シェアハウスじゃ見つかってないようだけど」

「なら、なくしたんでしょう」

「そんな大事なものなのに？」

「はい、なくしたんです。かぶりつづけるつもりだったんですけど、『もういいや』ってなったんです。いざ脱いでみると、頭がすーすーとして、とっても自由な気分です」

穏やかな笑みは晴れ晴れとしていた。そこに清宮は、おぞましさを感じずにいられなかった。

ほぼ間違いなく、辰馬からもらったものだ。ドラゴンズファンだった長谷部のプレゼント、あるいは父親の影響で辰馬自身もファンだったのか。

それを、スズキは脱いだ。「もういいや」。破滅的な犯罪へ踏み出す一歩がそこに象徴されていた。社会の隅っこから、社会の外へ。

かぶりつづけるつもりでいた野球帽。それをスズキに与えたのも、脱がせたのも辰馬ということなのか。シェアハウスに呼び寄せ、爆弾テロをもちかけて……。

だが、と清宮はここでものみ込めない棘を感じた。「もういいや」。その台詞の響きには、どこかしら痛みがあった。まるで、人間のようなものが。

「やめましょうよ、刑事さん」羽虫でも払うように、スズキがいがぐり頭を横にふった。「あなたらしくないです。そんな小賢しい正論は、退屈に溺れても平気な凡人に任せておけばいいんです。わたしと刑事さん、能力は月とすっぽんくらい離れてますけど、でも一周まわって、やっぱり近いところにいるんです。底なしにどんくさい男と頭が良すぎる刑事さん、行き着く先の答えはいっしょです。ごまかしに従って生きるほど、この世界に価値はない」

静かだった。次々言葉があふれているのに、そこに静けさがあって、清宮は寒気を覚える。

「嘘にまみれた長生きがなんだっていうんです？　生まれた瞬間から麻薬に浸かって快楽の絶頂だけを経て死ぬ命を、誰がどうやって不幸と断じるんです？　その程度なんですよ、命なんて」

「だったらジャンキーになればいい。ブツなら用意してやる。好きにキメてひとりで死ねよ」

「魅力的な案ですが、もう駄目です。手遅れです。それでは満足できません。成長とは、まったく罪深いものなのです」

「一時だ」清宮はつとめて事務的に口を挟んだ。そうしないとスズキの語りに毒される。幼稚で野蛮な感情に引きずり込まれる。骨の折れる感触が、理性を蝕む。

「まだ、あるんじゃない？」

類家が尋ね、スズキはとぼけた仕草で応じた。

「動画だよ。第二弾があるだろ？　さっきのボタンの話、あんたはこうも思ってる。ふつうの人間はボタンを押す。賢ぶった奴ならそれを正当化して押す。でも想像しない。押したボタンで落下する爆弾が、自分の頭上に降ってくるかもしれない可能性までは」

スズキは楽しげに瞳を広げ、類家を見つめる。

「あんた、全員を巻き込みたいんだ。じっさい被害に遭わない奴も、都内に住んでない奴も、まとめて仲良く、加害者として」

類家が、ゆっくり息を吐いた。

「――視聴回数か」

え？　と声をあげたのは縮こまっていた伊勢だった。

「動画の視聴回数。それがトリガー、条件なんだろ？　一万回か二万回か知らないが、ある回数に達したとき、起爆装置が目を覚ます。ちがう？」

「すごく、おもしろいアイディアです。わたしのオツムじゃ、そんな仕組みは実現できそうにないですけども」

「あんたがする必要はない。辰馬でも山脇でもアンドレアスでも、できる奴がやればいい。爆弾の製造もそうだろ？　あれを受けもったのは理系の辰馬だろうから」

「くわしく聞けるといいですね。そのへん、もしちゃんと、山脇さんが助かってたら」

余裕か虚勢か、清宮には判断できない。

「でも刑事さん。再生回数で爆破が起こるなら、それがいつになるかはもうわかりませんね。さすがにわたしの霊感は、そこまで立派じゃないですもん」

おどけるスズキを、類家は手のひらで制した。

「動画サイトの再生回数にリンクさせて起爆装置に信号を送る――おそらく、それは無理だ。セミプロが背伸びした程度じゃ実現不可能。けっきょく爆弾は時限式。だからこそ次の動画が必要なんだ。事実があきらかになる前に、公開しなくちゃならないからさ。動画を目にした連中に、おまえもボタンを押したんだぞと刷り込むために」

つまり――。

「次の動画はフェイク。フェイクの数字を根拠に、あんたは爆発の宣言をする」

類家が突き出した人差し指に、スズキは微笑をたたえていた。その満足げな面持ちが、むしろ正解なのだと清宮に確信させた。

「どんな突拍子がない推理でも、刑事さんがいうとそれらしく聞こえるから不思議です。まるで、刑事さんが犯人みたいだ」

「冗談じゃねえ。こんなつまらないこと、おれはしない。ついでに教えとくけど、おれは片づけが苦手だし、飲むのは緑茶と決めている。そして夏はクーラーより扇風機派だ」

「憶えておきます」

ほどなく類家が予想したとおり、動画の第二弾がアップされた。

前回とおなじようにスズキが映った。正面のバストショットで、ライトを頭上から浴びている。手には紙を持っている。


みなさんこんにちは、スズキタゴサクです。

お元気ですか？　ご無事でしょうか？

この動画が公開されないことを祈っています。なぜならこれは、さきほどの動画の拡散率がある上限に達した時点で配信されるプログラムになっているからです。その条件を満たしたことをお報せする動画だからです。

拡散率は再生回数、シェアの回数、スズキタゴサクのワード検索数などをもとに算出しています。かなりたいへんなプログラムのようで、ここに概要が書いてありますけど、英語ばかりでよくわかりませんし、読む自信もないので割愛します。くわしくは犯人を捕まえて訊いてください。

結論から申します。みなさんの熱心な布教のおかげで、みなさんの1クリック1クリックのおかげさまで、目標は無事に達成されました。よって爆弾は爆発します。爆弾が爆発というのは爆がかぶっていて気持ち悪いのですが、もっと良い言い方も思いつきませんし、ここにそう書いてあるのでそう読みました。

みなさん、お気をつけください。爆弾は、これから都内のいろんなところで爆発します。探すのは無理だと思います。安心な場所もないと思います。おウチも安全じゃありません。そのへんの排水溝に隠してあるかもしれません。ゴミ捨て場のゴミがそうかもしれません。爆弾の威力はなかなかのものなのでご近所一帯、もれなく被害に遭うでしょう。

会社も駄目です。国会議事堂も駄目です。偉い人は地下シェルターへ逃げることをお勧めします。

安全なのは中野区野方警察署だけです。ここに爆弾がないことは保証します。ここで爆発は起こりません。職員のみなさんは快適にお仕事に励んでいただければと思います。

さて。爆弾を止めるすべはないのでしょうか。ぜったいに無理なのでしょうか。

ひとつだけ、方法が存在します。これはまだ内緒の技術ですけども、じつはこの爆弾の起爆装置には三段階のステップがあります。一、起爆装置が起動する。二、所定の時間が過ぎる。三、それを受けてホストマシンに連絡がいき、承認の返信とともにボカンです。この連絡と承認は、いわば電話の発信と着信で、難しいやり取りはありません。ホストマシンが動いていれば、それでこと足りるのです。ようするに、ホストマシンを見つけて壊せば、爆弾は永遠に眠りつづけることになります。

では、ホストマシンはどこにあるのか。

答えは犯人の体内です。生体反応によって作動する摩訶不思議な装置なのです。

わかりやすくいい換えます。

犯人を見つけて殺せば、ホストマシンは無効化します。爆弾は止まります。

でも気をつけてください。殺害以外の方法でホストマシンを取り出そうとした場合、高い確率でいっせいに爆発の指令が飛びます。ぜんぶの爆弾がボカンです。

わたしからは以上です。

ああ、それと、いまさら蛇足になりますが、わたしはこれを読まされています。わたしは事件の犯人ではありません。犯人に脅されているんです。犯人は催眠術の達人で、わたしの記憶はこのあとすっかり消されるそうです。

ではまた、いつか。スズキタゴサクがお伝えしました。

「何を考えてるんだっ」

思わず机を殴りつけた清宮のとなりで、伊勢がびくりと身体を震わせた。

この動画を観て、スズキが脅されていると信じる者はまずいまい。誰もがこいつこそ真犯人だと確信をもつはずだ。

おなじくらい、でたらめな装置も怪しいと思うだろうが、しかしこちらは信じる一般人がいてもおかしくない。

そして爆発は起こる。事実として起こる。すべての嘘を帳消しにする爆弾テロは起こるのだ。

すでに代々木公園の惨事は大々的に報じられている。警察が公開したスズキの顔写真も手伝って、二本の動画は巷間に広まるだろう。海外サイトに削除依頼をしたところで追いつかない。すでに出まわっている映像を取り締まることは困難だ。

必ず現れる。犯人を吊るせと叫び、野方署に石を投げつけにくる人間が。怒りと恐慌に駆られた群衆のなかには、本気でそれを正義と疑わず、実力行使に訴える者もいるかもしれない。

見誤っていた。これが野方署に居座ろうとした、ほんとうの理由だ。

「――死にたいのか？」

「死にたい？」

スズキが目を丸くして清宮を見た。

「まさか。ご冗談を。死にたいわけがありません。わたしはね、清宮さん。しっかり天寿をまっとうするつもりです。それが唯一の生き甲斐なんです」

「長生きなんて無意味だと、ついさっき聞いたけどな」

類家の茶々に、スズキは小さく肩をすくめる。「あれは一般論です。わたし、小心者ですからね」

それに、とほほ笑む。

「それにもし、襲われそうになったとしても、守ってくれますでしょ？　刑事さんたちみなさんで、力を合わせて、わたしのことを」

醜悪だった。心底のクズだ。ふたたび骨の折れる感触がよみがえった。あのとき、こいつの指でなく、喉仏をつかんでいたら――。

「動くなよ、伊勢さん」

はっと目を向けると、伊勢が息をのんでいた。尻が浮き、手が拳になっていた。危ない――。すぐそばの暴走に気づけないほど、自分は頭に血がのぼっていた。

「痛めつけたってよろこばすだけだ。どうやらこの人、史上稀にみる傍迷惑なドM野郎らしいから」

「なんですか、それ。よくわからないですけど、なんとなく失礼な気がします」

「だってそうだろ？　あんたらがどういう話し合いで役割分担を決めたかは知らないけどさ、ここにこうしているってことは、タゴちゃんの目的がそうだってことだもん」

いわれて清宮も気づいた。動画に映っていることからしてスズキが犯人役をつとめることは計画どおりとみなしていい。しかしその気がなければ、仲間が死んだ時点で降板もできたのだ。にもかかわらず取調室に出向いてきたのは、この状況をスズキ自身が望んでいたと考えるよりない。

「捕まるのはもちろん、殴られたり怒鳴られたり指を折られたり、死刑どころかリンチだって厭わない、むしろ求めてる。たしかにこりゃあ、無敵の人だ」

「それが答えですか？」

「なんだって？」

「わたしの心の形です」

類家が口を閉じた。じっとスズキと向き合った。

スズキの顔から、表情が消えていた。見つめるのでなく、じっと奥まで眺めるようなあの視線だった。

「わたしの心の形を当てるんでしょう？　刑事さんの答えはそれですか。史上稀にみる傍迷惑なドM野郎」

「一回勝負とは聞いてない。もうちょっと質問させろよ」

「駄目ですよ。清宮さんのときもふくめて、わたし、けっこういろいろ話してますから」

「――あんたの望みを、当てたらいいの？」

「わたしの心の形がそれだというなら、そうしてください」

「ピタリ賞は何？」

「そうですね。わたしの霊感をフル稼働して差し上げるというのはいかがです？　もしかすると爆弾の仕掛けられている場所を、ピピンと閃くかもしれません」

「……羽振りがいいじゃん。俄然やる気が出てきたぜ」

「よかったです。ぜひがんばってみてください。でもどうでしょう。たぶん、刑事さんには当てられないと思います。なぜなら刑事さんは、それをもってないからです。自分がもっていないものをいい当てるのはたいへんです。だから外しても、気に病む必要はありません」

「お気遣い、痛み入るね」

皮肉を返し、類家は宙を見やった。周囲を忘れたように身動きを止めた。

「……証明願望。ジャンキーのほうがふさわしいか」

つぶやき、正面を向く。

「あんたは嘘を嫌ってる。宿題をやったやらないの嘘じゃなく、モラルや道徳、常識。そんなのはごまかしだと憎んでて、それに囚われない自分こそ自由だと信じてる。人間の本性は残酷で醜くて、暴力的で身勝手だと、世間に証明したがっている。法律さえも、あんたにとっては綺麗事（きれいごと）だ。もうすぐここへ安全を求めて市民が集まる。怒れる人々もくる。おれたちは彼らからあんたを守る。それが規則で、法律だから。でもその場にいる全員が、それを望んでいないとあんたは知ってて、その馬鹿げた矛盾の構図が実現したときこう嗤う。ほらね――と」

昼時の陽が差し込むなかに、寒々とした空気があった。言葉にすれば浅はかな願望が、スズキと半日過ごすうち笑い飛ばせなくなっている。

事実、清宮はスズキの指を折った。暴力を、引きずり出された。

「わりといい線なんじゃない？　ピタリは無理でも、努力賞をもらえるくらいは」

スズキが、右へこくんと頭をかたむけた。次に左へ、おなじようにゆらした。振り子で動くブリキ人形のようだった。

「焦（じ）らすなよ」

「いえ、がっかりしているんです」

振り子運動を止め、スズキはいった。「やっぱりあなた、わたしの嫌いなタイプです」

類家はじっと先を待った。

「あなたは賢い。あなたは学んできた。あなたは上手くやってきた。ただそれだけです」

淡々と、スズキはつづけた。「表面をなぞった解釈、妥当な分析、それでいてなんとなく気の利いた説明。安全な理屈のミニチュアを、一歩も踏み出そうとしていない」

両手をスチール机に突き、目を開く。

「もっとわたしを見たらどうです？　清宮さんはそうしてましたよ？　伊勢さんだってそうでしたよ。ほら、見てください。この、わたしの顔を」

身を乗り出した拍子に水のペットボトルが倒れたが、類家は微動だにしなかった。

「気持ち悪いですか？　こんな顔は飽き飽きですか？　でもね刑事さん、この目の中に、あなたが映ってますよ。上司の汚名返上に名乗り出て、意気揚々と勇んだ顔です。わたしのことなんて、どうとでもなると思ってたんでしょう？　じゃなきゃあなたは出てこない。あなたは勝算なしに戦えない。ほんとの意味での無謀はしない。突飛な振る舞いも、ぜんぶ計算の範疇だ。あなたは失敗を回避する。事前に最悪を想定し、言い訳の用意に余念がない。割りきる準備を怠らない。あなたは多くを期待しない。よろこび、快感、浪漫。そんなの幻想だと思ってる。妄想だと決めつけている。あなたはいつもこう思う。何もかも、なるようにしかならないのだと」

取調室に、スズキの声が充満してゆく。

「それを冷めた心で受けいれて、冷めた自分に安心している。あなたは誰にも与えない。与えることは拒まれる可能性を孕むから。あなたは他人に平気で嘘をつける正直者で、同時に自分は騙されたくない臆病者だ。あなたは自分が嘘まみれの世界にいることを自覚して、嘘しかないとあきらめて、あえて騙されているんだと嘯く青っ白い強がりだ。でもあなたは知ってる。勘づいている。もっとある。もっと美しいもの、もっと自分の命にふさわしい欲望が、どこかに存在していることに」

肩をすぼめ針になった全身がまっすぐ類家へ向かっている。

「でも認めない。認めたら求めなきゃいけなくなるから。目をそらせなくなるから。それを手に入れるためにしゃかりきになるなんて、あなたは怖くてできやしない。それを得られる保証がないから。間違ったとき、しくじったとき、自分が否定されるだろうって、想像してしまうから。あなたがいちばん恐れているのは、傷つくことだ」

机のすれすれから見上げていたスズキが、そこで身体を起こした。

「だからあなたは永遠に、わたしの友だちになれないんです」

潮が引くように熱が去った。宙を舞う埃にまじって残響が漂った。

「御託は終わり？」

類家は、億劫そうに天然パーマをかきむしった。

「メンタリストの真似事で満足した？　コールドリーディング。誰しも少しは当てはまることを、さもピンポイントで指摘したように思わせる、似非占い師のよくある手口だ」

「ほら、また平気そうな顔をする。余裕ぶった態度をとる。解釈と説明に逃げて、そうやってちっぽけなプライドを保つんですか？　つまらない人間だとバレるのが怖いんですか？」

「あーいえばこーいうだな」

「あ、腕を組みましたね。何を守ってるんです？」

「阿佐ケ谷はもう捜索してるぞ」

「はい？」

スズキのいきおいが止まった。「——どこです、それ」

「長谷部が自殺した駅だ。とぼけるなよ、見苦しい」

総武線阿佐ケ谷駅は野方署から西へ二駅、一日の利用客は新大久保同様、十万人規模である。

共犯説が有力になってすぐ、類家はタブレットから提言を飛ばしていた。上層部はそれを受けいれ、現在鉄道会社の協力のもと利用客の避難を進めている。

「人生の暗転を決定づけたゆかりの地。辰馬が狙うならここしかない」

ふうん、とスズキは椅子にもたれ、腹のところで手を重ねた。

「説得力はある気がします。で、見つかったんです？　爆弾」

「手をつけたばかりさ。まだ時間には余裕がある」

「なぜ、おわかりに？」

「次は四時だからだよ」

スズキから表情が消えた。

「申の刻――はどうでもよくて、たんに長谷部の自殺が、午後四時だからだ」

当時の捜査記録によると長谷部はその日、早朝に自宅を出て最寄りの阿佐ケ谷駅から千葉方面行きの電車に乗っている。そして午後四時、ふたたび阿佐ケ谷のホームに降り、次の電車に身を投げた。所持品のＩＣ乗車券には入場以外の履歴はなく、半日近くをどこぞの駅で過ごしたか、そうでなければ総武線を往復したり、山手線をぐるぐる回るなどして電車に乗りつづけていたとみられている。死に場所を探していたのか、決心をつける時間だったのか。

「どっちにしろ、辰馬が選ぶ時刻としては申し分ない。四時なら利用客も多いだろうし、復讐にはもってこいだろ」

「復讐、ですか」

「驚くほど完璧な、逆恨みだけどな。床のトラップ爆弾もそう。あれは父親を切り捨てた警察への報復、捜査員を狙った罠。――おっと朗報だ。アンドレアスが九段の新聞販売所で働いてたって確認がとれたよ。はは、素行不良で解雇されたんだってさ、彼。まだあるぞ。あんたが喫茶店に仕込んだスマホ、契約者は山脇らしいね。データの復元もできそうだ。どんどん外堀が埋まっていくな」

タブレットにかぶりついていた頭が、急にずいっとスズキに迫った。

「おれがいったあんたのミスは、シェアハウスの場所を早く教えすぎたことだよ、タゴちゃん。あの場所をいつ教えるかは、あんたが好きに決められたはずだ。直接住所をもらすでも、例の喫茶店をにおわすでもいい。捜査員が飛んでいくのは自明だからな。じっさいは母親から辰馬の住まいにたどり着けたわけだけど、それはあくまでイレギュラー。おそらく辰馬の予定だと、シェアハウスの爆発は阿佐ケ谷よりあとだったんじゃない？　なのにあんたは早まった。伊勢さんを手玉にとるのが楽しくて、ちょっとはしゃいじゃったかな？　おかげで共犯者の存在がわかって次のターゲットが特定できた。くだらないクイズや霊感に頼ることなくね」

確実に、一太刀が入った。ここにきて共犯説はゆるぎないものに思われた。シェアハウスの情報は刻々と更新されている。事件の全貌は、まもなくあきらかになる。

しかし、スズキに浮かぶのは動揺ではない。消えた表情は、むしろ穏やかに、この状況を味わっているようにさえ見えた。

何か、嚙み合わなさを清宮は感じた。共犯説。ほんとうに、この絵柄は合っているのか。いまさら自分が組もうとしていたパズルに未練はない。だが、それでもなお、のみ込めない棘がある。

「阿佐ケ谷に爆弾はある。問題は、ほかの場所がどこかだ」

類家の指摘で現実に引き戻された。シェアハウスにあった薬品などの備品から、すでに専門家は製作可能な爆弾の個数を割り出している。多くても二十個程度。容器の外装に使われているプラスチックケースはまとめ買いされており、試作と思しき四個を除き、三十個入りの箱に六個が残っていた。数は合う。上限二十個の推測は、信頼に足る数値だろう。

代々木公園では炊き出しの列を囲うように三個がいっせいに爆発している。幼稚園で見つかったのも三個だ。床のトラップは爆薬が少なく、カウントにふくまなくてよいという。すると、これまでのものと合わせて合計十個が爆発、回収済みとなる。多くても残り十個。すべてが阿佐ケ谷にあるとは考えにくく、複数の標的が設定されている見込みが高い。喫緊の課題は、それらを無事回収し無力化することである。

阿佐ケ谷駅に仕掛けられている。その推理に異論はない。

だが、と疑問が浮かんだ。いったい、駅のどこに仕掛けたのだろう。近年、駅構内のセキュリティレベルは格段に上がっている。シェアハウスの三人が死に、スズキが捕まっている以上、ふらりと訪れゴミ箱に投げ込む真似もできない。ふつうに考えれば事前に仕込んでおく必要があるが、そんなことが可能だろうか。事件はすでに日をまたいでいる。いくら小さな小包とはいえ、清掃や点検の目をかいくぐれるのか。最有力はコインロッカー、落とし物保管所だが――。

「五人目の、お仲間がいるんだよね？」

辰馬たち以外に？　類家の断定口調に虚を突かれたが、冷静に考えると、それは当然疑うべき可能性だった。共犯者の人数が確定したわけではない。いまこの瞬間、残りの爆弾を抱えた謎の人物が街を徘徊し、阿佐ケ谷やほかの場所に爆弾を仕掛けようとしていてもおかしくないのだ。

しかし、とふたたび違和感がふくらんだ。論理では説明できない気色悪い手ざわりが。

「お仲間、ですか」

まるで、清宮の思考をなぞるようなつぶやきだった。

「そう。危機管理上も捨てられない考えだけど、それとはべつに五人目説はかなり有力な気がするね。だってあんた、山脇が助かったって聞いたとき焦ったろ？　それまでほとんど貫いてきた小芝居を、崩してさ」

清宮も憶えている。山脇が生き残ったという類家のブラフにスズキが見せた顔。おどけも卑下もなくした真顔。

「はっきりいって共犯者がいようがいまいが、誰が何を証言したってあんたは捕まる。十人以上の一般人を無差別に殺した罪で裁かれる。それを理解してないはずもないのに、なんで生き残りにビビる？　ありそうな答えはこう。まだ隠しておきたい何かがある。それを山脇に証言されたら困る。爆弾の場所？　あんたの素性？　そこに五人目のメンバーをならべても見劣りはしないんじゃない？」

「刑事さん」

遮るようにスズキがいった。

「集団自殺を企てる人間って、どんなふうだと思います？」

「──なんの話？」

「彼らの話です」スズキが、自分の頭を指でつついた。「霊感が働きました。びっくりするほど鮮やかに。彼ら──この事件の犯人たちは、自殺です」

類家は答えなかった。気のない様子でスマホをいじりながら聞く態勢をつくった。

「死因は毒物でしたよね？　彼らは生きているのが嫌になって、みんなで死のうと決心して、何か不都合はありますか？　彼らがそれを自分で口に入れたと考えて、でも最後に、このどうでもいい世界に対するムカつきを多くの無関係な人々にぶつけようと決めたんです。ついでの道づれで、殺してしまおうってね」

スズキが、折れていない左手の人差し指でスチール机をトンと叩いた。

「もちろんわたしに、そんな連中と暮らした記憶はありません。ありませんけど、でもきっとこんなふうだと思うんです。彼らには、自分しか存在してない。自分と自分以外はすっぱり切り離されていて、透明な壁ができていて、だから他人も、社会も、未来も、ありがたみなんかこれっぽっちもないんです。自分の人生すらおまけです。たとえば出来損ないのテレビドラマを惰性で観つづけるように、カウントダウンを待っているんです。自意識だけが、いつもお腹を空かせてるんです。彼らが残虐な犯罪に手を染めたのも、復讐なんて上等なもんじゃない。メッセージもありません。ただたんに、それが少しマシだからです。退屈なドラマのエンディングを、ちょっと盛り上げようってぐらいのもんで」

スズキが、わずかに首をかしげる。「でも彼らは、そんなにおかしいでしょうか？　異常でしょうか。ふつうの人と、そこまでちがいがあるんでしょうか。わたしにとってはおんなじです。彼らに殺された人々も、彼らを恐れている人々も、怒っている人も、おもしろがっている人も、正直なところどうでもいいです。べつに知り合いじゃないですからね。わたしは彼らを知らないし、わたしのことを彼らは知らない。わたしを見てくれるわけじゃない。いえ、仮に目の前にいたって、向かい合って話してたって、それは変わらないんです。いっしょに笑ったり、苛立ったりしているときでさえ、わたしたちのやり取りは、ようするにウンとかスンに等しいんです。彼らにとってわたしはどうでもいい存在で、わたしにとっての彼らもどうでもいい存在なんです。わたしを見ない人々は、わたしにも見えません」

もし、と人差し指が机を叩く。

「もしもわたしが刑事さんのおっしゃるような立場にいて、つまりあのシェアハウスで彼らと暮らし、犯罪計画に加担して、そして思いもしない生き残りがいたとして。もしもわたしが焦るとしたら、恐れるとしたら、それはそいつがわたしについて好き勝手にしゃべるかもしれないってことだけです。わかりますか？　世の中への怒りだとか復讐だとか頭のイカれた愉快犯だとか、さみしい奴だったとか、そんな説明がなされることを、わたしは心の底から嫌悪します。彼らの言葉が、共犯者という立場ゆえ、さも、わたしという人間を正しく描いているように受け止められてしまうのは、とてもとても、耐え難い。醜悪で、許し難い嘘だ。だってそうでしょ？　しょせんわたしは彼らにとって顔のないのっぺらぼうで、わたしにとっての彼らもみな、のっぺらぼうです。わたしたちは仲間でも、まして友だちなんかじゃなく、のっぺらぼうが集まった、ノッペリアンズにすぎないんです」

陽の光が強まって、スズキの顔がよく見えない。

「のっぺらぼう同士には、邪魔も迷惑も存在しません。人間らしいつながりはないんです。それは刑事さんもいっしょです。彼らとまったくいっしょです。わたしにとって刑事さんはのっぺらぼうです。だって刑事さんは――」

ノックもなくドアが開いた。背筋が凍った。とっさに類家と席を替わっている言い訳を探したが、それを見つけるよりも先に視界を青い制服が猛然と横切った。清宮には目もくれず、その人物は類家を押しのけスズキの眼前に両手を叩きつけた。類家がパイプ椅子から転げ落ちるのと同時に、「倖田?」という伊勢のつぶやきが聞こえた。

「スズキ」倖田と呼ばれた女性警官が机を挟んでスズキに迫った。清宮の位置では横顔しか見えず、表情は定かでなかったが、ただ、女性としても小柄な全身が逆毛立つように強張っているのはわかった。手負いの獣が最後のひと噛みを狙う緊張に圧倒され、清宮は動けなかった。

その拳はわずかな隙間すら握りつぶさんと固く握られていた。荒い呼吸は言葉を探しあぐね、あえいでいるように見えた。時間にすれば一秒にも満たない刹那(せつな)、食いしばった口もとからよだれが落ちた。

「殺す」

腰の警棒へのびる倖田の右手が、やけにゆっくりに感じられた。

「殺してやる」

「よせ!」類家が飛びついた。警棒を振りかぶる倖田を羽交い締めにした。かまわず彼女は叫んだ。「ここに右足を置け!　ぶっ潰してやる」

暴れる身体を類家ががっちり押さえた。かまわず倖田は喚(わめ)きつづけた。「おまえの右足を寄越せ、スズキ!」

「うはっ」

呆けていたスズキが、突如、破顔した。「うはは！」堰を切ったように笑いだした。椅子を後ろにかしげ、ゆらしながら手を叩き、涙を流し笑い転げた。

「何がおかしい！」

「これなんです」

腹を抱え哄笑するスズキが、「これがほしかったんです」と類家にいった。

「これなんですよ刑事さん。わたしがほしかったもの、わたしの望み。このお嬢さんがくれました。これなんです。極上のそれをくれました。怒り、憎しみ、殺意です。いま彼女は、わたしを欲望してるんです。お金でも労働でも建前でもなく、純粋に、わたしを求めてくれているんです。濃度の濃い、純粋な欲望で、わたしという人間を！　こんな幸福がありますか？　誰かに欲望されること。純粋な欲望を注がれること。心から破壊を望まれること。それはもう、ほとんど愛です。打算も利用もかき消えた、安定や現状維持をぶっ壊す、愛です」

お好きでしょ？　ほんとはみなさんも、そういうの。

「理屈屋のあなたには無理だ。感情を引きこもらせた臆病者では届かない。このお嬢さんを見てください。その瞳から、唇から、毛穴という毛穴から、エネルギーが匂い立っているでしょう？　後戻りのきかない、破壊のエネルギーがあふれてるでしょう？　全身全霊が、まっすぐわたしに向いている。わたしでしかあり得ない存在に向けられている。この、わたしの顔に！　こんなよろこびが、いったいほかにありますか？　ありますか、欲望される以上の快感が」

スズキは笑いつづけた。いつの間にか倖田も口をつぐんでいた。全身の強張りが、怒りから怖気に色を変えていた。

「ありがとう」

スズキが笑いをぴたりと止めた。がくっとうなだれ、かすかに痙攣した。そしてはっとするようなやわらかな顔つきで、倖田を見上げた。

「お嬢さん、すみません。わたし、射精しました」

倖田の身体から力が抜けるのがわかった。弛緩（しかん）した笑いがあった。握っていた警棒が床に落ち、類家の拘束がゆるんだ一瞬、なめらかな動作で拳銃を抜いた。

「馬鹿野郎！」

類家が倖田を床に横倒しにした。伊勢が立ち上がり「うわあああ！」と雄叫びをあげた。「ドアを！」類家に命じられ、ようやく清宮の金縛りが解けた。スズキがふたたび笑いはじめた。

廊下に、何事かと様子を見にくる者たちがいた。なんでもないと身ぶりで伝え、清宮はドアを閉めた。

「清宮さん」

ふり返るとスズキの視線が飛んできた。

「あなたならわかりますでしょ？　純粋な破壊の欲望は、浴びるこちらとおなじくらい、与えるほうにも快感なんです。あなたも感じたはずですよ。この指を折ったとき、正直にどう思ったか、手に取るようにわかります。気持ちいい。そうでしょう？」

矛先が、類家へ移った。

「ねえ、刑事さん。わたし、ぜったい認めません。何年でも何十年でも裁判をつづけます。粘れるだけ粘りたおします。そしたら世の中の人たちは、ずっとわたしを憎むでしょう？　早く殺せと呪うでしょう？　想像するだけで気が変になりそうです。被害者の遺族さんも傍聴席にいるんでしょうね。ケツでも出してやりますか。ベロでも見せてやりますか。うはは。憎むでしょうね。殺してやるって、思うでしょうね。でもあなたたちが、わたしを守ってくれますからね。それでまた、憎しみは増すんでしょうね。赦せないってなるんでしょうね。勝ち誇ったあなたの顔より、わたしはその記憶を思い出に独房の夜を過ごそうと思います。処刑の日まで、せいぜい楽しむことにします。だってそもそも、冤罪ですから」

殺したほうがいいのかもしれない。その思考があまりに静かで、自然で、清宮は真っ白な気持ちでスズキを眺めた。そのとおりだ。おれはあの一瞬、規則のラインを踏み越えておまえの指をねじり折ったとき、たしかに充足を覚えた。言葉では足りない充足だった。心の底に沈めていた欲望。封じ込めていた野蛮な衝動。こいつは仲間ではないという確信が、それを許可した。

　清宮は拳を握り、開いた。指をしならせ、また握った。熱に浮かされている気もしたし、ひどく冷静な気もした。殺してしまったほうがいい――。もう一度、そう思った。

「やめろ。負けだぞ」

　類家が叱りつけたのは、床で悶える倖田にだった。

「暴力は、こいつの勝ちだ。それでも平気か？　こんなつまらない奴に負けて」

おい、何をしてる？　ドアの外で声がした。開けろ、おい！　野方署の鶴久が呼びかけてくる。握っているノブが動いたが、それに清宮は抗った。

「スズキ」類家が、立ちながら丸眼鏡を押し上げた。「おれが嫌ならこの人に答えろ。この人からもらった憎しみのお返しをしろ。それがおまえのルールだろ？」

　スズキは、ゆったりとパイプ椅子に身体をあずけていた。

「阿佐ケ谷のほかに、爆発するのはどこだ？」

　ドアの向こうで鶴久が怒鳴っている。伊勢は壁に張り付き青ざめている。床で倖田がスチール机の裏をにらんでいる。その先にいるスズキは満足そうにほほ笑んでいる。

「ぜんぶです」

　憐れみすら漂わせ、スズキは告げた。

「狙われているのは東京の、丸ごとの駅ぜんぶです」

第三部

1

辰馬が事件の被害者でなく犯人側とみられていることを等々力が知ったのは午後二時過ぎだった。とくに感慨もなく、そうかと思った。シェアハウスで目にした実験器具の数々にこれで説明がついた。ふと、明日香の疲れた身なりが頭に浮かんだが、近い将来あの家族を襲うであろう辛苦は想像しかできないし、それにしたってずいぶん曖昧なものだった。

一時半、手ぶらで病院から戻った等々力にリーゼントの刑事は盛大な舌打ちをし、無能にかまっている暇はないとばかりにほっておかれた。従う指示もないまま遠巻きに現場検証が進む洋館を眺めていると、ふたたび彼に名を呼ばれた。倖田の暴挙を知らされ、今度こそ叱責された。おまえが連れ帰らなかったせいだ、どういう教育をしてるんだ。黙って受け止めていると吐き捨てるように消えろといわれた。やる気のない奴は邪魔だ。士気が下がる。なんだその面は？　文句があるのか。いえ、何も。ちっ、湿気た野郎だ——。

次の命令は井筒からもたらされた。以前シェアハウスに住んでいた学生に会いにいくからとセダンにふたりで乗り込んだ。等々力は運転席に座った。

待ち合わせのファミレスへ向かう道中、井筒は饒舌だった。抜け目なくリーゼントの後ろをついてまわったのだろう。仕入れた最新の捜査情報を得々と披露した。辰馬たちのことも第二の動画も、阿佐ケ谷駅を捜索中であることも、次の爆破時刻は四時が最有力であることも等々力は彼から教えられた。

「おまけにスズキは、東京の全駅がターゲットだと嘯いてるそうです。どこまで本気にしていいか怪しいですがね」

上層部も頭を悩ませている。阿佐ケ谷だけならまだしも、東京じゅうの駅を止めるとなれば鉄道会社もふたつ返事とはならない。明確な根拠を求めてくる。最低限、数を絞ってくれという話になる。

せめて阿佐ケ谷で爆弾が見つかれば前向きな対応も期待できるが、まだその段階にはいたっていない。

「署もたいへんらしいです。開署以来の人出だそうで」

「マスコミか」

「市民もです。避難させろってのと、スズキを出せってのがまじって、てんやわんやってとこでしょう。仕方ないから避難希望者には道場を開放しているそうです」

そうか、と等々力は返した。危機感も怒りも生じなかった。わずかにさざ波だったのは、その人だかりを突破する倖田の姿を思い描いたときくらいだった。

ひとしきり話し終え、そういえばと井筒が苦笑した。「杉並署の猿橋ってのが上に呼び出しをくらったそうです。なんでだと思います？」

「長谷部と関係があったのか」

「いいえ、苗字です。犯人は干支を計画に盛り込んでるそうで、四時は申の刻なんです」

出来の悪いジョークだが、動機に長谷部がからむ以上、警察官が被疑者になっても不思議はなかった。

「本人からすれば災難でしょうが笑ってばかりもいられません。藁にもすがるほど手がかりがないってことですからね。爆弾をぶら下げてる五人目の共犯者を、ノーヒントで四時までに探すのは相当厳しい」

愚痴からも井筒の熱が伝わってきた。五人目の共犯者が実在するか確定はしていないが、「いる」ものとして捜査に当たるよう指示が出ている。確率的にシェアハウスの住人と関わる者が有力だ。やみくもな聞き込みに比べ、はるかに重要な仕事を井筒は手にした。よほど上手くリーゼントに取り入ったのだろう。

野心をぎらつかせる後輩の横でハンドルを切りながら、等々力は一滴のインクに似た疑念を持て余していた。スズキに共犯者がいた。単独犯という直感はものの見事に外れたが、そこに異論を挟む気はなかった。状況証拠は積み上がりつつある。いずれ物証も見つかるだろう。共犯説は確定だ。たかがヒラ刑事の観察眼に出る幕などない。

だが、と思わずにいられない。

上から指示が出る直前、等々力のスマホへ類家からメッセージがあった。『五人目の共犯者いる。スズキにとって特別な？』。

正規の情報よりも踏み込んでいた。勇み足ともとれる。等々力相手ゆえの私見だろう。類家へ、等々力はいっさい返信をしていない。彼も求めてこない。それでも自分の考えを伝えてくるのは、まだスズキが等々力を強く指名する展開を捨てていないからか。

取調室の様子は不明だが、一方でメッセージの意味するところは了解できた。五人目が問題視されているのは爆弾を持っているかもしれないからだ。つまり辰馬たちとちがい、五人目はまだ生きている。ある意味でスズキは、その人物に自分の命運をあずけているといっていい。

あの男が？　およそ人間の悪意しか信じていないような化け物が、いったいどんな人物に信頼を寄せるというのだ？

「そこですよ、ファミレス」

井筒に注意され、等々力は信号の直前で危うく右折レーンに進入した。

月曜の昼過ぎということもあってか、店内に客はまばらだった。禁煙席の一角に目印の旅行パンフレットが置かれたテーブルを見つけた。スーツを着込んだ青年が職場の備品だと笑った。その精悍な顔つきは夏にサーフィン、バーベキュー、冬はスノーボードへ繰り出すのがお似合いだと等々力は思い、自分の安直な偏見に内心で辟易した。

聞き取りは井筒が受けもち、等々力はメモ役に徹した。青年が去年の暮れまで例のシェアハウスで暮らしていたことは大家からも確認がとれている。時期的に、辰馬と寝食をともにしていたはずである。

住みはじめたのは三年前、大学三年生になったタイミング。金に困っていたわけではなく、好奇心から応募したのだと彼はいう。入居の翌年、年明けに辰馬がやってきた。彼の事情については大家から説明があった。父親の突然の自殺で心にダメージを負って退職し、引きこもりになっていた、コミュニケーションに難はあるが、ほどよく付き合ってほしい云々。

「べつに悪い気はしなかったです。そういう変わった出会いを求めてたとこが、こっちにもあったんで」あけすけに青年は語った。文字どおりほどよい関係を心がけたが、挨拶を交わしたり事務的なやり取りをする以外はほとんど没交渉で、大家のいうコミュニケーションに難ありの正しさは、ほどなくメンバーの共通認識となった。

「おれと辰馬くん以外に三人住んでいたんです。みんなおれより歳上の四年生グループで、春には就職で出ていく予定でした」

辰馬こそいちばん歳上だったはずだが、青年は彼をくん付けで呼んだ。

「おれも卒業までと思ってたんです。けっこう楽しくて、こういう異人種の共同生活が意外に肌に合うんだなってのが発見でした。三人が出ていったあと、新しい入居者がこなくて、しばらくふたりきりの生活になったんです。まあ、あの洋館、怪しいっちゃ怪しいですからね」

むしろいっとき五人も住んでたのが奇跡だったんだと思います、とさわやかに笑う。

「で、次にやってきたのが山脇で、聞いたら辰馬くんの紹介だっていうんです。山脇も歳上で、三十間近だったかな。最初はまあ、そういう出会いこそ醍醐味だって受けいれてましたけど、じょじょにおかしな具合になって」

ときに食卓を囲むさい、ふたりの会話は世の中への不満、皮肉、嘲り。

「それと、気持ちいい死に方についてとか話し合うんです。フライドチキンを食べながら」

うんざりしたように青年はつづけた。山脇の素性はよくわからなかった。仕事はしているようだがくわしくは教えてくれない。話しかけても無視される。陽キャくんにはわからんよと小馬鹿にされたこともある。ムカついたが、あのガタイだから歯向かう気にはなれなかった。やがて四人目がやってきた。他大学の同学年で、間違いなく気が合うと瞬時にわかった。

「でもそいつ、すぐに出ていったんです。ここは空気が淀んでるっていい残して」

似たようなことがもう一度あった。そしてそのあとにやってきたのが梶だ。

「背の低いオランダ人とのハーフでね。歳は近かったけど、卑屈な笑い方をする男で。斜め下から目を合わせる感じというか。挙動不審で、とにかく苛つく奴でした。ところが辰馬くんたちと不平不満をならべるときだけは生き生きしてて。早口で楽しそうに、引きつった笑い声をあげたりしてね。それで大家さんに聞いたら、こいつも辰馬くんの紹介だっていうんです。なんのことはない。ようするに辰馬くん、ネットで仲間を集めてたんです。自殺愛好者サイトでね」

青年は顔をしかめて語る。ある日、世界でいちばん残酷な死に方は何かという話になった。口にもしたくないような非道の数々を辰馬たちはアイドルを品評するようにうっとりと語った。それを目の当たりにし、まずいと思った。この場所にいちゃいけないという焦りが芽生えた。

「決定的だったのが、もうひとりくるって話を辰馬くんからされたときです」

大家の名簿に、その人物は載っていない。梶のあとに新しい住人はいないことになっている。

五十歳ぐらいのホームレス。顔を曇らせた青年に、辰馬はこうつづけたという。とても気の毒な人なんだ。たぶん許可してもらえないから内緒で住まわせる。大家に告げ口したら、君、どうなるか知らないよ。

「脅すふうでもなく、ふつうの感じでいうんです。ぞっとしました。マジでやばいって。それで退居しようと決めたんです」

以来、辰馬たちと連絡は取っていない。

「その五十歳ぐらいのホームレスですが――」井筒が、熱っぽく訊いた。「一度も面識はないんですか」

青年は深くうなずく。「会いたくもなかったです。だって辰馬くんが世話したがるとか、まともな人間のはずないですからね」

ニュースで目にしたスズキの顔にも見憶えはないという。

井筒が質問を重ねた。梶さんが新聞配達をされていたのはご存じですか？

「ええ。あいつは美術系の専門に通ってたらしいんですけど、友だちにハブられて辞めるつもりだってボヤいてました。日本はくそだって。日本人はタコ壺の人種だから肌の色で勝手に他人の人格を決めてくる。平和ボケのパッパラパーで世間知らずの甘ちゃんだって。何様だって思いましたけど」

梶がその認識を得るまでに歩んできた人生を、しかし青年は知りたいとも思っていないようだった。

「それは九段のお店ですか？」

「爆発があったとこですよね？　たぶんそうだった気がします。たしか、あの辺の学生はレベルが低くてニュースペーパーとチーズバーガーの区別もつかないとかほざいてた憶えがあるから」

解雇されて以来、単発のバイトで食いつないでいたようだ。

「山脇さんのほうは？」

「さあ。でもブルーワーカーでしょ。三十手前でシェアハウスですからね。ああ、そうそう、あの人も配達系の仕事だったんじゃないかな。毎日似たような場所をまわってると日常がループして気が変になるとか、そんな電波発言してたっけ」

「辰馬さんは？」

「働いてなかったと思いますよ。いつも家にいたし、そもそも生きる気力ゼロって感じだったし」

「生活費はどうしてたんです？」

「前の仕事の貯金を崩してたんじゃないかな。そういえばまだ先輩たちがいたころ、一度話したことがありました。就活の話題になって、辰馬くんはどうするのって先輩が訊いて。働かないのかって。辰馬くん、『もういい』って。それがなんだか、妙に説得力のある言い方で」

しかし四年間も無収入で生きていくのは容易ではない。親から仕送りでももらってたんじゃないですか？　と彼はいう。その親も切羽詰まっていたのだが――。

「あとは借金でしょう。消費者金融」

おそらく、そういうことだろう。

「シェアハウスにくるまでについてはどうです？」

辰馬が家族と離れたのは三年前の初春、シェアハウスに住みだしたのが二年前の一月。あいだに横たわる一年弱のどこかでスズキに出会ったと捜査本部はみているが、入居時の書類に記載されていたのは家族と暮らした住所だった。大家はとくに調べず信じたらしく、空白の一年について必ず突きとめてこいと厳命がくだっている。

「どうだったかな。聞いた気もするけど……」しかし青年は首をひねった。「思い出せません」

井筒は粘ったが、やがて青年はお手上げのポーズを見せ、「ところで刑事さん」逆に尋ねてきた。「あいつらが爆弾犯ってことでいいんですよね？」

あしらおうとした井筒に「いいです、いいです。いえないこともあるんでしょうから」鷹揚に笑い、「でも」とつづける。

「秋葉原はちがうんじゃないかな」

「――なぜです？」

「梶はオタクでしたから。アキバはこの国で唯一美しい場所だって、よく吹いてました」

ほかに辰馬たちがこだわっていた場所や施設の心当たりを訊くが中身のある答えは返ってこない。とにかく奴ら、愚痴と恨み言ばかりです。そして世界の終わりを夢想して、夢精する。そんな連中と一年近く住んだんだから、やっぱりおれ、他人に耐性が高いんでしょうね。

「わかりました。お仕事中にご協力ありがとうございます」

いえいえ、どういたしまして。ところで刑事さん、マスコミがきたらどうしたらいいですか？　ＳＮＳとかに発信したらまずいですか？　かまいませんよね、もうとっくにいろいろ出まわってるみたいだし。

できるだけ自重していただけると助かります——無難な井筒のお願いに、青年は唇を尖らせた。なんだよ、それくらいなきゃ損ばっかだな。

「くれぐれも身のまわりにはご注意を」

「ええ、わかってます。狙われる筋合いはまったくないけど、ああいう奴らに理屈は通じないですからね」

「最後に」

立ち上がりかけた井筒の横から等々力は口を挟んだ。出しゃばるつもりはなかったが、つい反射的に問いかけた。

「彼らが、自殺を望んでいた理由はなんだと思いますか」

青年は等々力へ不快そうに眉をひそめ、少しだけ宙を見てから答えた。

「さあ、知りません。どうせくだらない理由でしょ？」

ファミレスを出ると目の前を大きなリムジンバスが通り過ぎた。その先に首都高の乗り口があった。いつもと変わらぬ騒々しさで車両が行き来していた。

セダンに乗り込んで井筒がリーゼントに報告を入れるのを聞くでもなく耳にしながら等々力は道を眺めた。ベビーカーを押す女性がいた。それをシティバイクが邪魔くさそうに避けて追い越した。女性は気にもとめていない。追い越すまぎわ、運転手が見せた渋面に気づいていない。投げつけられた敵意を、知らぬまま歩いてゆく。

「――はい、わかりました。了解です」

通話を終えた井筒が「千代田区四番町へ向かってください」と等々力に命じた。

「梶が中退した専門学校に聞き込みです」

「辰馬じゃなくか」

「リーダー格は本庁の独占です。職場も母校も」

明日香のもとへも、あらためて刑事が向かっているという。

「おれたちは球拾いというわけか」

「だからなんです？　いちいちムカついてたら仕事にならない」

言葉とは裏腹に、井筒は苛立たしげにスマホをいじりはじめた。グラウンドの端っこに金の卵が落ちていることもある。それを無邪気に期待するほど若くはなく、素直に受けいれるほど枯れてもいない。わずか二歳下の後輩は枯れきった自分と何がちがうのだろうかと等々力は考えた。長谷部の一件がすべてとは思えなかった。けっきょく、自分はもとから腐った人間だったのだろう。進んでいた腐食がついに根元まで達した。スズキに会って加速した。

一方で、この事件に囚われている。ふだんならけっしてしない、よけいな質問を挟んでしまうほどに。

「いちおう訊いておきますが、さっきの男、シロってことで問題はないですね?」

井筒の、よくいえば慎重で、悪くいえば小心な顔がのぞいた。

「おれもおなじ感想だ。彼が人生を棒にふる馬鹿に加担するとは思えない」

「『くだらない理由』とも無縁でしょうしね」

井筒が鼻を鳴らす。「いい会社に勤めて男前。うらやましいかぎりです。制服の色でいうなら、おれたちも立派なブルーワーカーですからね」

その口ぶりは皮肉だが卑屈ではなかった。この点も、やはり自分とはちがう。

「金については、彼の予想が大当たりです」

春先、三人が三人とも示し合わせたように複数の消費者金融から限度額いっぱいを引き出していることがわかったという。爆弾づくりの資金だろう。

春時点でまだ借りる余裕があったとすると、辰馬はそれまでの生活費を自力で捻出していたことになる。会社員時代の貯金で足りるとは思えない。密かに働いていたのか、どこかから調達していたのか。

「秋葉原の件はどう思います？」

「――なんともいいようがないな。思い入れがあるだけに、という考えもある」

梶の趣味は早い段階で確認されていた。根拠がほしけりゃ彼の部屋をひと目見てください――現場に立った井筒の台詞だ。

反対に山脇の部屋からは、趣味や人となりを読み取れる私物、写真や手紙のたぐいもいっさい見つからなかったという。

「奴らが犯行とともに命を絶つつもりだったなら、あえて愛着のある場所を狙う心理は理解できなくもない」

「だとしたら中途半端な気がしますけどね。廃ビルの窓ガラスを割る程度じゃあ」

おまけにメインストリートから外れた路地だ。

「しかし迷惑な話です。オタクで外国人の血を引く爆弾魔。偏見をまき散らしたい輩には恰好の餌だ。梶のせいで肩身が狭くなる奴らが気の毒でならない」

似合わないことをいう。その気持ちが伝わったのか、井筒はつまらなそうに弁解をした。「彼女が好きなんですよ。アニメとか、同人誌だとか」

そうかと納得する反面、近くにそうした人間がいなくとも偏見から自由でいられたろうかと思わずにいられなかった。

「けっきょく収穫は自殺愛好者サイトだけ。空白の一年を聞き出せなかったことを叱られましたよ」

「彼に嘘をついている様子はなかった。もともと浅い関係だったんだろう」

「そいつは、どうですかね」

運転を忘れ、つい横へ目を向けた。

「変にテンションが高かったでしょ？　あれは刑事と話す興奮より、恐れに対するごまかしです」

「恨みを買う、心当たりがあったというのか」

「具体的にってわけじゃないでしょうけどね。じっさい狙われてるとも思えません。でも当人は気が気じゃなかった。負い目ですよ。内心、ずっと奴らを見下していたんだろうから」

妙な説得力を感じた。印象論とは似て非なる洞察に思えた。今日一日、刑事としての井筒を見直してばかりだ。こんな先輩に褒められたところで迷惑だろうが。

「おまえ、倖田の件はどう思う？」

「どうって……」面食らったように眉をひそめる。「そりゃあ、懲罰もんです」

「建前抜きにか」

「何をいわせたいんです？」

「いや、忘れてくれ」

井筒がそっぽを向く。赤信号につかまり等々力はブレーキを踏んだ。

「警官として未熟です」

外を眺めたまま、億劫げな答えが返ってきた。「未熟で、愚かです」

同感だ。そううなずきかける等々力の横で井筒はつづけた。

「おれは倖田と、矢吹とも、そこまで親しいわけじゃない。はっきりいって顔と名前がわかる程度です。でも、あいつらが仲間なのは間違いない。間違いないいんですよ」

思いが伝わってきた。仲間が傷つけられたのだ。報復を望むのは当然じゃないか。警官としてではなく、人として。

等々力は黙って車を発進させた。それも同感だと、本音で思った。そして同時に、スズキとのちがいはなんなのかと、濁った疑問にとり憑かれた。

仲間じゃないから殺してもいいと考える男と、仲間の仇だから殺すのも仕方ないという思想が、等々力の中で混じり合い、落ち着かない色味を醸し出していた。どろどろの絵の具がグロテスクな抽象画となり、その支離滅裂さは、同時にある調和を形づくって、色味と色味の狭間で自分は息を止めているのかもしれなかった。無差別殺人の絵の具と、報復の絵の具はちがう。法に照らせばおなじ違法行為でも、たしかにちがう。直感的に、そのちがいは明白に思える。だがつぶさに絵の具を、絵の具の粒のその粒まで見つめていけば、ほとんど変わらない粒子にたどり着く気もするのだった。

いよいよ自分は踏み外しかけているのかと、等々力はひんやりとした悪寒を抱いた。足場が崩れていくような悪寒だった。だがその先で、いったんそれを抱き締めてしまったあとに残るのは、優しくやわらかな静けさにも思えるのだ。

事件の被害者を悼み、犯人を追うことと、その現場で自慰をすることが、長谷部の中で同居していた。それを恥じ、隠し、克服しようともがいていた。悪寒に急き立てられていた。だが最後には、あきらめたのだ。あきらめて、静けさがおとずれたのだ。それがあのシェアハウスで目にした彼の、じっとうつむいた沈黙の答えではないか。

等々力が長谷部の性癖を目の当たりにしたのは四年前、週刊誌報道の半年ほど前だった。寒波で凍える二月上旬、野方署管内の一軒家で殺しがあった。本庁の刑事の下で、等々力は被害者の人間関係を探る敷鑑捜査に当たっていた。事件発生から五日目、その日の捜査終わりに被害者宅で目にした写真に引っかかりを覚え、ひとりで再訪することにした。夜も更け、家には誰もいないはずなのに、玄関をくぐったとたん気配を感じた。忍び足で廊下を進み、出くわしたのが長谷部だった。リビングの、まさに被害者が頭部を数十回にわたって殴打されたその場所で、彼は下半身をまさぐっていた。こちらに気づき、長谷部はぴたりと動きを止めた。飛び出そうなほど目を見開いていた。蒼白になった顔面の、唇が小刻みにわなないていた。きっと等々力も似たような顔をしていたはずだ。理解が及ばなかった。まだ被害者が、たとえば若い女性だったりしたなら、かろうじて理屈を腹に落とせたかもしれない。だがそこで殺されたのは長谷部と同年代の会社員だった。妻に先立たれ、子どもたちも巣立って独り暮らしの、中年男性だったのだ。

　長谷部は弁解をしなかった。力なくズボンを上げ、飲みに行こうと誘ってきた。等々力は従った。外へ出ると痛いほど冷たい風に吹きつけられた。

　居酒屋の個室で向かい合った。長谷部はビールを立てつづけに二杯飲み干し、焼酎に変えた。等々力も付き合った。素面ではいられなかった。

　理解してもらおうとは思わない――。四杯目の焼酎を注ぎながら、長谷部がようやく口を開いた。おれにも――といって言葉を切った。焼酎の表面を見つめたまま、大きな鼻を握りつぶすいきおいでねじった。おれにも、わからんのだ。

　それからぽつぽつと、この悪習を繰り返してきたことを白状した。人が死んだ現場、殺された現場、ひどい目に遭った現場。被害者の人となりはどうでもいい。男でも女でも、若かろうと老いていようと関係ない。ただその出来事が起こった場所に立ちたくなるのだ。そこで為したくなるのだ。止められないのだ。

　いつかこうなるとは思っていた。どうとでもしてくれていい。見つかったのがおまえでよかった。上手く説明できないが、おまえでよかった気がするんだ……。

長谷部の性癖を知って、井筒は「面汚しだ」と罵っていた。同僚のほとんどがそうだった。鶴久も、彼をハセコーと呼び慕っていた者たちも。

しかし等々力に、責めるという発想はわかなかった。怒りもなかった。驚きと気色悪さと、おなじくらい憐れに思った。

カウンセリングを条件に、自分は黙っていると長谷部に告げた。

面倒だったわけではない。良い人ぶったつもりもない。

初めての経験だった。これほど苦しい胸の内を明かされたこと。刑事としての自分にでなく、人間としての等々力功に長谷部は語っている。思い込みであったとしても、そう信じられた。

なぜ、自分は長谷部を擁護したのか。「気持ちはわからなくもない」と危ういコメントを記者に発したのか。

いま、ようやくはっきりと言葉にできる。彼は仲間だったのだ。おれにとって、ルールを踏み越えるに値する、ひとりの仲間だったのだ。

踏み越えた先には代償が待っていた。カウンセリングは失敗に終わり、彼は排除された。命を絶った。そして等々力も、軽率な発言によって信用を失った。仲間とみなされなくなった。

なるほど、と心がつぶやく。なるほど、これが世の中だ。

見ず知らずの他人でも仲間と思える人間がいるのだとおれはいった。犯罪者もですか？　と訊き返された。ちがうんだ、スズキ。長谷部は犯罪者じゃなかった。それでも爪弾きにされた。犯罪者じゃなくても、仲間じゃなくなってしまうんだ。

本心が見抜けたら生きていけないと類家は語った。ほんとうか？　本心が見抜けないから、長谷部は除け者にされたんじゃないか。自分の苦悩を、正義を、他人に伝えるすべがなかったから。

おそらく辰馬も、おなじような目に遭った。長谷部の家族というだけで、冷ややかな視線を浴びた。辰馬の犯行があきらかになれば、母である明日香も、妹の美海も、ふたたびおなじ目に遭うだろう。社会の、仲間でなくなってしまうのだろう。

――くそだな。

内面でとぐろを巻くふたつの色が鈍く濁ってゆく。ちがう色味だったふたつの絵の具が、黒のような青と青のような黒になる。ほんとうの青はどれだ。ほんとうの黒は――。

べつにいいか。爆発したって。

あんたやおまえが苦しんだって、傷ついたって、だからなんだ？　そもそも誰だ、おまえらは。顔も知らぬ誰かじゃないか。誰でもない、誰かじゃないか。どうせおまえらは、青も黒も、いっしょくたにして眉をひそめるんだから。

これが、スズキの思想か。辰馬がいたった境地なのか。自分はそこに片足を置きかけている。無感動に、なるほどな、とつぶやいている。

「そういや、沼袋の防カメ班に聞いたんですが」

唐突に話しかけられ、一瞬なんのことかわからなかった。AVルームで防犯カメラの映像とにらめっこをしていた十数時間前がずいぶん昔に感じられた。

「署の状況を知りたくて電話したのに愚痴られちまって。とりあえず酒屋の近くに的を絞って昨日と一昨日のぶんまでやっつけたらしいんですが、スズキの影も形も見つからなかったっていうんです。鶴久さんにカミナリくらって、とんだ貧乏くじだと嘆いてました」

下見は三日前、四日前の可能性もある。チームで動いていた以上、スズキ自身が足を運んだともかぎらない。辰馬や山脇らの写真をもとに、ふたたびおなじ映像を見返す羽目になる面々は気の毒というほかなかった。

ふいに、うずくものがあった。

シェアハウスで目にした実験室の様子が脳裏に浮かんだ。色付きの小瓶、ガスバーナー、段ボール箱、空き缶でいっぱいのゴミ袋……。

「――山脇は、配達の仕事をしてたんだったな」

井筒がこちらを向いた。「さっきの男がいってましたね。ルート営業だったのかもしれませんが」

毎日似たような場所をまわってると日常がループして気が変になる――。

「爆弾の小包は、どのくらいのサイズだった？」

「大きめのペンケースでしょ？」

起爆装置のプリペイド携帯と爆薬を収めたプラスチック容器だけのシンプルなつくりだと、科捜研の技官はいっていた。

「せいぜいカステラの箱ぐらいじゃないですか」

「行き先を変えてもいいか」

「え？」井筒が声を上ずらせた。「変えるって――」

戸惑う後輩にかまわず等々力はハンドルを切った。切りながら自問した。おれは、何がしたいんだ？　こんな不確かな思いつきのため、命令に背こうとしているおれは――。

千代田区へ向いていた進路を変更するまぎわ、デジタル時計へ目がいった。三時二十分。

車は、中野区沼袋方面へ。

2

細野ゆかりが千駄ケ谷の自宅に帰ったとき、母親はいなかった。それがいいことなのか心配すべきことなのかわからず、焦る気持ちだけが増した。二階の自室にこもってベッドに座り、ひたすらスマホをいじった。広いリビングで、たった独りテレビを観るのは嫌だった。母親に「大丈夫?」とメッセージを送ったが返事はなかった。父親にも送ってみようかと思ったが、ふだんの距離が邪魔をした。あの父親は爆弾事件なんて「おれは平気だ」と鼻で笑うにちがいない。そしてしばらくのあいだ「ゆかりが心配してくれた」と得意顔でいいつづけるに決まっている。

その動画を見つけたのは返事のない母親に苛立ちを覚えはじめたころ、有名なブロガーのツイッターだった。

えー、みなさん、こんにちは。初めまして。スズキタゴサクと申します。

暗い部屋に映っているのは間違いなく公開された顔写真の男だった。スズキタゴサク。ふざけた名前だ。不気味な名前とも感じた。それからスズキは、わけのわからない「殺害予告」を読みあげた。延々と、淡々と。動画を眺めているうち、体温がぐちゃぐちゃになった。熱くなり、冷たくなり、血液が行き場を見失って右往左往しはじめた。

最後になりますが、わたしはこれを読まされています。

わたしは事件の犯人ではありません。犯人に脅されているんです。犯人は催眠術の達人で、わたしの記憶はこのあとすっかり消されるそうです。

以上スズキタゴサクが、中野区野方警察署よりお伝えしました。ごきげんよう、さようなら。

見え透いた嘘をつくな卑怯者め！　感情が昂って、ゆかりはその動画のついた投稿を自分の匿名アカウントでリツイートした。糾弾せねば。この感情を、みんなとシェアしなくては。

元ツイートの動画の再生回数はまたたく間に跳ね上がっていった。リツイートのカウントアップもやまなかった。それにつられるように頭が回転する感覚があった。ゆかりは動画をくっつけて自分もツイートをした。『自分の人生がぐだぐだで、ダメだからって、こんなことは許されない。他人に迷惑をかけるしかかまってもらう方法がないんだろう。何がしたいんだ、恥ずかしくないのかって訊いてみたい。それからすぐ、死んでほしい』

投稿するとしばらくして通知があった。次々とあった。見ると自分のツイートに「お気に入り」が付きまくっていた。リツイートも、これまでにない数にふくらんで、同意のコメントもたくさんあった。なかには「死んでほしいはいいすぎ」「っていうか犯罪者の主張を拡散していいの？」等の意見もあったが、そうした輩にはすぐさま反論がついて、それでゆかりはほっとした。さすがにツイートを足すのは調子に乗りすぎと思い控えたが、スズキを批難する内容、人となりに対する分析や推理や事件の情報を流すツイートをリツイートしていった。代々木の事件は十人以上が死亡していた。炊き出しの列を狙った爆破だったという。

『浮浪者が死んだってどうでもいいだろ』

そのツイートは炎上していた。ゆかりは面倒を避けてスルーした。べつの情報で、子どもたちも狙われていたことを知った。そちらが防がれたのを不幸中の幸いだと思った。

午後一時過ぎに、二本目の動画が流れた。

この動画が公開されないことを祈っています。なぜならこれは、さきほどの動画の拡散率がある上限に達した時点で配信されるプログラムになっているからです。その条件を満たしたことをお報せする動画だからです。

拡散率は再生回数、シェアの回数、スズキタゴサクのワード検索数などをもとに算出しています。

ゆかりは呼吸を忘れた。

結論から申します。みなさんの熱心な布教のおかげで、みなさんの1クリック1クリックのおかげさまで、目標は無事に達成されました。よって爆弾は爆発します。

都内のいろんなところで爆発します。

動画が終わり、慌ててスマホを操作した。自分のツイートを消した。リツイートを解除していった。汗がだらだら頰を伝い、顎から液晶に落ちた。ひと通り痕跡を消し、アプリを閉じた。第二の動画に対するみんなの意見が気になったが、それ以上に責められる可能性が怖かった。自分が拡散した証拠、ツイートのスクショを保存され、晒されているかもしれない。消したのを、逃げたと嗤われているかもしれない。次に何かあったとき、誰かから、おまえのせいだ——そう詰め寄られるかもしれない。ほんとうに爆発が起こったら、自分に責任などないと頭ではわかっても、とてもじゃないが反論なんてする気になれない。

じっさい、すでに爆発は起こっている。何人も死んでいる。それを宣言する動画の男は警察が公開した顔写真とおなじ顔をしている。悪ふざけなんかじゃない。真相はどうあれ、それだけは間違いない。

はっはっと息が乱れた。肺の奥がぐるぐるしていた。熱と寒気に急き立てられて、ゆかりはふたたび母親にメッセージを送った。どこにいるの？　大丈夫なの？　返事をしてよ！

ふいに気づいた。ここは安全だろうか？　鮮やかな恐怖が胸に刺さった。事件は妙に自分とつながっている。秋葉原なんてふだん行かないのに、よりによってその日に爆発があった。東京ドームシティは通り道で、九段だって似たようなもの。サークルの先輩が聞き込みをされ、代々木公園はすぐ近く。徒歩圏内には新宿御苑や国立競技場がある。幼稚園に小学校だってある。千駄ケ谷で爆発しない保証が、いったいどこにあるというのだ。

都内のいろんなところ。泣きそうになった。そんなの、逃げようがない。

安全なのは中野区野方警察署だけです――。

飛ぶようにベッドを降りた。肩掛けバッグを引っつかみ部屋を出た。階段を下りながら母親と父親に送るメッセージをつくった。ふたりが帰ってこないなら、安全な場所へ呼び出せばいい。急いで文字をタップする。『野方警察署にいるから迎えにきて』

家を出る。見慣れた住宅地が目に入る。路肩に駐まっている乗用車。そこに爆弾がひそんでいても不思議はない。ポスト、ゴミ置き場、排水溝……。自宅からの距離でいえば千駄ケ谷も代々木もさほど変わらない。野方署がある中野駅は山手線より西にある。爆発があった代々木へ向かうのは抵抗があったが、わざわざ目的地から離れる時間が惜しい。ゆかりは不安をふり払い代々木を目指した。歩を進めるにつれ騒然とした空気が濃くなった。駅前に着くころ、ゆかりの肌は火照っていた。交差点のいたるところに不自然なほど警官が立っていた。おなじくらいカメラを担いだマスコミの姿があった。道行く人はどこか浮足立って、公園のほうへ視線を投げたりしていた。

つられてゆかりもそうした。しかしここからだと明治神宮さえ見えない。爆発があった代々木公園の南側は、駅でいえば原宿のほうが近い。なのにこの物々しい雰囲気はなんだろう。思わず立ち尽くした。Tシャツがびっしょり汗で濡れていた。スマホを公園のほうへ向け写真を一枚撮った。似たような人は何人もいた。警官やテレビクルーにスマホを向けているおばさんやサラリーマン。自撮りでしゃべっている若い男はユーチューバーだろうか。大声で警官に詰め寄っているおじさん。犯人は捕まっているんだろ？　なぜ解決できないんだ！　その姿を、また誰かがカメラで撮っている。遠巻きに眺める者、笑いながら通り過ぎる者。

お祭りだ。わたしはその真っ只中にいる。

乱れる呼吸で、もう一枚写真を撮る。怒鳴っているおじさんと、彼を眺める人たちを。これを見せたら、サークルの子たちはなんというだろう。SNSにアップしたら――。

みなさんの熱心な布教のおかげで、みなさんの1クリック1クリックのおかげさま

で、目標は無事に達成されました。よって爆弾は爆発します。

スズキの声がよみがえり、ゆかりは慌ててスマホを下ろした。

都内のいろんなところで爆発します。

肺の奥がじんとした。唾を飲み、逃げるように改札へ向かった。

平日の三時、利用客は鬱陶しいほど多かった。山手線も使えたが新宿で乗り換えねばならず、一本で中野まで行ける総武線にする。やってきた電車に乗り込むが席は埋まって座れなかった。数分で新宿に着いた。まだ母親から連絡はない。父親からもだ。やきもきしながら発車を待ったが、その前にアナウンスが流れた。

阿佐ケ谷駅で車両点検のため、ＪＲ中央・総武線の運転を一時見合わせております。お客さまにはご迷惑をおかけしております。

え？　と息が止まった。阿佐ケ谷。自分が向かおうとしている中野のすぐ近くじゃない？　ドアの上にある路線図を確認し、ふた駅しか離れてないことを知り、ゆかりは途方に暮れた。多くの人がおなじように戸惑ってざわついていた。スマホをいじり、意味もなくお詫びと乗り換えのアナウンスが流れる天井を見上げたりしていた。近くに立つサラリーマンの引きつった会話が耳に入った。爆弾が見つかったとか？　おい、洒落になってねえよ、それ。

冷静な思考は飛んだ。SNSをのぞきたかったがそれも怖い。何も、判断がつかない。わたしは、このまま電車に乗っていてよいのだろうか？

「お嬢さん」

びっくりし、ゆかりは身構えるようにふり返った。声をかけてきたのは老人と呼んでいい男性だった。深緑のジャケットにグレーのパンツをはいて、肌がこんがり焼けていた。少し黄ばんだ白髪はきれいに切りそろえられていた。

「通ってもいいかな」

訊かれ、自分がドアの真ん前に突っ立っていることを思い出した。そそくさと場所をゆずると、男性は軽く会釈を寄越してから立ち止まって路線図へ目をやった。つい、その視線を追った。彼の目が、中野で止まるのがわかった。ゆかりの様子に気づいたのか、男性がちらりとこちらを気にした。

「野方署へは、中野駅以外からも行けるのかな」

え？　いえ、わかりません。ゆかりが返すと、ありがとうとお礼をいって彼は電車を降りた。その足どりに迷いがなくて、ゆかりは誘われるようにあとを追った。ホームでも人がごった返していた。さすがは新宿だ。代々木の混雑の比ではない。線路を挟んだ向こう側、山手線のホームも人であふれている。これが通常なのか、それとも自分たちのように野方署へ避難する者であふれているのかの判断はつかなかった。ただみな、異常事態にそわそわしていた。

老人は自販機を見つけポケットの小銭で缶コーヒーを買った。乗り換えるつもりはないらしくそこに立ったままだった。距離をおいてその姿を見守りつつ、ゆかりは残念なような、ほっとするような、ふたつの気持ちでぐらついた。

電車はまったく動かなかった。じりじり時間だけが過ぎていった。次々とやってきては去っていく山手線の車両を眺めながら、老人とともに自販機のそばに立つゆかりは苛々と爪を噛んだ。たまらず検索すると、西武新宿線の沼袋駅からも野方署へは行けそうな距離だった。乗り換えは面倒だが、ここで待つよりマシかもしれない。ふと、老人に教えてあげようかと思いつき、おせっかいにもほどがあると考え直す。変な奴と思われたらどうする？　もし怒られたら。だいいち、本心は人助けなんかじゃない。ただ、心細いのだ。耐えられないほどに。

悩んだすえ、ゆかりは老人の背中へ向かって一歩を踏み出し、そのとき、とんでもない爆音がした。

3

「あり得ない」

スチール机にのった類家の拳が力んだ。その小さな背からも焦りがにじんでいた。

彼の目はタブレットの画面へ向いていた。清宮も、新しく更新されたその報告をノートパソコンで確認し、まさか、と口にしかけた。

阿佐ケ谷駅にて爆弾は発見できず。

類家の推理が外れた？　馬鹿な。

部下の頭脳に対する信頼だけが理由ではなかった。事件が辰馬の計画である以上、父親が自殺した阿佐ケ谷駅を選ばないはずがない。清宮自身、その点には確信をもっていた。

「清宮さん」

類家が青ざめた声をあげた。画面に新しいコメントが加わった。阿佐ケ谷駅の避難解除の指示を請う――。

「止めてください。爆弾は必ずある。必ずです」

しかし、と清宮はいった。阿佐ケ谷駅の捜索は二時間を超えている。それだけ探して何も見つかっていない。電車はずっと止まったままだ。ラッシュの時刻でないとはいえ影響は甚大だろう。

鉄道会社にも限界はある。阿佐ケ谷駅が狙われているという見込み自体、推理と心証の積み重ねにすぎず、物証はない。

「最悪四時まで、客を入れちゃ駄目だ」

その時刻も、推理の域を出ない数字であった。

「説得の材料が要る」

「なんとかしてください。こいつがそういっているとでっち上げてくれてもいい」

こいつ呼ばわりされたスズキは薄ら笑いを浮かべていた。野方署の倖田が鶴久たちに連れて行かれて以降、スズキはおしゃべりをやめ、日向ぼっこのように脱力していた。自分の目的は果たされた。あるいはもう、勝ちはゆるがないと高をくくっているのか。

「具体的にどこだ？　駅のどこに爆弾がある？　それを伝えずには済まない」

類家は黙った。それがわからないのだ。期せずして、清宮の中で部下のパズルが出来上がっていた。見抜くことが、こいつのアイデンティティなのだ。見抜けないことは許し難い敗北なのだ。彼が唇を噛んでいる姿まで、はっきりと思い描けた。

「できるだけやってみる。そのあいだに答えを出せ」

清宮は席を立った。取調室を出てスマホからコールした。管理官がすぐに出た。

「阿佐ケ谷の避難解除はもう少し待ってください」

苛立ったため息が聞こえた。〈根拠は？〉

「辰馬は阿佐ケ谷駅を必ず狙います」

〈そんなことはわかってる。だからこっちもおまえらの意見を汲んで手配したんだ。だが爆弾は見つからなかった〉

「きっと見落としがあるんです」

〈それを現場の連中にいえるのか？　爆発の恐怖と闘いながら汗だくで探しまわった捜査員たちに〉

　清宮は深呼吸をした。

「爆発は四時です。せめてそれまでは大事をとるべきです」

〈四時が過ぎたら安心なのか？　それとも申の刻が終わる五時までか？　そのあとは？　またべつの時刻をもち出されたらキリがない〉

「駅がターゲットであることはスズキも認めています」

〈阿佐ケ谷とはかぎらん。いいか、清宮。辰馬たちは死後三日なんだぞ？　奴らが爆弾を仕掛けてから死んだとして、三日間も清掃と点検をくぐり抜けるのは不可能だ。つまり駅に爆弾があっても、仕掛けたのは辰馬たちでなくスズキということになる。奴も阿佐ケ谷に思い入れがあるのか？　でないなら、撒き餌にプラン変更してもなんら不思議はない〉

歯がゆいほど筋が通っていた。

〈どうしてもというなら仕掛けられている場所をいえ。そうでなくては話にならん〉

けっきょく具体的な答え以外、説得はかなわないのだ。

しかし「見つからない場所問題」はスズキにしてもおなじだった。スズキは昨晩からずっと取調室にいる。駅の営業が終わる前に捕まっている。爆弾は、清掃や点検に引っかからない場所にある。五人目の共犯者が存在し、そいつが今日仕掛けたのだとしても、警察の捜索に引っかからないはずがない。

〈阿佐ケ谷でやれることは尽くした。ならば次の候補に戦力を投入すべきだ。それともおまえは、スズキにいわれるまま東京じゅうの駅という駅を無人にしろというつもりか？〉

できるわけがない。そしてもし、それらが不発に終わった場合、警察は容赦なく批難を浴びる。犯人の手のひらで踊らされた無能集団という烙印を押される。

だが――。

「スズキがいってるんです。阿佐ケ谷だと」

踏み越えた痛みがみぞおちを貫いた。明確な嘘。類家と取り調べを交代していること以上に罪深い嘘だ。

〈おい、目を覚ませ〉怒気がこもっていた。〈忘れたのか。おまえらは代々木でしくじったんだぞ？　そんなおまえらが、奴に騙されていないと、どうして断言できる？〉

胸に手を当てた。心臓をつぶすようにさすった。返す言葉などなかった。犠牲者の数を頭に浮かべるだけで足が震える。敗北。そんな言葉では足りない。自分が見殺しにしたのは人の命だ。

だからこそ清宮は、腹に力を込めた。

「解除は、ぎりぎりまで引き延ばしてください」

〈いいかげんに――〉

「この通話は録音してます」

息をのむ絶句があった。

「何かあったら、あなたの責任にもなる」

清宮は待った。融通の利かない部下に手を噛まれた上司の言葉を。

〈貴様……、覚悟して吐いてるんだろうな？〉

「ぎりぎりまで、どうか交渉をお願いします」

清宮は通話を切った。打てる手は打った。偽りの報告、出まかせの脅し。達成感は微塵もなかった。管理官が正しい気もした。阿佐ケ谷駅に爆弾はない。ならば次の駅を探すほうがいい。スズキからヒントを引き出すほうが。

騙されている――。取調室へ戻る足が止まった。忘れかけていたその可能性にぞっとした。クイズ形式のヒントはある意味フェアで、ゆえにいつの間にかスズキを信用していた。霊感や記憶喪失という明白で稚拙な嘘がカモフラージュにもなっていた。

それらのすべてが、もっと重要な嘘の布石だとしたら?

考えすぎだ。いや、しかし――。

嚙み砕けない疑惑を抱えたまま取調室へ戻ると類家がタブレットにかぶりついていた。

ノートパソコンの共有アプリに駅の図面が映っていた。蛍光色で塗られているのは捜索済みの箇所だろう。ほぼ全域が埋まっている。ここは? そこは? 類家が問いかけるたび、現場から応答が入る。確認済み、確認済み、確認済み……。

「刑事さん、もういいじゃないですか。あなた、充分がんばったと思いますよ」

スズキが、子どもをあやすようにいう。

「才能でも努力でも、どうしようもないことってあるんです。運としかいいようのないもの。なんでと訊いても答えのない理不尽」

空調のダクト内は? ――確認済み。

トイレの排水管は? ――確認済み。

「この世に生まれることに、わたしは同意していない――。そんな理由で両親を訴えた人をご存じです? 外国人はすごいなあと呆れたり感心したりしちゃいますけど、でも昔から日本でもありふれた理屈ですよね。非行少年が親によく叫びますでしょ? あんたに産んでと頼んだ憶えなんかない! ってね。あの気持ち、わたし、わかるところがあるんです。誰しもあると思うんです。持たざる者として生まれたら、よけい切実だと思うんです」

線路わきの避難口、発券機の中、エレベーター……。

「たとえばこの骨格を、わたしはわたしの意思でどうにかできたんでしょうか。この唇、この目ん玉、このおでこ。お腹は自分のせいですけどね。十円ハゲは、ぎりぎり自己責任かもしれません」

床を引っぺがせないのか？　――むちゃいわないでください。

「気に病む必要はありません。この世界は出来損ないです。サービスが不充分すぎるんです。だからあなたに、なんの責任もないんです。あなたには――」

「もうすぐ四時だ」

遮るように清宮はいった。タイムリミット。ここまできたら待つしかない。負傷者が出ないよう祈るよりない。

爆発するのか、しないのか。清宮は指を組んできつくしならせた。どちらであっても上司に楯突いた自分は処分の対象になる。いや、代々木の失態でそれはとっくに決まっていた。覚悟と管理官はいった。

ブブっと、震える音がした。あきらめずにタブレットをいじっていた類家がスマホを握った。少しためらってからスピーカーで通話にし机に置いた。

〈等々力です〉

「用件は？」

類家はタブレットをいじりつづける。

〈阿佐ケ谷で爆弾は見つかりましたか〉

「用件を」

〈売店は調べましたか〉

「当然です」

〈自動販売機は？〉

「当たり前だっ」

荒ぶった声に、等々力が平坦なまま重ねた。

〈缶の中もですか？〉

すっと時間が停まった。

〈飲料缶そのものです。缶でもペットボトルでも、それなりのサイズのやつがあるはずです〉

思わず、清宮はスズキを見た。目を見開いていた。にんまりと、顔を突き出していた。

〈もしまだお調べでないなら――〉

「感謝します」

類家は通話を切ってすぐさま電話する。「警視庁の類家です。そちらの避難状況は――なんだと？　馬鹿な！」

耳をつんざく爆音がスマホから漏れ聞こえた。遅れて悲鳴が。

「馬鹿な！」繰り返した類家はスマホをスチール机に投げつけようとし、すんでのところで思いとどめた。

「……確認次第、状況の報告を」

そういって通話を切った。

「あらら」

スズキが肩をすくめた。

「また、あなたの負けだ」

4

切られたスマホを見つめ、遅かったかと等々力は思った。

「どうです？」尋ねてくる井筒のそばで、スズキに暴行を受けた酒屋の店主が心配そうな顔をしている。

わからんと等々力は返した。徒労感があった。思いつきの裏取りに三十分以上も時間を使った。間違いだったか。要点だけでも、さっさと伝えておくべきだったか。

沼袋の酒屋へ進路を変えてから、等々力たちはふたつ確認を入れた。まずは科捜研に、飲料缶やペットボトルサイズの爆弾は作製可能かを問い合わせた。答えはイエスだった。中身が空なら五〇〇ミリ缶でぎりぎり、七五〇ミリサイズなら相応の威力も確保できる。起爆装置はプリペイド携帯でなくてもいい。タイマーで熱を発する電子機器なら代用がきく。たとえばより小さな、スマートウォッチでも。

もうひとつ、酒屋の店主に写真を見せた。この男を知りませんか？　ああ、と店主はうなずいた。「山脇くんでしょ？　自販機の補充にきてた」

飲料メーカーの配達員。それが山脇の仕事だったのだ。配達の人間ならば新品と中身を爆弾に加工した模造品を取り替えることは容易だ。それが手に取られるまで、開けられるまで、気づかれる恐れは低い。売れ筋商品でもないかぎり、三日ぐらいは軽くもつ。

山脇はどんな人物だったかと訊くと、主人は顔をしかめた。あれは愛想のない男でね。時間もいいかげんで、何度かクレームを入れたんですよ――。

下見は山脇が済ませていた。だからこの数日、スズキの姿は沼袋の防犯カメラに映らなかった。

スマホのディスプレイで四時を確認したとき、遠くで轟音がした。電話をしていた井筒が、あっと阿佐ケ谷の方角を見た。沼袋から四キロほどの距離をあっさり越えて、爆音は等々力たちの耳を打った。

「――避難、してますよね」

わからんと繰り返すほかなかった。

「飲料メーカーに、山脇の在籍が確認できました。勤続五年。といっても金曜から無断欠勤だそうですが」

最後の勤務日、彼は同僚とふたりで駅の自販機の補充をしたという。そのとき爆弾入りの缶を仕込んだのだ。阿佐ケ谷駅をまわる日を起点として爆破日時を決めたのだろう。

「事務の人間が欠勤の日に何度か電話をかけています。夕方ぐらいにようやくつながったんですが、出たのは親戚を名乗る男だそうで、初めはこっちがなんの会社かもよくわかっていない様子だったとか」

スズキだ。その時点で、すでに山脇は死んでいたのだ。

「山脇は高熱で話せないといったあと、急にこんなことを訊かれたそうです」

――沼袋の配達先に忘れ物をしたから取りに行ってくれと頼まれているんです。くわしい店名を聞けなくて、心当たりを教えてもらえませんか？

「担当者は馬鹿正直にいくつか伝えたそうで、そこにこの酒屋も入っていました」

捕る場所を探していたのか。しかし、ならばなぜ山脇が生きているうちに決めておかなかったのかという気もする。

「いちおう、ぜんぶ報告だけはしておきます」

電話をかける井筒の横で、等々力はぼんやりと爆轟の余韻に心を囚われていた。

これで終わりなのか？　父親が自殺した阿佐ケ谷駅を爆破して、辰馬は終わらせるつもりだったのか。復讐というなら、たしかに完結したのかもしれない。梶が働いていた新聞販売所、スズキが暮らしていた代々木公園。山脇を雇っていた飲料メーカーもイメージダウンを避けられないだろう。これで終わりか。これで奴らは満足なのか……。

、い、、、、

おれだったら。

ふいに、振動を感じた。かすかに弾けるような重低音を肌が捉えた。秋葉原や代々木のときにも生じた直感だった。とっさに等々力は音のほうへ顔を向けた。阿佐ケ谷を背中に、ずっと東のほうへ意識をやった。ずいぶん離れていた。九段や東京ドームよりもさらに遠い。東京駅付近、新橋(しんばし)、有楽町(ゆうらくちょう)の方角か。少しして、また重低音を感じた。少しして、また。

じょじょに胸のざわつきが激しくなった。二度目の重低音は秋葉原よりも北、日暮里(にっぽり)の方角だった。三度目は小さいながらたしかに聞こえた。駒込(こまごめ)付近。爆発音だ。ついに井筒も怪訝そうな顔をした。大塚(おおつか)、池袋のほうへ目を凝らした。爆発音は近づいている。迫ってきている。ごく自然に、次は目と鼻の先で爆発するのだろうと思った。

耳をつんざく轟音がその場に響いた。新大久保か、新宿か、代々木か。熱風に吹かれたような気さえした。酒屋の店主が跳び上がって自動販売機にもたれかかっていた。

もうあきらかだった。次は原宿、渋谷方面だ。十秒間隔で、反時計回りに、山手線の駅が次々と爆発している。

轟音がする。やがてまた響く。それは少し遠ざかる。目黒、五反田のほうへ。品川、田町方面へ。

「……狂ってる」

井筒が、呆然とつぶやいた。これを現実と受けいれられない口ぶりだった。

狂ってる。そのとおりだ。こんなことは狂っている。

救急車のサイレンが聞こえはじめた。何がどうなっているんです？　酒屋の店主が泣きそうな顔で訊いてきた。答えようがなかった。ただ等々力の頭にはふたつの円が浮かんでいた。十二時辰の円と山手線の円。時間と交通。いわば都市を成す容れ物と動脈。それぞれの円が不吉に重なり、離れ、またからみ合う。

阿佐ケ谷以外の駅は通常営業だったろう。平日の午後四時。利用客が少なかったはずはない。何人が死んだ？　傷ついた？

この場所から被害の様子はうかがえなかった。近くで火の手が上がっているわけでもなく、怪我人も、悲鳴も、ここと無縁なのだった。爆轟と救急車のサイレンだけが事件を報せ、それさえなければ等々力に、これは起こっていない出来事なのかもしれなかった。

いや。起こったことはわかっている。多くの死、絶望。

胸にざわめきが生じた。感情が決壊する兆しがあった。

いけない、と本能が叫んだ。この感情は駄目だ。この感情にのみ込まれるのは。

等々力はうつむき、両手で顔を覆った。背を丸め、歯を食いしばり、全身で耐えた。絵の具が飛び散る。爆風に弾ける人々の形を描く。叫び声の形に蠢く。肉片の形で落ちる。そのぜんぶが誰とも知れない他人であった。顔も名もない誰かであった。どうでもいい他人であった。

おぞましい絵の具が混じり合ってうねりになった。渦になった。悲しみを、等々力は探した。どこにもそれは見つからなかった。義憤、慙愧。すべて渦にのまれかき消えていた。すべて他人事なのだ。爆発したって、べつにいい。爆発しろ。もっと爆発しろ。おれに関係のない場所で。

額に爪を立てた。皮膚を裂いた。痛みにすがった。そうしないと耐えられない。この感情は強力すぎて、戻れなくなってしまう。抑えつけねば。食い殺さねば。なるほどな——。その言葉を、噛み砕かねば。檻に押し込めなくては。

「大丈夫ですか？」

井筒の声がした。肩に手を置かれた。等々力はゆっくり顔から両手を離した。井筒がぎょっとした。「血が、出てますよ」

血か、と等々力は両手を見つめた。指先が赤くなっていた。爪に、えぐった皮膚が付着している。

「……なぜ」

「は？」

「なぜ、爆破した？」

井筒の顔が、正気を疑うように曇った。

かまわず等々力は自分の両手を見つめた。十本の指を凝視した。脳裏に浮かんでいた想像上の死者たちが、自分が目にしたものと入れ替わる。辰馬の肉片。シェアハウスで目にした散り散りの身体。

なぜ爆破した？　彼の肉体、辰馬の肉体だけを、ああも無惨に、粉々に。

疑問は石となって渦へ落ちた。かすかな波紋が広がった。けれど細い波は像を結んではくれなかった。決定的な何かが欠けている。掛けちがっている。その予感に窒息しそうだ。

井筒に電話がかかってきて、彼が応答するあいだも、等々力は血と肉をえぐった自分の指を見つめつづけた。

「旅行会社の彼からです」通話を終えた井筒が口惜(くや)しそうにいった。「辰馬がシェアハウスへくる前にどこで何をしてたか、思い出したんだそうです。東京都外の自動車工場で住み込みのバイト。これで生活費の出処は解決ですが、彼の記憶が事実なら、今度はスズキとの接点が消えちまう」

いや、そんなことはない。人はどこでも、誰かと出会える。「五十歳ぐらいの気の毒なホームレス」にならコンビニでも図書館でも駐車場でも、もちろん公園でも。

傷の痛みが、どこかへ飛んだ。

ひとつ、またひとつ波紋が増えて響き合う。やがて波が像を結ぶ。曖昧な像だった。細部はかすみ、揺らいでいる。だがその揺らぎの先に、スズキの顔が浮かんでいる。つぶらな瞳、整った坊主頭。爆発したって、べつによくないですか？

ちがう。爆発したら困る人間がいる。

「……スタイリスト」

「等々力さん、さっきから何を――」

「似てる職業はなんだ？」

井筒が、気圧されるように身を引いた。「……ネイリストとか、美容師とかじゃないですか」

等々力はスマホを取り出す。類家にかけようとして、べつの番号を選び直す。おそらくいちばん、役立つ男のものを。

5

「たいしたもんだ」

椅子にもたれ、類家は息をついた。

「なるほど、円か。ドームと九段は円の中だし、秋葉原と代々木は山手線。新大久保、品川、あんたが会話のなかで挙げた駅も山手線だった」

川崎は丸の中じゃないから大丈夫——そんな台詞を清宮も思い出した。そして「狙われているのは東京の、丸ごとの駅ぜんぶ」と。

「よくもまあ、それらしく考えたもんだ。暇人ってのは恐ろしいね」

「爆発したんです？」

「教えないよ」

「何人死にました？」

「さあね」

「百人です？　二百人です？」

「知らないってば。そんなに早く確認できるもんじゃない。死にぞこないも、たくさんいるだろうしな」

「ずいぶん、平気そうですね」

「悪い？　いったろ。おれに良識のゆさぶりは通じないって」

「さっきまで目を白黒させてらっしゃったのに？」

「そりゃあ負けたくはなかったさ。こっちは規則違反を承知で清宮さんの席を奪ったわけだし、勝たなきゃ恥ずかしいだろう？」

おれはね、と自嘲のようにつづける。「ゲームに負けるの、ものすごく嫌なんだ。とくに完全情報ゲームはね。わかる？　運の要素のないゲーム。将棋とかチェスとか、純粋に知力だけで勝負するタイプのやつ。相手がどんな野郎でも、それで負けると生きてるのが嫌になる」

だからジャンケンは負けても平気、と声が笑う。

「それにしては気楽に見えます」

「これが完全情報ゲームか？　長谷部から阿佐ケ谷を思いついて、十二時辰と山手線の相似に気づいて、山脇くんの職業をさっさと突きとめ、おまけに八つの駅をエスパー的に当てたら防げた？　むちゃいうな。無理だよ、無理。こんなのチート。あんたのいうとおり、サービスがなってない」

スズキは、観察するように類家を眺めていた。

「さあ、もういい。おれの負け。慈悲のない懲罰人事が楽しみだ。あんたも覚悟しとけよ。本庁で怖いおっさんたちが待ってるぜ」

「移動するんです？」

「ここにいても仕方ないだろ。ゲームオーバーなんだから」

清宮は唾を飲もうとしたが、からからに乾いていた。共有アプリでは被害状況が刻々と更新されていた。新橋、日暮里、巣鴨、池袋、新宿、渋谷、五反田、品川……。死者は、大げさでなく百に迫るかもしれない。重傷者も合わせればゆうに二百は超すだろう。現実味がなかった。ただ通りすぎていく数字から目が離せなかった。

「あっ」と伊勢が声をもらした。蒼白の顔で「九個……」と弱々しくつぶやいた。

清宮も気づいていた。爆弾の推定残数は十個。山手線の八駅、阿佐ケ谷をふくめた九個が爆発したことになる。

最後の一個が、まだ残っている。

辰馬の計画は完結した。彼の復讐は達成された。梶も山脇も終わっている。しかしスズキは？　奴はこれで満足なのか。代々木公園の爆発、そしてみずから名乗り出て稀代の爆弾魔になることで、腹をすかせた自意識は満たされたのか。

だとしても、フィナーレをゆずるだろうか？

山脇と梶の死が三日前なのは確定している。損傷が激しい辰馬についてはまだくわしい数字を出せていないが、大きなずれはないだろう。三人は金曜日に死んだ。裏を返せば、日曜の晩に捕まるまで、スズキには自由な時間があったのだ。

こいつがこの爆弾事件を、ひとつの「作品」に見立てているのは間違いなかった。清宮が頭の中で構築する犯罪者のパズルのように、おのれの歪な世界を凝縮させた一世一代、人生を懸けた事業。失敗は許されない。だからこそ危険をおかして新聞販売所を訪ねた。アルバイトの面接を装いバイクの爆弾が無事かを確認した。おそらく梶の手によって事前に仕掛けられていたのだ。発見されていれば不発に終わってしまうから、ぎりぎりのタイミングで確かめる必要があった。

東京ドームシティや代々木公園、幼稚園の爆弾は無造作に置かれていた。発見を恐れるなら仕掛けたのは捕まる直前、野球中継を観ていたと主張する時間に設置した可能性が高い。つまりスズキの手もとには、辰馬らの死後も、好きに使える爆弾が残っていたことになる。

ならば山手線のあと、最後は自分の思い描く場所でと望まないだろうか？

残数の推定が誤っていてもちがいはない。代々木公園には三個の爆弾が使われた。幼稚園は三ヵ所に一個ずつ。数に必然性があったとは思えない。スズキは余っていたから使ったのだ。つまり、残すことも可能だった。三個でなく二個にするだけでいい。そうすれば、自由に使える余りが出る。

類家の背へ顔を向けた。終わっていない。爆弾はまだ――。

「おめでとう、スズキタゴサク。これであんた、歴史に名を残したよ」

スズキは応じなかった。じっと類家を眺めていた。

ほんとうか？　疑いをぬぐえなかった。ほんとうに爆弾はないのか。おまえは推理でそう結論づけているのか？　類家の精神が、思考が、まともに働いている確証がほしかった。これがある種の楽観、自暴自棄でないという証明が——。

「お別れの前に、何かいっておくことは？」

はっと清宮の目が止まった。スチール机に置かれた類家の、その拳が固まっている。投げやりな声と裏腹に、きつく爪が食い込んでいる。

——勝負を仕掛けているのか？　残り一個の有無を見極めようと。

「刑事さん」

スズキが吐息のように呼びかけた。

「お言葉を、そのままお返しします。たいしたものですよ、あなた」

今度は類家が黙って応じた。

「じっさいどうです？　この事件、あなたならもっと素敵にできたんじゃないですか？」

「まあ、できるだろうね」

「やらないですか？」

「やらないよ。やるわけない」

「なぜです？」

「くだらないからさ。つまらないんだよ。世の中を壊すなんて誰でもできる。簡単すぎてあくびが出る。壊すのを、食い止めるほうが難しい。はるかに難しいんだ。難しいほうが、ゲームとしてやりがいがあるだろ？」

スズキは、まばたきもしていない。

「ぶっちゃけ、おれはこう考えてる。あんたでも、もっと上手くできただろうって」

「――どういう意味です？」

「不完全ってことさ。この事件は不完全だ。あんたの話術と、名乗り出る暴挙とか容赦ない手口とか、そんなのでごまかされてるけど、じつはけっこう微妙だよ。おれだったらぜんぶ山手線がらみにする。東京ドームシティも九段も外す。阿佐ケ谷もね」

類家が、いったん言葉を切った。

「それほど、山手線の爆発は魅力的だった」

耳を疑った。何をいってる？　魅力的？　百人以上の犠牲者を出したであろう無差別テロが？

それが、この男の本心に思えて胸がざわつく。

「十秒間隔で駅が次々に爆発して円を描く。悪くない。そそられる。山脇にしか実現できないこのアイディアを知って、あんたもぞくぞくしたんじゃない？　でもやっぱり中途半端だ。とくに阿佐ケ谷はいただけない。完全に円の外だからな。辰馬ほど切実な動機をもたない人間には余分な贅肉(ぜいにく)でしかない」

あんた——。

「阿佐ケ谷なんて、ほんとはどうでもよかったんだろ？」

類家は、ごくふつうの調子で訊いた。

「だから長谷部の名前をさっさと出した。シェアハウスの場所も教えた。九段もそう。あのクイズは解かれてもよかったんだ。爆発しようがしまいが、どっちでも。それに比べて代々木のほうは難解だった。アンフェアといってもいいくらいに」

どうしても爆発させたかったのだ。それが「スズキの爆発」で、かつ「山手線の爆発」だから。

「だけどぎりぎり、嘘とはいえない。ごまかしや戯言(ざれごと)をくっちゃべりながら、クイズだけはいちおう解けるようにしてあった。それが自分のルールだったからだろ？」

スズキは、じっと耳をかたむけている。

「あんたは偏執的なくらい、こだわっていた。自分が嘘つきじゃないって証明、フェアに勝負をしてるって証明に」

なのにさ、と声が嗤う。

「山手線の駅名を、クイズにしなかったのはどうして？」

ピンと、空気が張りつめる。

「指を立てるのをやめたのはなんで？」

代々木公園の爆発から五時間もあったのに。

「最低限、阿佐ケ谷には長谷部ってヒントがあった。なのにほかの八駅を『丸ごと』だけで逃げた理由は？」

類家は待たなかった。

「いいよ、答えにくいよな。だってあんた、できなかったんだもんな。それを、知らされていなかったから」

え？　伊勢が発した声にならない声は、清宮の声でもあった。

「標的は山手線。そこまでは知ってた。でも、駅名までは教えてもらっていなかった。だからクイズにできなかった。間違うわけにはいかなかったから」

クイズの答えが爆発した駅とちがっていたら、清宮たちはこう思っただろう。

「こいつは計画の全貌を把握していない、ただの使いっ走り」

リーダーでも中心でもなく、いち兵隊にすぎないのだと。

「おそらく正解は、山脇本人しか知らなかったんだ。奴は同僚とふたりで駅をまわってた。そばに第三者の目がある以上、改造した爆弾缶を好き勝手に仕込めるとはかぎらない。利用客の多い駅を中心に、きれいな円になるようバランスをとる――って、それぐらいの大まかな予定はあったんだろうけど」

じっさいどこに仕込めるかは、出たとこ勝負だったのだ。

「しかも間をあけず、山脇はシェアハウスで死んでしまった。だから駅名を聞き出せなかった」

類家のロジックを追いながら、清宮は落ち着かない気持ちになった。一見、筋はとおっている。なのになぜか、その考えではつじつまが合わない感触がある。

駅名を聞き出す前に、山脇はシェアハウスで死んでしまった——。

つまり類家は、彼らの死をスズキとは無関係な、自殺とみているということなのか？

「それでもあんたは、この事件を『自分の事件』にすることをあきらめなかった」

類家は立ち止まってくれない。

「この残虐で、そそられる事件をな。そこで辰馬たちが死んだあと、秋葉原を爆破しようと決めたんだ。梶の趣味を考慮して、きっと選ばれていないと思ってね。自分が使った駅に新大久保を挙げたのも理由はいっしょ。代々木もそうだ。あんたは、新宿だけは確実に仕掛けられていると考えた。日々百万人以上が行き来する国内最大のモンスターステーション。そこだけは間違いないと知っていて、だからとなり合う新大久保と代々木は爆発しないと踏んだ。つまり秋葉原と新大久保、代々木の三駅は、偽りの署名だったんだ。駅のかぶりを避け、この事件をぜんぶ、ぼくはちゃんと知ってますよっていう」

類家が小さく首を横にふる。

「でも品川でしくじった。川崎へ行くのに仕方なかったんだろうけど、使った駅と爆発がかぶってしまった。な？　中途半端だろ？」

声から笑みが消える。

「辰馬たちが死んでから、あんたはこの事件の中途半端さをどうにか正そうとした。秋葉原、代々木、そして阿佐ケ谷は総武線でつながる。九段も、無理やりおなじラインに括れなくもない。それに気づいて、あんたは水道橋駅がある東京ドームシティを二ヵ所目の爆心地に選んだ。山手線の円を横切る、線を一本つなげるために」

きれいな構図を欲したゆえに。

「十二時辰も、作品の整合性をでっち上げるための苦肉の策だろ？」

腹をすかせた自意識だ。どれだけ卑下を装ったって、こいつは空腹だった。飢えていた。

「なんで駅名を教えてもらえなかった？　理由は単純。なめられていたからさ。辰馬たちはあんたを利用したけど、でも信頼はしなかった。あんたを仲間とみなしてなかった。無差別テロをくわだてる連中にすら、それに協力してもなお、あんたは爪弾きにされたんだ。ノッペリアンズ？　あんたはそこにすら入れない、正真正銘ののっぺらぼうだ。仲間に入れてと駄々をこねてる、さみしがり屋ののっぺらぼうだ」

類家が、見下すように顎を上げた。

「つまらないんだよ、あんた」

しんと沈黙がおりた。ふたりはじっと対峙した。ほんとうにふたりなのか。人に非ざる二匹。そう思わずにいられない。

やがて、スズキがゆっくりと椅子の背もたれに身体をあずけた。空気が変わる感触を、清宮は感じた。感情が、いままでめったに嗅ぎとれなかったスズキの生の感情が、どろりと漏れた気配があった。その正体はわからない。いい当てられた屈辱？　侮辱への不快？　清宮が組み立てたスズキのパズルはとっくに崩れている。埋まったと思い込んだピースは剝がれ額縁すら残っていない。

だがいま、それゆえに、この男の本心にふれた気がした。けっして埋まらなかった中心に。

「立てよ、タゴちゃん。あんたが立ったら、それで終わりだ」

スズキは動かない。じっと類家と見合っている。

その、ためらいがちな沈黙に、そうかと察した。こいつは、教えたいのだ。自分の考えた計画の全貌を、それを披露したいのだ。驚いてほしいのだ。みずから明かすことはできない。だからこれまでもクイズにしてきた。

類家は、最高のパートナーだった。手強く望ましい解答者だった。その彼が終わりを宣言し、負けを認め、解くことを放棄した。つまらないと放り投げ、突き放した。あるいはスズキ自身、想定外なのかもしれない。いま生じている感情は、きっと類家が植えつけたものだ。

こいつは、類家に理解されたがっている。まだこの先にあるたくらみを。

「どうしたの？　お漏らししちゃった？　それとも居心地がよすぎて根が生えちゃったかな。どっちにしろ、おれの仕事は終わりだ。もうすぐ上からお役御免がいい渡される。そしたらあんたが渋っても——」

「ねえ刑事さん」

有無をいわさない声だった。だが、その口はふたたび止まった。唇がかすかに動き、さまようように閉ざされた。

類家は急かさなかった。机に拳を置いたまま、気だるそうに、スズキが話すのを待った。

類家の刃は刺さっている。毒はまわっている。その手応えの一方で、しかし、とも清宮は思うのだった。スズキが狙われた八駅を知らなかったのは、考えてみると相当に不自然だ。教えられていなかったから。辰馬たちになめられ見下されていたから。理屈に納得する反面、この男はその程度ではないと直感が首をふる。たしかにスズキは欠落者だ。世間一般でいうカリスマとはちがう。馬鹿にされ、侮られながら生きてきたのは事実だろう。

その才が、辰馬たちと出会い、異常な犯罪計画に出くわし、突発的に花開いた――。けれど、どうしても、清宮はうなずけない。自分や類家を翻弄するこの怪物が、辰馬たちをコントロールできないままだったこと。計画の全貌を知らないままでいたこと。

おれなら――と、清宮は不穏な想像をする。おれがスズキなら、勝手な自殺など許さない。計画のすべてを吐かせたうえで、みずからの手で始末する。

医学的に、辰馬たちの死は自殺とも他殺とも断定されていない。遺書のたぐいも見つかっていない。しかし、仮に自殺であっても、辰馬を椅子にテープで固定した人物がいるのは事実だ。それをスズキと考えるのは不自然ではない。

こいつが自分の「作品」のため、あるいは自由に使える爆弾を欲したゆえに、辰馬たちを葬ったと考えるのは先走りすぎなのか？

いや、あるいは、そもそもこいつが扇動したんじゃないか？　辰馬を、山脇を、梶を、死にたがりの鬱屈を利用して、すべて自分の駒とするために。

疑惑が、ふたたび頭をもたげた。おれたちは騙されているんじゃないか？

「与謝野鉄幹（よさのてっかん）をご存じですか」

唐突に、スズキがいった。「たしか、明治だか大正だかの詩人です。ほら、五千円札だった人の旦那さんです。二千円札でしたっけ。それは樋口一葉（ひぐちいちよう）でしたっけ」

饒舌は、どことなくぎこちなかった。隠せない戸惑いが滲んでいた。

「それでね、刑事さん。わたし、これも古本屋で目にしたんですけども、もちろんわたしに教養なんてひと欠けらもないわけですが、審美眼なんて恐れ多いわけですけども、あの、何かこう、心に残ったというんでしょうか、刻まれたというんでしょうか。そんな詩が、わたしにも一篇(ぺん)あるんです。きっとみんな、もっていると思うんです。そういう、捨て置けない詩の一篇が」

人といふ人のこころに
一人づつ囚人がゐて
うめくかなしさ

スズキはなめらかに暗唱し、そして黙った。つづきを待ちかまえたが、スズキはぴくりとも動かなかった。その晴れ晴れとした瞳が雄弁に語っていた。出題は終わった。さあ解け——。

類家が首をひねった。清宮もおなじ気持ちだった。暗号？　しかし取っ掛りすら見いだせない。

ともかく調べるよりないと清宮は検索バーに文字を打ち込もうとし、同時に類家がタブレットではなく自分のスマホへ手をのばした。

「――啄木です」

清宮の横で、伊勢が遠慮がちにいった。

「それは、石川啄木の詩です。鉄幹じゃありません」

体温が沸騰した。石川啄木の詩です。石川。ありふれた苗字は、一瞬で意味を成した。この数時間で幾度も目にした二文字だ。辰馬の苗字。つまり、長谷部の別れた妻の姓。

「あの母娘が」

類家の身体が強張った。

「おまえの動機だったのか」

スズキが笑った。歯を剝き出しにしてほほ笑んだ。心から、うれしくて仕方ないという笑みだった。快感に悶える笑みだ。おぞましい、人の顔をした化け物の笑み。

「清宮さん！」

すでに清宮は共有アプリに打ち込んでいた。『至急、石川明日香、美海母娘の身柄を保護せよ。爆弾が仕掛けられている恐れあり』

まもなく返事があった。辰馬の死をふたりに報せに行った刑事からだ。

『両名とも不在。連絡つかず』

あちらの手当てをと命じられ、沙良はガーゼと消毒液を手に医務室の中を急いだ。相手は中年男性で、避難していたべつの市民と小競り合いを起こし唇を腫らしていた。彼を殴ったほうの男性は聴取を受けているという。猫の手も借りたいときに、まったく迷惑な話であった。

6

ここで待機を命じられていた沙良も、いわば猫の手だった。医務室に謹慎という中途半端な措置自体が野方署のてんてこ舞いを表していた。被疑者相手とはいえ拳銃を抜いて銃口を向けた。始末書で済む話ではない。ところが正式な調べをする余裕もない。それが現状なのだった。

押し寄せた市民は百人を超える。道場に突っ込まれた彼らの不安を山手線爆破がさらに煽った。不安は不満に進化し、その矛先は後手にまわる警察へ、そして市民同士の諍いにまで飛び火した。道場の換気の悪さもひと役買っていそうだった。

喧嘩にかぎらず、めまい、嘔吐感、そんな体調不良を訴える者が増え、医務室は野戦病院と化していた。医務室長に来訪者のケアを命じられるまでそんなに時間はかからなかった。沙良自身、動いていたほうがマシだった。自分がしでかしたこと、矢吹の容態、新たな爆破。気が滅入ることばかりだ。あっちへ行きこっちへ呼ばれ、老若男女の愚痴を聞く。泣きわめく子どもをなだめる。そんなことをしている隙間に、自分の将来が頭をかすめたりもする。警官でいることはかなわないだろう。いたいかどうかもわからない。

「おい、ねーちゃん、もっと丁寧にやってくれ。痛えんだよ、馬鹿」

中年男性はまだ気が立っていて、興奮が口を悪くしていた。手つきがガサツなんだよ。使えねえ奴だな。

聞き流した。慣れている。家族にもよくいわれる。上の兄ふたり、弟にも。警官なんかしてるから、だからおまえは嫁にいけないんだと。

「痛えっていってんだろ。よくそんなんで婦警していられるな」

傷口に染みるのはわたしのせいでなく薬のせいだ。婦警という呼称はもう使われていない。だがけっきょく、これが本音なのだろうと沙良は思った。非常事態のうえにもめ事を起こし怪我をして、変に気が大きくなっている。だから本性が剝き出しになっている。ふだん隠している本音がもれる。沙良は彼を知っていた。たまに行く図書館の、物腰やわらかな司書さんだ。

「もういい。貸せ、自分でやる」

べつにムカつきはしなかった。心は冷えきっていた。ぐったり倒れ込んでいた。事務的に機械的に、肉体を動かしているだけだ。そのほうが楽だから。

「すみません、お手洗いは」

老婆に話しかけられ、場所を教えたが相手は戸惑いを浮かべるだけで動こうとしない。「ケチなのね」そういわれ、沙良は苦笑を浮かべそうになる。仕方なく「こちらです」と案内する。おい、こっちはほったらかしかよと司書の男性が怒鳴る。

医務室を出ても老婆は、「警察はなってない」「不親切だ」「わたしたちの税金で働けているんじゃないの？」ずっと文句をいいつづけた。ええまあ、とか、すみません、と繰り返した。すると繰り返してるだけじゃないと不機嫌になるから沙良はしゃべるのをやめた。

トイレに着くと「待っていなさいね」。内心笑うしかない。

鏡の前に立って自分を見るとひどい顔だった。もともと化粧なんぞほとんどしないが、それにしたって不細工だ。十は歳をとったんじゃないか。細胞レベルで老いたのではないか。あるいは壊れたのかもしれない。

失せたわ。あんたらを守りたいという気持ち。

鏡の中の自分にそう話しかけた。失せた、失せた。何度も唱えた。もうやめだ、やめやめやめ。

あのババアの足を引きちぎって、矢吹にくっつけてやったらいい。そのほうが何倍も世の中の役に立つ。いや、ちがう。役に立つとか立たないとかは問題じゃなく、ただ矢吹に足を生やしてやりたいだけだ。

　くっきりと優先順位が生まれてしまった。はっきりと自覚した。胸にシェアハウスの記憶がこびりついている。矢吹に応急処置を施しながら祈った。早く救急車を寄越せ。代々木の怪我人なんてどうでもいいから、こいつを助けてやってくれ。

　その祈りは公僕のものではない。まして警官としては失格だ。わかってる。だから心は冷えている。わたしは優先順位をつける。それがわたしの本性だ。

　取調室に乗り込んだ後悔はない。悔やまれるのは、さっさと拳銃を抜かなかったこと。迷わずスズキを撃ち殺さなかったこと。

　視線を感じた。となりで手を洗う見知らぬ中年女性がいぶかしげにこちらをチラ見していた。手も洗わずに何を突っ立っているの？　警官のくせに――。

　脱ぎたいな。この制服。

　鏡に、通りすぎる人影が映った。個室のドアがカタンと音を立てた。反射的にふり返ると、誰かが出たばかりの様子だった。けれどあの老婆も、ほかの誰もそこにはいない。中にいたのはさっき通りすぎた人影だろう。彼女は、手を洗わずに行ってしまったのか。わたしがここに突っ立っていたせいで……。

　ちくりと頭痛を感じた。胸に引っかかりを覚えた。記憶がうずく。

　出口のほうへ目をやったが、すでに人影は消えていた。

見たことがある。司書の男とおなじか、それよりも馴染みは薄い。けれど知ってる。どこかで会ったことがある。

べつにめずらしいことではない。道端、スーパー、コンビニ、美容室。この町が勤務地なのだ。ふだんから誰彼なく観察する癖が染みついているのだ。

けれど。

沙良は老婆を待たずにトイレを出た。左右に顔をやってさっきの人影を探した。医務室のほうにはいなかった。おかしい。医務室まではけっこうな距離があるのに。逆側を見た。すぐ突き当りになっている。その手前に階段がある。

どくん、と胸が高鳴った。いまさらながら、変かもしれないと思いはじめた。人影は、リュックサックを背負っていた。避難にリュックは不自然とはいえない。けれど地震とはちがう。ライフラインが完全に停止するような事態じゃない。

足が動いた。階段のほうへ向かった。踊り場に入り込んで耳を澄ました。足音があった。上へ移動している。

「あの」つい、呼びかけた。「あの、どちらへ？」

薄暗い階段に声が反響した。相手の足音が止まった。静寂に、息が少し苦しくなった。

「すみません、もしかして――」

たっと駆ける音がした。あっと沙良は踏み出した。足音を追った。

「ちょっと待ってください！　わたしです！　野方署の、倖田です！」

足音が止まった。沙良が追いつくと、相手が踊り場でこちらを向いて立っていた。

「ご無沙汰してます。――明日香さん、ですよね」

「あなた……」彼女は胸を押さえて息をつき、かすれた笑みを見せた。「ほんとに、お久しぶりね」

記憶の中の女性より、それこそ十は老けたように思われた。髪には白いものが増え、やつれた頬に化粧をしている様子はない。質素なパンツと上着は、ファッションよりも機能性を重視した品に見えた。

「四年前の、夏だったかしら」

「憶えててくださったんですか」沙良は階段を上り、彼女の前に立った。「うれしいです」

「顔と名前を憶えるのは得意なの。昔、そういう仕事をしてたから」

沙良は相づちを返したが、上手く笑えた自信はなかった。明日香が避難しにきたとは思えなかった。おそらく亡くなった辰馬のことで呼ばれたのだろう。

「じつは――」口の中に苦みを覚えた。「息子さんが住んでたシェアハウスに、最初に出向いたのはわたしなんです」

そう……と明日香は驚き、それから目を伏せた。

「なんと、申し上げたらいいか」

「気にしないで。あの子――辰馬は」

明日香がよろけた。壁に背をあずけ、そのまま崩れ落ちてしまった。とっさに駆け寄った沙良を、彼女は手のひらで制した。

「ごめんなさい。いろんなことがありすぎて、何がなんだか……」

わかります。その言葉はのみ込んだ。他人が気安くかけるべきではなかった。くわしい事情は聞かされてないが、さすがの沙良も察しはつく。辰馬は事件にからんでいる。少なくとも無関係ではない。十中八九、加害者側の人間だ。

矢吹の右足を、奪った側の。

「ほんとに――、なんでこんなことになったんだろう」

虚ろな目が、あらぬほうを見つめた。

「何が悪かったのか。どうしたらよかったのか」

うわ言のように明日香はもらした。慰めも同情も、上滑りするにちがいなかった。

「辰馬は、優しい子だった。真面目な子だったの。……騙されたに決まってる。悪い奴にそそのかされたのよ、ぜったい」

もう聞きたくなかった。彼女に責任はない。それでも沙良の頭には、どうしても吹き飛んだ矢吹の右足が浮かぶのだ。

あの、と沙良は声をかけた。

「よかったら、わたしが案内します。刑事課でいいですか?」

「ありがとう。でも刑事課ではなくて」

立ち上がろうとしてふらつき、沙良は手をのばしかけたが、彼女は首を横にふって断った。倖田さん——壁にもたれながら立ち上がり、深く息を吐いた。

「わたし、スズキに会いにきたの」

「え?」

「あの人のこと、赦せなくって」

彼女が手を突き出してきた。そこに、プリペイド携帯が握られていた。

7

署内の調整だけで業務はパンク状態だった。捜査員から届く報告のとりまとめ、指示出し、マスコミ対応。加えて百数十名におよぶ避難者のケア。鶴久は吐きそうだった。胃が裂けたように痛かった。倒れたら楽だと何度も思った。すべてが後手といっていい。当たり前だ。こんな事態、誰が想定できる? 誰が経験したことがある?

署長から副署長から、本庁の上役から、叱責の数々が鶴久のもとに集まった。一次対応を受けもった部門の長だからやむを得ないとは思いつつ、早くスズキを落とせと怒鳴られるたび、おまえのとこの取調官にいえ！　そう叫び返したくなり、だがスズキの身辺捜査で成果が出ていないのも事実だから舌を噛み切る思いで反発をのみ込んだ。おまけに倖田沙良の暴挙だ。矢吹泰斗の負傷も、いわば勝手な単独捜査の結果であり、監督責任をいわれたらお手上げだった。

監督責任？　おれは刑事課だぞ。地域課の下っ端まで面倒みれるか！

「課長、すみません、コメントをくれと記者連中が騒いでます」

「は？　会見は本庁で一元化と伝えてあるだろ」

「いや、それはそうなんですが、スズキの様子とか、山手線の爆発についてとか、現場の責任者から説明をしてくれと」

現場の責任者？　捜査一課の連中に、顎で使われてるおれが？

そう返したくなって、それもやっぱりのみ込んだ。状況が悪すぎた。警察は阿佐ケ谷駅を封鎖し爆弾を探した。二時間以上もかけて見つけることができなかった。そして四時、爆発時刻と目されていたにもかかわらず駅職員がホームへ上がるのを許してしまった。営業再開の準備をしなくてはならないとごり押しされたとのことだが、爆弾はないと思い込み、気がゆるんだのは間違いなかった。結果、職員三名と付き添いの警官二名が爆発に巻き込まれ重傷を負った。これ以上ない不手際のフルコースだ。そして直後に起こった山手線八駅での連続爆破。記者の質問は想像がつく。警察はなぜ阿佐ケ谷はわかっていたのに他八駅は突きとめられなかったのか。なぜ爆弾を見つけられなかったのか。捜査に過失はなかったのか。そして責任は？

山手線の死者は増えつづけ、百名に迫るとの見方もある。言い訳の出番はない。はっきりいって鶴久など記者たちも相手にしていない。ただ失言を引き出したいだけだ。思考が被害妄想から抜け出せなくなっている。

ふたたび吐き気に襲われた。百名に迫る死者？　なんの冗談だ。

「課長、どうしますか」

「課長、市民の方が道場の空調をどうにかしろと」

「課長、スズキに会わせろと聞かない人たちがいて」

「課長、市民同士がもみ合いになって」

「課長、街宣車が署の前に」

「課長」

課長、課長――。

「わかった。とにかくなんとかしろ。なんとか」

職員たちが失望の顔をする。あからさまな軽蔑の眼差し、舌打ち。

知っている。陰で自分が《七十五点の男》と呼ばれているのは。

会議室の前方、指揮官の席に腰を沈めた鶴久は指を弾いた。すでにボールペンを三本駄目にしていた。本庁や近隣署の応援部隊もいる。吸わぬとはいえ電子タバコの器械を手にすることはできない。もっともそれとて、すぐに壊していただろう。

「おい」鶴久は情報管理を任せている部下にいった。「被害者のリストは?」

ノートパソコンを前にした彼が、いいかげんしつこいといったふうに答えた。「まだですよ」

くそっと内心吐きながら、鶴久は指を全力で弾く。骨が折れてもかまわない。とにかく焦りを何かにぶつけていないと頭がパンクしてしまう。

私用のスマホが震えた。鶴久は飛びつき、それから足早に会議室を出た。廊下を走り、人のいない階段の踊り場に飛び込んで通話にした。

〈どうしよう〉妻だった。〈まだ連絡がつかないの〉

希望が、奈落へ転がり落ちた。

〈さっきから何度も電話してるんだけど――〉

「おまえが」苛立ちが吠えた。「おまえが学校に迎えに行かなかったから!」

〈お稽古(けいこ)の日はいつもそうじゃない!〉

歯を食いしばった。娘と連絡がつかない。小学校を出たことはわかっている。月曜日はいつもそのままピアノ教室へ向かう。迎えは教室が終わってからと決まっていた。

最寄り駅は爆発のあった巣鴨だ。

「ピアノ教室にも、まだなんだな？」

ええ、と弱々しい返事。どうしたらいいの？　と泣きだす。

「もういい。こっちでも調べてる。いいから、おまえは家にいろ。連絡がつくようにしておけ」

〈でも――〉

「出歩くな。探しに行こうなんてするな。どうせ無駄だ」

何より、どこぞに爆弾がないともかぎらないのだ。

「誰も家に上げるな。宅配も断れ。とにかくじっとしてろ」

いうだけいって電話を切った。辰馬が計画の首謀者で、その動機が父親の復讐ならば、自分が狙われてもおかしくない。長谷部と懇意にしていた。可愛がられていた。家にも招かれたくらいに。そして切り捨てた。恨まれているのがむしろ自然だ。

もし、被害者リストに娘の名があったら――。想像もしたくなかった。娘と電話がつながらないことはよくある。学校では電源を切らねばならず、入れ忘れはめずらしくない。ＧＰＳがどうしたと説明しても小学一年生はまだよく理解してくれない。

鶴久は無駄と思いながら自分も娘に電話をかけた。素っ気なく、電源が入っていないとアナウンスが流れた。

教室は小学校から徒歩で十五分ほどの距離にある。レッスン時刻までまだ余裕があるから道草をしているだけだろう。少なくとも駅にいたはずはない。

けれど、犯人たちの計画が鶴久を狙っているのなら、犯人の仲間が娘を攫(さら)っていないともかぎらない。

妄想だ。客観的根拠は薄い。だからといって不安がなくなるわけではない。自分が警視総監だったら、あるいは長官だったら、すべての警官を娘の捜索にまわすだろう。あとから浴びる批難など関係ない。どれだけ怪我人があふれていても、治療が渋滞を起こしていても、権力を総動員し病床を確保しておくだろう。どんな怪我にも対応できるよう、医師も看護師も待機させ、手術室も貸し切りにして……。

下から階段を上がってくる足音がして、鶴久は慌ててスマホをしまった。この状況で私用の電話は恰好がつかない。踵を返そうとして、しまったばかりのスマホが震えた。後ろめたさを忘れすぐ通話にした。妻か娘か。

〈等々力です〉

手にしたスマホを床に投げつけるのをこらえた。

「なんの用だ?」

〈明日香と連絡は取れていますか?〉

は?　明日香?　長谷部の妻の?

〈取れていないなら、すぐに写真を用意してください〉

「なぜだ」

〈爆弾を持っているかもしれません〉

苛立ちが、怖気に変わった。

「馬鹿な。何を寝ぼけてる？」

〈辰馬の遺体が爆発したのはどうしてだと思いますか〉

辰馬の遺体？　爆発？　こいつは何をいってる？

「どうしてって、トラップのためだ。トラップに引っかけるために遺体を置いたんだ」

〈おびき寄せるだけなら遺体じゃなくていい。長谷部を映したスクリーンでも充分です〉

「――べつに遺体でもいい。趣味の悪い演出をしたかったんだ」

〈スズキがですか？〉

ほかに誰がいる？　遺体が自分をテープで椅子に巻くことなどできない。

〈なぜ辰馬だけを？　ほかのふたりは二階のベッドに寝てたのに〉

「首謀者だからに決まってる。長谷部と、いちばん関わりのある人物だから」

〈おれは現場を見ています。トラップにかかった矢吹は右足で済んだのに、辰馬の身体は粉々だった。あきらかに狙いがちがう。ふつうは逆のはずなのに〉

「おい、冗談に付き合ってる暇はない。ちゃんと説明しろ！」

〈辰馬は、自殺じゃない。服毒死じゃないんです。だから死因をごまかす必要があった。

爆破させなきゃならなかった。トラップに引っかけるために遺体を利用したのではなく、遺体を自然に破壊するためにトラップを利用したんです〉

「……おまえ、何をいってる？」

〈スズキが殺したんじゃない。奴ならそんな小細工はしない。どうせ捕まる身なんだから〉

「馬鹿な！」鶴久は叫んだ。信じたくない思いで問うた。「まさか、それをしたのが、彼女だというのか？」

明日香が、自分の息子を殺したと？

「彼女が五人目の共犯者だと、おまえはそういいたいのか？」

〈課長。ちがうんです〉等々力の声は、鼻につくほど落ち着いていた。〈彼女のほうが先なんです。明日香こそ、あそこに住んでいた四人目なんです〉

言葉がなかった。何がどうなっている？

〈シェアハウスの元住人がいっています。辰馬が大家に内緒で住まわせようとした人物は『五十歳ぐらいのホームレス。とても気の毒な人』〉

「スズキだ。どう考えてもスズキだろうがっ」

〈いえ。明日香でも当てはまるんです。彼女も、路上生活をしていたと考えれば〉

絶句した。一家離散、困窮。そのとき、明日香はスズキと出会った？

〈わたしも早合点しましたが、元住人の彼は一言も、そのホームレスが男だと聞かされていなかった。辰馬が住まわせようとしていた人物を明日香だと考えて、何もおかしなことはない。家を失ってから転々としていたと、彼女は証言しています。ちょうど辰馬が内緒の住人を招き入れようとしていた時期と重なっています〉

「……めちゃくちゃだ。たんなるおまえの妄想だ」

〈彼女が辰馬の住まいを知っていたのは事実です。辰馬とスズキの接点を無理にひねりだすより、辰馬が明日香を、明日香がスズキを、あのシェアハウスに呼び寄せたとするほうが蓋然性が高い〉

母親が路上で暮らしていることを知った辰馬は彼女をシェアハウスに住まわせた。やがて今回の爆弾計画を練りはじめた。同居してる明日香に隠しとおすのは難しい。だから辰馬は邪魔になった彼女を妹に引き取らせた。

〈それが半年前です〉

等々力が早口でつづける。おそらくは三日前、明日香は爆弾テロの計画を打ち明けられたのではないか。そして馬鹿な真似はやめろと懇願したのではないか。

〈説得にもかかわらず、辰馬の意思は変わらなかった〉

それで殺した？　信じられない。だがあり得ないとも断じられない。

〈少なくとも彼女は計画の一端を知っていた節がある。娘を職場へ送るのだといっていま

した。日課だったとは思えません。この爆弾事件があった今日にかぎって、です〉

彼女たちのマンションの最寄り駅は爆発があった新宿だ。辰馬が母親に計画を明かすことになったのは、それを伝えるためだったのではないか。その日は新宿駅を使わないほうがいい——と。

「なぜ、警察を頼らない？　説得が無理でも、テロを止めることはできた」

〈息子を犯罪者にしたくなかったからです。教えられた計画も概要程度だったんでしょう。爆弾はセット済みで、爆発すればどうあがいても辰馬の犯行となる。そうなれば、また家族が責められる。まともに立ち直った美海も〉

長谷部の件で味わった辛苦が、よみがえらなかったはずがない。

〈辰馬の決意は固く、もうどうにもならないと明日香は悟った。口論の末かもしれません。彼女は息子を殺してしまう〉

毒殺以外の方法で。

「山脇と梶は？　彼らも彼女が殺したというのか？　スズキは？　奴はどう関わってくるんだ？」

等々力が、わずかに間をあけた。

〈正確にはわかりません。ただ、スズキと明日香が協力関係にあったのは間違いない。十中八九、奴の髪を切ったのは明日香です。娘がスタイリストになったのは自分の影響があ

るといっていました。昔、おそらく彼女は美容師だった〉

たしかに、スズキが髪を切っているという情報は取調室から届いている。そしていまだ、彼の散髪をしたという証言はどこからも得られていない。

この先は完全に想像ですがと断ってから等々力はつづけた。

〈スズキは、明日香の殺人や辰馬たちの爆弾テロを自分がすべて背負うと取り引きをもちかけた可能性が高い。藁にもすがる思いで、彼女はその誘いにのってしまった〉

だから簡単に連絡がついた。自分のもとに警察がくることをあらかじめ覚悟し、訪れた等々力たちに調べられたらわかることは隠さず伝えた。

一見、筋はとおっているが——。

「馬鹿にするなよ、等々力」スマホを、つぶれるほど握りしめた。「まだあるんだろ？　おまえがこの結論にいたった根拠をぜんぶ話せ。じゃなきゃおれは動かん」

〈課長。時間がないんです。早急に明日香を確保しなくちゃならない〉

「とっくに捜してる。おまえの妄想が正しいとすれば、彼女は逃げた」

〈それなら、まだいいのですが〉

「なんだと？　はっきりいわんかっ」

〈明日香がスズキの案にのったのは、奴が辰馬の罪を引き受けてくれると信じたからです。娘の人生に与えるダメージを少しでも減らすため、せめて主犯から従犯に。できればスズキに脅されて無理やり協力させられたことにしてほしいと期待して手を結んだんです。ですがスズキに、明日香や美海の将来を守るつもりがあったとは思えません。どこかでふたりの信頼関係は崩れた〉

裏切りは疑心暗鬼を生む。スズキはすべてを白状するつもりかもしれない。辰馬の計画であること、辰馬を殺したのが自分であること――。

あの二本目の動画は、と等々力はいったん唾を飲んだ。

〈スズキから、明日香へのメッセージなのかもしれません〉

犯人を見つけて殺せば、ホストマシンは無効化します、爆弾は止まります――。裏切られたと知って、初めて読み解けるメッセージだ。

〈それに気づいた彼女が、どこへ向かうかはあきらかです〉

野方署か。スズキを勾留し、市民とマスコミでごった返している、この建物か。

シェアハウスに出入りしていたのだ。明日香が爆弾を持っていても不思議はない。

〈彼女に会っているのはおれと井筒だけです。すぐに向かいますが〉

「ない。写真なんか持ってない」

すべて処分した。探せばあるかもしれないが、時間はかかる。

〈顔を憶えてますか?〉

「知るかっ。会ったといっても数回だ」

時間も経った。明日香の生活を考えれば元のままとは考えにくい。

とにかく、と等々力がいう。〈いなければいないでいい。おれの考えが見当外れならそのほうがいい。だから彼女を、捜してください〉

「――この推理、確証はあるのか？」

〈ありません〉

等々力の声は平坦だった。覇気のない男だ。そのくせ妙に鋭いところが癪にさわる。昔から嫌いだった。いけ好かなかった。こいつだけだ。最後までハセコーと呼ばず、それでも長谷部に認められていたのは。

「わかった」鶴久は、うなるように答えた。「すぐ手配する」

それと、といい足す。「裏口はマスコミが陣取ってる。表から堂々とこい」

電話を切る。入れ替わりに三度目のコールが鳴る。

〈パパ？〉

腰が砕けそうになった。

「――どこにいるんだ」

〈えーっとここは、学校を出てねえ〉

「いや、いい。ママに電話して迎えにきてもらえ」

〈おピアノはー？〉

「休みだ。今日は休みだ」

やったね！　とはしゃいだ声が耳を打つ。

「いいから、すぐにママに連絡するんだ。ほかの誰に声をかけられても相手にするな。ママ以外の誰にもついていくな」

〈ねえパパ〉

「なんだ」

〈怒ってー〉

こんなときに、と鶴久は顔をしかめた。

〈怒って怒って！〉

「──馬鹿野郎！　このアンポンタン、ふざけるんじゃない！」

娘はキャッキャッとよろこんだ。まったく理解できないが、電話越しに聞く鶴久の甲高い怒鳴り声が楽しくて仕方がないという。たまに電話をしてきてはせがまれるので、いいかげんうんざりしている。

「バカ！　アホ！」

心の中で叫んだ。よかった。無事でいてくれてよかった。

「……もういいな？　ママが心配してる。怒られろ」

えーっと嘆きつつ、娘は明るく返した。お仕事がんばってねー。

鶴久は小走りに駆けていた。目頭が熱かった。部下には汗で押しとおさねば。

おれはハセコーにはなれない。長谷部や等々力の捜査能力はもっていない。世渡りに汲々とする中間管理職で、他人より娘が大事。せいぜい七十五点の男。

だが七十五点を、守らない理由はない。

足は会議室でなく医務室へ向いていた。そこに倖田沙良が謹慎している。確実に明日香の顔を知っている者として、真っ先に浮かんだのが彼女だった。ふたりは四年前、地域の交流会でいっしょに豚汁をつくっている。

8

「この番号にコールすると、これが爆発するらしいのよ」

プリペイド携帯を握った手で、明日香がリュックを指差した。沙良はそれを、悪い冗談に出くわした気分で見つめた。

「本物よ。スズキが送ってきたんだから。好きに使えっていうメッセージ付きで」

明日香は、いまにも壊れそうな笑みを浮かべていた。唇が震えていた。けれどプリペイド携帯を握る手はしっかりしていた。親指が通話ボタンにふれていた。

なぜ、と沙良は思った。なぜ、スズキが明日香に爆弾を？

「倖田さん。お願いよ。スズキのところへ連れて行って」

「でも」

「考えてみてちょうだい。あの人は捕まるんでしょう？　死刑になる。わたしが殺したって、いっしょじゃない」

でも……と沙良はいい淀む。

「あの人を殺して誰が困るの？　あの人には家族がいない。友だちもいない。そして人殺しよ」

酒屋で接したスズキの顔が思い出された。取調室で向かい合ったスズキ。下品な哄笑を放つスズキ。吹き飛んだ辰馬、矢吹の右足。

「連れて行ってくれないのなら、わたしはここでコールします。いえ、道場で爆発させます」

ごった返す人々のなかで。

「そんなことは、させません」

明日香が、ふっと鼻で笑った。じゃあどうするの？　彼女の目が問うていた。ここで取り押さえる？　あなたにできる？　この指が通話ボタンを押して電波を発するわずか数秒のうちに、取り上げて、切電できる？　できなかったらここで爆弾は爆発する。わたしたちは死ぬ。

拳銃は取り上げられている。無線も警棒も。

「――人を殺すのは、良くないです」

なんと、間抜けな台詞だろうか。陳腐で、中身のない綺麗事。スズキに銃口を向けた女が、どの口で諭すのか。

「もういいのよ」

明日香の笑みがゆがんだ。「もう生きていてもいいことなんかない。辰馬があんなことになった時点で手遅れだった。せめて、清算ぐらいしたいじゃない。スズキを殺して、わたしも死ぬ。少しは、マシになるかもしれないから」

何が、マシだというのか。

でも、マシな気もする。辰馬の犯した罪を背負って、母親として清算することを、潔しと、世間は受けいれるかもしれない。ほんのわずかでも、そうした人々がいるかもしれない。

げんに沙良は、その顚末を遠い場所で耳にしたなら、おなじように感じるのではないかと思う。可哀そうに、と。母親もつらかっただろうねと。褒められたやり方ではないけれど、気持ちはわかると。

では逆に、明日香がこの先ものうのうと生きつづけたら？　幸せそうに暮らしていたら、わたしはどう思うだろう。遠くの場所にいるわたしなら、腑に落ちないモヤモヤを抱えるだろう。世界よ、因果応報はどうしたんだと、頭の片隅で呪うだろう。

「お願いです、倖田さん。後生だから、お願いします。どうかわたしに力を貸してください。すべてを終わりにさせてください。どうか、わたしを救ってください」

祈るように、明日香はプリペイド携帯を両手で握った。沙良は動けなくなっていた。目の前で握られているのはプリペイド携帯でなく自分の命だった。あの爆音が耳によみがえった。部屋に飛び散った肉片が浮かんだ。矢吹の足、絶え絶えの呼吸。

「……ついてきてください」沙良は声を絞り出す。「こっちです」

階段を上がる。

長女の美海と連絡がついたと共有アプリに報告があった。至急職場へ向かうと締めくくられている。勤め先の住所は川崎だった。

「やっぱり、ターゲットは明日香のほうか」

苦々しく、類家がこぼした。

美海によると、職場まで車で送ってもらったのち連絡はないという。車は月極めの駐車場に戻っていない。明日香はどこへ行ったのか、どこにいるのか、無事なのか。

そんな清宮の焦りをよそに、類家はスズキに語りかける。

「川崎に行ったのは美海の様子を見るためか？　明日香をその気にさせるのに、脅しの写真でも撮りたかったから？　それが無理でも、明日香に爆弾を送りつける宅配に川崎の消印があれば充分か。代々木の爆発に合わせて届くよう時間指定でもすれば、充分メッセージは伝わる。おまえが動かなきゃ、娘が不幸になるぞと」

その推理についていけず、清宮はタイプを止めた。

しかし類家の相手は、スズキタゴサクただひとりだった。

「明日香に爆弾を持ってこさせる。それがあんたの最後の罠だ」

スズキは笑みを変えずにいる。らんらんと丸い瞳を輝かせている。

「彼女も、あのシェアハウスに出入りしていたんだな？　いや、あそこに住んでいたと考えるほうが自然か」

よどみない断定に、頭の中でピースがはまる。辰馬がシェアハウスに住まわせようとしていた「五十歳ぐらいのホームレス」。それがスズキでなく、石川明日香だったとしても矛盾はない。そしてスズキが伊勢に語った「生きる気力をなくした新人ホームレス」。あれが辰馬でなく、明日香を指すなら、その後に彼女がスズキをシェアハウスへ招いたというストーリーは成り立つ。

「明日香と辰馬。離れ離れに暮らす親子には交流があった。だから彼女は知ってしまった。辰馬がたくらむ連続爆破計画。家族をふたたびどん底に突き落とす暴挙に動転し、彼女は息子を殺してしまう」

　待て。突然の飛躍に、清宮は思わず声をあげそうになった。同時に思考が駆けめぐる。辰馬の計画を知った明日香は息子を殺し、そしてスズキに助けを求めた。スズキはそれを利用して仲間の計画を自分のものにしようと――。

　理解が追いついたと思った矢先、類家がいった。

「あんたはそのとき、初めて辰馬たちの計画を、明日香から聞かされたんだ」

　駆けめぐっていた思考が止まる。辰馬たちの計画を、初めて？　明日香から？

「途中から漠然と、もしかしてとは思ってた。なぜ、あんたが辰馬たちをコントロールできなかったのか。九段や阿佐ケ谷の爆発を許し、山手線の八駅を把握していなかったのか。あんたが奴らの仲間で、あのシェアハウスに住んでいたなら、駅名を聞き出す前に山脇に死なれることは全力で阻止したはずなのに」

　顔さえ合わせれば、尋ねることは簡単なのに。

「それともクイズにしなかったのはたんなる手抜きといい張ってみる？　たしかに八駅ぜんぶは重労働だ。でもちがうだろ？　だったら答えは缶でいい。『爆弾は何に隠されているでしょう？』。こんな立派なクイズはないよ」

　間違いなく清宮たちは、必死に解こうとしただろう。

「あんたはそれすらしなかった。それすら自信がなかったんだ。爆弾が、飲料缶に偽装されていたことすらな」

　あり得ない。なぜなら飲料缶の爆弾は、実験室で前もってつくられていたはずだから。

「たんなるイレギュラー？　間抜けな落ち度？　それにしたってお粗末すぎる。山脇に隠す理由があったとも思えない。だから結論はこうなんだ。あんたには、山脇からそれを聞き出すすべがなかった。なぜならあんたは山脇と、いや、辰馬や梶とも、仲間どころか知り合いでもなく、正真正銘、見ず知らずの他人同士だったんだから」

　清宮は、唖然（あぜん）と言葉を失った。

「シェアハウスに、あんたは住んでいなかった。爆破計画とも、まったく無関係だったんだ。あんたがこの計画を知ったのは、奴らが準備を終えたあと、明日香が辰馬を殺したあとだ」

　息子を殺害するという非常事態に直面した明日香はホームレス仲間だったスズキを頼り、そこで初めて、スズキは事件に参加した。

「あんたとシェアハウスがどうつながるのか、そこだけ確信がもてなくて半信半疑だった。啄木のクイズがあるまではな」

　とっくに類家は、この構図を思い描いていたのだ。山手線の爆破を、スズキがクイズにできなかったという事実を手がかりにして。

「あんたの能力と犯行の不完全さ。その矛盾には必ず説明がつく。それがこの事件を解く鍵だと確信してた」

おれは——と類家の声に力がこもる。

「おれはスズキタゴサクを、一度だってただの使いっ走りだと信じたことはなかったよ」

辰馬たちと仲間でありながらのけ者にされていたんじゃないかという挑発は、最後のクイズを引き出すためのものだった。この事件が、そうした解釈も可能だという脅し。スズキは耐えられなかった。ほかの誰でもない類家に、自分がその程度と思われていることに。だから奴は即席で、出来の悪いクイズを出さざるを得なかった。

「あんたは計画の概要を明日香から聞き、それを『自分の事件』にしたくなり、だから乗っ取ることにした。すでにあった計画を、自分好みに書き換えて」

首尾よく、使える爆弾も残っていた。

「たった数日で、その段取りとシナリオを考えたのは恐れ入るよ。計画の全容を知るために残されたメモやスマホのデータを総ざらいしたんだろ？　パソコンもあったはずだ。きっと当初の計画は、梶が狙った九段の新聞販売所、辰馬の阿佐ケ谷、山脇の山手線だけだったんだ。あとは動画ぐらいでね。あんたは必死に考え、決断をくだした。自分ひとりの犯行に仕立て上げるのは難しい。けど、自分が中心にいたと装うことはできる、とね」

秋葉原、東京ドームシティ、そして代々木を加えた。みずから捕まりクイズを出し、警察を翻弄した。ふたつの動画で世間を煽った。自分はこの事件の主要メンバーだと印象づけた。

「もとの動画に映っていたのは辰馬なんだろ？　それを自分で撮り直し、アップロードファイルを取り換えた」

読みあげる文面にもアレンジを施して。

「辰馬と梶のスマホはぶっ壊してどっかに捨てた？　山脇のだけ利用したのはデータを復元されても困る情報がなかったからかな。いちいちメモしたり仲間に報告したりする性格じゃなかったんだろうね」

結果、スズキは駅名や爆弾の偽装手段を特定できなかった。

「野方署に捕まるのも、あんた独自のアイディアだろ？　するとあの酒屋はどうして選ばれたのか。情報を残すのが嫌いな山脇の配達先を、どうして知ることができたのか。答えは、奴が死んだ翌日、無断欠勤をした金曜日に会社からかかってきた電話だ。山脇の親戚を装ったあんたは適当に休みの理由をでっち上げ、ついでのようにこう訊いている。『沼袋の配達先に忘れ物をしたから取りに行ってくれと頼まれているんです』」

教わった候補のなかから、あの酒屋を選んだ。忘れ物は喫茶店のやり口とも通じる。

「そうそう、床のトラップ爆弾もあったっけ。あれって辰馬の計画じゃ、長谷部の映像を流すスクリーンを餌にして警官をおびき寄せる仕掛けだったんじゃない？　それをあんたは辰馬の遺体に換えた。なんでそんな手間をかけたのか、想像はつく」

明日香のためだ。突発的な犯行に毒物は考えにくい。彼女は毒殺以外の方法で息子を殺し、その証拠を隠滅するためにスズキは遺体を爆発させた。

「じゃあ、山脇たちはいつ死んだのか。いずれ司法解剖と鑑識が答えをだしてくれるだろうけど、きっと辰馬より前だ」

断言し、スズキの反応を待たずにつづけた。

「なぜ、明日香が息子を殺すにいたったのか。いたってしまったのか。爆弾テロを止めたいだけなら警察に通報すればいい。まだ誰も被害に遭っていない段階で、最善でなくともベターなのはガキにもわかる。でも彼女は、そんな理性を働かせる余裕すら失っていた。なぜなら、すでにあの家に、ふたつの遺体があったから」

山脇と、梶の遺体が。

「ふたりが死んだ当日か翌日、正確には山脇が最後の出勤を終えてから翌日職場からの電話にあんたが出るまでのどこかで、明日香は辰馬とシェアハウスで会い爆弾テロの計画を聞かされたんだ。そして山脇と梶の遺体を目にした。テロなんてやめろとうるさい母親に、辰馬がわざと見せたんだろう。ふたりが自殺だったのか、自殺に見せかけて辰馬が毒を飲ませたのか。どちらにしても、息子の本気を確信するには充分だった。破滅しか、出口が見当たらない状況だった」

遺体の傍らで、我が子が無差別テロを決行しようとしている。それを知った親の気持ちを想像し、清宮は胸が締めつけられた。正常でいられたはずがない。頭は真っ白になっただろう。

「どうせおれは死ぬつもりだから怖いものは何もない、説得は通じない――。そんな決め台詞を投げつけられたりしたのかもね」

行き場を失った感情が爆発し、明日香を発作的な犯行にいざなってしまう。

「凶器は、そうだな、たとえばハサミなんてどう？　じつは琢木のクイズを聞いたタイミングで優秀な相棒から興味深い情報が届いてね。『明日香は美容師だった可能性あり』。これがほんとなら、いっしょに暮らしてた時期、金のない彼女は自分や辰馬の髪を切っていた可能性がある。シェアハウスに置きっぱなしになってたそれが手の届くところにあって、思わずつかんでしまった――って、悪くない想像だと思わない？　ま、じっさいの凶器がハサミでも包丁でも鉄パイプでも、どうせ処分済みだろうからどっちでもいいんだけどさ」

投げやりにいい捨ててから、「辰馬を殺した直後に話を戻そう」と仕切り直す。

「美海の将来を考えれば簡単に自首もできない。爆弾魔の兄に子殺しの母。背負わせるには重すぎる十字架だ。息子を殺したばかりのパニックもあっただろう。長谷部の件があってから人付き合いを控えていた明日香には頼れる他人がいなかった。そこでホームレス時代、ドラゴンズのキャップをあげた男に、助けを求めた」

そしてスズキは、帽子を脱いだ。辰馬たちの計画を聞き、明日香の思惑を超え、社会の外へ出ることにした。「もういいや」と。

「明日香にはどう説明した？　辰馬たちの私物を調べて計画の概要を手に入れて、あんたはこう伝えたんじゃない？　爆弾テロは止めようがありません。代わりに、わたしが罪を引き受けることはできます。だから協力してください」

警察の挙動を教わったのも、辰馬ではなく明日香からだったのだ。

「あんたは徹底して自分の関与を中途半端に否定した。一方で山脇のスマホや動画を使って自分の犯人性をアピールしてる。事件の報道を見る多くの人は、あんたこそ真犯人だと信じるだろう。なんなら辰馬たちを殺したのも、あんたじゃないかと疑うだろう」

清宮が、そうだったように。

「それがあんたの目的だ。真犯人になること。イメージを逆手にとって、真犯人の栄冠を勝ちとること。邪悪な黒幕、モンスターを演じきること。ほんとうは他人の犯罪計画に乗っかっただけなのに、横からかすめ取っただけなのに。安易な盗っ人、つまらないフリーライダーのくせに」

シェアハウスからは辰馬たちのスマホもパソコンも、メモや犯行声明も見つかっていない。自殺するつもりでいたならそれらを処分する意味はない。スズキにはある。自分が計画の乗っ取り犯であることをごまかすために証拠を隠滅する必要が。

辰馬の遺体もそうだと清宮は気づく。あの爆破工作で明日香の犯行を隠そうとしたのは、彼女を守りたかったからではなく、自分の犯行ではないと警察に見抜かれるのを恐れたゆえではないか。

「生き残りを恐れたのも、自分がたんなるパクリ野郎だと証言されちゃかなわないからだ。あんたは自分にまつわる証言を極力排除したかった。この『犯罪物語』に、モンスターでない自分を語る人間は邪魔だから」

語られたい物語に、邪魔だから。

「代々木公園を狙ったのもおなじ動機だろ？　自分を知る路上生活者、炊き出しのスタッフを始末するため。髪を切ったのもそう。伸ばし放題、髭ももっとあったんじゃない？ぜんぶさっぱりして、まるで別人に生まれ変わった。スズキタゴサク。誰でもない存在に」

目撃証言が、簡単に集まらないほどに。

「人間としてのあんたを語れる者はほとんどいない。例外が、明日香だ」

スズキは伊勢に語っていた。食って寝て、あとはぼーっとするだけの仲。でもそれが、案外心地よかったんです。いっしょにいるだけってのが。打算も利用もない関係が――。

「保身を手玉にとった懐柔も、いつ心変わりされるかわからない。代々木の大量殺戮を容認するなんて相当イカれてなきゃ無理だしな。被害の大きさに動揺し、すべてを白状される恐れもある。だからあんたは、美海を人質にすることにした。代々木の爆発に合わせて送りつけた爆弾は、明日香を殺すためじゃない。彼女を追いつめ、自分を殺すよう仕向けるためだ」

手紙かメモを同封しておいたのだろう。明日香からすれば真相を暴露すると脅されるだけで一大事だ。美海が働く川崎から宅配が届いたことも、スズキの本気と悪意を信じる強力な後押しとなったにちがいない。

「だが素人が、慣れない爆弾を片手に狙った獲物だけを殺すのは難しい。それを為そうと思ったら、自爆覚悟でなきゃならない。つまりあんたは、明日香にも選ばせようとしてるんだ。娘の人生か、自分の命か」

それは、たしかにスズキタゴサクという化け物にふさわしいやり方だと清宮は実感できた。あまりにも残酷で、醜悪な罠。

「この建物にいるんだな?」

もはや意味は明白だった。

「だから人を集めたんだろ? 誰がどこに入り込んでも不自然じゃない状況にするために」

類家が、指でスチール机を二度突いた。

「ここを、目指しているんだな?」

清宮のとなりで伊勢が息をのんだ。

　くくっと、スズキが笑った。うなだれるように背を丸め、我慢できないというように笑みをこぼした。それから、さあ、とわざとらしく肩をすくめた。

「わたしが知るはずないですよ。でも刑事さん。誰がここにやってこれます？　刑事さんたちが守ってくれるこの場所に」

「倖田はきた」

「ええ。あれにはびっくりしました」

　スズキは満足そうにうなずいた。「でも彼女は失敗した。刑事さんたちに止められて」

「次も、おれたちが守ると思うか？」

「守りませんか」

　類家は答えなかった。ただ両手の拳を机にのせて握り込んでいる。

「守りませんか。べつにぜんぜん、かまいません。それがふつう、むしろ当たり前だと思います。ねえ刑事さん、そうでしょう？　人間って、そういうものでしょう？　いえ、困るんです。そうじゃないと困るんです。だってわたしは、いままでずっとそんなふうに扱われてきましたからね。価値のないものとして、欲望に値しないものとして」

　スズキが身を乗り出した。

「ほんとうなんですよ、刑事さん。わたし、他人の欲望がわかるんです。人が抱いてる欲望を感じ取ることができるんです。外したことはありません。欲望の形が、幼いころはぼんやりと、いつしかはっきり見えるようになったんです。なってしまったんです。するとどうなったと思います？　便利な能力とお思いですか？　とんでもない。わたし、わかってしまったんです。この能力のおかげで、気づかされてしまったんです。誰もわたしを、望んでいないと。誰もわたしを、ほんとうの意味では、望んでいないと。父親や母親さえもね」

スズキが眺める。類家をじっと眺めている。

「困るんですよ。みなさんもそうでいてくれないと。等しくわたしは、無価値でないと。どうでもいい存在で、だから蔑ろにされなくちゃ。救われたりしたら駄目なんです。でないと筋がとおらない。わたしごときに救いがあるなら、世界はとっくに幸せで満ちているはずなんだから」

そんなもの、どこを探したってないでしょう？

「わたしの望みは、わたしに向けられる欲望だけです。純粋で強烈な欲望だけなんです。それ以外は要りません。それだけが幸福です。刑事さん。臆病なあなたは認めない。欲望を隠してしまう。だから友だちにはなれないんです」

さぞかし、とスズキが笑う。穏やかにほほ笑む。

「彼女は望んでくれてるでしょうね。わたしのことを」

「おまけに彼女は真実を語れない。たとえ捕まっても、あんたに操られたとしかいわない。でないと自分や息子の犯罪を認めなくちゃならなくなる。だからぜんぶ、あんたに押しつけようとする。ひどい男なのだ、悪魔のような男なのだと」

それはスズキが目指す物語を補強する。こいつは、そこまで計算している。

「だけどな、スズキ。おれはたどり着いたぞ。証明ができずとも、世間が騙されたとしても、おまえの物語のからくりを看破した。そんな人間がいることを、おまえは残りの人生で忘れることなんかできやしない。自分の作品の瑕を見抜いてる男の顔を、ずっと夢に見つづけるんだ」

「それがあなたの勝利だと？　わたしを超えられるとでも？」

喜色を浮かべ、スズキは拳で机を叩いた。

「それよりもいいんです？　もうすぐその、明日香さんとかって人がいらっしゃるのでは？　爆弾を抱えて、わたしもろとも、みなさんをドカンと殺っちゃう気満々で」

「ないんだろ？」

類家がいって、清宮は息をのんだ。

「最後の爆弾はないんだろ？　明日香に送ったのはフェイク。もし爆弾が余っていても、とっくに処分し終えてる。プラスチックケースといっしょに」

スズキが、目を輝かせている。

「残り一個が爆発すれば事件は終わる。でもあんたは爆発させない。見つけさせない。そうすることで、おれたちを永遠に閉じ込めるつもりでいるんだ。あんたのゲームのなかに」

時限爆弾の恐怖は、その存在がないと証明されるまでつづく。

「ないものを、ないと証明するのは無理だ。だから、おれは動かない。たとえ明日香がやってこようと、ぜったいにここを動かない」

「あなた」スズキが、呆れと感嘆のまじったため息をつく。「生きてるの、虚しくなったりしませんか？　こんな馬鹿たちに囲まれて、顎でこき使われて、嫌気が差したりしませんか？」

スズキはほほ笑む。目を細め、類家を撃つように、包むように。「自分の能力をぞんぶんに振るってみたいと願ったことは？　つまらない慣習や綺麗事に囚われず、ひたすらおのれの快楽を追い求めてみたいとは？　おもしろ可笑しく、思うままに」

刑事さん――。

「わたしって、悪ですか？」

「悪だ」

答えたのは、清宮だった。

「悪だ。おまえは悪だ」

いい切らねばならない。胸に幾ばくかの疑念があっても、いい切らなくては駄目なのだ。

そうだろ、類家？　答えろ。悪だと。

「刑事さん」

スズキは、こちらを見もしない。

「あなたに訊いてるんですよ。あなたの答えが知りたいんです。欺瞞（ぎまん）を知って、くだらなさにうんざりしながら、それでも小理屈で武装して、従うふりをつづけている、あなたに」

よせ、と清宮は無言で叫ぶ。やめろ。連れて行くな、おれの部下を。

スズキの欲望が、急にはっきり感じとれた。おそらくは類家という男に出会ったからこそ芽生えた欲望。わざわざ計画の全貌を解くヒントを与えた理由。

世の中をゲームのなかに閉じ込める。そんなことは不可能だ。人々は騒ぎ、けれど忘れる。スズキの顔など、すぐに。

つづけたいなら、方法はひとつ。

次が生まれればいい。次のスズキタゴサクが。

「どうなんです？　刑事さん」

「ああ、そうだ」

類家がいった。
「いつだってそうさ」
ためらいなく告げた。
「うんざりしてる。こんな世界、滅んじまえって」

細野ゆかりはその場にへたり込んだ。目に映る光景はアクション映画のそれだった。しかし画面はアイマックスシアターより大きくて、振動だけでなく臭いも漂い、爆音につんざかれた耳がぼやんとしてるのがよけいに生々しくて、つまりそれは現実だったが、ゆかりの意識は認めようとしなかった。震える手でスマホを取り出し、カメラを起動した。線路を挟んだ山手線のホームに向けた。世界を5・5インチにおさめると、これが現実に起こった悲劇であるという切迫が薄れる気がした。一方で、熱風に叩かれた肌はじんじんしていた。

あったはずの自動販売機が消えている。電車を待つ人々も消えている。倒れている。吹っ飛んで線路に倒れている人もいる。悲鳴。走りまわる人、呆然と立ち尽くす人。おなじようにスマホカメラを向ける人たち。

ゆかりの周りでも痛みを訴える者がいた。助けを呼ぶ声があった。弾けた自動販売機の破片に襲われたのだ。いまさらながら、自分が無事であることを不思議に思った。ゆかりがいたのは総武線側の自販機のそばだった。真向かいなのに、痛みはどこにも感じられない。

それで気づいた。へたり込んだ自分の膝のそば、掲げたスマホの真下に倒れている深緑のジャケット。あの老人が仰向けに寝転んでいた。ああっ、とゆかりは口を押さえた。老人の身体に幾つも小さな陥没ができていた。血が流れていた。彼が盾になって、だからゆかりは無事だったのだ。

名も知らぬ老人は、右手で胸をかきむしり、虚ろな表情で、わずかに小さくうめいていた。泡を吹き、すごい汗を流していた。肌が真っ青になっている。どうしたらいい？　自問したがわからない。下手な真似をして、責任を負わされるのが怖い。

山手線のホームに電車が近づいてくる。急ブレーキの音がする。騒ぎが大きさを増す。線路に倒れた人を助けようとしていた人たちが二の足を踏む。

この老人を介抱する余裕は誰にもない。もちろん自分にも。

逃げる？　ほっとく？　それとも――。

ゆかりは倒れている老人を見下ろし、そして、スマホのカメラを向けた。

表玄関にもマスコミがたむろしていた。市民が押し寄せていた。街宣車ががなってい
た。渋滞で車は進めそうにない。

覆面パトカーを無理やり路肩に駐め、運転席の井筒がいった。「行きましょう」

シートベルトを外しかけた彼の腕を等々力はつかんだ。「おまえは、ここで連絡を待て」

呆気にとられた顔がこちらを向いた。

「間に合う確率は低い。わざわざふたりとも危険に飛び込まなくていい」

「――本気でいってるんですか？」

「おまえがいっしょでも増える成功率はたかが知れてる。そんなもののために命を懸ける
必要はない」

「そういう仕事でしょうが」

「そうだ。ただの仕事だ」

井筒から視線を外した。

「ただの仕事なんだ」

しん、と車内が静まった。外の喧騒が、やけに遠くに感じられた。

鶴久は動いているはずだ。類家にもメッセージを送ってある。概略だが、あの男なら正
しく読み取ってくれるだろう。

等々力をにらむ井筒の目には恐れが見え隠れしていた。きっと脳裏を、シェアハウスの

惨状がよぎっている。言葉や観念でない具体的な「死」が、実感となって迫っているのだ。

「ここに残れ。命令だ」

おれはいい、と等々力は思った。どうせ心は麻痺してる。役に立たない木偶なのだ。だが井筒はまともだ。失うには惜しい、まともで優秀な刑事だ。

心が死んだ人形は命令に従うしか能がない。ロボットのように従って、しくじってもなるほどな」とつぶやくだけだ。どちらが捨て駒になるべきか、効率がいいか、考えるまでもない。

だが。

おれはいま、いったい誰の命令に従っているのだろう。

法律？　地方公務員法、警察官内規？　道徳。人間のあるべき姿。

「……命令なんだ。従うほかない」

「何をいまさら」井筒が嘲笑とともに吐き捨てた。「これだけ好き勝手に暴走しといて、どの口がいうんです？」

「そう。暴走だ。目の前にクイズがあったから解いた。解けたことを証明したくて勝手に動いた。それだけだ」

「ひとりでカッコをつける気ですか？」

「自己満足だ。独りよがりの我がままだ」

「それを、生きざまと呼ぶんでしょ?」

ふいをつかれた。腕をつかむ指から力が抜けたその一瞬で井筒はシートベルトを外した。車を飛び出し、力強く地面を蹴った。

同時に、腰が浮いた。あとを追った。反射だった。考えなどなく、渋滞の車を縫って道をわたった。体温が上がり、忘れていた恐怖がよみがえった。死の恐怖。爆轟の余韻。けれど足は止まらない。

玄関はごった返していた。「もうこれ以上は入れないんです!」叫ぶ職員に「ふざけるな!」「見捨てる気か」怒号が飛び交うなかへ進んだ。熱い人いきれをかき分けた。押され、よろけ、小突かれた。「痛えな!」井筒の悪態が聞こえた。

四方から圧迫され身動きが取れなくなって、等々力はあえいだ。上空をヘリが旋回していた。

この光景も全国に流れているのだろうか。誰かがどこかで眺めているのか。無様な営みに同情したり共感したり、呆れたり、嗤ったりしてるのだろうか。

いきおいで飛び出した。強い意志などない。しょせんは他人を、命がけで守ろうとしているのは、命令だからだ。それ以外に理由はない。

次の瞬間にも、署のどこかで爆発が起こるかもしれない。誰かが死ぬかもしれない。

そのときおれは何を思う？　悔しさ、失望。ちゃんと哀しめるだろうか。ちゃんと。長谷部は、哀しんでいた。残虐な犯罪を憎み、被害者を悼んでいた。だからこそ欲望が、彼に巣くってしまった。――ちがうのか。逆なのか。そういう欲望を抱えているからごまかしたくて、否定しなければならなくて、だから正義をまとったのか。本音を覆い隠すため、人一倍の正義を育てたのか。

それの、どこが悪い？

等々力は踏ん張った。人波に挑んだ。間に合わない。予感は確信に変わっていた。だがそれは進まない理由にはならなかった。誰かがどこかで呆れている。嗤っている。それも理由にはならない。急き立ててくる命令。道を押し開きながら等々力は思った。けっきょくおれは従ってしまうのだ。けっきょく――。どこからきたのかも知れない、この命令。怪しげな、差出人不明の命令。

「通してくれ！」

等々力は叫んだ。「道をあけろ、警察だ！」

沙良の後ろを、明日香は黙ってついてきた。取調室には伊勢と本庁の刑事がふたり。ここで無理にあがくより、彼らを頼るほうがいい。まだ勝算がある。

勝算？　なんの？

階段をゆっくり上りながら、心は乱れた。

スズキが死ぬ。明日香が殺す。理由のある殺人だ。復讐、清算。相手は稀代の殺人鬼。人の顔をした化け物。何が悪い？　殺してしまってなぜ悪い？

賢い人間はいうだろう。法治国家なのだ。裁判で真実をあきらかにすることが大切なのだ。生きた彼を分析することで得る知見が次の捜査に役立つのだ。社会の問題を照らすのだ。

寝言だ。冗談じゃない。そんなこと、どうだっていい。この憎しみの前で、わ、わ、わたしの憎しみの前で、あんたらのみみっちい利益なんぞくそ食らえだ。

死ね。死んでしまえ。意味がなくても、野蛮でも。

耐え難いのは無力だ。憎しみをあきらめるしかない、わたしの無力だ。

「ごめんね、倖田さん」

取調室がある階につづく踊り場が見えたところで、明日香が話しかけてきた。

「あなたを巻き込むつもりはなかった。こうなってしまって、ほんとに申し訳なく思う。ねえ、憶えてる？　あの豚汁に、あなたチョコを入れたでしょう？　びっくりだった。あんなレシピ、聞いたことなかったから」

「——あれは、父親に聞いたんです。秘伝の隠し味だって」

「でも評判は最悪だった」

「副署長にバレて叱られました。おれたちを毒殺する気かって」

「止めなかったわたしも同罪ね」

可笑しそうに明日香がいった。そうだ。あのとき沙良は張りきっていた。サービスのつもりで持参したビターチョコを豚汁に入れようとした。明日香は目を剝いて驚いた。あり得ないという顔だった。なら味見してくださいと、椀によそって食べてもらった。ふた口すすって、彼女はいった。あら、意外といけるじゃない。

「明日香さん」

踊り場で、沙良は立ち止まった。ふり返った。プリペイド携帯を握る明日香と向き合った。

「駄目です。やっぱり駄目です」

考えなどなく、言葉があふれた。

「あなたに、人殺しはさせられない。させたくない」

ぽかんとする明日香を、沙良は抱き締めた。強く抱き締めた。

わずかな沈黙のあと、「放して！」と叫び声が轟いた。放しなさい！　耳もとで明日香の声が爆発した。それでもぎゅっと、沙良は彼女を抱き締めた。爆発させてもいいの？

あなた、それでもいいの？　声が階段じゅうに響きわたった。暴れる力を、沙良は必死で抑えつけた。お願いよ！　お願いだから行かせて！　あの人を、あいつを殺させて。殺させなさい！

沙良は歯を食いしばる。目をつむる。なぜ自分がこんな真似をしてるのかわからなかった。抱き締めるだけではどうにもならない。次の瞬間、明日香がボタンを押すかもしれない。粉微塵になるかもしれない。

馬鹿だ。馬鹿なことをしている。でも、こうしかできない。

遠い場所にいるわたしなら、止めない。明日香の暴挙を、眉をひそめたふりをしつつ、本音では、いいぞと応援したかもしれない。殺っちまえ！　とエールを飛ばしたにちがいない。けれどわたしは、ここにいる。この人はどこかの誰かなんかじゃなく、ほんのわずかであってもいっしょの時間を過ごした、そしていま目の前にいる、人間なのだ。こんなにも近く、息がかかるほど近くに。

やがて明日香の抵抗がなくなった。だらりと両腕が下がった。倖田さん。疲れた声に呼ばれた。

「わたし、もう嫌なのよ。誰かのせいで苦しむの」

ごめんね――。彼女がボタンを押すのがわかった。それでも沙良は抱き締めた。馬鹿め、と自分を罵りながら、抱き締めた。

何も、起こらなかった。プリペイド携帯からコール音が鳴っている。やがて声がした。

もしもし？　何？　誰？　お母さんなの？　いま警察の人がきて——。

美海ちゃん……と、明日香がうめいた。涙があふれている。それを沙良は肩で感じた。

「ちくしょう」

明日香はあえぐようにそうもらし、完全に力をなくした。くずおれる彼女を、ゆっくり踊り場に座らせたとき、階下から、倖田あ、どこだあ！　と甲高い声がした。

9

明日香の身柄が確保され、スズキの移送が決まった。彼女のリュックにはテープで巻かれた箱があり、中身は正真正銘、たんなる洋菓子だったという。

取調室に警視庁の刑事がふたり現れ逮捕状を読みあげる。その間もスズキは、まっすぐ類家と見合っていた。

立てと命じられスズキは従い、手錠と腰縄がつけられた。左右を挟まれ出口へ歩きだす口もとがゆるんでいた。散歩のような足取りだった。最後まで、スズキはスズキのままだった。

それを清宮は、痛みとともに受け止めた。こうしてこいつと向き合う機会は二度とこないかもしれない。怒りより安堵より、無力感が胸に突き刺さっている。

「『まあいいや』と、思ってたんだろ?」

類家の声に、スズキの足が止まった。

「望んでいない世の中、望まれない自分。でも、まあいいやって、そう思ってたんだろ?」

類家は前を見ていた。誰もいない、スズキが座っていた場所をにらみつけていた。

「自分をシェアハウスに呼んだ明日香の本音、欲望を、罪をかぶってほしいから、保身と打算のせいだって、そう読み取って、『もういいや』になったんだろ?」

スズキがふり返る。類家を見下ろす。

「ホームレス仲間から裏切り者と疑われ、嗤われていたあんたに帽子をくれた人。その人が自分を利用しようとしてると知って、『まあいいや』が、『もういいや』になったんだろ?」

だから、死ぬことすら許さなかった。偽の爆弾を贈り、逃げ道を塞ぎ、この先ずっと嘘をつきつづける人生を、スズキは明日香に強いたのだ。

「だが、ほんとうか? ほんとうに、明日香は利用する気でいたのか? 息子殺しをごまかすために、あんたの存在は必要ない。あの家には山脇と梶の遺体があった。なすりつけるなら奴らでいい。かつていっしょにシェアハウスで暮らしていた明日香なら、奴らがやりかねない人間であることも知ってたはずだ。辰馬を殺し、毒を飲んで自殺した。爆弾テロも、すべてふたりの仕業――そう偽装するほうが、第三者を呼びつけるより、はるかに現実的なんだ」

協力してくれる保証もない。通報されるのがふつうだ。

ではなぜ、明日香はスズキを呼んだのか。

「あんたが罪をかぶるといいだし、甘い誘いでそそのかすまで、明日香の本心は、自首しろと命じてほしがっていたんじゃないか？　保身と良心でゆれる自分を、あきらめさせてくれる誰かを願って、あんたを呼んだ可能性はゼロか？」

絞り出すように、類家はつづけた。

「美海の人生を守るのとおなじくらい、爆弾テロを止めたかった可能性は？　罪を認め、警察に託す道を一ミリも望んでいなかったのか？　辰馬の罪を軽くしたいという勝手な都合もあっただろう。さっさと決断しなかったのは愚かだし弱さだ。だとしても、止めたいと願う気持ちまで偽物だとどうしていえる？　顔や名前を知らない他人であっても、助けたい。そんな気持ちが、彼女にあったと考えて何が悪い」

「――たんなる、想像でしょう？」

「そうだ。砂糖まみれの想像だ。だがあんたには、それができない。人間やこの世界が、生きるに値するという想像を勝手にやめて、目をそらしてる。気づいてるくせに、認めるのを怖がって、見ないふりを決め込んでいる。それは不完全じゃないのか？　あんたの嫌う、嘘じゃないのか？」

スチール机の上で、類家の拳が強張った。

「おれは逃げないよ。残酷からも、綺麗事からも」

スズキは、類家の後ろ姿を眺めていた。何か、唇が動きかけ、しかし言葉は出なかった。

おい、と刑事が促し、あっけないほど素直に、スズキはこの部屋を出ていった。

伊勢が、崩れるようにうなだれた。そして嗚咽をもらした。清宮は長く息を吐いた。終わった。自分の仕事は終わった。あとは事務処理をして、処分を待つだけだ。

類家は、いなくなったスズキの場所をまだ見つめていた。

声をかけようとして、できなかった。ゲームに勝つことだけを目指した男は、最後までスズキの後塵を拝した。おのれの本音を引き出された。

「死者は？」と、類家が前を見たまま訊いてきた。「山手線の死者は何人です？」

「――四十一。まだ増えるかもしれないが、状況を考えれば、抑えられたほうだろう」

そうですか。ツイてましたね。類家は天を仰いだ。窓から茜色の光が差し込んでいた。

清宮は腰を上げた。「そろそろ行こう」

「清宮さん」

「なんだ」

「顔を洗ってきます」

眼鏡を外し、立ち上がり、類家はドアの向こうへ消えた。

人間だ。清宮は、なぜかそう思った。あいつは、人間だ。たとえ本心から、こんな世界など滅んでしまえと願っていても、だが人間だ。滅べと頭で思っても、最後のボタンは押さない。ぎりぎりまで押したくないと踏みとどまる人間なのだ。

「おれは……」伊勢がすがるようにこちらを見上げた。

「甘えるな」

清宮はいい捨てた。

「だが君が、倖田のために叫んだのはわかってる」

彼女が拳銃を抜いたとき、もし撃ってしまったらと、その銃声を外の警官たちからごまかすために、おそらく彼はとっさに叫んだ。仲間をかばった。

けっして褒められた真似ではない。賢いやり方でもない。しかし――。

ふと、清宮は思い浮かべる。どこかで時を刻むプラスチックケースにおさまった爆弾、そのそばでいっしょに眠る血塗れのハサミ、そして古びた野球帽。

耳に、スズキの声がよみがえる。

人といふ人のこころに

一人づつ囚人がゐて
うめくかなしさ

「――覚悟をもって勤めろ。おれもそうする」

伊勢の目に、かすかな光が灯(とも)った。清宮は、そう信じた。

ドアへ向かいながら、骨の感触が残った指で、タイピンの位置を直した。


廊下を、スズキがやってくる。それを待ちかまえるように、等々力は壁ぎわに立っていた。

スズキがこちらに気づいた。

「ああ、等々力さん」喜々とした笑みを浮かべる。「よかった、会えて」

等々力の前で立ち止まり、身体を向けた。

「ひとつ、お聞きしたかったんです」

おい、と両脇の刑事が咎めたが、彼は動かなかった。

「あなた、秋葉原の爆発のあと、わたしを応援してたでしょ?」

無邪気な笑みが、こちらをのぞき込んでいる。

「最初からわかってました。仲良くしようとか、いっしょに社会を回してる仲間とか、ぜんぜんこの人信じてないぞって。そしてあなたの欲望が見えたんです。はっきりくっきり、見えたんです。爆弾があるって知って、あなたこう思ってた。どうせなら、ぜんぶぶっ壊しちまえって」

胸の奥を鷲（わし）づかみにされた。図星だった。だから等々力は、もう一度スズキと向き合いたかった。おのれに生じた不穏な欲望をたしかめたくて。否定したくて。

ぜんぶ、ぶっ壊しちまえ――。

山手線の爆発を目の当たりにし、疑いは確信になった。

あのとき腹の底から込み上げた、笑い。

はっきりと自覚した。おれは、愉（たの）しんでいるのだと。

未曽有（みぞう）の殺戮（さつりく）の観客となって、安全な特等席に立って、無関心をとおり越し、否定しようのない高揚に包まれた。たぎった。

いいぞ、もっとやれ、もっと死ね――そう、願ってしまった。

これが、等々力功だ。おれという人間の正体だ。それに気づいて、怖くて仕方なくなった。

「この先も、我慢しつづけますか？　自分に嘘をつきながら、だらだら生きていくんです？」

「おまえの、いうとおりだ」

たしかにおれは抱えている。そして嘘をつき、ごまかしている。このまま何年生きても、欲望は消えないだろう。不穏な想いはこびりついたままだろう。

正直に生きるのは、あるいは幸福なのかもしれない。本心に抗って、踏み外す悪寒におののきながら、我慢をつづける人生よりずっと。

「だけどな、スズキ。おれはそれを、不幸せとは思わないよ」

スズキが、目を見開いた。口をぽかんとさせた。いまのいままで、そんな答えは考えたこともないという顔で。

やがて、なるほどです、とつぶやいた。

「等々力さん。あの刑事さんに伝言をしてくれますか。今回は引き分けです、と」

「――どっちの刑事だ」

ぷっくりした頬が、わずかにゆるんだ。「もじゃもじゃ頭の、類家さんです」

刑事たちに引っ張られ、スズキが歩いてゆく。等々力はその姿を眺め、背を向けた。井筒といっしょに報告書をつくらねばならない。鶴久に提出しなくてはならない。この先も、抗いつづけていくために。

自分がどうなってしまうのか、沙良はまったくわからなかった。規律違反の数々は指を折るのも面倒だった。懲戒免職、依願退職。次の仕事はどうしよう？

矢吹は、大丈夫だろうか。意識を取り戻しただろうか。あいつも警察を辞めるなら、連れションになるかもしれない。探偵事務所でも開く？　はは。それも意外と悪くない。

押し込められた小部屋に見張りの職員とふたりきりだった。まもなく監察室へ連れて行かれるのだろう。申し開きはない。ありのまま、話すつもりだ。

できれば明日香も、そうしてほしいと沙良は願った。すべてをあきらかにしてほしい。だがそれは、しょせん第三者の勝手な願いだ。明日香には明日香の事情がある。あとは法廷が決める。世間が決める。

虚しさに囚われそうになる。わたしたちは、いったい何と闘っていたんだろう。スズキは、何を求めていたんだろう。奴の本音を、けっして届かないであろうそれを、沙良はぼんやりと考えた。

ドアが開いた。鶴久が、巨大隕石の落下を報じられた直後の足取りでやってきた。げっそりとしていた。同時にかっかしていた。ひとつの顔にいくつもの感情が表れていて、沙良は笑いそうになるのをこらえた。

椅子から立とうとしたが、その気力もわかず上司を見上げた。鶴久は無礼を気にしたふうでもなく目をそらし、見張りの職員に顎をしゃくった。

職員が退室すると、しかめっ面で舌打ちをした。

「矢吹は無事だ」

え？　と沙良は目を丸めた。

「意識が回復した。第一声は、『腹が減った』だそうだ」

沙良は、膝に顔をうずめた。全身で息をついた。よかった。ほんとうによかった。

「おまえは、どうする？」

顔を上げた。鶴久はそっぽを向いたままだ。

「辞めるかつづけるか、どっちが希望だ」

「――希望なんて、いえる立場にありません」

そのとおりだと、鶴久が吐き捨てる。当たり前だと。

「だが、希望だけは聞かにゃあならん。それで、こっちも対応が変わるんだ」

瞬間、爆轟が耳によみがえった。風圧を、皮膚が思い出した。死臭。剝き出しになった肉の断面。

「――つづけたいです」

鶴久がこちらへ目を向け、沙良はそれを見返した。

「かなうなら、つづけます」

カチッと音がした。電子タバコの器械を握った鶴久が、その蓋を開け閉めしている。

荒々しく息をつき、「そうか」といった。

「何も保証はできんぞ」

「わかってます」

「後悔しないか？」

沙良は、拳を握る。「――わかりません」

そうか、と鶴久は繰り返した。

「いちおう、それで伝えておこう」

カチカチ蓋を鳴らしながら踵を返し、まったく、とぼやいた。

「おまえのような部下をもつと、胃に穴があく」

鶴久が去って、沙良はひとりになった。小部屋は狭く、あの取調室にそっくりだった。窓の位置までおんなじだ。

あのとき。拳銃を抜いたとき。スズキに銃口を向けたとき。もし誰にも邪魔されなかったなら、わたしはほんとうに引き金を絞ったろうか。

わからなかった。可能性は、危うい天秤の上で右へ左へゆれていた。一歩間違えば、わたしはスズキを殺していた。

そうならなかったいまを、沙良はぐっと嚙み締める。

次にやってくるのは監察官の呼び出しだろう。気持ちは変わらない。正直にありのままを話す。もとより頭脳派じゃないのだ。

矢吹に、会いに行こう。そして話そう。最新の義足なら、飛んだり跳ねたりができるかも。それが無理でも、安楽椅子探偵にはなれるかも。お互い、頭脳派じゃないわけだけど。

そして手紙を書く。いつ出すとも知れない手紙を、明日香とスズキに。せめて一言、彼らに何かを伝えるために。

真っ赤に染まり、やがて暗く沈むであろう曇りガラスの窓を、沙良は見つめつづけた。

ありがとう、と老人はいった。

彼が搬送された病院へ、ゆかりも流れで付き添った。彼が意識を取り戻すまで数時間もかかった。

看護師が「ほんとにこの子のおかげですよ」と優しく声をかけた。ゆかりは爆発があった新宿駅で、やってきた救急隊員にスマホの映像を見せた。老人の様子が異常に思え、その苦しみ方が何かの症状かもしれないと録画したのだ。予感は当たった。老人は怪我よりも、あの衝撃で起こった持病の発作で苦しんでいた。

おかげで素早い治療ができたと礼をいわれたが、どうだろう。救急隊員も途中で気づいたに決まってるし、けっきょく自分のしたことは素人の浅知恵、無我夢中のお節介だったのではないか。

けれど「ありがとう」といわれると、そんな理屈を超えてほっと涙腺がゆるみそうになる。

「じつはね」ベッドに横たわったまま、老人が苦笑した。「警察署に、クレームをつけに行こうと思ってたんだ。おまえら、おれの仲間を見殺しにしたんじゃないかって。代々木公園の連中さ」

え？　とゆかりは言葉を失った。代々木公園で被害に遭った者の多くはホームレスだったはずだ。この人が仲間？　こんなちゃんとした身なりなのに。

「しばらく前に支援施設へ移ったけどね。でも、あそこの連中とは長いあいだ、いろいろあった。いろいろね」

老人は懐かしそうに、けれどつらそうに、嚙み締めるように息をついた。「猛暑で死にかけたり、仲間と焼き芋を分け合ったりね。――胸を張れないようなこともあった」

信じられなかった。礼儀正しく、柔和で、小さな会社くらい経営しててもおかしくないと思っていたのに。

「よけいなことだな。すまないね、この歳になると思い出はいくらでも話せてしまう。昨日のことは忘れても、昔の話はいくらでも。忘れたいことでもね」

老人は目をつむり、長く息を吐いた。

「お嬢さん、もう行きなさい。わたしのことは忘れるといい。でも君が、ひとりの命を救ったことは、どうか憶えておいてほしい」

病室を出ると、廊下は行き交う人であふれていた。多くの怪我人が、あの爆発に巻き込まれた人たちがここで治療を受けている。その家族が、無事を祈って手を握り合っている。

わたしは助かった。運よく命拾いした。多くの死の傍らで。この感情をいい表す言葉は、きっと自分で見つける以外にない。

ゆかり！

廊下の向こうから母親の声がした。となりに背広姿の父親がいた。小言を食らうのは間違いなかった。いまはそれが、待ち遠しい。

事件からひと月が経過した。

石川明日香は容疑を認めなかった。シェアハウスには住んでいない、スズキとは会っていない、話したこともない。ただ、辰馬から相談された。おかしな男が家に住みつき、みんなを洗脳している、身の危険を感じている。爆弾テロも、息子たちを殺害したのも、すべてスズキの仕業だといってゆずらなかった。容疑否認のまま、彼女は辰馬に対する殺人の罪で裁判にかけられることとなった。

スズキタゴサクは一貫して霊感と記憶喪失、そして催眠を主張している。決め手となる物証を警察は得られず、本籍の確認すらかなわなかったが、世論に押されるかたちで検察は起訴を決めた。山のような状況証拠、石川明日香の証言。精神鑑定も彼に責任能力を認めた。たとえ裁判が長引いても極刑は確実とみられている。

煽情的（せんじょうてき）な報道は終息し、やがて人々は彼の顔を忘れる。電車に乗り、自動販売機で飲み物を求め、野球観戦を楽しむ。

最後の爆弾は見つかっていない。

引用文献

『歌集一握の砂・悲しき玩具』石川啄木著、岩城之徳校注（講談社）
『ハード&ルーズ　1巻』かわぐちかいじ作画、狩撫麻礼原作（トラスト・ツー）

解説

若林　踏（ミステリ書評家）

ミステリでは名探偵や名刑事といったヒーローの魅力で人気を博す作品がある。だが反対にヒーローを凌駕してしまう怪物的な犯罪者を創造し、ジャンル史に名を刻む小説も存在する。本書『爆弾』は間違いなく後者に属する作品だ。登場する怪物の名はスズキタゴサクという。

『爆弾』は呉勝浩にとってデビュー作から十一番目の著作に当たる長編小説だ。『小説現代』二〇二二年三月号に全文が一挙掲載された後、二〇二二年四月に講談社より単行本として刊行された。

先ほどスズキタゴサクを怪物と書いたが、物語冒頭で登場した際は、およそ怪物とはかけ離れた印象を与えるはずだ。黒い苔を生やしたようないがぐり頭に無精髭が目立つ二重顎と、見た目はいかにも冴えない中年男性。酒屋の自動販売機を蹴りつけているのを止めに入った店員を殴るという、極めて卑小な罪で捕まったスズキタゴサクは野方警察署で取り調べを受ける。聴取を担当する所轄の刑事、等々力功がスズキタゴサクに対して抱くイメージも「見るからに金なし」と、貧相な人間としか見ていない。

しかし、そうした印象を一変する出来事が起きる。スズキタゴサクは突然「十時ぴったり、秋葉原のほうで、きっと何かありますよ」と予言めいた事を言いだす。すると取調室に慌てて入って来た後輩刑事が、等々力に秋葉原で爆発が起きた事を知らせるのだ。さらにスズキタゴサクは「わたしの霊感じゃあここから三度、次は一時間後に爆発します」と告げる。その言葉通り、夜十一時に東京ドームのそばに仕掛けられていた爆弾が爆発した。

無論、警察側は霊感など信じるはずもない。警視庁はスズキタゴサクを連続爆破事件の重要参考人と見なし、特殊犯捜査係の清宮（きよみや）と類家（るいけ）という二人の本庁捜査官を野方警察署に派遣する。特殊犯係は交渉術や駆け引きの訓練を積んだプロフェッショナルで、尋問にも秀でた力を持つ。ところがスズキタゴサクはエリート捜査官の追及をのらりくらりと交わすどころか、爆弾の在り処を暗に示すクイズのようなもので、捜査陣を翻弄し始めるのだ。

相手を翻弄し意のままに操ろうとする不気味な犯罪者と、爆弾を探すために何とか情報を引き出そうとする警察。両者の火花散る頭脳戦を描いた密室劇が物語の中核にある。人の心を支配し操る犯罪者像は、主にサイコスリラーと呼ばれるミステリのサブジャンルにおいて描かれてきた。その典型というべきなのがトマス・ハリスの生み出したハンニバル・レクター博士だろう。『レッド・ドラゴン』（原書刊行は一九八一年、ハヤカワ文庫NV、小倉多加志訳）に登場したレクターは優秀な精神科医でありながら連続殺人鬼として施設に収容されており、その卓越した知性で事件捜査に協力しつつも関係者の心にとり憑き、惑わす。レクターの善悪を超えたカリスマ性は続編の『羊たちの沈黙』（原書刊行は一九八八年、新潮文庫、高見浩訳）が映画化された際、気品と狂気が一体となったレクターをアンソニー・ホプキンスが演じた事で確固たるものとなる。後続のサイコスリラー小説に登場する犯罪者でハンニバル・レクターの影響を受けなかったものは少ないだろう。

だが『爆弾』のスズキタゴサクはレクターと同じく他者の心を操る犯罪者でありながら、レクターが持っていた優雅さや品位は欠片もない。むしろその姿は現代の日本社会における貧困や格差の問題を具現化し、インターネットスラングで呼ばれるところの〝無敵の人〟を地でいくような振る舞いをする。スズキタゴサクが武器とするのは、言葉だ。普通に考えれば屁理屈のような思考を淀みなく言葉として流し続け、他者を圧倒し屈服させようとする。それはまるで昨今の論破文化を象徴しているかのようだ。このようにスズキタゴサクは現代日本の底辺が抱える絶望や嫌悪を全て背負った人物として描かれている。それ故に読者は、自身の身近にある恐怖としてスズキタゴサクの存在を受け止める。これが既存のサイコスリラー作品の登場人物と、スズキタゴサクが異なるところだ。ちなみに呉勝浩は『小説現代』二〇二二年四月号掲載のインタビューにおいて、「レクター博士のような超越的な敵キャラに、より我々に近い側の人間が対峙するという構図」を持つ映画『CURE』が『爆弾』の着想元の一つである事を明かしている。

前述の通り、スズキタゴサクは言葉の集積によって相手の心を掌中に収めようとする。そこで登場人物たちに突き付けられるものもまた、現代の日本社会を感じさせるものだ。刑事たちはスズキタゴサクとの対決を通じて、自分の心の中にも暗部がある事にふと気づいてしまう。その一つが無意識な命の選別である。爆弾テロという犯罪は、不特定多数の命を巻き込むものだ。その中で警察は助けるべき命の優先順位を付けねばならないような事態にも追い込まれる。命に優先順位などは付けられようもない。だが、もしかしたら自分たちは無自覚に他人の命を比べ、優先順位を付けているのではないか。ここには新型コロナウイルスの蔓延後に浮かび上がった、権力側の身勝手な命の線引きと重なる部分がある。論破文化を戯画化した風刺小説である「論リー・チャップリン」（二〇二三年、角川書店刊『素敵な圧迫』収録）など、もともと呉勝浩は物事を単純化し、断罪していこうとする社会の風潮に対する違和と抵抗を書いてきた作家だ。『爆弾』も、そうした呉の怒りと抗いが込められた作品である。

ここまでは本書の社会派小説の側面を見てきた。だが忘れてはいけないのは、呉勝浩がミステリという娯楽ジャンルの要素を使って小説を紡ぐ作家ということだ。特に『スワン』（二〇一九年、角川書店）、『おれたちの歌をうたえ』（二〇二一年、文藝春秋）と近年の呉作品では本格謎解きの要素を巧みに組み込み物語の駆動力にしている。『爆弾』もまた然りだ。読者をまず翻弄するのは、スズキタゴサクが取調室の中で刑事たちに出すクイズに似たゲームだ。犯罪者対捜査陣の図式で描かれるミステリの中には、犯人側が謎かけのような遊びで捜査員たちを翻弄するという趣向が多く描かれている。二〇〇〇年に放送されたテレビドラマ「ＱＵＩＺ」などが良い例だろう。先ほど挙げた『小説現代』二〇二二年四月号のインタビューで呉は「『ダイ・ハード３』の、仕掛けられた爆弾の爆発を阻止するためにはクイズを解かなくてはならないという、単純に面白い設定」を物語に加えたと述べているが、確かにスズキタゴサクの仕掛けるゲームが、読者に頁をめくらせるためのフックとして十分に機能しているだろう。

本書は取調室内の出来事と並行して、前出の等々力刑事や倖田沙良（こうださら）という交番勤務の巡査が各々の立場から爆弾事件を追う模様が描かれている。様々な警察官を配した群像小説としての要素が本書にはあるのだが、これが後半以降に展開する謎解きへ密接に関わってくる。前半における取調室というリング内での知恵比べから、後半はリング外も含むもっと大きな構図を探る方向へと謎解きの関心が移っていくのだ。ここが謎解き小説としての観点で見た時の、本書最大の肝である。最後に暴かれる構図が複雑かつ強烈なものであることに加え、その構図に辿り着くための端緒が読者の盲点を上手く突いて隠されている事も称揚しておきたい。

『爆弾』は『このミステリーがすごい！２０２３年版』（宝島社）と、「ミステリが読みたい！２０２３年版」（早川書房刊『ミステリマガジン』二〇二三年一月号掲載）の国内編一位をそれぞれ獲得し、第百六十七回直木賞の候補作に選ばれている（受賞作は窪美澄『夜に星を放つ』）。直木賞選考における各選考委員の選評を読み返したが、その中で最も印象深かったのは角田光代の言葉だろう。本書を未読の方は読了後に目を通していただきたいが、角田の選評は作中で描かれる悪に対する登場人物たちの距離の取り方について、非常に的確な言葉を使って表現しているものだった。思えば呉勝浩は、社会に生じた悪をどの視点から眺め、どのように距離を取るべきかを考え続けてきた作家である。おそらくターニングポイントとなった作品は『白い衝動』（二〇一七年、講談社）だろう。世間では怪物と見なされる人間が共同体に入り込んだ場合、社会はどのように受け入れるべきかという主題を扱った作品だが、呉はここで犯罪加害者と被害者の間にある応報感情の描き方に苦悩した事を『新世代ミステリ作家探訪』（若林踏編、光文社）に収められたインタビューで語っている。ここから呉は『雛口依子の最低な落下とやけくそキャノンボール』（二〇一八年、光文社）と『スワン』で犯罪被害者側に視点を移し、非力な個人が理不尽な暴力へ屈服しないために成すべき事は何か、を考えさせる物語に挑んだ。では、非力な個人を守るべき立場の人間が、対話が不可能な底なしの悪に呑み込まれないためにはどうすれば良いのか。『スワン』には犯罪被害者側が放つ「世界に対する信頼を取り戻す」という印象的な言葉が出てくるが、『爆弾』は怪物と闘う個人が「自分に対する信頼を保つ」ための葛藤と抗いを描いた小説だといえる。コロナ渦を契機に世界への信頼が揺らぎ、身勝手な論理で他人を言いくるめようとする邪な存在が横行する社会において、『爆弾』という物語が多くの支持を集めた理由はここにあるのだ。

さて、人々の倫理観を徹底的に揺さぶり、恐怖の権化として描かれたスズキタゴサクだが、何と再び読者の前に登場する。二〇二四年七月末に講談社より発売予定の『法廷占拠 爆弾2』がそれだ。率直に言うと、続編の話を聞いた時に「諸々の観点からスズキタゴサクの再登場は難しいのでは？」という思いを抱いていた。解説者の役得で一足お先に読ませてもらったのだが、当初浮かんだ疑念は杞憂であったという事だけお伝えして本稿を締めくくりたい。

この作品は二〇二二年四月に小社より刊行されました。

|著者|呉 勝浩　1981年青森県生まれ。大阪芸術大学映像学科卒業。現在、大阪府大阪市在住。2015年、『道徳の時間』で、第61回江戸川乱歩賞を受賞し、デビュー。'18年『白い衝動』で第20回大藪春彦賞、'20年『スワン』で第41回吉川英治文学新人賞及び第73回日本推理作家協会賞を受賞、'23年『爆弾』で『このミステリーがすごい！2023年版』国内編、「ミステリが読みたい！2023年版」国内篇で第１位に輝いた。他の著作に『おれたちの歌をうたえ』『素敵な圧迫』『Q』などがある。

爆弾（ばくだん）

呉 勝浩（ご かつひろ）

2024年７月12日第１刷発行
2024年10月28日第２刷発行

発行者――篠木和久
発行所――株式会社 講談社
東京都文京区音羽2-12-21　〒112-8001
電話 出版（03）5395-3510
販売（03）5395-5817
業務（03）5395-3615

Printed in Japan

定価はカバーに表示してあります

デザイン―菊地信義
本文データ制作―講談社デジタル製作
印刷―――株式会社KPSプロダクツ
製本―――株式会社国宝社

ISBN978-4-06-536370-6

講談社文庫刊行の辞

二十一世紀の到来を目睫に望みながら、われわれはいま、人類史上かつて例を見ない巨大な転換期をむかえようとしている。

世界も、日本も、激動の予兆に対する期待とおののきを内に蔵して、未知の時代に歩み入ろうとしている。このときにあたり、創業の人野間清治の「ナショナル・エデュケイター」への志を現代に甦らせようと意図して、われわれはここに古今の文芸作品はいうまでもなく、ひろく人文・社会・自然の諸科学から東西の名著を網羅する、新しい綜合文庫の発刊を決意した。

激動の転換期はまた断絶の時代である。われわれは戦後二十五年間の出版文化のありかたへの深い反省をこめて、この断絶の時代にあえて人間的な持続を求めようとする。いたずらに浮薄な商業主義のあだ花を追い求めることなく、長期にわたって良書に生命をあたえようとつとめるところにしか、今後の出版文化の真の繁栄はあり得ないと信じるからである。

同時にわれわれはこの綜合文庫の刊行を通じて、人文・社会・自然の諸科学が、結局人間の学にほかならないことを立証しようと願っている。かつて知識とは、「汝自身を知る」ことにつきていた。現代社会の瑣末な情報の氾濫のなかから、力強い知識の源泉を掘り起し、技術文明のただなかに、生きた人間の姿を復活させること。それこそわれわれの切なる希求である。

われわれは権威に盲従せず、俗流に媚びることなく、渾然一体となって日本の「草の根」をかたちづくる若く新しい世代の人々に、心をこめてこの新しい綜合文庫をおくり届けたい。それは知識の泉であるとともに感受性のふるさとであり、もっとも有機的に組織され、社会に開かれた万人のための大学をめざしている。大方の支援と協力を衷心より切望してやまない。

一九七一年七月

野間省一